Jennifer C. Angersbach

Wenn das Herz denkt

Roman

Ein Roman über den Wunsch, jemanden zu retten,
und über die Hoffnung, die eine Illusion nährt
und uns daran hindert, loszulassen

Das Buch

Was nutzt einem Selbstakzeptanz, wenn man dennoch nicht geliebt wird? Die Frage stellt sich Marina (33), insbesondere bei dem Gedanken an Sebastian. Und während sie überlegt, ob es seine Bindungsangst oder sein Desinteresse ist, verachtet sie sich selbst – diesmal für ihre Ungeduld und Sehnsucht. Ganz nebenbei erfährt sie, was wahre Freundschaft bedeutet und worum es im Leben wirklich geht.

Bisher hat Marina versucht, alles richtig zu machen. In einem schwindelerregenden Tempo wollte sie sich anpassen, optimieren, Fehler korrigieren und wachsen. Das Ziel? Eine langweilige, aber immerhin schöne Illusion von einem Leben mit Happy End. Doch irgendetwas ist diesmal anders, leichter, und sie erkennt die Schönheit im Scheitern.

Die Autorin

Jennifer Angersbach, geboren am 23. Dezember 1985, lebt mit ihrem Sohn in Unna. Sie studierte Germanistik und Erziehungswissenschaft an der Ruhr-Universität Bochum, arbeitete zunächst im sozialen Bereich und parallel absolvierte sie eine Weiterbildung zur Personzentrierten Beraterin.

Nachdem sie ihre Erfahrung als Leitung verschiedener Beratungsstellen intensiviert hatte, eröffnete sie ihre eigene Praxis für Paartherapie und Personzentrierte Beratung.

Sie ist zwar keine bekannte Influencerin, aber in den Sozialen Medien als Lieblingssternenstaub aktiv.

Ihr zweiter Roman ist eine behutsame Konfrontation mit der Kehrseite der Hoffnung, die uns Kraft gibt, für eine Illusion zu kämpfen, aber gleichzeitig verhindert, die Gegenwart zu genießen und das Leben mit all seiner Vielfalt zu leben.

Wenn ich an Wachstum denke, denke ich an den Löwenzahn, der voller leichter Samen ist, auf der Suche nach fruchtbarem Boden; der sich ausbreitet, sogar durch Asphalt wachsen kann; der viele Nährstoffe braucht, bedürftig ist und doch überall wächst; der ansteckend ist, fliegen kann, blüht; der die Gartenarbeit anstrengend macht. Dort, wohin der Wind ihn trägt, wächst er, hinterlässt Spuren.

Er ist nicht einsam und doch allein, er braucht keine Bienen, und doch bildet er Blütenstaub. Er lässt sich fallen und tragen – verliert sich jedoch niemals selbst.

Dieses Buch ist erneut Dir gewidmet, Fin-Michel, vielleicht eher Deinem erwachsenen Ich. Ich wünsche mir, dass Du Dich auf dieser Welt ausbreitest und wächst wie der Löwenzahn, Spuren hinterlässt, wie auch immer diese aussehen mögen – in meinem Leben hast Du bereits einige davon hinterlassen und es so viel bunter, intensiver und schöner gemacht …

Wenn das Herz denkt *ist der zweite Roman der Reihe:*
Verstehen, Akzeptieren, Verändern.
Der erste Teil »Das Herz denkt nicht, es fühlt« erschien 2021.
Die Bücher können unabhängig voneinander gelesen werden.

Impressum

Copyright © 2022 Jennifer C. Angersbach
Am Kastanienhof 70, 59423 Unna

Autorin: Jennifer Angersbach, www.jennifer-angersbach.de

Umschlaggestaltung: Constanze Kramer, coverboutique.de
und Jennifer Angersbach

Bildnachweis ©Jacob_09 – shutterstock.com

Korrektorat & Lektorat: Michèle Gries, federrauschen.de

Buchsatz: Constanze Kramer, coverboutique.de

Verlagslabel: Lieblingssternenstaub

Druck und Distribution im Auftrag der Autorin:
tredition GmbH
Halenreie 40 – 44, 22359 Hamburg, Germany
ISBN Softcover: 978-3-347-75116-3
ISBN Hardcover: 978-3-347-75120-0
E-Book: 978-3-347-75121-7

Die **Deutsche Nationalbibliothek** verzeichnet diese Publikation in der Deutschen Nationalbibliografie; detaillierte bibliografische Daten sind im Internet über http://dnb.dnb.de abrufbar.

Lieblingssternenstaub

Prolog

»Ich setze erneut Kaffee auf, dusche, während er durchläuft, vermutlich, um mich irgendwie von diesen Gedanken zu befreien. Dann beginne ich, bewaffnet mit Kaffee, das Manuskript zu lesen, sie hat sich nicht einmal die Mühe gemacht, unsere Namen zu ändern.«

Marina macht eine kurze Pause, schmunzelt und fährt fort. Ich bin noch unsicher, warum es ihr so wichtig ist, mir diesen Text vorzulesen, und ich fühle mich nicht nur geschmeichelt, sondern auch etwas unwohl, dass ich in ihrer Geschichte eine so große Rolle spiele. Sie hat sogar einige Posts von mir in ihrem Roman untergebracht, natürlich nach Absprache. Es sind die letzten Seiten ihres Buches, heute hatte sie zwei Exemplare dabei, eins für mich und eins scheint das Ihre zu sein, es ist bereits jetzt, wenige Tage nach dem Druck, ziemlich abgegriffen.

»Ich steige aus, gehe zur Haustür, klingele. Es dauert ewig, doch plötzlich höre ich etwas, und dann öffnet Marina mir, bewaffnet mit einer Kaffeetasse, zerzausten Haaren und schön wie immer, die Tür. Sie lächelt, als sie mich sieht, dann stellt sie ihre Tasse auf die Garderobe, breitet ihre Arme aus und nimmt mich in den Arm. Bisher ist es immer andersherum gewesen.«

Ich stimme Thomas zu, es ist wirklich befremdlich, dass Marina
die Namen nicht geändert hat, und auch ihr scheint nun aufzu-
fallen, wie kurios das ist – insbesondere, wenn sie es selbst laut
vorliest, denn sie schmunzelt und schaut mich kurz an, bevor sie
weiterliest.

»Als wir die Umarmung lösen, hebe ich den Umschlag hoch und
sage grinsend: »Die Danksagung hat mich berührt!«
Marina lacht und zuckt mit den Schultern. »Welche Danksagung?« Dann schwindet das Lachen, sie schaut zu Boden und
sagt: »Ach, du meinst meinen Brief?«

Diese Zeilen von ihr zu hören, ist aber nicht nur befremdlich. Im
Gegenteil: Da es ihre Geschichte ist, liest sie die Zeilen mit einer so
greifbaren und echten Emotionalität vor, dass ich mich kaum auf
den Text konzentrieren muss, um den Inhalt zu verstehen.

Ich grinse sie an. »Nee, dein Buch, ich komme ganz schön gut weg!«
Jetzt lacht sie wieder. Sie wirkt erleichtert.
»Aber ich kann nicht dein Lektor sein, ich bin befangen«, er-
kläre ich vorsichtig, aus Angst, sie noch mehr zu enttäuschen,
wenn ich meine Absage zu hart formuliere.
Doch sie lacht nur, keine Spur von Enttäuschung, und sagt:
»Komm erst mal rein! Kaffee?«
»Klar!«
Während sie in die Küche geht, bleibe ich stehen und schaue
mich um. Auch wenn die Räume hier ganz anders aufgeteilt
sind, stehen überall dieselben, altbekannten Möbel, sogar die
Bilder und Leinwände sind gleich geblieben. Das beruhigt mich
irgendwie. Dann reicht sie mir einen Kaffee und geht vor in den
Garten. Wir setzen uns an den Metalltisch auf der Terrasse, der
Garten sieht ähnlich ungepflegt aus wie der Vorgarten, nur,
dass hier deutlich mehr wächst und wuchert, eine kleine Oase,
sofern man es mag.

Ich stelle meinen Kaffee ab und ziehe das Manuskript hervor. »Ich kann zwar nicht dein Lektor sein, aber ich habe mittlerweile ganz gute Kontakte, und …« Wie formuliere ich es jetzt? War es eigennützig, egoistisch? Ich atme einmal ein und aus, bevor ich fortfahre. »Ich wäre gerne Teil der Geschichte, als Autor.«

Nun schaut sie mich irritiert an, ihre Augen zusammengekniffen, schüttelt sie vorsichtig mit dem Kopf. »Als Autor? Ich verstehe nicht …«

»Marina, ich … Du hast immer gesagt, dein Leben sei eine Soap und leider kein Netflix Original. Ich … wir, also, mein Agent … Was hältst du von einer Serie?«

Sie starrt mich ungläubig und mit großen Augen an. »Wie meinst du das?«

»Ich habe doch kürzlich ein Skript als Drehbuch verkauft. Gestern habe ich dein Buch komplett gelesen und es gibt rein marketingtechnisch schon viel her, der Inhalt, die Themen, die Zielgruppe! Eine Mischung aus Sex and the City und This is Us schwebt mir vor. Und ich könnte dich unterstützen? Bei meinem Agenten ein gutes Wort einlegen? Was sagst du?« Ich schließe meinen Vorschlag feierlich ab und schaue sie erwartungsvoll an.

Sie schüttelt vorsichtig mit dem Kopf. »Thomas, was ist passiert? Ich … versuchst du, mir zu imponieren? So kenne ich dich gar nicht …«

Ich fühle mich unwohl und irgendwie auch ertappt, es stimmt, ich habe alles gelesen und sogar Texte geschrieben und mir Gedanken gemacht, wie ich diesen Wunsch, dass ihr Leben keine Soap, sondern ein Netflix Original wird, erfüllen könnte. Ich weiß nicht, ob ich irgendwas wiedergutmachen wollte, ja, vielleicht. Ich nicke. »Ja, vermutlich versuche ich das …«, gestehe ich ihr.

Sie lächelt mich an: »Ich fühle mich geschmeichelt! Aber ich habe mein Leben lang versucht, Aufmerksamkeit zu bekommen, wollte im Mittelpunkt stehen oder auf Platz eins sein, egal bei wem. Hauptsache, es drehte sich um mich. Ich habe sogar 'ne

Schauspielausbildung gemacht!« Sie lacht und schüttelt amüsiert den Kopf. »Dieses Buch. Ist mein Buch. Ich wollte immer eins schreiben und mir fehlte immer das richtige Ende. Ich fühle mich geehrt, aber dieses Buch, das habe ich für mich geschrieben, für mich und auch ein bisschen für dich. Ich möchte es nicht veröffentlichen. Weder im Verlag, noch als Netflixserie. Ich brauche keine Validierung mehr von außen, nicht für diese Geschichte, nicht für mich, mein Dasein. Ich bin angekommen, bei mir. Und das war immer das Ziel, das Ende.«

Marina schaut noch eine Weile auf ihr Buch, dann blickt sie hoch, schaut mich an, schüttelt ihren Kopf und sagt: »Wie heuchlerisch!«

Sie presst die Lippen aufeinander und mich überkommt Traurigkeit, doch dann habe ich einen anderen Gedanken und stelle ihr diesen zur Verfügung. »Fühlst du dich wie eine Heuchlerin oder wolltest du dich nur zuerst abwerten, aus Sorge, dass ich das sonst tue?«

Marina muss schmunzeln, dann zuckt sie mit den Schultern. »Ich weiß es nicht. Wie lange komme ich jetzt her? Über ein Jahr, oder? Und irgendwie fühlte ich mich in diesem Jahr so gut, ich dachte, ich würde mich endlich selbst lieben, ich dachte, jetzt, da ich den Missbrauch aufgearbeitet habe, dieses Buch geschrieben habe, mich mit mir versöhnt habe, ich dachte, dann bin ich glücklich.« Marina schaut auf den Boden und sackt in sich zusammen. »Aber ich bin nur müde und erschöpft.« Marina hebt den Blick wieder und ihre Augen werden feucht.

»Erschöpft und traurig«, sage ich und merke, wie meine eigene Stimme bricht. Ich spüre diesen Kloß im Hals, diese Schwere auf meiner Brust und merke, wie nah mir ihre Geschichte geht und wie gerne ich ihr helfen würde. Ein Gefühl, das ich schon lange nicht mehr gespürt habe. Das Schöne an dem Personzentrierten Ansatz ist eben, dass ich die Verantwortung ganz und gar bei den Menschen lasse, die zu mir kommen. Ich helfe nicht, ich begleite. Ich versuche nicht, als Jenni durch die Welt der Menschen zu laufen, sondern in *ihren Schuhen durch ihre Welt zu laufen, wie Carl Rogers es eben formulierte. Ich sage nicht, was jemand tun soll, sondern höre zu und helfe lediglich beim Verstehen, sodass die Menschen, die zu mir kommen, selbst den Weg finden, der für sie richtig ist. Meine Verantwortung liegt in der Bereitschaft, mitzufühlen, verstehen zu wollen, offen und flexibel zu sein und gleichzeitig Gefühle oder auch Zusammenhänge zur Verfügung zu stellen, die für das Gegenüber noch nicht greifbar sind. Doch irgendwas an Marinas Geschichte oder ihrer Art erinnert mich an meine eigene Sehnsucht, der Sehnsucht danach, gerettet zu werden. Ich merke, wie gut ich ihre Welt kenne, und frage mich, ob ich gerade wirklich in ihren Schuhen herumlaufe, oder doch in meinen eigenen?*

»Du wünschst dir jemanden, der dich rettet, oder?«, biete ich zaghaft an. Meine Nachfrage am Ende ist ein klares Signal dafür, dass ich unsicher bin, mich verantwortlich fühle. Ich würde ihr gerne diese Verantwortung zurückgeben, ihr vertrauen, und ihr genau dadurch die Möglichkeit einer korrigierenden Erfahrung bieten. Und ihr nicht erneut, wie Thomas, oder auch Sebastian, das Gefühl vermitteln, dass sie »die Kleine« ist. Indem ich mich verantwortlich fühle, weil ich ihr nicht zutraue, dass sie es selbst schafft. Womöglich, weil ich meine Themen auf sie projiziere.

Bei diesen Worten schluchzt Marina auf, sie zieht die Knie an die Brust, umklammert sie fest und nickt. »Als ich meinem Papa von dem Missbrauch erzählt habe, hat er einfach nur gefragt, ob ich drüber reden will und ob er irgendwas hätte tun können.« Marina schüttelt ungläubig mit dem Kopf, dann kneift sie ihre Augen zusammen und stellt die Füße wieder auf den Boden. »Ja! Verdammt!«, schreit sie laut. »Du hättest mich sehen können! Ich habe dieses Gedicht geschrieben, und du? Du hast mich gebeten, aus dem ›Ich wurde missbraucht, vom eigenen Vater‹ ein ›Sie wurde missbraucht, vom eigenen Vater‹ zu machen, anstatt mal zu fragen, warum ich überhaupt in der Ich-Perspektive schreibe. Du hättest mich aufklären können! Du hättest fragen können, warum ich mich wochenlang nicht gewaschen habe!«

Marina ist außer sich vor Wut, vor Enttäuschung und spielt auf all die Situationen an, die wir in unseren Sitzungen nach und nach thematisiert haben. Situationen, kleine Hilferufe, die sie als junges Mädchen ausgesandt hatte und die für sie bisher in keiner Verbindung zum Missbrauch gestanden hatten und doch so laut und deutlich gewesen waren, gemessen an ihren damaligen Möglichkeiten. Bisher verharrte sie oft auf dem Stand, dass sie selbst schuld sei, oder aber, selbst wenn nicht, es ja niemand hätte verhindern können, denn es habe ja niemand von den Übergriffen des Nachbarn gewusst.

Ihre Wut ist nun gänzlich in Enttäuschung umgeschlagen und sie fügt leise hinzu: »Du könntest wenigstens jetzt, heute, sagen, dass du zu ihm fahren und ihn verprügeln willst.«

»Und die Tatsache, dass dein Papa das nicht getan hat, macht dich so unendlich traurig.«

»Traurig und ...« Marina hält kurz inne, schaut nachdenklich an mir vorbei. »Es fühlt sich einfach so an, als sei das alles nicht so schlimm. Die Welt dreht sich einfach weiter.« Dann wendet sie sich mir zu und fragt: »Müsste sie nicht stillstehen? Müsste er nicht wenigstens jetzt sein kleines Mädchen beschützen wollen?«

»Bist du denn sein kleines Mädchen?«, frage ich vorsichtig, und während ich den Satz ausspreche, merke ich, dass ich zu weit gehe. Denn genau das war ja das Problem: Marina verachtete sich für ihre schwachen Anteile, für ihre Bedürftigkeit, und versuchte mit aller Macht, diese, aus ihrer Sicht, erbärmlichen Anteile abzulegen. Der Preis dafür: Niemand sah und sieht ihre Not, nicht mal sie selbst. Und ich? Ich möchte ihr sagen, dass sie doch nun groß ist, dass sie so viel erreicht und geschafft hat, dass sie stark ist. Dabei würde ich sie doch genau darin bestärken, wie erstrebenswert Stärke ist. Also füge ich rasch hinzu: »Es tut mir leid, ich merke, wie sehr mich deine Geschichte berührt und wie bemerkenswert ich deinen Weg finde und wie schwer es mir jetzt gerade fällt, dich so verzweifelt und traurig zu sehen.«

Marina lacht erleichtert auf. »Dann geht es dir ja wie mir, und wenn ich eins gelernt habe, hier bei dir, dann ist es, wie wichtig es ist, seine vermeintlichen Fehler und Schwächen anzunehmen, statt sie verstecken zu wollen. Danke also, dass du mir das auf dieser Meta-Ebene vor Augen führst und sozusagen als Vorbild dienst.«

Ich muss schmunzeln und bin dankbar für ihr Verständnis. Marina spricht weiter. »Ich habe bei der Frage kurz abgewägt, ob du mich provozieren oder konfrontieren willst. Beides hat in mir den Wunsch ausgelöst, zu sagen, dass ich eben auch ein kleines Mädchen bin, und so sehr es mich manchmal nervt, wenn mein Papa mir das Gefühl gibt, dass er besser weiß, was gut für mich ist, so sehr sehnt sich ein Teil von mir danach, beschützt zu werden. Und wenn er dann zu mir kommt und Bilder, die mit Heftzwecken an der Wand hängen, gerade und mit Schrauben aufhängt, mir beim Tragen und Entsorgen von Sperrmüll hilft oder seinem Enkel, Lasse, viel zugewandter begegnet, als ich es gerade kann, dann ist da so eine unglaublich große Dankbarkeit, die gleichzeitig gemischt ist mit einem kleinen, eher unangenehmen Gefühl von: Tut mir leid, dass ich«, ihre Stimme bricht ab und eine Träne kullert über ihre Wange, »das nicht alleine kann und dir zur Last falle.«

Ihre Worte berühren mich, auch meine Augen werden feucht, ich atme einmal tief ein und frage: »Wie geht es dir denn jetzt, zum Ende der Sitzung?«

Marina lächelt. »Ich bin erleichtert. Erleichtert, weil das mal rausdurfte, also, auch die Enttäuschung und die Wut, die sich gegen das Verhalten meines Papas richten. Und ich glaube, das war alles, was ich brauchte, es musste einfach mal gehört werden, nicht zwingend von ihm.« Marina schaut nun an mir vorbei, sie überlegt, als würde sie noch mal prüfen, ob das so stimmt. Dann schaut sie mich wieder an, grinst noch breiter als vorher und fügt hinzu: »Und ich bin erleichtert, weil ich einfach sein darf, und es gibt so viele Sitzungen, bei denen ich vorher Sorge habe, dass dein Verständnis und deine Akzeptanz heute oder für dieses und jenes aufgebraucht sind, es eben Grenzen gibt. Und dann gehe ich jedes Mal nicht nur mit deiner Akzeptanz und deinem Verständnis hier raus, sondern vor allem mit meiner eigenen Akzeptanz und dem befreienden Gefühl, mich selbst zu verstehen.«

Ich strahle nun selbst wie ein Honigkuchenpferd, genau das ist das Ziel. Ob und wie gut mir das immer gelingt, das weiß ich gar nicht, aber es tut unglaublich gut, dass sie mir eine so wertschätzende Dankbarkeit entgegenbringt. Dennoch frage ich, wie immer am Ende: »Möchtest du wiederkommen?«

»Gerne wieder in sechs Wochen.«

Wir vereinbaren einen Termin und verabschieden uns. Als sie weg ist, bin ich noch immer berührt von unserer Sitzung und merke, wie ich plötzlich mit dem Kopf schüttele bei dem Gedanken daran, wie rasch es Marina gelungen ist, sich von dem Gefühl der Enttäuschung und der Verzweiflung zu befreien. Gerade die Thematik mit ihrem Papa sitzt so tief, er ist immer für sie da gewesen, ist es noch heute – außer beim Missbrauch. Er hätte sie »retten« können, hat es jedoch nicht getan, und zuvor ist da immer diese Grenze gewesen, die es Marina nicht ermöglicht hat, wütend, enttäuscht zu sein, weil sie immer wieder gesagt hat, dass er davon ja auch nichts gewusst habe. Ihr ist es bisher zuwider gewesen, wenn ihr Papa zu sehr in den Fokus ihrer Enttäuschung gerückt ist, und sie hat sich immer schützend vor ihn gestellt und der kleinen Marina den Rücken zugewandt. Der kleinen Marina, die dennoch gerne hätte gerettet werden wollen. Die sich so sehr danach gesehnt hatte, beschützt zu werden, aber für die niemand diese Aufgabe übernommen hatte.

Ich finde es bemerkenswert, wie gut diese Personzentrierte Haltung für Marina funktioniert, unsere Sitzungen könnten fast aus 'nem Lehrbuch stammen. Und wieder einmal überkommt mich diese Dankbarkeit und Demut dafür, dass ich einen so sinngebenden und erfüllenden Beruf habe, von und bei dem ich selbst so viel lernen darf – auch über mich.

Es ist ein warmer Sommertag im August, seit meiner ersten Sitzung bei Jenni ist nun ein Jahr vergangen, ich bin umgezogen, habe ein Buch geschrieben und Thomas kehrte zurück in mein Leben – aber nur kurz. Er überzeugte mich, das Buch zu veröffentlichen, und stellte mir seine Texte zur Verfügung. »Als Ghostwriter ist das auch kein Urheberrechtsproblem«, meinte er. Ich bin unsicher, ob er das tat, um sich zu schützen oder um mir zu gefallen. Vielleicht brauchte er auch einfach selbst so etwas wie einen sauberen Abschluss?

Jetzt sitze ich in meinem Auto, der erste Probedruck meines Romans liegt auf dem Beifahrersitz. Ja, ich bin stolz. Ja, ich glaube, ich mag mich sogar. Und dennoch fehlt etwas.

Den Missbrauch habe ich zur Anzeige gebracht. Kurz danach habe ich »Das Herz denkt nicht, es fühlt« veröffentlicht. Und überhaupt war ich sehr im Aktionsmodus im vergangenen Jahr. Zu lange fühlte ich mich ausgeliefert, hatte das Gefühl, andere träfen für mich die Entscheidungen. Ich wollte mir wohl selbst beweisen, dass ich auch alles alleine schaffen kann.

Zu Jenni gehe ich immer noch alle sechs Wochen. Die Gespräche tun mir gut, meistens jedenfalls. Mir fällt es noch immer schwer, mein »Jammern« auszuhalten. Gleichzeitig habe ich erkannt, dass es nicht mein »Jammern« ist, das mich stört, sondern vielmehr die Tatsache, dass ich so viele Gründe zum »Jammern« habe.

Mir war lange nicht klar, wie groß die Auswirkungen der Erfahrungen in der Kindheit und Jugend waren und sind. Und es klingt ziemlich krass, aber mir kam in einer Sitzung mal der Gedanke, dass ich froh bin, missbraucht worden zu sein. Dadurch habe ich wenigstens einen *gesellschaftlich akzeptierten* Grund für meinen geringen Selbstwert, die zum Teil destruktiven Muster und meine Schutzstrategien. Immerhin schäme ich mich nicht mehr für diesen oder auch andere Gedanken oder Taten vergangener Tage.

Je mehr ich bei Jenni exploriert habe, desto mehr habe ich erkannt, wie viel einfach schief gelaufen ist. Ich erinnere mich zum Beispiel noch gut daran, dass ich mir die Hände als kleines Mädchen so oft gewaschen habe, dass ich blutete. Ich erinnere mich auch an den Grund: Im Sandkasten am Sportplatz fand ich eine Spritze, ich stach mich zwar nicht, aber fasste sie an. Ich zeigte sie meiner drei Jahre älteren Freundin und sie erschrak fürchterlich, sprach von Drogen und Aids, ich hatte keine Ahnung, was das alles bedeutete, aber ich hatte so große Angst vor dem Tod, dass ich versuchte, ihn mir von den Händen zu waschen. Meine Eltern waren zu dem Zeitpunkt noch nicht getrennt, also muss ich ungefähr vier oder fünf Jahre alt gewesen sein. Die Diagnose des Arztes, dass mir einfach nur Liebe fehlte, erschreckt mich noch heute. Ich bin unsicher, ob es Liebe war, die mir fehlte, oder einfach Aufmerksamkeit. Warum hatte ich bereits im Alter von vier oder fünf Jahren so große Angst davor, meine Eltern zu belasten? Ihnen zu erzählen, was mir Schlimmes widerfahren war? Sie hätten mich trösten oder beruhigen können, doch dazu kam es nie. Und der Missbrauch fand viel später statt.

Ich starte den Motor und fahre nach Hause. Dort erwartet mich ein riesiger Kübel mit Lavendel und einer Dankeskarte von Linda: »Wie schön, dass es Dich gibt!« Ich schmunzele und schicke ihr direkt ein Selfie, prompt kommen übertrieben viele Herzsmileys zurück und die Frage:

Meine mittlerweile beste Freundin Linda und ich haben ein Ritual, seit ich in ihre Nachbarschaft gezogen bin: Wir »inseln«. Das heißt bei uns, dass wir uns auf unsere kleine Insel im Alltag zurückziehen, wir gehen spazieren oder setzen uns irgendwo hin und reden über den Tag, über unsere Erlebnisse, über Situationen mit unseren Jungs, über die Arbeit, oder wir träumen, von book-a-friend.de und unserem Institut, wo Menschen in Krisen zwischen verschiedenen psychologischen Interventionen im Welpenraum kuscheln, mit uns und Lindas Hunden spazieren oder ein Faultier ausleihen können.

Ich schließe meine Tür auf und schaue währenddessen durch das milchige Glas, damit ich sehe, ob hinter dem Briefschlitz ein gelber Umschlag liegt. Seit der Anzeige bezüglich des Missbrauchs rechne ich fast täglich damit, dass ein Schreiben der Staatsanwaltschaft kommt, und irgendwie glaube ich, der Umschlag davon müsste gelb sein, wie bei einer Anzeige. Spannend, welche Repräsentationen ich im Kopf habe, vielleicht liegt das daran, dass ich tatsächlich einmal einen gelben Umschlag bekommen habe. Ich bin damals viel zu schnell gefahren, das Auto lief noch auf den Namen meines Papas. Er war stinksauer und erklärte mir sehr eindringlich, dass er den Umschlag gar nicht öffnen müsse, sondern ganz genau wisse, was sich darin verberge, aufgrund des gelben Umschlags. Vermutlich hat sich das einfach eingebrannt.

An dem Tag, als ich zur Polizei ging, um Anzeige zu erstatten, zitterte ich am ganzen Körper. Ich öffnete die Glastür des Polizeipräsidiums, ging zum Schalter und sagte einfach: »Ich möchte Anzeige erstatten, wegen Kindesmissbrauchs.«

Das Lächeln der Dame verschwand, sie schüttelte ganz leicht ihren Kopf, als sei sie unsicher, ob sie mich richtig verstanden habe. Ich schaute sie weiter an und fixierte ihren Blick, denn ich wusste nicht, ob ich diesen Satz noch mal so klar über meine Lippen bringen könnte. Dann atmete sie ein, brach wieder ab, atmete erneut ein und fragte stammelnd: »Und Sie, also, wer ist …«

Mein Herz schlug mir bis zum Halse. Mich verließ der Mut, aber nun fühlte ich mich dazu gezwungen, etwas zu sagen. »Ich bin das Opfer«, stieß ich hervor, bevor meine Nase kribbelte und meine Augen feucht wurden. Am liebsten hätte ich mich direkt an Ort und Stelle übergeben und das Präsidium verlassen. Stattdessen setzte ich mich auf einen der drei zusammenhängenden, orangefarbenen Plastikstühle, nachdem die Empfangsdame mich gebeten hatte, dort Platz zu nehmen.

Erst als ich, wie gewohnt in Wartesituationen, mein Smartphone zur Hand nahm, bemerkte ich den Angstschweiß. Das Zittern meiner Hände erlaubte mir weder das Scrollen durch Instagram noch das Verfassen einer Nachricht oder das Spielen in irgendeiner App. Ich beobachtete das Treiben hinter der Glasfront, irgendwann kam ein Polizeibeamter zur Empfangsdame, sie deutete auf mich, er schaute in meine Richtung, ich lächelte unbeholfen, er wandte sich wieder der Dame zu und erklärte ihr irgendetwas, woraufhin sie zum Telefonhörer griff. Ich kann, ehrlich gesagt, nicht rekonstruieren, wie lange ich dort gewartet habe.

Irgendwann öffnete eine Frau die Glastür auf der rechten Seite des Empfangs, sie lächelte mir zu. »Frau Neumann?«

Ich stand auf, folgte ihr durch verschiedene Flure und Treppenhäuser, dabei kam ich mir vor wie eine Schwerverbrecherin. Als wir in ihrem Büro Platz nahmen, stellte sie Unmengen an Fragen. Darauf war ich nicht vorbereitet gewesen. Ich fühlte mich wie bei einem Verhör und bemerkte selbst, wie viele Widersprüche es in meiner Geschichte gab und auch, wie wenig konkret meine Erinnerungen waren. Als ich diese Gedanken mit der Polizeibeamtin teilte und fragte, ob ich einfach alles rückgängig machen könnte, machte sie eine wegwischende Handbewegung, schüttelte den Kopf und erklärte mir, dass es nun ohnehin Sache der Staatsanwaltschaft und völlig normal sei, dass ich auf manche Fragen nach so langer Zeit nicht konkret antworten könne. Irgendwann bemerkte ich die Wanduhr, erschrak, ich musste Lasse, meinen Sohn, bald abholen. Ich traute mich während des gesamten Gesprächs nicht, mein Smartphone aus der Tasche zu holen, auch das zeigte, wie sehr ich mich als Schuldige fühlte. Als ich fragte, ob es okay sei, das Telefon kurz zu bedienen, lächelte die Polizeibeamtin und nickte. Für mich wirkte es jedoch eher wie ein Auslachen.

Vermutlich war es das auch. Manche Menschen vergessen anscheinend, wie sensibel oder angespannt man manchmal ist. Rational ist und war mir klar, dass es kein Verhör war, aber emotional verspüre ich selbst jetzt, während ich diese Zeilen einige Zeit später schreibe, denselben Druck auf der Brust wie damals. Das Atmen fällt mir schwer und ich bin froh, wenn ich gleich endlich eine Pause machen kann. Das Herz denkt nicht, es fühlt. Genau so. Und in dieser Situation hätte ich mir in der Tat mehr Einfühlungsvermögen von der Dame gewünscht, mehr Fürsorge. Immerhin hätte ihr doch klar sein müssen, dass ich gerade mehr oder weniger das erste Mal über einen Missbrauch sprach und bisher noch nie Fragen dazu hatte beantworten müssen.

Als ich diese Situation später mit Jenni aufarbeitete, erlaubte sie mir durch ihre Wut, auch wütend zu sein. Jenni sprach von »Fahrlässigkeit« und von »Retraumatisierung«, und als sie mich fragte, warum ich überhaupt zur Polizei gegangen sei, kamen mir – mal wieder – die Tränen, weil mir bewusst wurde, wie sehr ich mich, auch heute noch, vom Außen beeinflussen lasse und wie wenig ich mir vertraue. Ich dachte, ich müsste zur Polizei gehen, ich dachte, das wäre der richtige Weg, mir wurde suggeriert, dass es irgendwie auch meine Verantwortung wäre, dass er eine Strafe bekäme. Und als mir durch das Aussprechen bewusst wurde, dass ich mal wieder in die Falle der »Verantwortung« getappt war, war ich enttäuscht von mir selbst, ich fühlte mich furchtbar dumm, denn ich dachte, ich sei schon deutlich weiter in meinem Prozess der »Selbstliebe« – was auch immer das ist.

Aber zurück ins Heute. Heute schimmert kein gelber Umschlag durch die Glasscheibe. Es ist, nach fast acht Jahren in Steuerklasse zwei, oder besser gesagt, als Alleinerziehende, ein komisches Gefühl, nach Hause zu kommen und nichts als Stille zu hören. So sehr ich mich auf freie Zeit ohne mein mittlerweile großes Bündel an Bedürfnissen freue – sobald er weg ist, fühle ich mich wie der kleine Tiger von Janosch, der keine Kartoffeln geschält, keine Zwiebeln geputzt und die Stube nicht gefegt hat, weil er wieder mal so einsam gewesen ist. Während ich jedes Mal, bevor Lasse abgeholt wird, am Morgen noch voller Vorfreude die To-dos durchgehe, denen ich mich später in aller Ruhe widmen kann, laufe ich, sobald das Auto seines Papas Paul wegfährt, ziellos durch die Wohnung und mache erst mal nichts.

Heute hatte ich zum Glück den Termin bei Jenni, der zumindest etwas Struktur in diesen Tag gebracht hat. Aber jetzt könnte ich direkt wieder ins Bett, um mich währenddessen darüber zu ärgern, dass ich – obwohl ich nun die Zeit und Kapazitäten habe – keine meiner wichtigen Aufgaben erledige. Ich denke an das Meme »Wenn du die Wahl hast, das Bad zu putzen oder die Wäsche aufzuhängen, welche Serie guckst du?« und schmunzele.

So langsam könnte ich auch etwas essen. Mein aktuell neues Lieblingsrezept besteht aus Tiefkühlgemüse, Tiefkühl-kartoffelspalten und Crème fraîche. Alles wird einfach mit ein paar Zwiebeln in eine Pfanne geschüttet und abschließend mit einem Teelöffel Senf, ein bisschen Salz, Pfeffer und ein paar Kräutern vermischt. Simpel, sättigend und auch gar nicht so ungesund für Fast Food, gemessen an Aufwand und Dauer.

Ich finde alles bis auf Crème fraîche, also muss ich mich wohl doch einer meiner Aufgaben widmen: dem Einkauf. Die Schuhe habe ich noch an, also schnappe ich mir den Korb, in dem die Geldbörse bereitliegt, und laufe zum Edeka. Eigentlich tut es ganz gut, draußen zu sein, die Sonne scheint und die Gärten sind bunt, bis auf meinen, der ist grün: Das Ziergras hat den Vorgarten erobert und dadurch wirkt er eher wie ein Stück Feld. Keine Übertreibung! Wenn der Wind weht, bewegen sich die langen Halme wie Wellen. Eigentlich schön, wenn mich meine Nachbarin nicht regelmäßig darauf aufmerksam machen würde, dass der Wind über lange Sicht dafür sorgt, dass die Grassamen bald auch aus ihrem Vorgarten eine Wiese machen und sie sich bereits mehrfach bei meinem Vermieter beschwert habe, der zum Glück ähnlich gelassen und pragmatisch ist wie ich. Kurz vor meinem Einzug hatte er noch zwei Bäume im Vorgarten fällen lassen, die Wurzeln wurden nicht entfernt, und er meinte nur: »Och, so ein bisschen verwunschen ist doch ganz hübsch, irgendwer muss ja die Steingärten der Nachbarschaft ausgleichen.« Also bin ich nur froh, dass sie ihre Beschwerden anscheinend auf uns beide aufteilt. Aber vermutlich sollte ich, einfach um meiner selbst willen, trotzdem etwas ändern.

Am Edeka-Parkplatz angekommen entdecke ich ein Auto, und noch bevor ich weiß, wessen Fahrzeug das ist, schlägt mein Herz schneller. Plötzlich kommt mir das Lied *Great Expectations* von The Gaslight Anthem in den Sinn.

Sebastian.

Die letzte Liebesgeschichte in meinem Leben. Wir haben uns vor einem Jahr getrennt. Es fühlt sich an, als habe er mich verlassen, dabei war ich es ja, die mehr wollte, als er zu geben bereit war. Wir hatten eine gute Zeit zusammen, es fühlte sich an, als sei er mein Retter, dabei erfüllte er lediglich die vermeintlichen Konditionen eines Beschützers: groß, muskulös, gebildet, im Leben stehend, unabhängig und das Gefühl vermittelnd, dass ihn nichts aus der Bahn werfen könne. Also der ideale Mann, um einem kleinen, schwachen Mädchen den Weg aus dem dunklen Wald namens Leben zur hellen Lichtung zu weisen.

Irgendwie hat er mich auch gerettet, aber eben nicht auf die Art, die ich mir gewünscht habe. Um in der Metapher zu bleiben: Statt mir den Weg zur hellen Lichtung zu weisen, nahm er mich jedes zweite Wochenende mit zur Lichtung, wir hatten Spaß, es war unbeschwert bis zum Montag. Dann wurde ich wieder allein im dunklen Wald zurückgelassen, war auf mich selbst gestellt und musste all die Aufgaben, die das Leben für mich bereithielt, allein bewältigen.

Bis zu dem Tag, als ich ihm sagte, dass ich gerne mit ihm zusammenziehen wollte und sich bedingt durch seine Ablehnung und Enttäuschung dieses Gefühl der Hilflosigkeit und des Ausgeliefert-Seins ausbreitete und plötzlich ein nie da gewesenes Ausmaß annahm. Meine Reaktion war so unverhältnismäßig, gemessen an dem, was passiert war. Zumindest oberflächlich. Im Inneren erlebte ich die Summe jeder Erfahrung, in der ich ausgeliefert gewesen und abgelehnt worden war.

Das Trauma. Mittlerweile habe ich Worte dafür und werde nicht mehr von den Schuldgefühlen begleitet, gelähmt und erdrückt. Ich habe verstanden, dass Gefühle nur größer werden und irgendwann einen Weg nach draußen finden, je mehr wir versuchen, sie zu unterdrücken. Gefühle sind wie Nudelwasser: Macht man den Deckel drauf, um Energie zu sparen, hört man ganz plötzlich ein Zischen und der ganze Herd ist versaut. Im schlimmsten Fall verbrennt man sich auch noch am Deckel, beim Versuch, ihn abzunehmen, und gibt dann dem Nudelwasser die Schuld (okay, eigentlich nicht, aber es passt hier so gut zur Analogie). Noch immer starre ich, während all dieser Erinnerungen und Gedanken, das Auto an.

»Hey«, höre ich Sebastian sagen, da steht er vor mir. Gutaussehend wie damals.

Ich lächele. »Ich dachte, du hasst Supermärkte, in denen du dich nicht auskennst?« Ich bin froh, dass mir dieser Fakt gerade noch eingefallen ist, eine seiner Monk-Attitüden, und auch darüber, dass es sich ziemlich cool angehört hat – deutlich cooler, als ich mich gerade fühle. Ja, Deckel drauf, bloß keine Energie verschwenden und die Gefühle unterdrücken.

Er grinst, vermutlich ist er, aus welchem Grund auch immer, erfreut, mich wiederzusehen, denn eigentlich mochte er es nie, wenn ich ihn aufzog mit seiner Monk-Art. »Deswegen bin ich auch durch die halbe Stadt zum nächsten Edeka gefahren, weil meiner 'nen Wasserschaden hat und der Rewe keine Option ist.«

»Und? Kamst Du klar?« Was soll er darauf antworten? Doofe Frage. Aber wir haben uns seit der besagten Trennung nicht mehr gesehen. Er hatte mir einen Brief hinterlassen, in dem er mir erklärt hatte, dass es an ihm liege, er mich nicht verletzen wolle, aber er einfach nicht gut genug für mich sei, zusammen mit ein paar Dingen (Haarbürste, Deo und 'ner Unterhose) und meinem Auto, im Tausch für sein Fahrrad, mit dem ich damals nach Hause bin, nachdem er alles andere als euphorisch auf meine Überraschung des zum Verkauf stehenden Hauses reagiert hatte, in das ich mit ihm und Lasse zusammen hatte einziehen wollen.

»Nicht wirklich. Insbesondere die Obstwaage war mir ein Rätsel.« Er zuckt mit den Schultern.

»Welche Obstwaage?«, frage ich, bevor mir einfällt, dass in seinem Edeka noch selbst gewogen werden muss, also ergänze ich rasch: »Ah, die Obstwaage, ich verstehe!«, und lache.

Sebastian lacht nun auch und fragt dann völlig unvermittelt, wie es mir so ergangen sei. Ich gehe im Kopf das vergangene Jahr durch, denke an Jenni, das Buch und auch an das Wiedersehen mit Thomas, lächele und antworte: »Gut.«

Sebastian presst die Lippen aufeinander und kneift die Augen zusammen. »Autsch! Aber das habe ich wohl verdient.«

Ich schüttele irritiert den Kopf. »Warum **autsch**?«

»Na ja, man kann von der Antwort eines Menschen auf die Frage nach seiner Befindlichkeit ableiten, in welcher Beziehung man zueinander steht, je nachdem, wie ausführlich und ehrlich jemand eben antwortet.«

Diese Erklärung macht mich wütend und am liebsten würde ich ihn nun ohrfeigen, gleichzeitig will ich ihm diesen Triumph, dass er noch immer Gefühle in mir auslöst – welcher Art auch immer – nicht gönnen. Also erwidere ich: »Ja, ich weiß, aber warum **autsch**? Immerhin hast du doch dafür gesorgt, dass wir auf diese erste unverbindlichen Beziehungsebene zurückkehren. Ich halte mich nur an die Regeln der Höflichkeit.«

»Touché! Na dann …« Er zwinkert mir zu und steigt in sein Auto. Ich gehe ein paar Schritte und versuche, gegen den Impuls anzukämpfen, mich noch einmal umzudrehen. Mit Erfolg. Dann verschwinde ich im Edeka. Unsicher darüber, ob mir diese Begegnung oder vielmehr das Kribbeln und die Wut in meinem Bauch etwas sagen wollen, kaufe ich Crème fraîche, Milch, Kaffeebohnen, Toast, Äpfel, Käse und Butter. Die Grundnahrungsmittel, wenn Lasse in den Ferien bei seinem Papa ist.

Wieder zuhause schmeiße ich alle Zutaten in die Pfanne, räume die Spülmaschine aus und ein, sauge durch und wische über die Ablagen. Noch immer fühlt es sich komisch an, in einem Haus zu wohnen, dass zwar ähnlich heruntergekommen und groß ist wie meine Wohnung früher, aber definitiv weniger Charme versprüht. Ich denke gerne an die Zeit damals zurück, mit den Nachbarinnen aus dem Mehrfamilienhaus. Als meine beiden Nachbarfreundinnen ausgezogen waren und mit ihnen auch sämtliche Kinder, hielt mich dort jedoch nichts mehr, und mit mehr Glück als Verstand fand ich dieses Haus im Schützenhof, wo nicht nur viele Klassenkameraden von Lasse wohnen, sondern auch Linda mit ihren Jungs.

Dennoch, schön ist anders: Die dunkelbraunen Fenster, die beige-braunen Fliesen mit ihren anscheinend gewollten Flecken. Definitiv nicht mein Geschmack. Der Vorteil: Egal, wie dreckig sie sind, es fällt nicht auf. Der Nachteil: Egal, wie sauber, es fällt nicht auf. Ich lache über den Gedanken. Und so sehr ich meine Altbauwohnung mit Schiebetür, Echtholzparkett und hohen Decken vermisse – ich bereue den Umzug nicht und habe, zumindest, wenn ich bedenke, welche Mittel mir zur Verfügung standen, echt einiges rausgeholt aus diesem verwunschenen und heruntergekommenen Reihenmittelhaus, das nicht nur im Vergleich zu den gepflegten Fassaden und Vorgärten der NachbarInnen rechts und links wie ein kleines Hexenhäuschen wirkt. Es gibt da diesen kleinen quadratischen Eingangsbereich, in dem dank der vier Türen (Haustür, Abstellkammer, Gäste-WC und Glastür zur Wohnung) kein Platz für einen Schuhschrank ist. Die Jacken hängen am Türhaken und die Glastür quietscht wie in einem Horrorfilm. Die Einbauküche ist trotz mehrfacher Reinigung noch immer matt-speckig und egal, wie oft und mit welchem Schwamm oder Reinigungsmittel man über die Fronten wischt, hinterlassen sie immer einen gelben Nikotinfilm auf dem Tuch. Unten gibt es ansonsten nur noch eine Tür, im Gang zwischen Küche und eigentlichem Wohnzimmer. Sie führt zu einer Harry-Potter-Kammer unter der Treppe, die von den Vorbesitzern komplett mit Weinkorken ausgekleidet wurde – es riecht entsprechend. Das Wohnzimmer, das ich nicht als solches nutze, hat immerhin eine große Fensterfront mit Blick auf den Garten. Auch hier ist es in diesem hässlichen Beige-Braun gefliest. Es wird als Durchgangszimmer benutzt. Ein Kratzbaum steht in der einen Ecke, das Ivar-Holzregal mit verstaubten Gesellschaftsspielen in der anderen, ansonsten befindet sich dort noch eine Glückskastanie, eigentlich eine kleine Ikea-Pflanze, gewachsen zum deckenhohen Baum.

In der zweiten Etage gibt es ein dunkles Badezimmer, mit Plastikverkleidungen in Haselnussbraun an den Wänden, beige-gelblichen Fliesen und Fugen in Urinoptik. Zunächst dachte ich, dass das so garantiert nicht gewollt sein kann, und habe mich davor geekelt – aber im Gegensatz zur Küche hinterlassen diese Fugen keine gelben Spuren auf dem Reinigungstuch, weder von Urin noch von Nikotin. In der gesamten oberen Etage lag beigefarbener Teppich, auf diesen habe ich ganz selbstständig und talentfrei helles Laminat in weißer Holzoptik verlegt. Natürlich habe ich bis heute keine Fußleisten, aber Stuck. Mein Schlafzimmer ist auch hier in diesem Zuhause mein Lieblingsraum und es ist ehrlich gesagt auch mehr als ein Schlafzimmer. Eher so ein WG-Zimmer, mit einem Bücherregal, einem Kleiderschrank und Schreibtisch, alles in Weiß gehalten, einem hellgrauen Bett und einer pastellgrünen Couch, altrosafarbener Dekoration und vielen grünen Blumen, die auf dem Boden stehen, oder von der Decke herunterhängen. Hier ist mein Refugium, mein sicherer Rückzugsort, ein bisschen wie mein Kinder- und später Jugendzimmer, als ich noch bei meinen Eltern wohnte. Es ist Wohn-, Arbeits- und Schlafzimmer in einem. Erstaunlich, dass ich mir hier einen solchen Raum eingerichtet habe und in all den Wohnungen zuvor, nach meinem Auszug aus dem Elternhaus, nie die klassische Raumaufteilung einer Wohnung hinterfragt habe.

Lasse wollte zunächst auf den ausgebauten Dachboden ziehen, dort habe ich auf gut 40 Quadratmetern ebenfalls

Laminat verlegt. Dann fühlte er sich aber ganz oben zu einsam, sodass er zusätzlich zum Dachboden noch den kleinen Extraraum in Beschlag nahm, der ist nur knapp 12 Quadratmeter groß, aber absolut ausreichend. Dort steht eine Schlafcouch, die lediglich als Couch genutzt wird, da wir mittlerweile das Familienbett leben; er schläft also bei mir. Zusätzlich gibt es dort einen kleinen Fernseher mit PlayStation, die er kürzlich zu seinem neunten Geburtstag bekommen hat und die er abends in seiner Medienzeit nutzen darf, zwei Ikea-Expedit-Regale, in denen Avengers-Deko steht, an der Wand hängen sein Spider-Man-Kostüm, eine Captain-America-Leinwand in Comicoptik sowie all die Leinwände, die ich zu seinen Geburtstagen selbst gestaltet habe, und ein Captain-America-Schild. Wir beide stehen sehr auf Marvel. Auf dem Dachboden werden all die Spielsachen, Bücher und Kuscheltiere gesammelt, die lediglich der Erinnerung an seine Kleinkindzeit dienen, jedoch nicht mehr bespielt werden, aber definitiv noch einen zu hohen emotionalen Wert besitzen, als dass ich sie verkaufen oder entsorgen könnte. Seine Worte — nicht meine. Aber da wir den Platz haben, fällt es mir leicht, seinen Wunsch zu respektieren.

Das Essen ist fertig, ich rühre noch mal alles in der Pfanne um, gebe die Crème fraîche hinzu und schmecke ab. Perfekt. Die eine Hälfte landet auf einem Teller, die andere bleibt für morgen in der Pfanne. Oder für später, mal sehen. Ich verziehe mich nach oben in »mein Zimmer«, suche nach einer Serie und esse, noch während der Auswahl, die viel zu große Portion auf. Netflix langweilt mich, oder ich langweile mich selbst, weil ich mich einfach nicht entscheiden kann. Yeah. Tolle Analogie, ich bin so wählerisch, dass ich am Ende nichts schaue.

Ob mir das auch mit den Männern so passiert ist? Die Erkenntnis ist vor allem die, dass ich mich von den für mich falschen Männern angezogen fühle und mich die richtigen langweilen und frustrieren. Eigentlich der Super-GAU. Wie will ich so jemals bei jemanden landen, der mir guttut und dem ich guttue? Und nun ärgere ich mich über diese Begegnung mit Sebastian, die mir irgendwie nicht aus dem Kopf gehen will. Er hat ja schon sehr eindeutig signalisiert, dass er eine tiefere Beziehungsebene gut fände, oder? Das Autsch kam immerhin von ihm.

Zum Glück ist Linda wieder da. Die Insel steht. Ich nutze die letzte Stunde vorab, um doch noch ein paar meiner To-dos zu erledigen, die Wäsche abzunehmen zum Beispiel, und auch das Bad könnte mal geputzt werden, immerhin hat man deutlich länger was vom sauberen Bad, wenn dort kein vorpubertierender Junge mehrmals täglich sein Unwesen treibt. Schön blöd, das nicht zum Beginn der Ferien zu tun.

Als ich fertig bin und gerade überlege, ob ich noch ein anderes To-do erfüllen könnte, schreibt Linda.

Ich ziehe mich an und laufe Richtung Tischtennisplatte, Lindas und meinem Treffpunkt. Von dort aus gehen wir Richtung Bornekamp mit ihren beiden Hunden und ein paar fancy Getränken. Heute habe ich zwei Glasflaschen Limetten-Tee mit echter Zitronenmelisse und 'nem Schuss Kirschsaft vorbereitet.

Die Hunde wedeln schon von weitem mit dem Schwanz, als sie mich sehen, und Lindas Grinsen wird mit jedem Schritt breiter. Ich weiß schon, warum ich den Umzug in dieses heruntergekommene Haus, mit dessen Instandhaltung ich überfordert bin, nicht bereue.

Linda.

Noch nie fühlte ich mich so sehr willkommen – ohne etwas dafür zu tun – wie bei ihr. Zur Begrüßung umarmen wir uns, als hätten wir uns seit 'nem halben Jahr nicht gesehen, ich quietsche sogar ein bisschen vor Freude, Linda lacht und tut es mir gleich.

Ich reiche ihr die Glasflasche. Durch den Kirschsaft sieht das Getränk weniger fancy aus als geplant. Linda kräuselt angewidert ihre Lippen und sagt dann mit einem übertrieben gezwungenen Lächeln: »Hmmm. Lecker.«

Ich muss lachen, drehe meine Flasche auf, nehme einen Schluck und verziehe mindestens genauso angewidert mein Gesicht wie sie zuvor, während ich lachend sage: »Sorry! Das schmeckt richtig garstig!«

»Och, ich hab's ja nicht getrunken. Und weil mir klar war, dass du aufgrund deiner Sehnsucht wieder zu viel des Guten in einer Glasflasche kredenzt, hab ich vorsichtshalber zwei Dosenbier eingepackt.« Dann schaut sie mich an, als würde sie auf Applaus warten, und ergänzt: »Immerhin sind Ferien!«

»Ach, Linda, du bist die Gute!«, sage ich lachend.

Sie zieht die Augenbrauen hoch. »Wir sind die Guten!«

»Wusstest Du, dass das der Werbeslogan der AWO ist?«

Sie schaut mich mit zusammengekniffenen Augen an, dann nimmt sie mir meine Glasflasche aus der Hand, verstaut sie zusammen mit ihrer in ihren Rucksack und zaubert zwei Dosen Bier hervor. Während sie mir eine reicht, sagt sie feierlich: »Na dann, auf die AWO!«

Wir öffnen die Dosen, es schäumt, wir stoßen an. Linda schwärmt von ihrem Urlaub, dem Hundestrand, der Harmonie zwischen den Kids, dem Wetter, dem Essen, und schließt damit ab, dass sie jetzt jedes Jahr nach Kellenhusen fahren will. Ich genieße, es ihr zuzuhören, mich mit ihr zu freuen, kein Neid, keine Missgunst, ich freue mich einfach darüber, wie gut es ihr geht und wie schön dieser Urlaub war.

Mittlerweile sind wir an der Klangwiese angekommen. Wir lassen uns dort auf einer Bank nieder, während die Hunde vor uns toben.

»So! Erzähl! Wie war es bei dir? Seit wann ist Lasse weg? Ist das Buch angekommen?«

»Lasse wurde heute Morgen abgeholt, das Buch ist seit Freitag da und man kann es jetzt schon bei Amazon bestellen, das ging voll fix. Heute Mittag war ich dann bei Jenni, das war mal wieder aufwühlend, aber das wirklich Verrückte: Ich habe Sebastian getroffen!«

»Warte, was?« Linda ist ganz aus dem Häuschen, sie strahlt mich an und fragt ungläubig: »Das Buch kann ich jetzt schon bestellen? Ganz offiziell? Bei Amazon? Ernsthaft?« Dabei verschluckt sie sich fast vor Aufregung. Sofort greift sie zu ihrem Smartphone, lässt es prompt fallen und ich lache.

»Linda, hey, atme. Ja, du kannst es wirklich jetzt schon bestellen. Aber ich kann dir auch einfach gleich eines der Probeexemplare geben.«

Linda hat ihr Smartphone mittlerweile aufgehoben und schüttelt mit dem Kopf, als hätte ich etwas komplett Abwegiges angeboten. »Wenn du ein Buch schreibst, ist es das **Mindeste**, dass ich es selbst offiziell bestelle. Ts! Nur, weil wir die Guten sind, sind wir ja noch lange nicht bei der Wohlfahrt. Also, du ja mittlerweile schon.« Sie muss so sehr über ihren Witz lachen, schaut mich an, haut mir auf den Oberschenkel und ich kann nicht anders, als mitzulachen. »Tut mir leid, aber ich bin gerade wie betrunken vor Glück! Dein Buch ist endlich da! Wenn ich das gewusst hätte, hätte ich noch fix Champagner organisiert!«

Sie wendet sich wieder ihrem Smartphone zu, öffnet die Amazon-App, sucht nach meinem Buch und strahlt mich dann stolz und glücklich an, während sie mir das Display mit der Bestellbestätigung vor die Nase hält. Ich lächele und fühle mich so sehr angekommen.

»So, und was war das gerade mit Sebastian?« Sie schaut mich an, dann richtet sie den Blick nach vorn und schüttelt mit dem Kopf. »Wer ist noch mal Sebastian?« Sie wirkt, als überlege sie wirklich kurz, nippt dann an ihrem Dosenbier. »Ach, der mit der Haarbürste und dem Brief, was? Der Vollidiot, der nicht mir dir zusammenziehen wollte, der Typ, dem ich zu verdanken habe, dass du nun in meinem Block wohnst, was?« Sie strahlt.

»Ach, Linda, ich lieb dich so!« Ihre ehrliche Art ist so erfrischend, sie nimmt kein Blatt vor den Mund und spricht, wenn auch mit einem Augenzwinkern, das aus, was ich fühle, mir selbst aber nicht erlaube. Oder was ich gern fühlen würde? In jedem Fall ist es nicht nur leicht mit ihr, sondern ihre Leichtigkeit und Unbeschwertheit überträgt sich auch auf meine Stimmung, wenn wir mal nicht zusammen sind.

»Gut! Für weniger gibst du dein Herz bitte nicht mehr her, hörst du?!«, sagt sie grinsend und dennoch mit Nachdruck.

»Ist das 'ne Drohung? Ernsthaft, welcher Mann könnte dir schon das Wasser reichen? Dann bleibe ich ja ewig Single.«

Linda nickt und grinst. »Gute Idee!« Dann besinnt sie sich wohl, denn nun interessieren sie doch die Details der Begegnung und sie hakt nach.

Ich berichte etwas zögerlich und betont emotionslos. »Na ja, ich wollte eigentlich nur einkaufen, hier im Edeka, und plötzlich kam er raus und dann haben wir uns unterhalten.«

»Nee, langsam und von vorne: Hast du **ihn** gesehen oder er **dich**?«

Ich muss lachen, genau dafür liebe ich Linda so sehr, unter anderem. Sie hört nicht nur genau zu, sondern sie ist auch wirklich, wirklich interessiert und durchschaut immer, wenn ich mich kurzfassen will, obwohl ich noch so viel mehr ergänzen könnte, aber Angst habe, zu viel Raum einzunehmen. Linda ist meine korrigierende Erfahrung in vielerlei Hinsicht.

»Okay, also, ich habe sein Auto entdeckt, und da kamen so viele gemischte Gefühle hoch, und plötzlich stand er vor mir, und dann hat er versucht, witzig zu sein. Als er mich gefragt hat, wie es mir so geht und ich nur knapp ›gut‹ geantwortet habe, meinte er, dass er es schade finde, dass unsere Beziehung so oberflächlich sei …«

Linda stöhnt auf, als hätte sie ernsthafte körperliche Schmerzen, ich breche ab und muss lachen. »Sorry, geht schon wieder, aber wie armselig ist das bitte? Er hat deine Nummer, wenn er ernsthaft an einer tieferen Verbindung interessiert wäre, frage ich mich, warum er a) keine initiiert hat, als er die Chance dazu hatte, und b) warum er seinen Fehler nicht korrigiert hat im letzten Jahr? Warum war er überhaupt hier, in **unserem** Edeka?«

»Seiner hat 'nen Wasserschaden.«

»Wohl eher Dachschaden!« Genervt schüttelt Linda ihren Kopf.

Ich atme tief ein, einerseits bestärkt es mich darin, dieser Begegnung wenig Raum zu geben, und andererseits war da offenbar noch etwas: Sebastian war und ist mir nicht egal.

Ich spreche diesen Gedanken aus, Linda legt den Kopf schief und sagt sanft: »Marina, natürlich ist er dir nicht egal, überleg mal, es gab nie einen Abschluss, und zwischenmenschlich lief es gut zwischen euch. Ihr habt euch selten gestritten, ihr hattet einfach andere Vorstellungen von der Zukunft und eurer Beziehung. Und so hart das klingt, an permanenten Streitereien kann man arbeiten, aber an unterschiedlichen Werten? Einer würde hier immer den Kürzeren ziehen. Und in eurem Fall wärst das definitiv du.«

Ich schaue zu Boden. Sie hat recht, dennoch habe ich den Impuls, Sebastian zu schreiben, ihn wiederzusehen. Ich fühle Lindas Blick auf mir und wende mich ihr zu.

Sie grinst und fragt: »Weißt du schon, was du ihm schreibst?« Ich lache und schüttele den Kopf, bevor ich die Dose leer trinke. Linda kommentiert dies mit: »Ui, das war aber definitiv ein Holzmann!«

Es gibt diverse Bezeichnungen für den letzten Schluck im Bier, zum Beispiel »Pennerschluck«, diesen Begriff habe ich erstmals in einer Kneipe gehört, jedoch statt »Pennerschluck« »Penisschluck« verstanden. Was ich wiederum deutlich lustiger fand – wenn auch ohne erkennbaren Sinn. Jedenfalls habe ich in meinem Freundeskreis, der letztendlich aus mir und Linda besteht, den Begriff des Penisschlucks etabliert. Als ich gerade meinen Roman schrieb und mir die Mikropenis-Anekdote in den Sinn kam, wurde aus einem kleinen Penisschluck ein »Basti« und ein großer Penisschluck wurde als »Holzmann« bezeichnet. Diese Bezeichnung verdanken Linda und ich Christian Holzmann, einer meiner zweieinhalb Bekanntschaften im vergangenen Jahr, aus denen allesamt nichts geworden ist. Man kann sich vielleicht denken, warum Christian sozusagen der Namenspate des großen Penisschlucks wurde.

Linda fährt fort: »Verrückt, dass ich gerade gar nichts mit Sebastian anfangen konnte, wo er uns doch so oft begleitet, als ›Basti‹.«

Nun kämpfe ich mit dem großen Schluck Bier, der im Falle einer Niederlage aus meiner Nase herauskommen würde. Als ich es endlich geschafft habe, ihn hinunterzuschlucken, kann ich nicht aufhören, laut zu lachen. Lindas Hunde fixieren mich bereits und legen ihren Kopf schief, während sie triumphierend ihre Dose hochhält, um auf sich selbst anzustoßen.

Am Abend liege ich in meinem Bett. Da ich bereits am Nachmittag nichts bei Netflix gefunden habe und mir die Nachricht an Sebastian noch ein paar Tage aufsparen will, scrolle ich auf Instagram herum. Nein, eigentlich nur auf dem Profil von Lieblingssternenstaub. Nicht, weil ich keine anderen guten Profile finde, sondern vielmehr, weil ich dort ein gesundes Maß an Frust und Futter bekomme statt motivierender Weisheiten, die meinen Raum nur kurz erhellen wie ein Streichholz und mich dann doch wieder in der Dunkelheit zurücklassen. Ein Post springt mir förmlich ins Gesicht, vielleicht wegen der Erinnerung von heute Nachmittag, als ich an meine Anzeige bei der Polizei gedacht habe.

Jennifer Angersbach
designed mit Canva

»Meine Schwester hat mich schon wieder gefragt, ob ich am Samstag auf Charlotte aufpassen könnte! Mann! Als hätte ich nichts Besseres zu tun! Und warum? Rate mal! Um mit ihrem Mann ins Möbelhaus zu fahren! Ich könnte kotzen!«, beklagt sich Stefanie.
»Dann sag ihr doch einfach ab?!«, erwidert Sylvie.
»Nee, ich hab ihr schon zugesagt«, sagt Stefanie, noch immer sehr wütend.
»Warum das denn?« Sylvie ist voll irritiert.

»Ja, was hätte ich denn sagen sollen? ›Nee, ich wollte
mal mein Wochenende genießen‹?«
Sylvie zuckt mit den Schultern. »Zum Beispiel …«
»Ts!« Stefanie winkt ab. »Du kennst meine Schwester
nicht. Sie würde mir direkt erzählen, wie egoistisch
ich doch bin und sich dann bei Papa beschweren, der
mich dann anrufen würde, um mir ins Gewissen zu
reden. Das erspare ich mir lieber direkt. Ich finde es
einfach dreist!«
»Ganz ehrlich, aber dann bist Du doch selbst
schuld?«, sagt Sylvie unbeeindruckt von der
Begründung.
»Ja, danke! Echt jetzt? Wenn ich es tue, bin ich selbst
schuld und wenn ich es nicht tue, bin ich schuld
daran, dass meine Familie mal wieder über mich
herzieht und mir vorwirft, ich sei egoistisch!«
»Tut mir leid, Steffi, aber Du begibst Dich immer
selbst in diese Opferrolle. Dann beschwer Dich doch
bitte auch nicht.«

Puh. Ich bin definitiv Team Steffi. Wobei, Sylvie hat eigentlich recht. Aber was ist denn mit der Eigenverantwortung? Ich kenne Jenni mittlerweile recht gut, ihr geht es nie um Abwertung oder darum, mit dem Finger auf jemanden zu zeigen. Vielmehr ist es ihr wichtig, einen guten Grund für eben das Verhalten zu finden, das nicht sonderlich konstruktiv wirkt oder ist, um es mal sanft auszudrücken. Ich bin froh, dass ich ihre Beiträge nur selten kommentiere, denn ich merke, wie hin- und hergerissen ich bin. Also lese ich direkt die Auflösung.

Steffi begibt sich nicht selbst in die Opferrolle oder Opferhaltung, sie kommt da einfach nicht raus. Und das ist ein großer Unterschied!
Offenbar erfuhr sie jahrelang Ablehnung, wenn niemand von ihr profitierte, ihr wurde vermutlich schon in jungen Jahren zu viel Verantwortung gegeben (»Die Mama ist jetzt traurig!« – »Jetzt hilf Deiner Schwester, der Papa hat den ganzen Tag gearbeitet!« – »Jetzt sei nicht so egoistisch, kleines Fräulein!«).

O Mann, das macht was mit mir. Jenni spricht genau meine Themen an. Das Gut-Sein-Müssen, die Überforderung mitsamt der Verantwortung und dem Druck. Mir schließen

Tränen in die Augen und wieder einmal wird mir bewusst, wie lang dieser Weg ist. Vielleicht ist es einfach an der Zeit, nicht darauf hinzuarbeiten, endlich leben zu können, sondern endlich zu leben, auf diesem Weg und mit dieser Arbeit. Was soll schon passieren?

Erfahrungen können uns nachhaltig schlecht fühlen lassen, wir haben dann selbst in „sicheren Situationen" diese Erfahrung präsent, fühlen uns ängstlich, ausgeliefert.
Wenn wir in akuter Gefahr sind, sehen Menschen unsere Not, haben Verständnis und Mitgefühl, wenn wir uns beklagen.

Ja, er/sie kommt da nur selbst raus, doch dafür müssen die Ängste und all die anderen Gefühle verstanden und akzeptiert werden. Verständnis, Mitgefühl und Akzeptanz sind dann wichtig statt noch mehr Schuld, Verantwortung, Scham und Ablehnung.

Wenn die Gefahr jedoch ausschließlich in unseren Gedanken, unseren Emotionen erlebbar ist, wird uns suggeriert, dass wir selbst Schuld sind, wenn wir uns immer als Opfer fühlen.
Doch wir brauchen auch hier, mehr denn je, Verständnis, Unterstützung, Zuwendung und Mitgefühl.

Das
auszuhalten, ist nicht immer leicht: Sylvie (vorheriger Post) sieht das Problem zwar, aber gibt Steffi selbst die Schuld, statt für sie da zu sein.
Falls es Dir schwerfällt, auszuhalten, ist das voll okay! Dann sag das lieber ganz klar, anstatt selbst auf Distanz zu gehen und »abzulehnen«.
Falls Du aushalten möchtest, aber immer wieder den Impuls hast, Gefühle abzuschwächen oder abzusprechen (»So schlimm ist das doch nicht!«), dann versuche mal, davon auszugehen, dass es die Wahrheit ist.
Und wenn dann jemand sagt: »Ich fühle mich ausgeliefert!« – dann hast Du eine Ahnung davon, wie schlecht es ihm/ihr wirklich geht.

Während ich Jennis Post lese, überkommt mich mal wieder ein Gefühl von Dankbarkeit. Denn mich begleitet nicht nur Jenni, auch Linda ist da. Obwohl unsere Freundschaft erst so spät begonnen hat, habe ich mich selten so sicher gefühlt wie bei ihr, und andersherum ist es genauso. Wir teilen alles, Freud und Leid, schambehaftete Gedanken und irrwitzige Ideen – ohne einander jemals abzuwerten oder infrage zu stellen. Wir begegnen uns immer auf Augenhöhe, immer ehrlich und dabei immer respektvoll, neugierig und wertschätzend.

Und während mir das bewusst wird, erkenne ich auch diesen Wandel im Außen. Früher waren es immer Männer, die mich umgaben. Da gab es Thomas als besten Freund, in der Regel auch immer einen Mann, mit dem ich gerade anbändelte, mich in einer Beziehung befand oder dem ich hinterhertrauerte. Sämtliche Ärzte waren männlich – bewusst ausgewählt. Mittlerweile ist das anders. Meine beste Freundin ist weiblich, meine Beraterin ebenfalls und ich bin sogar zu der Zahnärztin in meiner Zahnarztpraxis gewechselt. Das ergab sich zwar eher durch eine Urlaubsvertretung, aber mittlerweile bin ich ganz bewusst bei ihr in Behandlung.

»Vielleicht habe ich mich durch die Aufarbeitung meines Missbrauchs endlich auch von der zwanghaften Anziehungskraft der maskulinen Energie befreit?«, denke ich und muss schmunzeln. Eigentlich ist mir der Begriff »Energie« zu esoterisch. Ich scrolle noch fix durch die einzelnen Seiten des Karussell-Posts.

Wenn Du Opfer bist, dann liegt die Schuldfrage nahe, ebenso die Frage nach der Selbstschuld.
Es geht nicht um Schuld, sondern um Verständnis und Akzeptanz. Akzeptanz bedeutet nicht, dass Du es gut finden musst oder dass es so bleibt, wenn Du es akzeptierst.

Im Gegenteil: Akzeptanz bedeutet, dass Du es annimmst, obwohl es wehtut, und dass Du es loslassen kannst, wenn Du es akzeptiert hast.

Ich habe keine Wahl: In beiden Fällen fühlt es sich so an, als hättest Du keine Wahl. Du bist ausgeliefert, Dir selbst oder/und Anderen.
Es ist die Wahl zwischen Pest und Cholera. Entweder fügst Du Dich und überschreitest Deine Grenze, fühlst Dich unwohl, schämst Dich. Oder Du fügst Dich nicht und die Konsequenz ist Ablehnung, Abwertung und Schuld, die Dir Andere geben, und Du schämst Dich.

Verstehen und Akzeptieren: Wenn Du diesen Mechanismus verstehst, das Gefühl zulässt, dass Du Opfer bist und warst, fühlt sich das bedrohlich an, traurig, schambehaftet, Du hast Angst, siehst keinen Ausweg. Es ist ungerecht und schwer auszuhalten.
»Ich konnte nichts dafür, ich war Opfer, weil ich abhängig/ausgeliefert war.«
Ja, ich war und bin Opfer. Was mir widerfahren ist, war falsch! Ich darf enttäuscht sein, ich darf auch schwach sein. Das mindert nicht meinen Wert.
Bei Steffi heißt das: Ich bin Opfer meiner Familie. Ich bin abhängig und fühle mich verantwortlich, daher lasse ich mich ausnutzen.
Ich darf Grenzen setzen, Bedürfnisse haben, sein, um Hilfe bitten, selbst auf mich aufpassen. Und ich darf mich von Menschen abwenden, die mir genau das verbieten wollen. Ich bin verantwortungsbewusst und trage vor allem die Verantwortung für mich selbst. Ich bin gar nicht mehr so abhängig und auch nicht verantwortlich für das Wohlergehen derer, die sich nicht verantwortlich für mich fühlen.

Ich lese diese letzten Worte zweimal, einmal leise und einmal laut für mich selbst. Obwohl ich kein Fan von diesem »Umprogrammieren« bin, oder gar »Transformieren«, tut es ab und an gut, selbst ein bisschen liebevoll mit mir zu reden. Mit diesem Gedanken schlafe ich ein.

Lieblingssternenstaub

Es ist fünf Uhr und ich freue mich über den Sonnenaufgang, der mich weckt. Ich gehe barfuß und leicht tänzelnd zur Kaffeemaschine.

Vor der Tür miaut unsere neue Mitbewohnerin Alice. Lasse wollte einen Hund, ich wollte ein kleines Zicklein, und so haben wir uns auf eine Katze geeinigt. Sie war knapp ein Jahr alt, als sie zu uns kam, ängstlich und gleichzeitig sehr distanzlos und kuschelbedürftig. Nachts bringe ich sie raus und tagsüber schläft sie entweder im Bett oder, je nach Gelegenheit, auf einem von uns. Ich lasse sie rein und irgendwie ist sie erbost darüber, dass ich so »lange« geschlafen habe. Sie läuft zielstrebig zu ihrem Futterturm und beschwert sich lautstark darüber, dass sie sich die Pfoten schmutzig machen muss, um das Futter aus der zweiten Ebene auf die untere zu schieben.

Während der Caffè Crema durchläuft, tue ich ihr den Gefallen und schiebe ihr Futter direkt auf die untere Ebene vor ihre Nase. Das Miauen wird durch ein Knuspern ersetzt. Der Kaffee ist fertig und ich lege mich wieder ins Bett. Prompt kommt Alice angelaufen und lässt sich auf meiner Brust nieder. So ein verrücktes Tier. Ich kraule sie am Bauch. Dann richte ich mich etwas auf, sie macht es sich in meinem Schoß bequem. Ich greife zur Kaffeetasse und zum Smartphone, sehe eine Nachricht von Sebastian auf dem Display und mir ist direkt mulmig zumute. Sämtliche Alarmglocken schrillen, ich habe Angst, Angst vor mir selbst. Angst davor, was seine Nachricht in mir auslösen könnte, Angst davor, erneut verletzt zu werden. Angst, mich wieder zu verlieren, weil ich nicht weiß, wie gefestigt ich bin.

Mann. Ich ärgere mich darüber, dass er es mir so schwer macht. Und dann wird mir bewusst, dass es ja auch nicht seine Aufgabe ist, es mir leicht zu machen, er kümmert sich einfach um seine Bedürfnisse und irgendwie frustriert mich das. Vielleicht, weil ich mich nun doch entscheiden muss? Als er sich getrennt hat, konnte ich wütend sein, ich hatte keine Wahl, aber jetzt? Jetzt suggeriert er mir, dass er mehr will, und ich muss »die Entscheidung« treffen. Ich bin total verwirrt, ich habe so sehr an mir gearbeitet und will mir das von ihm nicht nehmen lassen, merke aber, wie sehr mich selbst diese kleine Begegnung, von der ich dachte, sie sei zufällig passiert, aus der Bahn wirft. Jetzt zu hören, dass es gar kein Zufall war, macht es doch nur noch schwerer für mich, auf seine Nachricht mit Nein zu antworten. Ich fühle mich geschmeichelt, will mich aber nicht geschmeichelt fühlen, ich will, dass er mir egal ist. Vielleicht will ich auch einfach den Kontakt meiden, weil ich Angst vor dem habe, was er in mir auslöst? Aber wäre das nicht feige? Und während ich versuche, mich zu verstehen und herauszufinden, was ich will, was mich ärgert und ängstigt, erscheint eine neue Nachricht auf dem Display.

Er lässt nicht locker, na toll. Gut, nutze ich eben meinen Frust, schreibe nicht sonderlich zugewandt zurück und hoffe, er liest meine Nachrichten genauso ablehnend, wie ich sie schreibe.

Ich fühle mich ertappt, immerhin kommt er darin vor. Andererseits kommt er wirklich nicht allzu schlecht darin weg und zum Glück habe ich seinen Brief etwas abgewandelt, nicht, dass er mir noch mit 'ner Klage wegen Persönlichkeitsrechtsverletzung kommt. Plötzlich fühle ich mich geschmeichelt. Er hat als einer der Ersten mein Buch bestellt.

Ich bin irritiert und lese meine Nachricht erneut. Klar, je nach Betonung klingt sie tatsächlich sehr flirty. Dabei hatte ich sie vorwurfsvoll gemeint: Mein Buch soll er ruhig lesen, dann weiß er, was er mir angetan hat, und dass er ein ganzes Jahr gewartet hat, um sich zu melden, finde ich durchaus recht dreist.

Ich lege mein Smartphone zur Seite. Das reicht für heute. Ich besinne mich auf Lindas Worte. Außerdem ist es nicht mal sechs Uhr, also sozusagen noch Nacht. Und Nachrichten in der Nacht haben immer diesen fiesen Beigeschmack von Sehnsucht und Verzweiflung. Ich stehe auf, für den zweiten von drei Caffè Crema, die zu meinem Morgenritual gehören. Zurück im Bett sehe ich eine neue Nachricht von Sebastian.

Puh. Ich lese die Nachricht dreimal und verstehe noch immer nicht, warum er das schreibt. »Wenn er mich wirklich hätte zurückerobern wollen, für mich kämpfen wollen, dann hätte er das auf jede erdenkliche Art und Weise tun können«, denke ich wütend. Stattdessen hat er, voller Selbstmitleid, diese Beziehung mit einem Brief beendet, in dem er mir dargelegt hat, dass er nicht gut genug für mich sei und mir nicht geben könne, was ich verdient hätte. Zur Wut mischt sich Verachtung. Fast schon paradox, dass ich ihm, diesem erbärmlich schwachen, reaktiven, wie er sich selbst bezeichnet, Typ Mann unterstellt habe, mich retten zu können. Er schafft es ja nicht einmal, sich selbst zu retten.

Erstaunlich, wie schnell der Abwertungsmechanismus funktioniert. Ich bin unsicher, was genau ihn aktiviert hat, vermutlich war es das, was zwischen den Zeilen steht, oder das, was ich dort lese: Marina, danke fürs Warten, ich wäre jetzt so weit. Eine vermeintliche Entschuldigung, die durch seine Rechtfertigungen und Erklärungen relativiert wird und die anscheinend reicht, um mich nach einem Jahr des Ignorierens wieder an seine Seite zu holen.

Ich entscheide mich einfach gegen eine Antwort und hoffe, mein Nichtantworten löst keine weitere Nachricht bei ihm aus, die mich erneut triggern oder aufwühlen könnte.

So langsam ist es Zeit, mich anzuziehen und zur Arbeit zu fahren, ich bin mittlerweile bei der AWO in einer Beratungsstelle für Schwangerschaft, Familie und Sexualität. Dort können Frauen Anträge für Gelder aus der Mutter-Kind-Stiftung des Bundes stellen oder/und sich gleichzeitig über Schwangerschaftsabbrüche informieren. Außerdem gibt es viel Präventionsarbeit an Schulen. Nach meiner eigenen Erfahrung mit der ungeplanten Schwangerschaft und der Fehlgeburt, aber auch mit dem Missbrauch in meiner Kindheit, dem Mangel an Aufklärung damals, dem langen Schweigen und zu guter Letzt mit der Aufarbeitung bei Jenni und der Strafanzeige, hatte ich das Gefühl, mich dort bewerben zu müssen, als ich die Stellenausschreibung sah. Vielleicht wollte ich nachholen, was mir selbst so lang vorenthalten worden war: Fürsorge, Verständnis, Mitgefühl. Die Aussicht auf einen Job in der Präventionsarbeit gab mir ein Gefühl von Wirksamkeit in diesem Themengebiet. Ein Themengebiet, das bei Betroffenen oft so viel Ohnmacht und Hilflosigkeit auslöst. Ich habe die Stelle bekommen und meine Probezeit von drei Monaten ist seit knapp zwei Wochen vorbei.

Ich komme wie so oft als Erste in der Beratungsstelle an, schließe alle Schränke im Sekretariat auf, mache Kaffee, gehe in mein Büro und freue mich über die vielen Beratungen, die ich heute habe: Elterngeld, Schwangerschaftsabbruch, Verhütungsberatung und zum Abschluss noch mal Elterngeld. Der Tag wird schnell vergehen und die Vorbereitungen am Schreibtisch, das Aktenanlegen und die entsprechenden Dokubögen auf Kohlepapier erfreuen mich jeden Tag. Das Kohlepapier, aber auch dieser Bürokram wie Tackern, Heften, Kopieren, Beschriften, all das erinnert mich immer an mein Lieblingsspiel von früher: Post.

Ich hatte diesen gelben Pappaufsteller, ein paar Stempel, einen Tacker und ganz viele von diesen Paketstickern mit Kohlepapier. Ganz simpel. Ganz einfach, ein Spiel, das ich alleine spielen konnte, ein Spiel, bei dem es kein Richtig oder Falsch gab. Diese Tatsache hatte ich als Mama nicht auf dem Schirm, weil mir vielleicht nie bewusst war, wie wichtig das Spielen als solches ist. Ständig hielt ich Ausschau nach den Hinweisen, welche Fähigkeiten jeweils dabei gefördert wurden, anstatt mich zu fragen: Was macht wohl **Spaß**? Spielen soll vor allem Spaß machen, und als Erwachsene fällt es mir unglaublich schwer, einfach mal nichts zu tun in Form von vermeintlich sinnlosem Spiel. Darüber hatten sich auch meine PEKiP-Muttifreundinnen immer beschwert, mir ging es also nicht als Einzige so. Aber jetzt, da ich an das Post-Spiel denke, bei dem es keine Niederlagen, kein Scheitern gab, kein Gewinnen, keinen Wettkampf, einfach drauflostackern und -stempeln, jetzt wird mir plötzlich bewusst, wie befreiend Spiele sein können, bei denen es mal nicht um Leistung und Wettkampf geht.

Ich schwelge noch ein paar Minuten in der Erinnerung, sehe meinen Kiefernholzschreibtisch ganz deutlich vor mir, das Fenster in der Dachschräge, die grüne Lampe mit den billigen Blumen-Stickern, die unsere Oma uns immer aus den Frauenzeitschriften geschenkt hatte, und dem orangefarbenen Teppich, auf dem ich gerne mit meinen Kuscheltieren einen Sitzkreis gemacht habe, bevor ich langsam wieder ins Heute gleite.

Dank meiner zahlreichen Fortbildungen und der gelungenen Einarbeitung in den ersten Wochen fühle ich mich recht sicher mit den Inhalten, zu denen ich berate. Meine drei Kolleginnen sind wirklich nett und hilfsbereit. Nach den Ferien darf ich eigene Präventionsveranstaltungen an Schulen durchführen, davor graut es mir noch etwas, aber ich freue mich auch darauf. Verrückt, wie schnell sich das Leben verändern kann. Noch vor drei Jahren war ich mitten im Studium und wusste nicht, wohin es mich zieht. Erst der Job bei Sebastian, dann die Arbeit mit jungen Geflüchteten zur Arbeitsmarktintegration, später als Sozialpädagogische Fachkraft, und jetzt sitze ich hier in meinem eigenen Büro und berate Menschen, Frauen. Ich habe geregelte und familienfreundliche Arbeitszeiten, ein kleines tolles Team und eine wirklich nette Chefin. Eine absolute Wohltat gegenüber der Zeit während des Studiums, als es nie wirklich einen Feierabend gab, sondern ich abends oft noch an den Schreibtisch musste und mich allein der Gedanke daran den ganzen Tag gestresst hatte. Oder auch die Arbeit mit den Familien in der ambulanten Erziehungshilfe, hier gab es dann Termine, die Dokuzeiten konnte man sich frei einteilen, und genau diese freie Einteilung sorgte ebenfalls dafür, dass ich oft noch abends an den Schreibtisch musste, um einen Bericht zu schreiben. Das ist hier allein schon aus datenschutzrechtlichen Gründen nicht möglich. Es ist strikt verboten, Mails zu Hause abzurufen oder gar zu Hause noch irgendwas zu dokumentieren.

Mittlerweile trudeln meine Kolleginnen ein. Sie freuen sich über mein Engagement und den Kaffee, dann beginnt jede von uns mit ihren Terminen. Um vierzehn Uhr hefte ich die letzte Papierakte ab und verabschiede mich. Ohne Gedanken darüber, was ich heute Abend noch tun oder erledigen muss, alles ist abgearbeitet. Hier gibt es keinerlei Beratungs**prozesse**, sondern die Anliegen werden in den meisten Fällen im ersten oder letzten Termin geklärt, sodass auch das nicht mehr nachklingt und ich nicht groß darüber nachdenke, wie es weitergeht oder was vielleicht helfen könnte.

Als ich im Auto sitze, überkommt mich erneut die gestrige Wehmut. Was fange ich mit meinem freien Nachmittag an? Ich wollte, seitdem ich hier arbeite, immer schon mal durch die Innenstadt bummeln, aber nach Einkaufen steht mir gerade so gar nicht der Sinn. Ich starte den Motor und fahre nach Hause. Dort angekommen schaue ich traditionell durch das Milchglas, ob ich einen gelben Schatten wahrnehme. Als dem nicht so ist, atme ich erleichtert auf und öffne die Tür. Ich freue mich über die Ordnung und Sauberkeit, Alice kommt mir miauend entgegen, sie läuft mir zwischen die Beine, ich nehme sie hoch und begrüße sie mit einer Umarmung. Dann fällt mein Blick auf den Herd und ich freue mich über meine CousCous-Gemüse-Crème-fraîche-Pfanne. Ich schalte den Ofen ein und schaue aufs Smartphone. Keine Nachricht.

Was Lasse wohl gerade mit seinem Papa macht? Für gewöhnlich haben wir keinen Kontakt, wenn er bei Paul ist. Vermutlich noch ein Überbleibsel aus der Anfangszeit, in der sowohl Paul als auch ich den Kontakt so niedrig wie möglich halten wollten, um Missmut, Streit und unangenehmen Situationen vorzubeugen, nicht nur für unser Seelenheil, sondern auch für das von Lasse. Wir wollten vermeiden, dass er die Anspannung, die Wut oder Traurigkeit bemerkt und dadurch womöglich denkt, auf einen von uns aufpassen oder ein schlechtes Gewissen bekommen zu müssen, weil er uns beide liebt. Auch abends eine gute Nacht am Telefon zu wünschen, hätte nur Sehnsucht erweckt, oder Traurigkeit darüber, dass ich nicht bei ihm bin. Aber mittlerweile ist er ja keine drei mehr. Auch Paul und ich verstehen uns gut. Ich rufe Lasse an, doch weder er noch sein Papa gehen dran.

Dann kommt mir Caro in den Sinn, es ist schon wieder viel zu lange her, dass wir uns getroffen, geschweige denn miteinander geredet haben. Ich kann es mir selbst kaum erklären, denn Caro ist so eine wunderbare Freundin, keine der anstrengenden Sorte, bei der man froh ist, wenn man sich ein paar Mal im Jahr trifft und es dann hinter sich gebracht hat. Und eben auch nicht die Art Freundin, mit der man nur Spaß haben kann, die aber gelangweilt/genervt von Themen außerhalb der Kneipe ist. Einfach eine wirklich gute Freundin, und trotzdem schaffen wir es nicht, irgendwelche Rituale zu etablieren. Mal vergehen Wochen, mal Monate und mal treffen wir uns sechsmal im Monat und telefonieren fast täglich.

Mit Linda ist es ganz anders. Wir haben nicht jeden Abend die tiefgründigsten Gespräche, im Gegenteil, wir reden einfach über den Alltag, den Tag, erzählen uns Dinge, die man eigentlich nicht erzählt, weil sie so banal und nichtig sind. Aber die Tatsache, dass wir es nun mal können, weil wir uns einfach jeden Abend sehen, erzeugt so ein vertrautes, sicheres Gefühl, eine emotionale Verbindung, die ich in der Form bisher nie hatte, zumindest nicht zu einer Frau. Vermutlich nicht mal zu einem Mann. Manchmal frage ich mich, ob Linda auch so eine Art Heilung für meine Mutterwunde ist. Nicht, weil ich mich bei ihr als Tochter fühle oder sie gar als Mutter ansehe, sondern weil ich von ihr genau die Fürsorge, die Zuwendung, das Verständnis und die Akzeptanz erfahre, die ich mir von meiner Mama immer gewünscht habe. Linda weiß Dinge über mich, die ich Caro nicht erzählen würde, weil sie so belanglos sind. Ist Nähe vielleicht einfach der wichtigste Faktor für Bindung? Linda und ich sind uns außerdem unglaublich ähnlich, nicht nur, was unsere Lebenssituation betrifft und das Alter der Kinder, sondern auch in der Art und Weise, wie wir die Welt sehen.

Ich denke an Sebastian und direkt verspüre ich Wut. Es gab kaum Nähe, das lag nicht nur an den Treffen, die sich auf lassefreie Wochenenden beschränkten, sondern ihm war es auch nicht wichtig, unter der Woche Kontakt zu halten. Und wie ist es mit Caro und mir? Na ja, vermutlich liegt es hier vor allem am Zeitfaktor. Ich rufe an, doch auch hier ohne Erfolg.

Die Gemüsepfanne ist mittlerweile fertig, ich gehe nach oben, setze mich auf meine grüne Couch und mache es mir dort bequem, als mein Handy plötzlich klingelt. Caro? Lasse? Nein. Sebastian.

»Hallo?«, beantworte ich das Telefonat, wie jemand, der noch nicht weiß, wer sich am anderen Ende der Leitung befindet.

»Hi!«, erwidert Sebastian. Stille.

»Ja?«, frage ich. Und auch, wenn er es nicht sehen kann, habe ich meine Augenbrauen genervt hochgezogen, vermutlich noch wegen der Wut von eben. Aber vielleicht hört er es mir ja trotzdem an, wäre jedenfalls nicht verkehrt.

»Ich … Also, du hattest nicht geantwortet. Heute Morgen. Und, ich dachte, ich … Ehrlich gesagt, hab ich nicht damit gerechnet, dass du ans Telefon gehst«, stottert Sebastian.

Ich atme lautstark aus und hoffe, er interpretiert es korrekt. Sein zaghaftes, fast verängstigtes und unsicheres Rumstottern spricht jedenfalls dafür, dass er merkt, wie genervt ich bin. Schriftlich und telefonisch fällt es mir deutlich leichter, mich nicht einlullen zu lassen. Logisch, hier werde ich nicht von seiner vermeintlich schönen Retter-Statur abgelenkt. Ich muss schmunzeln über meinen Gedanken. »Okay, dann lege ich wieder auf«, sage ich nüchtern.

»Nein! So meinte ich das nicht. Hast du heute Abend Zeit?«

»Ich insel mit Linda«, antworte ich wahrheitsgemäß.

»Insel?«

Da fällt mir ein, dass dieser Begriff noch nicht gesellschaftlich etabliert worden ist – zumindest nicht außerhalb unserer Nachbarschaft. Dennoch habe ich keine Lust, es ihm erklären zu müssen, denn irgendwie hat er noch immer eine zu große

Macht über mich. Es wirkt fast so, als wollte ich ihn auf sicherer Distanz halten, zumindest so lange, bis ich mir sicher bin, dass er wirklich keine niederen Absichten hat, oder aber, bis er keinerlei Macht mehr über mich hat, auch dann nicht, wenn ich eine gewisse Nähe zulasse. Stolz auf meine hobbypsychologische Analyse erkläre ich knapp: »Ich treffe mich abends mit Linda, das nennen wir inseln.«

»Ach so.« Er klingt niedergeschlagen, atmet ein und fragt hoffnungsvoll: »Und morgen?«

»Insel!«

»Du musst dich nicht mit mir treffen«, sagt er dann leise.

O Mann. Direkt fühle ich mich an unsere Beziehung und das Gefühl erinnert, ihm unterlegen zu sein, weil diese Formulierung irgendwie impliziert, dass ich seine Erlaubnis bräuchte für meine Absage. Etwas zu harsch für meinen Geschmack sage ich: »Ich weiß!«, und weil mich direkt danach ein schlechtes Gewissen überkommt, biete ich ihm an, dass er nach der morgigen Insel, so gegen zwanzig Uhr, vorbeikommen darf.

»Cool! Ich freu mich!«

Ich nicke, dann fällt mir ein, dass er es nicht sehen kann. Freude möchte ich nicht erwidern, also verabschiede ich mich mit »Bis Morgen!« und lege auf.

Puh. Die Anspannung fällt ab, der Appetit ist mir vergangen. Ich stelle den Teller auf den Boden vor mir. Alice reagiert auf die vermeintliche Einladung und kommt angetapst. Bevor sie sich den Magen verdirbt und mir das Essen später aufs Bett kotzt, räume ich den Teller zurück in die Küche und widme mich der Gartenarbeit. Das Wetter ist schön und ein bisschen körperliche Betätigung kann nicht schaden.

Bewaffnet mit Eimer und Handschuhen gehe ich raus und zupfe Unkraut aus den zwei schmalen Beeten, die sich jeweils rechts und links von der rotgefliesten Terrasse befinden. Auf der linken Seite begrenzt ein hoher blickdichter grauer Zaun in Steinoptik meinen Garten. Auf der anderen Seite wachsen allerlei Büsche vor einem ziemlich heruntergekommenen und bewachsenen alten Holzzaun, der ebenfalls gut zwei Meter in die Höhe ragt. Direkt vor der Terrasse wurde ein kleiner Gartenteich auf der rechten Seite angelegt, er hat eine Steinumrandung, auf der sich rote Holzbalken befinden, die als Sitzmöglichkeit dienen, links daneben befindet sich ein schmaler Durchgang zur kleinen quadratischen Wiese, von rechts wachsen Bambus, Raps, Flieder und weitere Pflanzen, die ich nicht identifizieren kann. Hinter dem Teich befindet sich die Wiese, und am Ende des Gartens wächst eine riesige Hasel, hinter ihr gigantische Hortensien und Azaleen. Beides kann man leider hinter der Haselnuss mit ihren bis zum Boden hängenden Ästen nicht sehen. Ich selbst habe sie recht spät durch Zufall entdeckt, die Azalee ist knapp zwei Meter hoch gewachsen und mindestens genauso breit.

Ein Fenster öffnet sich. Jetzt bloß nicht hochschauen … Ich spüre den Blick meiner Nachbarin auf mir. Der Nachteil eines Reihenmittelhauses, den man im Garten dank der Zäune eigentlich nicht spürt, aber vom Fenster der ersten Etage hat man einen ziemlich guten Blick auf den Garten der NachbarInnen. Nach gut sieben Minuten atme ich etwas auf, war wohl doch falscher Alarm.

»Na?! Fleißig, fleißig!«, tönt es herablassend von oben. Zu früh gefreut. Ich schaue in die Richtung meiner Nachbarin und nicke zum Gruß. »Ohne Mann ja auch 'ne Aufgabe, so 'n Garten!«, erklärt sie mir mit einer Mischung aus Mitleid und Verachtung.

»Ja«, sage ich, ohne sie eines Blickes zu würdigen.

»Und so 'nen Gärtner muss man sich ja auch leisten können«, fährt sie unbeirrt fort. Ich möchte am liebsten direkt wieder reingehen und versuche es weiter mit Ignorieren, doch es scheint sie nicht groß zu stören. »Sagen Se mal, ist ihre Klingel noch kaputt? Ist ja Sache des Vermieters. Kümmert der sich net?!«

Woher weiß sie von der Klingel? Ich halte inne und schaue hoch.

»Na, ich hab's jetzt schon ein paar Mal versucht, da Ihre Haselnuss,« sie deutet nach vorn, »die wächst ja rüber. Und im Vorgarten«, sie schüttelt mit dem Kopf, »das ist ja net schön. Da wollte ich Ihnen mal Bescheid geben, das geht ja so net, wissen Se?!«

»Ich bin ja dran«, sage ich unbeholfen und fühle mich wie ein kleines Mädchen, das Ärger bekommt.

»Ja, da kommen Se aber net weit mit dem Eimer da und den Handschuhen.«

Sie klingt so belehrend, was direkt ein Gefühl von »Ich bin einfach nicht gut genug« in mir auslöst. Mich überkommen Scham- und Schuldgefühle, obwohl ich gerade nicht für sie in ihrem Garten arbeite, sondern in meinem eigenen.

»Und wegen der Klingel, wissen Se, da müssen Se dranbleiben, man darf sich net alles gefallen lassen!«

Jetzt muss ich schmunzeln, lustig, dass ausgerechnet sie, die schon mehrfach in meinem Vorgarten gestanden und Unkraut entfernt hat, mir nun erklären möchte, dass ich mir nicht alles gefallen lassen sollte. Zum Glück ist der Eimer voll, ich gebe ihr Recht, deute auf den Eimer und verschwinde durch das Wohnzimmer in Richtung Vorgarten zur Biotonne. Auf dem Rückweg lasse ich mir reichlich Zeit, indem ich erst noch einen Kaffee trinke, bevor ich mich wieder in den Garten wage.

Endlich ist Inselzeit. Heute kommt Linda zu mir, die Hunde waren bereits am See und da ich sturmfrei habe, können wir ungestört in meinem Garten sitzen und quatschen. Na ja, was heißt ungestört? Ich wohne, wie schon erwähnt, in einem Reihenmittelhaus, rechts und links grenzen die Nachbargärten an meinen, und meine Nachbarin von links scheint mich gerne mal aus ihrem Fenster zu beobachten. Aber mit Linda fühle ich mich sicher und habe keinerlei Probleme, offen über meine Gefühle und Gedanken zu reden – egal, ob jemand Anderes zuhört.

Linda liebt meinen kleinen Garten, ich besitze mehr Pflanzen und Bäume als sie, obwohl ihr Grundstück gut zehnmal so groß ist. Im Gegensatz zu ihrer großen Wiese, die rund um ihr Haus herum wächst, und dem Kirschlorbeer, der sozusagen als Grenze dient, wuchert bei mir alles ineinander. Selbst der Gartenteich ist voll bewachsen, die überdimensionale Haselnuss beschlagnahmt fast den halben Garten und in den Fugen meiner Terrasse wachsen nicht nur Unkraut und Gras, sondern gar Stockrosen haben sich ihren Weg gebahnt und lehnen am Fenster zum Wohn- beziehungsweise Durchgangszimmer.

»Wie war euer Ferientag zu Hause?«, frage ich sie, als wir auf meiner Terrasse Platz genommen haben.

»Voll schön. Lange geschlafen, Hunderunde zu dritt, irgendwie haben wir noch die Kellenhusen-Harmonie und auch den entsprechenden Ablauf. Einmal wäre die Stimmung fast gekippt, aber als ich dann ne Medienpause vorgeschlagen habe, konnte ich es abwenden.« Linda nimmt das vor ihr stehende Glas, um auf diesen Triumph anzustoßen, und beäugt dann vorsichtig den Inhalt. »Sind das wieder Brennnesseln?«

Ich lache. »Nee, gestern war es Zitronenmelisse und heute ist es Minze in Maracuja-Schorle.« Ich trinke einen Schluck, um zu unterstreichen, dass es wirklich klargeht.

Sie riecht kurz, bevor sie vorsichtig nippt und ihre kritischen Gesichtszüge sich langsam entspannen. »Lecker!«, sagt sie überrascht. Dann nimmt sie noch einen Schluck und nickt mir zu. »Wie war dein erster Arbeitstag nach dem Urlaub?«

»Der war nicht der Rede wert, allerdings hat Sebastian mir geschrieben, erst nachts, dann morgens, und vorhin rief er an.«

Ich mache eine kurze Pause, weil ich merke, wie unangenehm es mir ist, dass ich einem Treffen zugestimmt habe. Linda ist so was wie mein moralischer Kompass. Ich fürchte gar nicht so sehr, dass sie mich oder das Treffen abwertet, vielmehr merke ich, wie sehr **ich** das Treffen und mich abwerte, wenn es mir schwerfällt, ihr davon zu erzählen. Dennoch, jetzt muss es raus, es ist eh zu spät.

»Wir treffen uns morgen.«

Ich presse die Lippen aufeinander und warte auf ihre Reaktion. Linda legt den Kopf schief, formt einen Schmollmund, dann nickt sie und muss lachen.

»Ich dachte, die Soap-Phase sei überwunden? Immerhin ist dein Leben jetzt ein Buch!«

Ich grinse. »Ja, daran muss ich mich wohl erst gewöhnen«, erwidere ich lachend und auch ein wenig stolz darauf, dass ich einen Roman veröffentlicht habe.

»Wie geht es dir damit, ihn morgen zu sehen?« Plötzlich entgleiten Lindas Gesichtszüge und sie fragt schockiert: »Warte, keine Insel dann?«

Ich verschlucke mich fast an meiner Minze-Maracuja-Schorle. »Doch, doch! Er kommt im Anschluss!«

»Ein Glück!« Sie atmet erleichtert auf. »Und? Erzähl, was macht das mit dir?«

»Hm … Ich bin unsicher.« Ich presse die Lippen aufeinander und schaue in den Himmel.

»Lies erst mal vor, was er geschrieben hat!«

Ich lese ihr die Nachrichten vor und kann an ihren Reaktionen ablesen, dass es ihr dabei ähnlich geht wie mir. Am Ende nickt sie anerkennend. »Und wann hat er angerufen?«

»Vorhin. Das war voll komisch, er meinte erst, er habe überhaupt nicht damit gerechnet, dass ich drangehe, und irgendwann stammelte er dann, dass er mich gerne sehen würde.« Ich zucke mit den Schultern.

»Freust du dich denn ein bisschen?«, fragt Linda mit zusammengekniffenen Augen.

»Ich habe Angst, mich zu freuen, klingt das doof?« Ich verziehe mein Gesicht, als hätte ich etwas Bitteres gegessen.

Linda schüttelt den Kopf. »Gar nicht doof! Das ist doch verständlich, er hat damals nicht versucht, dich zurückzubekommen, im Gegenteil, er ist dir nicht mal nachgelaufen und hat dann mit einem Brief sozusagen besiegelt, dass er das auch nicht tun wird. Und das alles, als du zum ersten Mal eine Forderung gestellt hast. Wer garantiert dir, dass er es ernst meint und wirklich noble Absichten hat?«

Ich nicke. Es tut ein bisschen weh, diese Zusammenfassung zu hören. »Ich wünschte einfach, ich könnte mich mal sicher fühlen. Und irgendwie habe ich das Gefühl, dass ich mir einen Teil der Sicherheit nun selbst geben kann, einfach dadurch, dass ich besser auf mich aufpasse und für mich sorge, aber gefühlt ist das aktuell, ohne Irritationen von außen, auch einfach leichter.«

Linda schaut mich wieder mit zusammengekniffenen Augen an. »Und mit Irritationen meinst du Männer?« Ich nicke und lächele etwas verlegen. »Notfalls erzählst du ihm einfach vom Penisschluck und für welche Kategorie er steht, dann biste die Irritation bestimmt ganz rasch los!« Linda lacht und ich tue es ihr gleich. O Mann. Dann schaut sie nachdenklich nach oben und lächelt. »Wie cool der Himmel aussieht, da muss ich direkt an dein Buch denken! Das wird morgen geliefert! Ich bin schon ganz aufgeregt!«

»Und ich erst!«, erwidere ich grinsend. Wir schwelgen noch eine Weile zusammen in Erinnerungen an den Schreibprozess und die aufregenden Tage des Lektorats.

»Wie gut, dass wir uns am Ende nicht für eure Hochzeit entschieden haben. Hast du mal was von Thomas gehört?«

Ich schüttele mit dem Kopf und sage etwas unsicher: »Ich glaube aber auch, das ist jetzt gut so. Das war und ist ein gutes Ende für unsere Geschichte, er hat keine simple Trennung oder einen Abschied verdient, sondern so viel mehr.«

»Klar, ein Buch zu schreiben, um einen Freund würdig zu verabschieden, das ist ja auch so üblich.« Linda nickt und klingt sarkastisch, bevor sie theatralisch die Augen aufreißt, sich ans Herz fasst und erschrocken fragt: »Von wem verabschiedest du dich eigentlich in Teil zwei? Doch nicht etwa von mir?«

Ich winke lachend ab. »Teil zwei?«

»So, wie ich dich kenne, steht Teil zwei innerhalb des nächsten halben Jahres, dein Leben ist doch weiterhin 'ne Soap!«

Ich kneife die Augen zusammen und sage großzügig: »Das fasse ich jetzt einfach mal als Kompliment auf.«

Linda nickt betont langsam und sagt mit spitzen Lippen, jede Silbe betonend: »Ich bitte darum, Madame. Wie gnädig von Ihnen.«

Wir albern noch einen Moment herum, bis die Sonne ganz verschwunden ist und Linda viel zu spät aufbricht, mit den Worten: »Es sind Ferien, da ist das schon okay. Schlaf gleich gut!«

»Du auch!«

Wir umarmen uns fest zum Abschied, ich lasse Alice noch raus, kuschele mich dann direkt in mein Bett und lasse diesen Tag Revue passieren. Wie treffend diese Bezeichnung der Irritation doch war! Auf der Arbeit fühlte ich mich wohl, mit Linda hatte ich Spaß. Mein Mund verzieht sich unwillkürlich zu einem Schmunzeln. Abgesehen von den Kommentaren meiner Nachbarin tat auch die Gartenarbeit voll gut, egal wie viel man davon nun tatsächlich sehen kann. Nur in den Momenten mit Sebastian ging es mir nicht gut, und ich frage mich, ob das an meiner Verunsicherung liegt oder ob er mir einfach nicht guttut. Na ja, ich werde es herausfinden. Hoffentlich.

Lieblingssternenstaub

Als ich am Morgen aufwache, bin ich glücklich. Und ein biss-chen … aufgeregt? Seitdem ich verstanden habe, dass meine Aufregung, mein sogenanntes Kribbeln im Bauch, nicht durchweg positiv ist, sondern zum Teil der Angst ähnelt, fühle ich mich immer etwas verloren, wenn ich es verspüre, es ver-unsichert mich und ich kann es nicht mehr so sehr genießen. Gut, also lösen die Männer, bei denen ich mich unsicher fühle, diese Schmetterlinge aus. Vielleicht sollte ich den Termin mit Jenni doch vorziehen? Aber heute hat sie sicher keine Kapazi-täten mehr und ich kann ihr immer noch schreiben, sobald ich das Treffen mit Sebastian hinter mich gebracht habe.

Eigentlich ist es ganz leicht: auf die Gefühle achten und bewusst reflektieren, was sie mir wohl zu sagen haben. Hm. Aber was, wenn meine Angst eben übertrieben ist? Was, wenn ich, aufgrund meiner Erfahrungen, ein zu scharf eingestelltes Alarmsystem habe? Und dann höre ich Jennis Stimme, wie sie sagt: »Dann ist das so. Ein Zeichen dafür, dass du mehr Sicherheit benötigst, als du es dir vielleicht wünschst. Nimm die Angst an und gib ihr Raum.«

Ob sie das wirklich so sagen würde? Aber klar, ich muss mich der Angst nicht fügen, ich kann sie annehmen, be-trachten und mich entweder selbst beruhigen oder mir mehr Sicherheit wünschen. Entweder hält Sebastian das aus – oder nicht. Seine Entscheidung. Dann kommen mir Lindas Worte in den Sinn: »Für weniger gibst du dein Herz nicht mehr her!«

Bestärkt und beschwingt hole ich mir einen Kaffee und wehre mich gegen die aufkeimenden Erwartungen und daraus resultierenden Illusionen bezogen auf einen Neuanfang mit Sebastian. Das passiert irgendwie vollautomatisch, also unbewusst, denn eigentlich habe ich mir ja die Frage, ob ich ihn tatsächlich zurückhaben will, noch gar nicht beantwortet. Ich erschrecke, als mir das in den Sinn kommt. Ich überlege die ganze Zeit hin und her, ob er mich wirklich will und gute Absichten hat, aber was will **ich** denn eigentlich? Ich fühle mich von dieser Frage überfordert, und beim dritten Kaffee ertappe ich mich dabei, dass ich den Chatverlauf von unserem Beginn damals lese. Eigentlich absolut unverantwortlich, dass WhatsApp mir das ermöglicht. Diesmal wehre ich mich gegen die sogenannte Eigenverantwortung, WhatsApp ist Schuld, ich lese weiter, bis der Kaffee leer ist und ich mich fertig machen muss.

Die Arbeit fällt mir heute nicht ganz so leicht wie gestern, aber immerhin lenkt sie mich ab. Im Auto auf dem Rückweg höre ich lautstark Radio und singe mit. Wie schön, dass auf meinen Lieblingsradiosender »Antenne Unna« Verlass ist. Dann wird plötzlich *Halbe Liebe* anmoderiert, ein Song von Florian Künstler. Mir sagen weder Interpret noch Song etwas, also höre ich aufrichtig zu und weine, während der Song Bilder von Sebastian und mir heraufbeschwört. Dazu der emotionale Gesang, voller Verzweiflung und Schmerz. Ich greife zum Smartphone und füge das Lied meiner Playlist hinzu.

Zuhause erfreue ich mich erneut an der Ordnung und Sauberkeit. Ich setze mich an den Küchentisch und trinke einen Kaffee, wie lang so ein Tag ohne Lasse ist. Ich vermisse ihn schon jetzt, und plötzlich überkommt mich wieder diese Wehmut. Heute gemischt mit einer kaum auszuhaltenden Schwere. Wie viel subtile Verantwortung übertrage ich eigentlich meinem Sohn, wenn sich mein Fokus im Leben so sehr auf ihn konzentriert? Und was fange ich mit meinem Leben an, wenn er mehr und mehr sein eigenes Leben lebt? Er braucht mich schon jetzt kaum mehr, verbringt die Nachmittage meist draußen, mit seinen Freunden, während ich mich um Einkäufe, den Haushalt und den Garten kümmere. So viele Jahre habe ich damit verschwendet, jemanden zu finden, der mir hilft, mein Leben zu führen. Und ich fühle mich verloren, wenn da niemand ist, um dem ich mich kümmern und sorgen darf, der mir Orientierung gibt, an den ich mich anpassen kann. Zur Schwere und zur Wehmut gesellen sich Scham und Einsamkeit.

Liebe.

Liebe ist der Sinn des Lebens. Wir werden erwachsen, wachsen, lernen zunächst uns und dann jemand Anderen kennen und entfernen uns oder wachsen zusammen. Also, miteinander weiter. Nicht zusammen. Aber was, wenn die Liebe fehlt? Aus irgendeinem Grund macht sich bei diesem Gedanken ein Druck in mir breit, eine Anspannung: Ich muss mein Leben selbst gestalten. Ich darf nicht vor lauter Verzweiflung meinen Pinsel aus der Hand geben.

Doch genau das habe ich bisher immer getan: nach einem Mann gesucht, der meinen Wert steigert, coole Hobbys und einen tollen Freundeskreis hat, von dem ich profitieren kann. Meine Aufgabe hat immer darin bestanden, diesen Mann zu halten, egal, was es kostete. Ansonsten habe ich Langeweile oder Frust empfunden. Mit Sebastian zum Beispiel: Er wollte meinen Pinsel nicht, und ich stand da, vor dieser Leinwand namens Leben, und wusste nichts anzufangen mit der bunten Farbpalette. Er hingegen zeichnete munter drauflos und ich schielte immer zu seiner Staffelei hinüber und fühlte mich unbeholfen und klein, er »malte« mit einer solchen Leichtigkeit. Ich wünschte, ich könnte mein Leben irgendwann mal so unbeschwert leben wie er. »Zeig mir, wie man malt!«, hallte es in der sehnsüchtigen Stimme des kleinen Prinzen durch meine Gedanken, der voller Not darum bittet, dass man ihm ein Schaf zeichnet. Doch Sebastian nahm mich nur sinnbildlich auf seinen Schoß und ließ mich beobachten, was er tat – als ich auf seiner Leinwand mit ihm zusammen malen wollte, nahm er mir den Pinsel aus der Hand.

So. Und was mache ich nun mit dieser leeren Leinwand? Vielleicht sollte ich einfach mal anfangen, zu malen? Es wirkt fast so, als würde ich mich nicht trauen, aus Angst, dass ich scheitern könnte. Dabei geht es nicht um das fertige Gemälde, sondern um den Prozess des Malens. Wir arbeiten ja nicht auf den Tod hin, sondern wollen leben.

Prompt ziehe ich meine Sportschuhe an und laufe los, vielleicht ist das meine Art, zu »malen«. Joggen hat mir immer schon geholfen, Joggen ist also ein Teil von mir. Ich mag die Natur, erfreue mich am Glitzern in den dichten Baumkronen, wenn die Sonne von oben auf mich nieder scheint, halte Ausschau nach vierblättrigen Kleeblättern am Wegesrand. Höre Musik und meine Gedanken im Wechsel. Ich bin im Fluss. Ich spüre die Anstrengung. Ich bin glücklich. Frei.

Zurück zu Hause dusche ich ausgiebig, das warme Wasser tut gut, ich mag das weiche Gefühl der Haut beim Einseifen. Erstaunlich, was so ein Körper alles leisten kann. Ich fahre über meinen weichen Bauch, der geziert ist von Dehnungsstreifen, mittlerweile verblasst. Verrückt, dass Dehnungsstreifen oder Speckröllchen kein Schönheitsideal sind. Erstere sind ein Symbol für die Kraft unserer Haut, ein Zeichen davon, dass sie nicht aufgibt, trotz größter Strapazen bedingt durch Wachstum, das eigene oder das eines Kindes. Und unsere Fettpolster helfen uns über schwere Zeiten hinweg, wärmen und liefern Energie. Mir liegt nichts ferner, als Schlankheit abzuwerten, aber warum ist nicht beides okay? Warum müssen wir Schönheitsideale wie Heroin chic prägen? Mittlerweile herrscht immerhin ein Umdenken in unserer Gesellschaft, zum Glück. Aber noch immer wird Body Positivity angefeindet sowie falsch verstanden und interpretiert. Ebenso gibt es reichlich Frauen, die athletisch aussehen wollen, sich für ihren Mangel an Kurven ins Fitnessstudio quälen und sich fast ausschließlich von Proteinpulver ernähren, um endlich ’nen runden großen Po zu bekommen.

Ich versuche, mich beim Abtrocknen von diesen Idealbildern zu befreien, creme mich ein und scheitere beim Anziehen meiner Skinny Jeans daran, mich wohlzufühlen. Sie ist oben einfach zu eng, und zack fühle ich mich wieder zu dick. Selbst Schuld. Einfach mal 42 statt 40 kaufen, Marina! Ich ziehe die Hose aus, mein Tüllrock mit Gummizug wirkt wahre Wunder, dazu ein Tanktop und zack: wieder hübsch! Ich lache über mich selbst.

Bis zur Insel habe ich noch zwei Stunden und überlege, was ich mit dieser freien Zeit anfangen könnte. Da kommt mir mein Roman in den Sinn. Von dem ich nicht wirklich glaubte, ich würde ihn jemals beenden, aber ich wollte schreiben und irgendwann nahmen die Zeilen und Absätze immer mehr die Form einer Geschichte an. Seit der Veröffentlichung hingegen habe ich gar nicht mehr geschrieben, fast so, als wäre Schreiben nun kein Teil mehr von mir, weil ich ja jetzt »fertig« bin. »Ich könnte wirklich einen zweiten Teil schreiben«, denke ich und laufe nach oben. Auf dem Weg zum Laptop wird mir meine verzerrte Wahrnehmung bewusst: Meine Leinwand ist nicht leer! Ich definiere mich nicht ausschließlich über meinen jeweiligen Partner und bin ansonsten ein weißes Blatt Papier! Ich habe Hobbys, ich habe offenbar sogar Talente, ich bin gerne in der Natur! Ich denke und reflektiere viel und lerne gerne Neues! Und ja, ich helfe auch gerne, nicht umsonst arbeite ich im sozialen Bereich. Ich bin lustig, habe meinen eigenen Sinn für Humor, mal intelligent und mal unterirdisch flach. Ich träume, lese und fühle mit. Ich liebe es, mir Gerichte auszudenken, backe oder koche nie nach Rezept. Ja, vielleicht verliere ich in einer Beziehung immer nur den Blick für und auf mich selbst und verliere mich deswegen. Und es ist doch normal, dass mich der Gedanke nicht beflügelt, wenn ich mir vorstelle, wie mein Neunjähriger auszieht. Er ist neun, keine sechzehn. Und wer weiß, vielleicht werde ich noch mal Mama in diesem Leben, das endlich ist, ja, aber noch lange nicht zu Ende.

Ich schreibe ein paar wahllose Gedanken auf, Themen, die ich in einem neuen Buch abhandeln könnte, erstelle einen groben Plot, habe jedoch nicht das Gefühl, von der Muse geküsst zu werden. Als Linda an die Fensterscheibe klopft, bin ich dankbar für die Unterbrechung. Die Klingel ist weiterhin kaputt und natürlich ist mein Vermieter nicht einmal darüber informiert. Ja, ich habe nicht mehr allzu große Sorge, jemandem zur Last zu fallen, wenn es um eigene Bedürfnisse geht. Aber die Klingel ist definitiv kein Bedürfnis, wofür es sich lohnt, mich der Gefahr der Ablehnung auszusetzen.

Lindas Kellenhusen-Harmonie ist dem Ferienalltag einer Berufstätigen gewichen. Sie hatte heute ihren ersten Arbeitstag und natürlich gab es Stress unter ihren beiden Jungs. Nachdem wir den Tag durch- und aufgearbeitet haben, holt sie mein Buch hervor und hat Tränen in den Augen.

»Marina!« Dann macht sie eine Pause, ihr Blick wechselt langsam zwischen Buch und mir und es wirkt so, als versuchte sie, Worte für die Gefühle zu finden, die dieses Buch in ihr auslösen. »Es … ich … Also, als es fertig war, war ich ja schon so stolz, und es jetzt aber in Händen zu halten, das ist so unbeschreiblich. Als es heute ankam, hatte ich auch schon Tränen in den Augen. Das ist verrückt, aber es macht mich so glücklich und ich bin so … ja einfach stolz. Ich bin stolz auf dich!«

Mich berühren ihre Worte sehr und ich merke, wie wieder etwas korrigiert wird. Ich werde gesehen, meine Anstrengung wird gesehen, meine Arbeit. Etwas, das ich selbst oft als wertlos abgetan habe. Zu oft hörte ich in meiner Kindheit den

Spruch, dass mir ja eh immer alles zufalle. Das ich ein Glückskind sei. Das ich es nicht so schwer habe wie Andere. Und wenn ich mich nur etwas mehr anstrengen würde, könne ich alles schaffen. Aber leider fehle es mir an Antrieb und Ehrgeiz. Und das hat sich bis heute eingebrannt. Diese verzerrte Wahrnehmung. Sätze, die eben nicht implizieren, dass ich gut bin, sondern dass ich es sein könnte, wenn ich anders wäre. Und wenn ich ehrgeiziger wäre und Ziele erreichen würde, dann läge das daran, dass ich Glück habe. Wie bescheuert. Und jetzt sitzt meine Freundin vor mir, betont nicht, wie leicht mir das Schreiben gefallen ist, sondern sieht die Leistung und ist stolz und berührt. In mir wird zusätzlich zur Korrektur ein Gefühl von Dankbarkeit ausgelöst. Auf Instagram oder in den Sprüchen, die in meinem Kalender stehen, wird immer suggeriert, dass es nie zu spät für eine glückliche Kindheit sei, dass man sich selbst heilen und lieben muss und dass man sein Glück nicht von Anderen abhängig machen soll, dass alles in einem liege und dass man den Mangel von damals nicht von und durch Andere ausgleichen lassen könne. Ich habe mich von solchen Sprüchen immer angegriffen und abgewertet gefühlt, weil ich doch genau das versucht habe: die Liebe und Aufmerksamkeit, die mir fehlten, durch einen Mann zu kompensieren. Und jetzt sitze ich hier mit Linda, und ohne explizit darum zu bitten, ohne mich sonderlich anzustrengen, mich ihr anzupassen, ohne mich von meiner »besten Seite« zu zeigen, behandelt sie mich so, wie ich es mir von meiner Mama gewünscht hätte, und es scheint Linda nicht mal schwerzufallen. Im Gegenteil.

Mir kullern Tränen über die Wangen. Ich bin sprachlos und lächele dankbar und beseelt. Linda steht auf, ich tue es ihr gleich, wir umarmen einander. Sie drückt mich fest an sich und ich fühle mich geborgen und sicher. Als wir die Umarmung lösen, lachen wir über unsere Gefühlsduselei – gar nicht abwertend, eher befreiend. Dann erschrickt Linda.

»Mist, jetzt haben wir gar keinen Plan für gleich besprochen!«
Ich zucke mit den Schultern. »Genau das ist ja der Plan. Weniger kontrollieren und illusionieren und mal schauen, wie gut es mir gelingt, einfach zu sein …« Ich halte inne und ergänze, als wollte ich mich selbst daran erinnern: »Grenzen aufzuzeigen, wenn er versucht, sie zu überschreiten, auch wenn ich ihm damit vor den Kopf stoße, und überhaupt, das zu tun und zu sagen, was sich für mich richtig anfühlt.«

»Guter Plan! Und falls es aus dem Ruder läuft, auch gut. Ich bin da, du kannst, falls nötig, auch noch danach anrufen, ansonsten sehen wir uns morgen!«

Ich bringe sie zur Tür und werde nun doch nervös. Sie geht raus, dreht sich noch mal um und wünscht mir viel Spaß. Ich grinse und schließe die Tür, bevor ich ins Bad renne, meine Haare kämme, mir die Zähne putze und unten die benutzten Gläser wegräume. Dann setze ich mich an den Küchentisch, von dem aus ich nach draußen zur Straße sehen kann und versuche gar nicht erst, mich mit dem Smartphone abzulenken. Plötzlich fällt mir ein, dass er eigentlich gar nicht wissen kann, wo ich nun wohne. Andererseits war er ja bewusst in »meinem« Edeka.

Da sehe ich ihn, draußen auf dem schmalen Weg, neben meinem Vorgarten-Feld. Ich stehe auf, grinse, nehme wahr, wie gut er aussieht, und ärgere mich dann darüber, dass ich es wahrnehme. Wie Florian Künstler in seinem Lied *Halbe Liebe*, und mit der Erinnerung an den Song überkommt mich wieder diese Schwere von der Autofahrt nach Feierabend.

Ich versuche, mir nichts anmerken zu lassen, öffne die Tür und weiche direkt zurück, indem ich aus dem Flur in die Küche gehe. »Willst du mich gar nicht begrüßen?«, fragt Sebastian liebevoll, legt seinen Kopf schief und breitet seine Arme aus.

Etwas widerwillig bewege ich mich auf ihn zu. Ein Teil von mir möchte in seine Arme laufen, der andere will ihn hauen.

Der schwache Teil gewinnt, und als Sebastian mich fest an sich drückt, mein Kopf an seine Brust gelehnt, nehme ich seinen vertrauten Geruch nach Männlichkeit war. Vermutlich nur das altbekannte Axe-Deo, aber es erfüllt seinen Zweck.

Er hält mich, ich weine und fange an, auf seinen Rücken zu trommeln. Seine Umarmung wird noch fester, als wollte er signalisieren: Ich halte das aus! Ich halte deinen Schmerz aus. Ich hab es verdient. Es tut mir leid.

Irgendwann löse ich mich aus der Umarmung. Ich schaue ihn nicht an, sondern wende mich direkt von ihm ab und gehe in die Küche. Ich gieße mir ein Glas Leitungswasser ein und lehne dann etwas verloren an der Arbeitsplatte. Sebastian kommt zu mir und hält mir seine Hand hin. Ich schüttele nur mit dem Kopf, stelle etwas zu heftig das Glas neben mir ab und verschränke die Arme.

»Weißt du eigentlich, was du mir angetan hast?«, sage ich harsch und traue mich nun doch, ihm direkt ins Gesicht zu schauen.

Sebastian weicht dem Blick aus und schaut zu Boden. »Ich befürchte, dass ich mir das ehrlich gesagt nicht vorstellen kann.« Dann hebt er seinen Blick und schaut mich ernst an. »Also, nein, ich weiß nicht, wie sehr ich dich verletzt habe, aber ich bin hier, um es zu erfahren.«

Ich weiß nicht, warum, aber die Wut verfliegt etwas. Ich will meinem Impuls, ihm alles zu erzählen, Vorwürfe zu machen und mich von ihm trösten zu lassen, nicht folgen, solange ich unsicher bin, ob es an seiner Anziehungskraft liegt, die mich besänftigt, oder tatsächlich an seiner Aufrichtigkeit. Dann fällt mir ein Post von Jenni ein und mir wird bewusst, warum seine Reaktion eine so deeskalierende Wirkung auf mich hat: Er möchte mir Raum geben, die Verantwortung übernehmen, mich und meinen Schmerz aushalten – also genau das Gegenteil von dem, was er mir noch am gestrigen Tage durch seine Nachrichten vermittelt hat.

»Marina.« Sebastian unterbricht die Stille. »Ich kann auch wieder fahren.« Er zuckt hilflos mit den Schultern und schaut mich an. Ich halte seinem Blick stand und versuche, nicht allzu viel von dem, was ich fühle, preiszugeben. Das verunsichert ihn, er lässt die Schultern hängen und weicht meinem Blick aus. »Wenn ich so viel Schmerz in dir auslöse, dann darfst du mich auch rausschmeißen, ich …«

Wieder eine Pause. In mir rumort es, ich atme ein und will ihn anschreien, mit den Worten: »Ich brauche keine Erlaubnis von dir! Du erträgst ja nicht mal mein Schweigen, wie willst du dann den Rest aushalten?« Aber dazu kommt es nicht, noch nicht.

Diesmal scheint er die Emotion in meinem Gesicht, meine Wut, richtig zu deuten, und reagiert entsprechend. »Siehst du?!«, sagt er harsch. »Deswegen habe ich es damals beendet, ich tue dir nicht gut, ich verletze dich! Ich bin nicht der Mann, den du brauchst, oder der Mann, den du in mir siehst!«

Da platzt es aus mir heraus. »Willst du mich eigentlich verarschen? Was soll dann das Geplänkel von wegen: Du hältst das aus? Du hältst **mich** aus? Das bedeutet nicht, das du mich einfach in den Arm nehmen kannst und schwups ist alles gut! Du willst mich zurück? Na, dann kämpf doch um mich, aber wenn du bloß zufällige Begegnungen im Supermarkt forcierst und bereits nach zehn Minuten meinst, du kannst es mir ohnehin nicht recht machen, warum bist du dann hier? Verdammt! Ein Jahr lang hattest du Zeit, und du suggerierst mir, dir sei so viel klar geworden, du hättest mich vermisst!«

Erst da bemerke ich, wie heiß und feucht mein Gesicht ist, die Tränen laufen nur so über meine Wangen, mein Schreien erinnert mehr an ein Krächzen. Ich bin müde, erschöpft, es tut so weh. Sebastian wirkt wie ein geschlagener Hund, ich fühle mich wie eine hysterische Bestie, verbittert, verzweifelt. Offenbar will ich zu viel. Mal wieder, oder wie immer. Ich will so nicht sein, aber seine hilflose Reaktion, sein Anblick bestätigt mich darin, wie grausam ich bin. Ich drehe mich zum Schrank um, greife nach einem Päckchen Taschentücher.

»Was hätte ich denn tun sollen? Du signalisierst mir ja schon jetzt, dass ich dich zu sehr verletzt habe, dir nicht guttue!«

Seine Worte sind leise und er wirkt so überzeugt von dieser Tatsache, dass ich plötzlich selbst in Betracht ziehe, dass er recht haben könnte. Ich wische die Tränen fort und besinne mich darauf, wie sich diese Situation für mich anfühlt. Ich atme tief ein und versuche ebenfalls, etwas ruhiger zu sprechen.

»Sebastian, alles, was ich wollte, war etwas Verbindlichkeit, das Gefühl von Sicherheit, doch das war dir nicht möglich. Und der Mangel an Sicherheit hat mich verunsichert, sodass ich versucht habe, es dir recht zu machen. Ich habe mich nicht getraut, Forderungen zu stellen, weil es dich ja schon überfordert hat, wenn ich zwischendurch mal angerufen habe. Und ja, es stimmt, wenn du an dem Beziehungskonzept von damals festhalten willst, dann tust du mir nicht gut, weil es nicht das ist, was ich will.«

Ich habe mich durch das Aussprechen meiner Gedanken etwas beruhigt und sehe wieder klarer. Das, was Sebastian mir zu suggerieren versucht hat, bewusst oder unbewusst, ist Bullshit. Ich will nicht zu viel. Vielleicht für ihn zu viel, aber dann ist er einfach nicht der Richtige. Nicht der Richtige für mich. Stattdessen fühlt es sich aber so an, als sei ich grundsätzlich falsch und wolle zu viel. Und genau deswegen hat es mich so wütend gemacht.

Er nickt und fragt: »Was kann ich tun?«

Ich seufze. Muss ich ihm jetzt ernsthaft erklären, wie man jemanden zurückerobert? Ich besinne mich auf meine innere Kraft, auf das, was ich will und versuche, die Wut, die wieder hochkommt, etwas abzumildern.

»Ich brauche ein Gefühl von Sicherheit. Von Verbindlichkeit. Seit einem Jahr versuche ich, dich zu vergessen, mich emotional von dir zu lösen, auf Distanz zu gehen. So sehr ich mich auch nach deiner Nähe sehne … Offensichtlich tut sie mir nicht gut. Beweise mir, dass du mich willst, dass du standhaft bist, dir sicher bist. Anstatt bei der kleinsten Ablehnung von mir, und sei es nur ein Schweigen, wie gerade eben, selbst auf Abstand zu gehen und mir die Verantwortung zu übertragen!«

Endlich ist es raus. Sebastian kneift die Augen zusammen und schüttelt mit dem Kopf. »Was meinst du mit Verantwortung?« Sein Ton verrät, dass er sich angegriffen fühlt, vermutlich, weil er sich in der Rolle des verantwortungsbewussten Mannes sieht.

Ich atme tief aus und versuche, es erneut zu erklären. »Na ja, du bist der, der aufgibt, aber anstatt zu sagen, dass du es nicht kannst, sagst du, dass du mir nicht guttust. Also bin ich anscheinend die Schuldige und du das Opfer.«

»Ich gebe nicht auf, ich bin doch hier! Ich sehe mich ganz und gar nicht als Opfer. Aber du weißt ja nicht, was du willst!« Sebastian schaut mir nun direkt in die Augen und fragt mich eindringlich und jede Silbe betonend: »Was willst du, Marina?«

Damit trifft er mitten ins Schwarze, die Frage von heute Morgen, die mich überfordert hat, die ich dann verdrängt und mich stattdessen unserem Chatverlauf zugewandt habe.

»Ich will geliebt werden. Ich will Sicherheit. Ich will Verbindlichkeit. Ich …« Ich breche ab, schaue zu Boden, die Worte liegen mir auf der Zunge, ich bin unsicher, ob sie stimmen, spreche sie dann aber doch aus: »Will dich!«

Ich mag mich nicht in seiner Gegenwart. Wütend. Verletzt. Frustriert. Bedürftig. Fordernd. Will ich das? Will ich **ihn**? Oder will ich lediglich die Liebe, Sicherheit und Verbindlichkeit von jemandem, der es mir eben nicht so leicht macht?

Ich schaue wieder hoch, Sebastian fixiert meinen Blick und fragt erneut: »Und wie kann ich dir das geben?«

Ich schüttele mit dem Kopf. »So einfach ist das nicht, ich weiß es nicht, ich weiß nicht, ob ich dir verzeihen kann, ob diese Wunde jemals heilen kann. Aber wenn du mich nicht nur willst, sondern auch bereit bist, was dafür zu tun, dann kämpfe um mich, zeige mir, dass du dich für mich interessierst, keine Ahnung …« Ich überlege, was mir helfen würde. »Schick mir Blumen. Sei für mich da. Investiere einfach so viel, wie du investieren kannst, ohne dich selbst dabei zu verlieren oder enttäuscht darüber zu sein, dass es am Ende vielleicht nicht reicht.«

Ich nicke, während ich über meine Worte nachdenke, ja, das trifft es. Ich möchte nicht erneut in Vorleistung gehen, ihn zurückkommen lassen, um dann wieder auf etwas zu hoffen, was er mir vielleicht nicht geben kann. Und ich kann die Frage, ob ich wirklich ihn will, noch gar nicht beantworten, daher nimmt der letzte Satz ein bisschen Druck von mir.

Sebastians Gesichtszüge entspannen sich, er lächelt. Es wirkt fast so, als sei er nun hochgradig motiviert, weil er jetzt endlich weiß, was er zu tun hat. Hoffnung keimt in mir auf.

»Darf ich dich noch mal in den Arm nehmen?«, fragt er vorsichtig.

»Mach einfach!«, sage ich fast trotzig und lächele ebenfalls.

Er kommt auf mich zu und breitet seine Arme aus, ich lasse mich fallen und halten. Für eine kurze Zeit ist alles in Ordnung, weil er – auch wenn er derjenige ist, der mir »bedrohlich« vorkommt – durch diese Geste exakt das vermittelt, wonach ich mich sehne: den fürsorglichen Beschützer, der mich hält, auf mich aufpasst.

»Ich werde dann jetzt fahren«, sagt er und küsst meinen Kopf.

Danach geht er einen Schritt zurück und schaut mich an, als wollte er sich vergewissern, dass das okay sei, richtig sei. Ich nicke, obwohl ich ihn gerne noch eine Weile bei mir gehabt hätte, oder anders, ich hätte gerne irgendjemanden bei mir, um nicht allein zu sein.

Als er fort ist, begebe ich mich ins Bett, ohne Linda zu schreiben, denn so richtig weiß ich gar nicht, wie ich die vergangenen Minuten zusammenfassen kann. In meinem Kopf klingt noch Sebastians Frage nach: »Was willst du?« Ich wiederhole es in meinen Gedanken: Sicherheit, Verbindlichkeit, Liebe. Paradox, dass Liebe für mich eher ein unsicheres Gefühl ist und ich in meiner Aufzählung somit mehr oder weniger einen Widerspruch erzeuge.

Während ich im Bett liege und nicht einschlafen kann, greife ich wie immer zu meinem Smartphone, diesem magischen Teil, und ich bin unsicher, ob mir Instagram wirklich so guttut, wie ich es mir einrede. Dieses neue permanente Multireflektieren, weil ich ja nicht nur über mich, sondern auch zum Beispiel über Sebastian reflektiere, ist so anstrengend.

Anders anstrengend als früher, wie mir immer wieder bewusst wird, wenn ich jetzt in meinem Buch blättere. Da ist nicht nur Stolz, sondern oft auch die Frage, warum ich den Ursprung meines destruktiven Verhaltens nicht früher erkannt habe, oder besser gesagt, warum ich wirklich glaubte, ich sei allen Anderen so ausgeliefert, obwohl ich es doch war, die sich immer wieder aufs Neue auf den gleichen falschen Weg gemacht hat – der sich so richtig angefühlt hat. Immerhin wirkte er mittlerweile wie ein *richtiger* Weg, durch die vielen Male, die ich ihn gegangen bin. Ein natürlicher Trampelpfad sozusagen, und ich erkannte nicht, dass ich ihn erschaffen hatte. Aber gut, das ist vermutlich der Grund: Ich hatte keine Alternativen und dieser Weg wirkte irgendwann so vertraut. Und das, was vertraut ist, das gibt Sicherheit. Auch wenn ich jetzt, beim Lesen mit einem Jahr Abstand, oft den Impuls verspüre die Protagonistin, Marina, mich selbst zu schütteln.

Aber da ich eben nicht schlafen kann und ich anscheinend Zutaten für die Gedanken brauche, die es zum Abendessen geben soll, hat mein Daumen bereits die App geöffnet.

»Warum hast Du keinen Kontakt zu Deiner Mutter?«
Jonas wendet sich ihr zu und schaut sie mit großen Augen an. »Hm? Was hast Du gesagt?«
Laura fühlt sich direkt doof. Ihr ist es ohnehin schwergefallen, die Frage zu stellen. »Was eigentlich mit Deiner Mama ist, hab ich mich gefragt.«
Jonas winkt ab. »Die wohnt in München, daher ...« Er beendet den Satz mit einem Schulterzucken.
Laura kommt sich blöd vor. Sie ist jetzt seit einem Jahr mit Jonas zusammen und hat das Gefühl, ihn

Ich kann Laura gut verstehen und fühle mich an die Beziehung zu Sebastian erinnert. Er, der nie irgendwelche Probleme hatte. Das, was ich von ihm weiß, von seiner Vergangenheit, ist nicht viel. Seine Eltern habe ich als herzlich und liebevoll wahrgenommen, und er hat auch nie etwas anderes behauptet. Sein Bruder jedoch hat immer mal wieder durchblicken lassen, dass nicht alles so rosig gewesen sein kann, allerdings auf eine eher ungewöhnliche Art und Weise. Oft habe ich ihn nicht gesehen, aber es gab diese zwei Situationen. Einmal war die Stimmung fröhlich und ausgelassen, wir saßen mit Bier nach einem Grillabend im Garten, er schwelgte in Erinnerungen und sagte so etwas wie: »Kaum vorstellbar, dass unser kleiner Kauz von Vater früher so ein Tyrann war. Erinnerst du dich noch, wie viel Angst wir hatten und wie wir immer vor ihm weggelaufen sind, wenn wir Mist gebaut haben? Er hat uns immer drangekriegt!« Dann lachte er, als habe er gerade eine lustige Anekdote zum Besten« gegeben. Sebastian ging nicht darauf ein und rasch wurde wieder über Baustoffe und Immobilien geredet. Wenn ich ihn später auf den Kommentar seines Bruders ansprechen wollte, winkte Sebastian immer ab und meinte, er hätte keine großen Erinnerungen mehr daran und sein Bruder übertreibe ja ohnehin gerne.

Allein jetzt darüber nachzudenken, löst in mir Unwohlsein aus. Und irgendwie wird mir mehr und mehr bewusst, was Jenni mit dem Spruch in der Grafik über dem Post meint: »Die emotionale Tiefe wird durchs Teilen der Abgründe erzeugt.« Wenn ich meine Sorgen, Ängste und intimsten Gedanken mit jemandem teile, dann ist das ein Zeichen dafür, wie sehr ich dem Anderen vertraue, wie sicher ich mich fühle, wie wichtig er mir ist. Natürlich ist es nicht leicht, darüber zu reden, aber ich überwinde mich, weil ich möchte, dass er mich kennenlernt in einer Tiefe, die ich nicht bei jedem zulasse. Ich kann es auch nicht zurücknehmen, denn ich gebe etwas, das für immer bleibt. Ich sorge für eine Verbindung, eine emotionale Verbindlichkeit. Wenn es jedoch einseitig ist, fehlt es an Tiefe. Und langfristig passiert genau das, was Sebastian und mir passiert ist: Ich war immer in der wartenden Position und kämpfte darum, bei ihm den Stellenwert zu erreichen, den er bei mir hat. Weil ich dachte, ich wäre nur dann wichtig, wertvoll und vertrauensvoll, wenn er auch über diese Schattenseiten mit mir reden würde. Doch ich scheiterte, denn er teilte selten irgendwelche Probleme oder negativen Erfahrungen mit mir. Und ich kam mir blöd vor, weil ich permanent Probleme und Themen hatte und er, gefühlt, nie durch irgendwas belastet war. Das vermittelt ein Gefühl von: »Stell dich nicht so an! Reiß dich zusammen! So schlimm ist das nicht!« Zumindest ging es mir so.

Jennifer Angersbach
designed mit Canva

Irgendwie möchte ich Sebastian schreiben. Ich möchte ihm meine Gedanken mitteilen, denn diesen Aspekt habe ich vorhin nicht angesprochen. Die Auflösung von Jenni alias Lieblingssternenstaub hält mich jedoch davon ab, eine Nachricht zu tippen.

Das Phänomen im Dialog begegnet mir relativ oft in meiner Praxis. Die Ursachen und Gründe sind vielfältig, doch das Verhalten ist oft ähnlich: Ein Paar kommt zu mir und (meistens) die Frau hat das Problem, während (meistens) der Mann sagt, es sei alles gut.
Jonas empfindet es wirklich so. Zumindest würde er das sagen, wenn man ihn danach fragt. Jonas hat

gelernt, dass es nichts bringt, wenn man jammert, trauert, rumheult. Nein, man sollte sich nicht so anstellen. Man(n) sollte sich zusammenreißen und weitermachen, sich abfinden. Sobald er mit einem Problem konfrontiert wird, wird es gelöst oder eben so lange verdrängt, bis es sich »von selbst löst«.
Der innere Konflikt ist Teil des Problems, für Jonas ist »alles gut«. Er kennt es nicht anders. Laura jedoch zweifelt mittlerweile an der ganzen Beziehung und sie weiß noch nicht genau, warum …
Als Laura ihn mit ihren Zweifeln konfrontiert, versteht Jonas die Welt nicht mehr, innerlich bricht seine sogar zusammen. Doch zu ihr sagt er nur: »Dann ist es wohl besser, wenn wir uns trennen!«
Laura fühlt sich bestätigt: Er liebt sie also nicht, für ihn ist die Beziehung also nicht so wichtig …

Jonas' Verhalten kann verschiedene Ursachen haben, deren Ursprung oft in der Kindheit liegt: Die Angst vor zu viel Nähe, weil man früh jemanden oder etwas verloren hat und nicht verstanden hat, wieso, oder weil Nähe etwas Bedrohliches war durch Gewalterfahrungen … Die Angst vor Abhängigkeit, weil man entweder gehört oder erlebt hat, wie hilflos sich Abhängigkeit anfühlen kann … Fehlende/mangelnde Emotionsregulation, bedingt durch einen Mangel an Vorbildern, Ablehnung oder gar Bestrafung bei Emotionen wie Trauer und Wut, oder auch das Gefühl, sich nicht beschweren zu dürfen, stark sein zu müssen, weil man für Schwäche und Beschwerden, Ablehnung/Strafe erfuhr. Ein Mangel an Selbstwert, aber auch andere Ursachen oder eine Kombination daraus sind denkbar.

Erschreckend, wie sehr ich diese Worte gerade fühle, wie passend und wie wahr. Und plötzlich überkommt mich Mitgefühl: Wenn Sebastian wirklich Gewalt erlebt hat, wenn sich Nähe und Verbindlichkeit für ihn bedrohlich anfühlen, dann liegt seine Verschlossenheit gar nicht daran, dass er mir nicht vertraut, dass ich ihm nicht wichtig bin, sondern daran, dass seine Angst ihn lähmt, ausgelöst durch seine Erfahrungen.

Es erleichtert mich einerseits, es lässt Hoffnung aufkeimen, und andererseits werde ich so furchtbar traurig, denke an den kleinen Jungen, der er mal war, der vor seinem Vater davongelaufen ist und dennoch keine Chance hatte, ihm zu entkommen. Und weder seine Mutter noch sein großer Bruder konnten ihm helfen, ihn beschützen. Und dann denke ich an mich selbst, wie schutzlos ich mich gefühlt habe, wie sehr ich mich, als Mädchen, danach gesehnt habe, dass mir jemand hilft, mich beschützt.

Lieblingssternenstaub

Ich fühle mich ein bisschen wie gerädert. Ich habe einiges geträumt, aber ich kann mich an nichts mehr erinnern. Mein Körper und mein Kopf signalisieren mir jedoch, dass die Nacht ganz schön hart gewesen sein muss. Statt mich auf den Weg zur Kaffeemaschine zu machen, drehe ich mich noch mal um und schlafe wieder ein. Die langen Morgenstunden mit den drei Kaffees sind mir sonst vor allem deswegen so wichtig, weil es die einzige Zeit am Tag ist, die ich für mich habe zum Denken, Lesen, Pausemachen, bevor ich Lasse wecke und der Alltag uns fest im Griff hat. Doch in den Ferien habe ich fast zu viel Zeit – auch nach Feierabend.

Ich erhole mich in dieser zusätzlichen Stunde Schlaf von der Nacht. Allerdings bleibt mir nur noch Zeit für einen schnellen Kaffee und eine ausgiebige Dusche, bevor ich zur Arbeit fahre.

Nach Feierabend halte ich noch kurz am Edeka. Beim Aussteigen ertappe ich mich dabei, dass ich nach Sebastians Auto Ausschau halte, schmunzele über mich selbst und erledige fix ein paar Einkäufe.

Zuhause angekommen entdecke ich vor meiner Tür zwei Stauden, außerdem lehnt eine Sense an der Hauswand. Ich bin irritiert und denke an meine Nachbarin. Diese garstige Frau! An der Sense hängt eine kleine Notiz. Ich stelle die Papiertüte ab und lese, was auf dem Zettel steht.

Es ist zwar kein Ring ;-) aber Schnittblumen waren mir zu unverbindlich. Wenn du magst, komme ich später vorbei und wir pflanzen sie zusammen ein? Meld dich! Sebastian

Allein das Wort »Ring« löst in mir einen kleinen Endorphin- oder Oxytocin-Schwall aus. Oder ist das Dopamin? Egal. Dann muss ich lachen, sehr sogar, vermutlich schwingt auch noch die Erleichterung mit, dass diese kleine, oder gemessen an der Sense, auch große Geste nicht von meiner Nachbarin stammt.

Ich schließe die Tür auf, trage die Einkäufe rein. Erst in der Küche bemerke ich, dass ich heute gar nicht nach dem gelben Schatten hinter dem Briefschlitz Ausschau gehalten habe, und bin ein bisschen stolz auf mich. Ich schreibe Sebastian, dann fotografiere ich das Arrangement vor meiner Tür und sende es Linda. Sie hatte am Vormittag schon gefragt, wie es gewesen sei, doch ich hatte auf der Arbeit keine Zeit zum Antworten gehabt. Das Bild hilft mir dabei, mich kurzzufassen.

Linda ist direkt online.

Ich lache. O mein Gott, ich liebe Linda und ihren Humor. Anerkennend sende ich ihr fünf mit Tränen lachende Emojis, ein Herz und fasse kurz meine Bedingungen zusammen. Die hobbypsychologische Analyse, warum es Sebastian vielleicht schwerfällt, Verbindlichkeit zuzulassen, hebe ich mir für die Insel auf.

Im Schlafzimmer überlege ich mir kurz ein angemessenes, funktionales und dennoch vorteilhaftes Outfit für die Gartenarbeit. Ich entscheide mich für eine kurze Jeansshorts und ein weißes, weites T-Shirt. Gut, gemessen an der Zeckengefahr und dem Dreck ist weder die Länge der Hose noch die Farbe des Shirts wirklich klug gewählt, aber jetzt habe ich es an und fühle mich wohl.

Kurze Zeit später kommt Sebastian auch schon angefahren, ich gehe direkt raus, er steigt aus und scheint sich auch Gedanken über sein Outfit gemacht zu haben: Mit seinem schwarzen Tanktop wirkt er wie Johnny aus Dirty Dancing.

»Wolltest du im Garten Mambo tanzen?«, frage ich ihn zur Begrüßung.

Sebastian zieht kurz die Augen kraus und lacht dann. »Wegen des Tanktops?« Dann zuckt er mit den Schultern und zwinkert. »Ich wollte auf alles vorbereitet sein!«

»Okay, Johnny, dann zeig mal, was du draufhast!«

Er überlegt kurz, aber ihm fällt keine schlagfertige Antwort ein. Schade, bei der Vorlage hätte er ja so was sagen können wie »Mein Baby gehört zu mir!«, mich dann zu sich ziehen und küssen können. Stattdessen fragt er: »Also, alles weg?«

Ich bin kurz irritiert, schüttele den Kopf, weil das nicht mal in der Nähe dessen ist, was ich mir gerade vorgestellt habe, und werde rot. Er schaut mich erwartungsvoll an. »Ähm, was?«, stottere ich.

»Na ja, wo fangen wir an? Sollen wir alles einfach rausreißen? Hast du 'nen Rasentrimmer? Oder muss ich es echt mit der Sense machen?«

So langsam gewinne ich meine Fassung wieder, schaue auf das hohe Gras und zucke mit den Schultern. »Wenn ich einen Plan hätte oder Ahnung vom GaLa-Bau, dann sähe mein Garten vermutlich anders aus. Aber 'nen Rasentrimmer habe ich!«

Während Sebastian einige Minuten später mit dem Kantenschneider und einer Kabeltrommel herumhantiert, kratze ich das Unkraut aus den Fugen. Nach einer Stunde sieht der Vorgarten schlimmer aus als vorher: Der Boden ist voller Wurzeln der ehemaligen Birke und Tanne, die beide noch vor meinem Einzug gefällt worden sind, sodass wir den Boden nicht einfach umgraben und lockern können, sondern die Wurzeln des Ziergrases und des Unkrauts einzeln von Hand zwischen den alten Baumwurzeln ausgraben müssen. Schade. Nach einer weiteren Stunde habe ich Blasen an den Händen, stinke und kann leider keine Veränderung erkennen, die ich als Erfolg bezeichnen würde. Wie meine Nachbarin wohl reagiert? Sebastian und ich entscheiden uns jedenfalls dazu, die Gartenaktion an einem anderen Tag fortzusetzen. Wir lassen den Nachmittag mit einem naturtrüben Radler auf der Terrasse ausklingen.

»Danke!«, sage ich ehrlich, und proste ihm mit den Worten »Auf den Sensenmann!« zu.

Er hebt seine Dose und lächelt. »Das hat Spaß gemacht!«

Ich nicke. Plötzlich klingelt sein Telefon. Er holt es aus der Tasche, schaut aufs Display und drückt den Anruf weg.

»Wer war das?«, frage ich ganz unvermittelt.

Er wirkt etwas erschrocken und da wird mir bewusst, dass die Frage vermutlich unangemessen gewesen ist. Aber nun habe ich sie ja gestellt.

»Ach, nicht wichtig«, winkt er ab. Und plötzlich ist die Stimmung ruiniert. Das Telefon klingelt erneut. Ich habe einen Kloß im Hals, frage mich, warum er nicht drangeht, scheint ja wichtig zu sein. »Entschuldige«, sagt er und drückt den Anruf erneut weg.

Ich verschränke meine Arme, der Kloß im Hals wird größer, er sieht hilflos aus. Es ist ihm aus irgendeinem Grund unangenehm, und als das Telefon zum dritten Mal klingelt, steht er auf, geht rein, schließt die Terrassentür hinter sich und telefoniert. Ich versuche, die Stimmung in seinem Gesicht zu deuten, fühle mich plötzlich dumm und naiv. Wenn es sein Bruder oder ein Freund wäre, dann hätte er einfach drangehen oder mir sagen können, wer es ist. Aber er verheimlicht mir etwas, und ich frage mich, wie vielen Frauen er gerade den Hof macht. Je länger ich allein dasitze, desto schlimmer werden meine Gedanken. Wie viele Eisen hat er wohl im Feuer?

Er kommt wieder raus und setzt sich, als wenn nichts wäre. »Sebastian, wer war das?«, bricht es aus mir heraus. Ja, er schuldet mir keine Rechenschaft, wir sind nicht zusammen und ich habe auch keine Ahnung, was er im letzten Jahr so getrieben hat, oder mit wem. Wobei, nein, er war es doch, der ewig Single war, der nichts von Dating-Apps hält und für den unverbindlicher Sex eher Stress bedeutet – zumindest nach seiner Aussage. Paradox: Er ist nicht in der Lage, eine verbindliche Beziehung zu führen, aber etwas Unverbindliches war für ihn bisher trotzdem keine Alternative.

»Jasmin«, sagt er knapp, ohne Erklärung.

Ich gehe in meinem Kopf seine Freunde durch, bei dem Namen klingelt nichts. »Wer ist Jasmin?«, frage ich und ärgere mich darüber, dass ich offensichtlich verletzt werden will.

Er atmet etwas genervt ein und schüttelt dann mit dem Kopf. »Eine gute Freundin.«

Ich schaue ihn an, er weicht meinem Blick aus. Irgendwie überkommt es mich und ich frage ganz direkt, ohne Umschweife: »Schläfst du mit ihr?«

Er zuckt leicht zusammen, greift zur Dose, als würde er irgendwie nach Halt suchen. Dann sagt er leise und etwas schambehaftet: »Nicht mehr.«

Mir wird schlecht. Ich versuche, die Wucht, die diese Worte auf mich haben, abzumildern, versuche, mich darauf zu besinnen, dass auch ich im letzten Jahr mit jemandem geschlafen habe, dass wir getrennt waren, dass … »Willst du mich verarschen?«, platzt es trotz meiner Bemühungen aus mir heraus. Ich merke, wie angespannt ich bin, gefühlt kann ich diese Spannung nur lösen, wenn ich ihn anschreie. Also ergänze ich lautstark: »Du hast irgendeine Frau kennengelernt, mit ihr geschlafen, sie ruft dich an und du bezeichnest sie jetzt als eine ›gute Freundin‹? Was, wenn ich nicht so unschön nachgefragt hätte? Hättest du mich dann in dem Glauben gelassen, sie sei eine neue platonische Freundin, mit der du dich ab und zu mal triffst? Mit der du weiterhin schläfst? Immerhin scheint diese Info für dich keinerlei Relevanz zu haben?!«

Sebastian bewegt sich nicht, er schaut nur zu Boden und lässt meine Hasstirade über sich ergehen. Als ich fertig bin, funkelt er mich wütend an. »So ein Bild hast du von mir?«

Ich schüttele den Kopf. »Welches Bild sollte ich denn von dir haben? Du hast sie mir als ›gute Freundin‹ vorgestellt, darunter verstehe ich keine Sexpartnerin. Ja, es geht mich nichts an, wann du mit wem schläfst, oder geschlafen hast, wir sind getrennt. Aber **du** wolltest einen Neuanfang, und dazu gehört es doch auch, solche Bekanntschaften zu beenden? Ist sie dein Plan B? Oder willst du mir nun ernsthaft weismachen, dass sie eine *gute Freundin* ist, die nach einer Bettgeschichte zu einem so wichtigen Teil deines Lebens geworden ist, dass du dich, selbst wenn das mit uns funktioniert, weiterhin mit ihr treffen möchtest?«

Seine Gesichtszüge verhärten sich, dann lächelt er mich kalt und von oben herab an. »Offenbar bin ich der Einzige, der will, dass das mit uns funktioniert. Ich werde jetzt fahren!«

Sebastian stellt seine Dose ab und verschwindet nach drinnen, dann höre ich, wie die Haustür ins Schloss fällt. Ich bleibe verloren und verlassen zurück.

Bei der Insel am Abend erzähle ich Linda die Kurzfassung des gestrigen Treffens und gehe sehr ausführlich auf heute ein. Als ich am Ende angelangt bin, schaue ich sie erwartungsvoll an.

Ich würde das alles gerne verstehen, ihn verstehen, mich verstehen, vielleicht kann sie mir dabei helfen? Ich bin durchaus offen für Kritik an meinem Verhalten, so wirklich *richtig* hat es sich nicht angefühlt.

Doch meine sonst so schlagfertige und kluge Freundin kommt mir ähnlich überfordert vor wie ich. Sie schaut nachdenklich an mir vorbei, ihre Augen bewegen sich von rechts nach links, zwischendurch schüttelt sie den Kopf und schließlich sagt sie: »Ich glaube nicht, dass du nicht bereit bist, und ich würde gerne mit dir in die Analyse gehen, aber ganz ehrlich?« Sie macht eine Pause und schaut mich an. »Ich glaube, das bringt nichts. Du bist kein Übermensch, du hast keine Superkraft, nur weil du nun endlich bei dir bist. Ich weiß nicht, warum, aber Sebastian scheint dein Kryptonit zu sein. Und er macht das sicher nicht bewusst, aber er hat die Macht, dich wieder an dir zweifeln zu lassen, ich möchte nicht sagen, dich zu zerstören, aber …«

Ich weine, meine Wut und mein Frust schwinden und ich bin nur traurig, vor allem, weil ich – auch wenn ich es nicht wahrhaben möchte – glaube, dass sie recht hat.

Linda steht auf und nimmt mich in den Arm, dann setzt sie sich wieder auf ihren Platz mir gegenüber. So langsam hat sie ihre Fassung und auch ihr Temperament wieder. Vollkommen aus dem Nichts sagt sie: »Du hast Liebe verdient und du bist bereit für was Neues, auch wenn es erst mal darum geht, wieder ein paar Schmetterlinge zu fühlen, um zu merken, dass Sebastian nicht deine einzige Chance auf Liebe ist. Tinder-Profil?!«

Ich muss lachen. »Dein Ernst?«

»Klar! Warum nicht? Du hast so viel an dir gearbeitet, bist über dich hinausgewachsen, du kannst viel besser auf dich aufpassen als noch vor ein bis zwei Jahren, auch wenn ich mir nur schwer vorstellen kann, dass du ernsthafte Selbstzweifel hattest, aber worauf warten? Und es ist ja jetzt auch nicht so, dass du so viele Alternativen hättest, um jemanden kennenzulernen!« Sie zuckt mit den Schultern, dann formen ihre Lippen einen Schmollmund, der vermutlich signalisieren soll, dass sie ganz zufrieden mit ihrer Idee ist.

Als ich später im Bett liege, installiere ich Tinder, nicht ganz ohne mulmiges Gefühl. Das Profil ist rasch erstellt, beim Text fehlt mir gerade die Kreativität, ungünstig. Denn irgendwie sagt mir mein ausgedachter Tinder-Knigge, dass es unhöflich ist, das Profil zu verändern, während man mit jemandem schreibt. Logisch, oder?

Ich würde mich ja auch ziemlich doof fühlen, wenn ich mit jemandem schreibe und er plötzlich neue Fotos hinzufügt und seinen Text verändert, frei nach dem Motto: »Wofür? Ich bin doch jetzt schon da! Du hast mich doch bereits gematcht!« Bei dem Gedanken lache ich über mich selbst. O Gott, es steckt noch ne Menge der alten Marina in mir. Vermutlich sogar alles, aber immerhin kann ich a) jetzt dazu stehen und b) fühle ich mich mir nicht so ausgeliefert. Wer weiß, ob ich vor einigen Jahren schon über diesen Gedanken geschmunzelt hätte?

Zurück zu dieser App, hinter der sich so viele Menschen verbergen, von denen grundsätzlich einige das Potenzial haben, mein Leben zu verändern. Ich schmunzele erneut, vielleicht eine gute Strategie, die ganze Sache hier nicht so ernst zu nehmen. Ich suche Männer im Umkreis von fünfundzwanzig Kilometern und im Alter von neunundzwanzig bis vierzig.

Direkt wird mir ein ganzer Stapel erstaunlich attraktiver Männer angezeigt. Ich stelle fest, wie wenig sich mein Swipe-Verhalten geändert hat, manchmal reicht ein komisches Lächeln auf dem ersten Foto, bei manchen swipe ich durch die Fotos und bevor ich mal »matche«, muss der Profiltext die finale Prüfung bestehen. Witzig, unterhaltsam, nicht anstrengend und stumpf.

Nach den ersten zwanzig oder dreißig Männern, man verliert irgendwann den Überblick, versuche ich, genau diesen Mechanismus zu durchbrechen und mir mehr Zeit zu nehmen.

Das führt jedoch nur dazu, dass meine Persönlichkeitsanalyse, die ich binnen drei Sekunden unbewusst erstelle, noch ausführlicher wird. Erst dann bemerke ich, dass Sebastian immer der Standard für mich ist, vermutlich, weil ich offenbar noch nicht über ihn hinweg bin, oder auch, weil er sich – sollte er mich und meinen neuen Typen irgendwann sehen – direkt ärgern soll, mich verlassen zu haben und keinerlei Möglichkeit haben soll, ihn abzuwerten, im Sinne von »kleiner als ich«, »unattraktiver als ich«, »uncooler als ich«, oder so. Etwas, das ich aus purem Neid oft tue, wenn ich meinen Ex mit jemandem sehe. Na ja, oder sagen wir: etwas, das ich versuche, bei dem ich aber oft scheitere und zurückbleibe mit dem Gedanken: Warum stand er auf mich, wo er doch jetzt ein Modelmädchen hat?

Zurück zum Online-Dating und meiner Liste, die im Unterbewusstsein wirkt:

- Viel kleiner als Sebastian. Obwohl mir die Körpergröße relativ egal ist. Hauptsache größer als mein Sohn (148 cm).
- Puh, der ist blond. Ich weiß gar nicht, ob ich auf blond stehe? Immerhin hatte Sebastian dunkle Haare.
- Oh, er hier, er ist tätowiert, Punkt für ihn! Moment, ich stehe überhaupt nicht auf Tattoos! Ja, kann man machen, aber für mich ist das nix. Aber Sebastian ist tätowiert.
- Ui, seine Oberarme sind viel zu schlaksig. Sebastians waren größer als meine Oberschenkel – und diese wiederum sind schon **sehr** groß. Nein, ich übertreibe. Und eigentlich haben mich Sebastians Arme zu Beginn eher abgeschreckt.
- Oh, er will später Kinder, das klingt nach Verbindlichkeit und Sicherheit. Hm, schade, er trägt auch Anzug, nee, Anzüge, die hat Sebastian ja so verpönt.
- Glatze? Sebastian hatte volles Haar. Ich finde Glatzen eigentlich gar nicht verkehrt, aber wenn Sebastian mich mit ihm sieht, würde ich es ihm viel zu leicht machen, ihn abzuwerten.

So schnell habe ich Tinder noch nie »durchgespielt«, kein einziger Match ist dabei. Und plötzlich, ganz unvermittelt, sehe ich Sebastian im Bett mit einer anderen Frau. Ich spüre ein Stechen in der Brust, Tränen schießen mir in die Augen. Aus irgendeinem Grund ist diese Jasmin schwarzhaarig, groß und schlank, also das Gegenteil von mir, mit großen schönen Brüsten, ganz unkompliziert, selbstbewusst und will einfach nur das Leben genießen. Wobei, sie hat ihn immerhin dreimal angerufen, so entspannt scheint sie nicht zu sein. »Gute Freundin.« Ich fasse es nicht. Wenn er gesagt hätte, dass sie ne Tinder-Bekanntschaft sei, ja, das hätte mich getroffen, aber ich glaube, nicht so sehr. Aber so zu tun, als sei sie eine »gute Freundin« – das ist doch echt die Höhe!

Ich wälze mich im Bett hin und her. Ich bin furchtbar müde, die letzte Nacht ist schon so anstrengend und kurz gewesen, der Tag heute eine einzige Achterbahnfahrt, dazwischen noch die Gartenarbeit, die Hoffnung, die Wut, die Enttäuschung. Ein bisschen viel Leben für einen Tag. Kein Wunder, dass ich keine Ruhe finde. Wie so oft, an Abenden wie diesen, wenn ich nicht einschlafen kann, suche ich nach einer Podcast-Folge. Die Bibi-Blocksberg-Kassette für Erwachsene. Und siehe da, es gibt eine neue Folge von Lieblingssternenstaub zum Thema Online-Dating, mit der Überschrift »Warum Du Dich nicht verliebst«. Das ist zwar gerade nicht mein Problem, glaube ich jedenfalls, aber vielleicht kann ich Inhalte davon zur Prävention nutzen, wer weiß.

> Hallo, wie schön, dass Du zuhörst. Heute beschäftige ich mich mit der Frage »Warum verliebe ich mich nicht?« und starte, wie gewohnt, mit einem kleinen, fiktiven Dialog.
>
> »Und? Wie war's?«, fragt Marie aufgeregt.

Christian presst die Lippen aufeinander und zuckt
mit den Schultern. »Ich glaube, es war gut. Also, ja, es
war schön. Ich bin jetzt nicht Feuer und Flamme,
aber … Also, es war wirklich lustig, und die Dinge, die
sie gesagt hat, waren voll sympathisch und sie sieht
noch dazu gut aus …«
Marie legt ihren Kopf schief und muss sich das
Lachen verkneifen. »Christian, erstes Date, ne?! Was
hattest Du denn erwartet?«
»Ich, na ja, sie wohnt gut 'ne Stunde entfernt und sie
ist halt hübsch und irgendwie, also, ja, sie hat über
meine Witze gelacht, aber irgendwie wirkte sie jetzt
nicht sonderlich an mir interessiert, sie hat viel über
sich geredet, aber kaum Fragen gestellt. Und
irgendwie, sie hat am Ende gefragt, ob wir uns
wiedersehen, ich fühlte mich direkt eingeengt.«
Christian hält inne. Marie muss lachen.

Und ich gleich mit, ich kann Christian irgendwie gut verstehen, dieses Zögern, wenn zu viel Interesse signalisiert wird
und man sich fragt, woher das plötzlich kommt. Insbesondere,
wenn sie zunächst kaum interessiert gewirkt hat, also, an ihm,
als Mensch. Ich bin gespannt, worauf Jenni hinauswill.

»Okay, also, sie war nicht sonderlich interessiert,
wollte Dich aber wiedersehen und das war auch
wieder falsch …«
Christian muss lachen. »Maria hat ja recht«, denkt er.
»Ich habe einfach Angst vor mir selbst. Versuche ich,
sie schlechtzureden, weil ich Angst habe, verletzt zu
werden? Oder ist sie schlecht und ich bin
verzweifelt? Warum hab ich mich früher viel
schneller verliebt? Ich …«
Marie unterbricht ihn. »Erstes Date, ne?«

»Ja, aber ich glaube, ich bin es einfach leid, immer
diese Show abziehen zu müssen ...!«
»Welche Show denn?«, fragt Marie irritiert.
»Ja, keine Ahnung, da hat man ein Match, gibt sich
voll Mühe mit der ersten Nachricht und in neun von
zehn Fällen wird man direkt entmatcht. Frauen
schreiben ohnehin selten zuerst. Sie hat zwar zuerst
geschrieben, aber eben auch nur ein Hey.«
»So, wie Du vom Online-Dating erzählst, kann man
doch verstehen, warum Menschen irgendwann
genervt sind und sich keine Mühe mehr geben?«
»Ja, aber ... Das ist doch scheiße ... Und anscheinend
wird sie ja auch oft entmatcht?!«
»Ach so, und daher kann sie ja nicht toll sein?«

Ich fühle mich ein bisschen arg ertappt. Es stimmt, sobald mir
jemand sagt, er habe nur selten ein Match oder werde oft
entmatcht, komme ich direkt ins Zweifeln, frage mich, was bloß
mit ihm nicht stimmt, und werte ihn dann auch irgendwie ab.

»Boah, das klingt ganz schön fies, oder?« Christian
schämt sich dafür, dass er so denkt.

Und ich mich gleich mit.

»Na ja, ich glaube, man darf einfach nicht vergessen,
wofür das Online-Dating genutzt wird. Ablenkung
nach einer Trennung, Mehrwert testen,
Beziehungskrise, Fake-Accounts, Menschen, die gar
nicht ernsthaft suchen, sondern nur das Eine wollen
und diese Tinder-Opfer, die so viele schlechte
Erfahrungen gemacht haben, dass sie sich kaum
mehr Mühe geben, weil sie einfach müde von
Ablehnung sind und daher kaum Mühe investieren.«

»Solche Menschen wie ich, oder was meinst Du?«, fragt Christian nun etwas angegriffen.

»Nein, nicht unbedingt, aber ich glaube, es gibt auch diejenigen, die schon so lange suchen und irgendwann gar nicht mehr wissen, was sie selbst wollen … Wie Du es beschrieben hast, wirkte sie erst nicht interessiert, und als sie Interesse signalisiert, ruderst Du zurück und fragst Dich, ob sie gut genug für Dich ist. Das würdest Du bei einer Frau, die Du in der Kneipe zufällig kennenlernst, vermutlich nicht tun, oder?«

»Ja, mag sein … Vielleicht werte ich einfach mich selbst dafür ab, weil ich ja schon sehr verzweifelt bin, und ich gerne jemanden hätte, der nicht aus Verzweiflung oder Mangel an Alternativen mit mir ausgeht, sondern jemanden, der sich WIRKLICH für mich interessiert.«

»Wie kann sich denn jemand wirklich für Dich interessieren, ohne Dich zu kennen? Und egal, wie lange man schreibt, zum Kennenlernen gehören eben auch Gestik, Geruch, Chemie, keine Ahnung … Und nicht nur schlagfertiges asynchrones Schreiben, bei dem letztendlich nur Fragen und Antworten ausgetauscht werden …«

»Aber ich habe sie ja jetzt getroffen.«

»Ja, aber mit welcher Erwartungshaltung denn bitte? Dass sie Dich nach zehn Minuten so umhaut, dass Du Dir sicher bist, Dein restliches Leben mit ihr zu verbringen?«

»Puh, what … Nee, das geht mir zu weit!«

»Du fühlst Dich also schon von dem Gedanken eingeengt, dass du dich festlegen musst?«

»Irgendwie schon …«

»Ach, aber mich beneidest Du für meine heile Familie?«

»Ja! Das ist ein schöner Gedanke ... Aber irgendwie schreckt es mich auch ab. Vielleicht sollte ich mal 'ne Pause einlegen?!«
»Ist das eine Frage? Ich glaube, Du solltest vor allem überlegen, was Du wirklich willst und was Dir wichtig ist bei einer Frau. Suchst Du jemanden, der Deinen Wert steigert? Klingt manchmal nämlich so.«
»Und vielleicht bin ich einfach noch nicht über Kathi hinweg ...«

Autsch. Und ich nicht über Sebastian, trotz der bereits lange zurückliegenden Trennung. Ach Mann, ich weiß es doch auch nicht. Ich möchte Tinder plötzlich direkt wieder deinstallieren.

Was macht dieser Dialog mit Dir?

Kommt Dir das bekannt vor? Du schreibst mit jemandem, triffst Dich mit jemandem, aber so richtig funkt es nicht, obwohl er/sie durchaus Partnerpotenzial hätte?

Keine Sorge, vielleicht passt ihr biochemisch nicht zusammen, vielleicht war er/sie zu wenig an Dir interessiert? Vielleicht war er/sie zu unaufmerksam? Vielleicht hat es einfach nicht gefunkt, weil es keine Anziehung gab.

Aber vielleicht steckt doch noch etwas Anderes dahinter. Und genau darum soll es in diesem Beitrag gehen:

- Hat Christian Angst, verletzt zu werden?
- Ist er verzweifelt?
- Liebt er sich zu wenig?
- Trauert er noch um seine Exfreundin?
- Hat Christian Angst, seine Freiheit zu verlieren?
- Leidet er gar an einer Bindungsstörung?

Und nun merke ich, wie die Wirkung der Erwachsenen-Kassette namens Podcast seine Wirkung zeigt. Ich höre kaum mehr richtig zu und pausiere die Folge. Als ich mich zur Seite drehe, kommt mir der Gedanke in den Sinn, dass ich Tinder vor allem für Abwechslung nutzen möchte und gar nicht so sehr, um die Liebe meines Lebens kennenzulernen. Sebastian geht mir einfach nicht aus dem Kopf, und wenn es stimmt und er mein Kryptonit ist, brauche ich vielleicht ein Gegengift in Form von Ablenkung. Also kann ich meinen Account durchaus behalten. Mit diesem Gedanken schlafe ich ein.

Lieblingssternenstaub

Als ich morgens aufwache, fühle ich mich ein bisschen beflügelt und leicht. Ich möchte fast sagen: frei. Ich greife zum Smartphone und erkläre mir diese Euphorie mit den Möglichkeiten, oder sagen wir lieber Illusionen, die Tinder, zumindest zu Beginn, auslöst. Bevor man wie Christian aus dem Podcast frustriert und verzweifelt. Ich weiß, das wird mir sicherlich auch passieren, aber wie sagte Thomas noch? »Nicht ins Kino zu gehen, weil man weiß, dass der Film ein Ende hat, ergibt keinen Sinn.« Eigentlich ein ganz cooles Lebensmotto. Bestärkt von diesem Gedanken greife ich zum Smartphone und öffne Tinder. Erst dabei wird mir bewusst, dass ich zum ersten Mal keine Wehmut, keine Schwere oder gar Sehnsucht verspüre, wenn ich an Thomas denke, nur Dankbarkeit. Und ja, auch ein wenig Demut.

Mir fällt ein, dass ich gestern niemanden gelikt habe, das erklärt auch, warum ich keinerlei Matches habe, denn nur, wenn beide einander liken, kommt es zum Match. Logisch.

Zunächst widme ich mich dem Profiltext, so ganz ohne Text wirkt es sehr unverbindlich, fast so, als würde man nur nach Geschlechtsverkehr suchen. Also sollte da schon etwas stehen. Etwas, was verdeutlicht, dass ich nicht nur nach »ein bisschen Spaß« suche, ohne so zu klingen, als wollte ich noch in diesem Jahr heiraten. Hm. Irgendwas mit »exklusiv« wäre cool.

»Ich mag es exklusiv!«

Als ich den Satz lese, bemerke ich, dass man das falsch verstehen könnte. Vielleicht sollte ich »emotional« ergänzen? Wobei, allein das Wort »Emotion« schreckt Männer doch oft ab. Aber will ich einen Mann, der von dem Wort ›Emotion‹ abgeschreckt ist? Nein. Also schreibe ich es mit rein.

Emotionale Exklusivität. Falls dich bereits das Wort »emotional« abschreckt, swipe gerne weiter, und falls du bei »Exklusivität« an Golfclub denkst, auch!

Als ich den kleinen Text erneut lese, wird mir plötzlich bewusst, dass die Ergänzung »emotional« klingt, als sei ich auf der Suche nach einer offenen Beziehung. Das will ich weder suggerieren noch kann ich es mir vorstellen. Vermutlich habe ich einfach zu wenig Selbstvertrauen oder Selbstbewusstsein, keine Ahnung. Aber es ist nicht meins, ich finde es nicht erstrebenswert und verstehe es auch irgendwie nicht. Ich lösche alles und schreibe etwas Neues.

175 cm – eine von den Guten.

Wofür auch immer das stehen mag.

Auf dem Weg zur Arbeit setze ich die Podcastfolge von gestern Abend fort. Zuletzt ging es darum, dass man sich vor erneuten Verletzungen und Enttäuschungen schützt, oder so.

> **1. Angst vor Verletzungen**
> Wenn ich oft und wiederkehrend verletzt worden bin, wächst irgendwann die Angst vor neuen Verletzungen in mir. Wie kann ich dem vorbeugen? Klar, ich gehe keine verbindliche und nahe Beziehung mehr ein.

Da Du aber gerne wieder in einer Beziehung wärst
und Dich offenbar fragst, warum Du Dich nicht mehr
verliebst, wendet Dein Unterbewusstsein vielleicht
einen Trick an: Du schraubst Deine Ansprüche hoch
bis ins Unermessliche, denn jemand, der diesen
entspricht, würde Dir nicht wehtun, so der Glaube.
Und schon bei der kleinsten Abweichung von
Deinem Ideal fühlst Du Dich bestätigt, dass er oder
sie auch nicht besser ist als die Anderen und Du nur
wieder Gefahr läufst, verletzt zu werden.
Diese hohen Ansprüche sollen als Garantie dienen –
eine Garantie dafür, nicht mehr verletzt zu werden.

»Wie verrückt!«, denke ich. Wir verhindern also selbst, dass
wir uns verlieben? Na ja, ist vielleicht ähnlich wie mit der
Selbstliebe. Ich habe mich so oft verstellt, so oft angepasst und
verleugnet, dabei wollte ich einfach nur ich selbst sein dürfen,
wie ich bin, ohne mich permanent anzustrengen und zu ver-
leugnen. Paradox.

Info am Rande: In einer Partnerschaft beobachte
ich die Angst vor Verletzungen auch recht häufig.
Wenn man jahrelang verletzt worden ist (warum
auch immer), fängt man an, sich vom Anderen zu
distanzieren. Man kann ihm/ihr damit die Macht
nehmen.
Aus »Ich liebe Dich und mir ist es so wichtig, wie Du
über mich denkst, daher tut es so weh, wenn Du
mich ablehnst« wird »Du bist mir egal, was Du denkst
ist egal, Du kannst mir nicht mehr wehtun!«
Man wehrt sich also gegen die eigenen Gefühle der
Zuwendung, so lange, bis man sie kaum mehr spürt
und eine so große Distanz erschaffen wurde, eine
Mauer, ein Elfenbeinturm, wodurch man sicher ist.

Ich überlege, ob mir das bekannt vorkommt. Mir fällt Jonas ein. Der Typ mit der Gitarre, den ich spontan beim Weggehen kennenlernte, nachdem er mich vor einem Übergriff seines Kumpels gerettet hatte. Und der, wie sich herausstellte, eine Freundin hatte, diese zunächst verlassen und uns dann irgendwie beide haben wollte. Sie als seine feste Freundin und mich so ab und zu, für den Sex und das Kribbeln alle paar Monate, das er Liebe nannte, ausgelöst durch heimliche Treffen.

Habe ich ihn abgewertet? Ich lache, na ja, er kommt in meinem Buch jedenfalls nicht so gut weg. Ich überlege, wie es damals wirklich gewesen ist, immerhin habe ich die Version sehr einseitig erzählt. Ich erinnere mich an die Bahnfahrt zu mir, er war es, der gesagt hat, er fühle sich irgendwie, als würde er feststecken. Vielleicht hätte ich einfach mehr Geduld haben sollen?

Dann denke ich an Fabian, meinen Kollegen aus der Uni. Noch immer fühlt es sich sehr vertraut und freundschaftlich an, wenn ich an ihn denke. So gar nicht nach Exfreund oder Liebesbeziehung. Fabian und ich hatten eine so schöne Freundschaft, warum musste ich es ruinieren? Oder ist es einfach wahr, dass Frauen und Männer nicht befreundet sein können? Wahr ist in jedem Fall, dass Sex eine Freundschaft ruinieren kann – und genau das ist eingetreten. In einer Beziehung, in einer Partnerschaft, braucht man ausreichend Raum für Wachstum und fürs Sein. Bei jemandem lediglich »sein« zu dürfen, ist zwar ganz schön, aber mir reichte das nicht. Verletzt hat er mich allerdings nicht, im Gegenteil, ich habe ihn verletzt. Oder ist es der Psyche egal, welche Art der Verletzung ihr widerfährt? O Mann. Am Ende jedenfalls habe ich ihn ganz schön abgewertet. Ich bezeichnete ihn damals als Langweiler, der mich gemästet habe, und unterstellte ihm, dass er so gar kein Interesse an meinem Sohn Lasse gehabt habe. Dabei war ich es, die Lasse außen vor lassen wollte. Und nur, weil Fabian in seinem Alltag genug Stress und Aufregung durch seinen Job, seine Hobbys und seine Kneipenabende hatte, gab ich ihm die Schuld daran, dass ich an freien Wochenenden kaum was erlebte, weil er es genoss, einfach abzuschalten und rumzugammeln. Ohne je mit ihm über meine Wünsche zu sprechen, trennte ich mich von ihm und begründete es mit haltlosen Vorwürfen, die zwar in meiner Wahrnehmung stimmten, über die ich jedoch hätte reden müssen, statt ihm ungefragt die Verantwortung für meine Freizeitgestaltung zu geben. Wollte ich vielleicht einfach nur mein Gesicht wahren? Also, auch vor mir selbst?

Plötzlich kommt mir Sebastian in den Sinn, oh, wie sehr ich ihn abgewertet habe! Sogar mit Unterstützung. Ich lächele und denke an die vielen Inseln mit Linda, die so guttaten, weil all der Schmerz und die Wut mit Hilfe der Enttäuschung gelindert wurden. Das Ende der Täuschung: Sebastian war kein Retter, er hatte so große Angst vor Verbindlichkeit und stellte sich sogar am Ende als der Retter hin, indem er entschied, er tue mir nicht gut und daher beende er es nun. Fuck it! »Du hast was Besseres verdient! Ich kann da jetzt nichts tun, außer dich gehen zu lassen. Ich bin mir selbst ausgeliefert. Ich werde es nicht schaffen. Ich glaube nicht an mich.«

Doch dann sehe ich Sebastian vor mir, wie er mir diesen letzten Brief schreibt, wie er sich vornimmt, mich nach Monaten im Edeka zu treffen, wie sehr er sich geschämt haben muss, als diese Frau anrief, und wie sehr er dann darin bestätigt wurde, dass er einfach nicht reicht. Wie traurig. Statt Wut empfinde ich Mitgefühl. Sofort möchte ich ihm schreiben.

Ich parke vor der Beratungsstelle, abgelenkt von meinen Gedanken habe ich den Podcast verpasst, und mache einen Deal mit mir selbst: Ich darf Sebastian schreiben, sobald ich den Podcast zu Ende gehört habe! Wer weiß, welche Ge danken noch angestoßen werden, immerhin habe ich ja erst Grund eins von sechs oder so gehört.

Heute ist Donnerstag, die erste Woche ohne Lasse ist fast geschafft und ich bin außerdem allein in der Beratungsstelle. Eine Kollegin kommt erst gegen Mittag, die Verwaltungskraft arbeitet nur bis Mittwoch und die andere Kollegin hat ihren freien Tag. Heute haben wir darum nur wenige Beratungsslots, damit das Telefon zuverlässig besetzt ist und wir Zeit für Dokumentation, Statistik und konzeptionelles Arbeiten haben. Nachdem ich den PC hochgefahren, den Anrufbeantworter abgehört und Kaffee aufgesetzt habe, setze ich mich etwas unruhig an meinen Schreibtisch. Ich habe in der Tat keine einzige Beratung, nicht mal eine Schwangerschafts-konfliktberatung, die wir jeden Tag auch ohne Termin an-bieten. Wie ärgerlich, dass ich so gar nichts zu tun habe. Für konzeptionelles Arbeiten benötige ich dringend Erfahrung mit Schulveranstaltungen. Die bereits vorhandenen Konzepte kenne ich auswendig und meine Dokumentation mache ich immer direkt nach den Terminen.

Froh über eine Aufgabe hole ich mir eine Tasse Kaffee und setze mich erneut an den Schreibtisch. Es ist immerhin schon sieben nach acht. Ha ha. Kurz bevor mein Herz mein Gehirn davon überzeugt, Sebastian zu schreiben, habe ich eine Idee: Ich werde sämtliche Flyer ausmisten, auf Aktualität prüfen, die Papierliste digitalisieren und nach neuen Flyern und Materialien recherchieren!

Diese Aufgabe nimmt überraschend viel Zeit in Anspruch, als meine Kollegin gegen Mittag kommt, miste ich immer noch aus. Sie freut sich über mein Engagement und stellt das Telefon auf sich um, damit ich in Ruhe weiterrödeln kann, allerdings hat es mich ohnehin nicht groß gestört, es hat kein einziges Mal geklingelt. Als ich Feierabend mache, sind die Schränke sauber und erstaunlich leer. Morgen kann ich nach neuen Flyern und Materialien suchen.

Auf der Rückfahrt startet der Podcast automatisch. Ich spule zurück zu der Stelle, an der ich aufgehört habe, zuzuhören.

Ich bin erschrocken, sehr sogar. Jedoch weniger darüber, wie fies das klingt, sondern vielmehr darüber, wie sehr ich mich ertappt fühle. Mal wieder. Ausgerechnet bei diesem Punkt der Selbstliebe. Oder nehme ich das alles zu ernst? Bin ich aus einem anderen Grund oberflächlich? Bin ich überhaupt oberflächlich? Ich denke an mein Swipe-Verhalten und dann wird mir bewusst, dass ich keine oberflächlichen Merkmale abwerte, sondern eher das, wofür sie stehen. Die gestrige Abwertung von Oberarmen ist und war eher Sebastian geschuldet.

Eigentlich versuchst Du nur, Dich selbst zu beschützen, und der Wunsch, dass da jemand ist, der aufgrund seines Seins Deine Defizite ausgleicht, klingt zunächst nachvollziehbar und einleuchtend. Das erklärt vielleicht auch, warum Du so oberflächlich bist. Vielleicht willst Du es unbewusst Deiner Ex oder Deinem Ex beweisen? FreundInnen sollen Dich beneiden? Oder Deine Familie soll mal richtig blöd aus der Wäsche gucken? Hierfür brauchst Du in jedem Fall einen Menschen, der oberflächlich auffällt. Da reicht eine tolle Persönlichkeit einfach nicht aus. Da müssen schon Prestige, Aussehen und Status her. Und so swipst Du bei Tinder alle Menschen zur Seite, die keinen tollen Beruf oder keine großartige Optik zu bieten haben, und wunderst Dich, warum Du Dich nicht verliebst …

Was kannst Du tun?
Überlege Dir genau, welche Eigenschaften Dir wichtig sind und warum Du Dich aktuell nach einer Beziehung sehnst. Dient es Deinem Bedürfnis nach Nähe und Zugehörigkeit? Oder soll es dazu dienen, es irgendwem zu beweisen? Möchtest Du Deinen Mangel an Selbstwert ausgleichen?
Nein, ich sage nicht, Du musst Dich selbst lieben, bevor es Andere tun oder bevor Du andere lieben kannst, ganz und gar nicht. Du bist liebenswert, auch wenn Du Dich selbst nicht liebst!
Aber geht es Dir gerade wirklich darum, Dich auf einen neuen Menschen einzulassen, jemanden kennenzulernen, Dich fallen zu lassen und einander zu zähmen? Falls ja, dann besinne Dich genau auf diesen Satz: Liebe bedeutet Akzeptanz. Wie willst Du jemanden kennen, akzeptieren und lieben lernen,

»Liebe bedeutet Akzeptanz.« Das sind die Worte, die hängen-
bleiben. Ich pausiere den Podcast erneut, ich bin müde vom
Denken und von der Selbstreflexion. Dann doch lieber Radio.

Ich halte am Edeka und kaufe neues Tiefkühlgemüse und
Crème fraîche. Dabei wundere ich mich, dass ich täglich das
Gleiche essen kann. An der Kasse grinst mich der Kassierer
bereits an, während er eigentlich noch mit dem Kunden vor
mir beschäftigt sein sollte. Ich lächele höflich zurück. Dann
bin ich an der Reihe.

»Hallo, schöne Frau!«

Ich kneife die Augen zusammen und sage etwas skeptisch:
»Hallo.«

»Und? Was gibt's Neues?«, fragt er unbeirrt.

»Ähm, verwechselst du mich?« Ich schüttele mit dem Kopf.

»Nee, ich habe mich nur endlich getraut, dich anzusprechen.« Er wirkt stolz. »Fünf siebenundsechzig macht das,
zahlste bar?«

Etwas zögerlich sage ich: »Mit Karte.«

»Was auch immer du willst!« Gönnerhaft deutet er auf das
EC-Gerät. »Brauchste den Bon?«

Ich muss lachen. Ich habe keine Ahnung, wie alt er ist,
definitiv jünger als ich, deutlich jünger, und daher kann ich
ihn irgendwie nicht ernst nehmen. Ich lächele etwas verlegen.
»Nein, danke!«

»Sicher?« Er hält mir den Kassenzettel hin. Skurrile Situation,
denn er grinst zwar die ganze Zeit etwas keck, aber tut gleichzeitig so, als sei diese Konversation vollkommen normal.

»Ja, danke.«

»Also doch?«

Reden wir noch über den Kassenzettel? Ich bin irritiert und wiederhole: »Ja, danke. Ich bin sicher, dass ich den nicht brauche.« Ich krame meine Sachen zusammen. Als ich mich gerade umdrehe und gehen will, sagt er: »Okay, dann ist ja gut. Bis bald!«

Ich zücke mein Smartphone noch auf dem Weg nach draußen und erzähle Linda von dieser Begegnung per Sprachnachricht. Es kommen drei lachende Emojis zurück und die Nachricht:

Na, guck mal, besser als Tinder.

Ich lache, steige in mein Auto, fahre die letzten Meter bis zu meinem Haus, räume alles aus, ziehe mir dann meine Laufschuhe an und jogge los. Sobald die AirPods verbunden sind, startet automatisch der Podcast. Mann, der verfolgt mich aber auch! Ich erinnere mich an den Deal mit mir selbst, Sebastian schreiben zu dürfen, sobald ich mit der Folge durch bin, und hoffe auf nicht allzu viel Input zur Reflexion. Vielleicht schützt mich ja die Anstrengung vor dem Gedankenkarussell.

3. Die Angst vor dem Kontrollverlust

Wie oft hast Du Dich in Deinem Leben und auch in Beziehungen ausgeliefert gefühlt, abhängig, hattest das Gefühl, keine Wahl zu haben, nichts tun zu können, auf die Gunst des Anderen angewiesen zu sein?
Ich persönlich kenne das Gefühl relativ gut. Und es fühlt sich scheiße an. Oft ist uns das Gefühl (unbewusst) aus jüngeren Jahren sehr bekannt. Das macht es jedoch nicht besser. Dieses Gefühl, keinen Einfluss auf die Reaktionen Anderer zu haben. Aus Versehen kippt ein Glas um, Mama oder Papa rasten vollkommen aus. Da warst Du dann ausgeliefert, es war ein Versehen, dennoch wurde vielleicht mit Dir

geschimpft und Du dachtest: »Ich muss besser
aufpassen!«
Erst mal kein Problem, ist ja auch sinnvoll, am Tisch
nicht rumzutoben. Aber selbst, wenn Du nichts
gemacht hast, hast Du vielleicht Ärger bekommen
und warst hilflos. Hast einfach nicht verstanden,
was Du jetzt falsch gemacht hast. Um langfristig
seltener Ärger zu bekommen, hast Du versucht, die
Gedanken zu lesen, die Stimmung. Hast Dir
gemerkt, was Mama und Papa gefällt, und dieses
Verhalten öfter gezeigt. Vollkommen natürlich.
Manchmal nimmt das jedoch überhand, wenn Du
nämlich unverhältnismäßig oft Ablehnung erfährst,
die eher etwas mit dem Anderen als mit Dir zu tun
hat. Irgendwann ist es keine bewusste
Entscheidung mehr für ein Verhalten, sondern eine
unbewusste Macht, die dich dazu zwingt, erst an
alle Anderen zu denken. Es ist diese Sehnsucht
nach Sicherheit, die sich in Form von Kontrolle zeigt:
Du versuchst, die Situation zu kontrollieren, indem
Du Dich selbst kontrollierst, Dich anpasst,
erwünschtes Verhalten zeigst, um
Unvorhergesehenes abzuwenden.
In einer Beziehung versuchst Du dann, es ihm oder
ihr recht zu machen, ohne zu reflektieren, was Du
willst. Dementsprechend unsicher und aufregend ist
die Kennenlernphase.
Hattest Du in Deiner letzten Beziehung das Gefühl,
trotz großer Anstrengung nicht zu reichen, tut das
nicht nur weh, es schürt auch diese Angst. Die Angst
davor, wieder nicht zu reichen und die Gefahr bei
jemand Neuem, den Du nicht kennst und bei dem
Du nicht weißt, was er oder sie von Dir erwartet, ist
entsprechend groß, größer als zuvor.

Was kannst Du tun?
Versuche zunächst, Dir selbst die Sicherheit zu geben, die Du benötigst. Wenn es Dir nur darum geht, die Situation zu kontrollieren, bist Du besser allein dran. Wenn Du nicht allein sein willst, passt vermutlich erst mal jeder zur Dir, weil es Dir ja nicht darum geht, jemanden zu finden, dem Du gefällst, sondern jemanden zu finden, dem Du gefallen **kannst**. Also mache Dir bewusst, dass Du jetzt gerade auch klarkommst, ohne jemanden an Deiner Seite. Allein. Statt also der Verlustangst schon vor dem ersten Date zu viel Raum zu geben, mach Dir bewusst, warum Du Dich nach einem Partner oder einer Partnerin sehnst. Mache zunächst **Dich** zur Aufgabe, lerne Dich kennen. Was gefällt Dir? Was brauchst Du? Wie sieht eine perfekte Beziehung für Dich aus? Kompromisse kann man immer noch machen, und sich ein wenig anzupassen, schadet auch nicht. Aber ohne zu wissen, was Du willst, läufst Du Gefahr, Dich nie zu finden.

Es klappt erstaunlich gut, beim Joggen einen gesprochenen Text ohne Beat zu hören. Diese Angst vor dem Kontrollverlust kann ich gut nachvollziehen. Auch wenn ich bisher anscheinend wie ein Stehaufmännchen gehandelt habe, habe ich es immer weiter und immer wieder versucht. Und egal, wie oft ich gescheitert bin: Ich habe Tinder wieder installiert, bin mit offenen Augen in die Kneipe gegangen oder habe Kontakt zu alten oder auch aktuellen potenziellen Partnern aufgenommen.

4. Die Prävention des Kontrollverlusts
Klingt viel besser als die Angst vor dem Kontrollverlust, oder? Gründe/Ursachen sind identisch, hier nun aber mit einem kleinen Knoten:

Du willst kein Risiko eingehen und erschaffst daher
eine Illusion und gleichzeitig einen konkreten Plan.
Weicht er/sie zu sehr ab, ist er oder sie ja nicht der oder
die Richtige. Wie klug, oder? Du erschaffst keine Illusion
von Dir, sondern bleibst voll bei Dir. Gut, Du übertreibst
hier und da und drehst den Spieß um. Du verlangst
Perfektion, die Dir niemand geben kann, und wenn Du
sie nicht bekommst, dann lag/liegt es wohl an ihm.
Nein, ich möchte sicher nicht propagieren, dass Du
Deine Ansprüche zurücksetzen solltest. Hohe
Ansprüche sind wichtig und gut. Wann sie zu hoch
sind, keine Ahnung. Vermutlich dann, wenn Du das
Gefühl hast, dass du darunter leidest.

Ich habe den ersten Kilometer hinter mir gelassen, doch noch
bin ich nicht im Laufrhythmus. Vielleicht liegt es auch daran,
was ich da soeben gehört habe. Wieder denke ich an mein
Swipe-Verhalten und frage mich, ob Jennis Ausführungen
wohl stimmen könnten.

Was kannst Du tun?

Mache Dir Gedanken über ehemalige Beziehungen,
denke an FreundInnen: Wie viel hast du da akzeptiert,
wie viel akzeptierst Du nun? Wurdest Du vielleicht gar
betrogen und möchtest Dich nun absichern? Muss
Deine neue Partnerin/Dein neuer Partner sozusagen
die Fehler des/der Ex ausgleichen?

Und was ist, wenn mein neuer potenzieller Partner mein Ex
wäre? Ist es dann nicht legitim, dass er seine eigenen Fehler
ausgleicht, ich das sozusagen zur Bedingung mache?

Wäre es wirklich so schlimm, wenn er oder sie nicht
exakt Deiner definierten Wunschgröße entspricht?

Das mit der Basic-Eissorte mag ich und überlege direkt, welche drei Kugeln für mich die Basis bilden. Auf jeden Fall Humor! Ich wünsche mir einen Mann, der mich zum Lachen bringt. Das schließt direkt einen gewissen Intellekt ein, denn ich mag intelligenten Humor und Schlagfertigkeit. Letzteres erfordert Tempo und eine rasche Auffassungsgabe. Und dann hört es auch schon fast auf. Aspekte wie Treue, Einfühlungsvermögen und Ehrlichkeit sind aus meiner Sicht so selbstverständlich wie die Tatsache, dass jemand atmen muss. Klar gibt es Betrug, aber hier ist doch jedem klar, dass er/sie da etwas tut, was nicht okay ist. Ebenso wie Lügen oder Ignoranz, beides sind keine Persönlichkeitsschwächen, daher finde ich es komisch, mir Treue oder Ehrlichkeit zu wünschen. Und dann kommt mir doch noch was in den Sinn: Leidenschaft, Sexualität. Letzteres ist auch kein Persönlichkeitsmerkmal, aber Sex ist mir schon wichtig. Guter Sex. Und guter Sex bedeutet für mich vor allem Nähe, nicht Leistungssport. Wenn ich das Gefühl habe, mich sicher genug fühle, dass ich mich gehen lassen kann, wenn ich das Gefühl habe, begehrt zu werden und dass auch meine Begierde Erregung auslöst. Der eigentliche Akt oder gar der Orgasmus sind da recht egal, Sex findet vor allem emotional statt. Und während ich über Humor und guten Sex nachdenke, denke ich an Christian. Christian Holzmann.

Frisch getrennt von Sebastian hatte ich mir damals Tinder installiert, trotz all dieser wenig positiven Erfahrungen der früheren Marina, wie ich sie gerne nenne. Das Problem, ich war mal wieder zu schnell.

Ich dachte damals: »Jetzt, da ich kognitiv verstanden habe, dass Liebe sicher ist, jetzt, da ich weiß, dass Liebe nichts ist, worum man kämpfen muss, jetzt, da ich weiß, dass auch ich Liebe verdient habe, jetzt bin ich bereit!« Viel zu schnell verfiel ich in alte Muster, ich passte mich weniger an oder verstellte mich, aber ich war dennoch so verdammt unsicher und sehnte mich, insbesondere nach meiner Erfahrung mit Sebastian, nach Verbindlichkeit. Ja, Christian musste sozusagen Sebastians Fehler ausgleichen.

Aber von vorn: Ich versah Christian recht früh am Morgen mit »gefällt mir« und es kam prompt zum Match. Ich schrieb ein unkreatives »Guten Morgen« und erhielt zwei Stunden später folgende Antwort:

5:32 Uhr, dein Ernst???

Der Uhrzeit zufolge habe ich dich also beim ersten Kaffee gematcht, Fehler? 7:21 Uhr, du konntest also ausschlafen?

Hast du den wenigstens im Bett getrunken? »Ausschlafen« ist schon ein sehr absolutes Wort.

Selbstverständlich im Bett! Ich funktioniere vor dem ersten Kaffee ausschließlich für den Kaffee.

Vermutlich machst du morgens also etwas sehr Wichtiges? Malst du dann Gemälde? Oder bastelst du für Waisenkinder?

OMG! Danke dafür, direkt am Kaffee verschluckt. Ich habe dich gematcht, war das wichtig genug?

Das musst du selbst beantworten. Aus meiner Sicht ist die Hürde schon sehr groß.

Du bringst mich zum Lachen, Lohnt sich schon jetzt. Warum forderst du in deinem Profil dazu auf, ein Goethe-Zitat einzufügen?

Weil fast alle seiner Zitate großartig sind, lies dir mal 'ne Liste durch, wähl eins aus und wir haben mit sehr sehr großer Wahrscheinlichkeit eine Gemeinsamkeit.

Und so begann es damals. Jede seiner Antworten brachte mich zum Lachen, so schrieben wir einander gut zwei Wochen. Wie oft ich diesen Verlauf gelesen habe … Wirklich so oft, dass ich ihn auswendig kenne. Es war eben nicht tindertypisch, mit platten Fragen nach dem Befinden oder den Tagesplänen, und auch ohne sexuelle Anspielungen ab der vierten Nachricht. Es ergab sich ein ganz natürlicher Gesprächsfluss, ganz ohne Interviewformat, mit Witz, Charme und zum Teil oberflächlich philosophisch. Verhältnismäßig spät bat er mich um meine Nummer. Er stellte sich recht geschickt an.

Ich habe sieben Jahre lang in Krefeld Bier getrunken und dort gewohnt. Mit Unterbrechungen. Eine Zeitlang habe ich auch woanders Bier getrunken, unter anderem an Orten, an denen viele Menschen einen See und ein Ruderboot vor der Tür haben.

O je. Erdkunde. Jetzt müsste ich vermutlich das Land sagen oder wenigstens kennen, in dem alle einen See haben?

So ist es. Und wenn du es nicht weißt, bist du voll ungebildet! Also, ich war 'ne Zeitlang in Skandinavien unterwegs. Und Finnland besteht eigentlich nur aus Seen und Wald.

Ungebildet, aber intelligent. Ersteres kann man immerhin ändern. Falls also noch mal ein Tinder-Typ bemängelt, dass es in DE zu wenig Seen gibt, kann ich direkt sagen: »Oh kommste aus Finnland?«

Deine Argumentation ist zu 110 % schlüssig, dein Plan klingt auch gut. Ich weiß nur nicht, ob ich mich mit der Bezeichnung »irgendein Tinder-Typ« anfreunden kann, aber für 'nen Montag ist's ja noch eine harmlose Diffamierung. Dennoch, kann ich vielleicht einer von diesen WhatsApp-Typen sein?

Wie wechselten zu WhatsApp. Schrieben in regelmäßigen Intervallen weiter.

Ach ja: Bei Tinder versuchst du ja, mit Goethe, das Niveau auf 'nem gewissen intellektuellen Standard zu halten.

Ha ha, nein. Ich versuche, zu filtern. Das heißt nicht, dass ich einen Standard habe, ist ja nicht gesagt, ob ich das Gesiebte oder das Ausgesiebte haben will. Über dein Tinder-Profil müssen wir auch noch reden. Aber wahrscheinlich besser morgen erst?

Guten Morgen ... Da ist sie einfach eingeschlafen. Gar nicht meine Art, so mitten im Gespräch! Wie schade, dass ich genau dann einschlafe, wenn es interessant wird. Was genau glaubst du, damit filtern zu können? Und gehöre ich nun zum Gesiebten? Oder bin ich einer von den dicken Mehlkrümeln? Du hast »gelikt«, alles, was du sagst, kann somit gegen dich verwendet werden ... Und ich bin trotzdem sehr neugierig, auf das, worüber du mit mir reden willst! Klingt nämlich ein bisschen so wie der Papa, der sagt: »Darüber reden wir morgen noch, Fräulein!«

Ha ha, das hatte ich mir gedacht, das war in meiner kurzen Pause, in der ich ganz dringend ein Spiegelei in die Pfanne hauen musste. Ach, du darfst auch nicht alles so ernst nehmen, was ich so fasele.
Aber ein bisschen was ist insofern dran, dass viele bei Goethe, glaube ich, direkt denken: »Nope!«. Und das passt dann meistens wahrscheinlich ganz gut.
Guten Morgen übrigens.

Keine Sorge! Um es mit Tinder-Worten zu sagen: »Ich spreche fließend Sarkastisch.« Zumindest steht das bei den Herren meist unmittelbar unter der Körpergröße und vor den Emojis. Ich habe bisher kaum etwas richtig ernst genommen, von dem, was du gesagt hast.

Beruhigend! Aber das mit dem Sarkasmus steht bei den Herrenprofilen?! Das ist interessant. Wenn ich an den typischen Tinder-Nutzer denke, kommt mir Sarkasmus nicht so in den Sinn.
Ich hab ja eh schon deine Nummer, jetzt wirst du mich nicht mehr so einfach los.

Ist das 'ne Drohung? Oder ein Angebot?

Das mit der Körpergröße kann ich aber erklären.
In supervielen Profilen steht ernsthaft irgendwas
Pöbelndes, dass man es bloß nicht wagen soll, die
Besitzerin anzuschreiben, wenn man unter 1,80 m
ist oder so ein Käse. Wusste nie, dass Körpergröße
so ein Ding ist, aber ich bin halt auch nicht so klein.

Ernsthaft? Wie lustig ist das denn? Ja, als Frau darf
man sich bei Tinder wohl echt einiges leisten …
Erzähl mir mehr, ich sollte meine Selbstdarstellung
wohl auch noch mal überdenken.
Du hattest da ja eh noch Anmerkungen zu?!
Erstmal geschaut, ob bei dir die Größe steht …
Tut sie nicht. Wie groß bist du denn? Zu groß? Oder
warum gibst du den Damen nicht, was sie wollen?

Ein Wunder, dass du noch nicht gefragt hast,
wenn es dort nicht steht. Um es jetzt nicht
komplett zu ignorieren: Ich bin 1,94. Kommt mir
so vor, als wäre das für die meisten genug.

Das ist mir zu groß.

Sorry, die ist nur bedingt verhandelbar. Nach einem
langen Tag 1,93 m. Außerdem sagt ein Blick in die
Familie, dass es in ca. 25 Jahren langsam weniger
werden sollte. »Frauen eine Perspektive bieten«

LOL! Morgens hast du es auch drauf!

Das habe ich in diesem Kontext noch nie gehört.

... wie beruhigend, dass es andere Kontexte gibt.

Okay, ich hab es eigentlich einfach noch nie gehört.

Das ist ja jetz 1 schöne scheise.

Ich bin immer so verzweifelt auf der Suche nach Bestätigung, dass ich jedes Lob direkt archiviere und nach dem nächsten hechte. Vielleicht ist's mir ja durchgegangen.

Diese Konversation ist so schön, dass ich es in Kauf nehme, dass du das bisher noch nicht gehört hast. Du brauchst es also gar nicht runterspielen ... Humor ist mehr wert als alles Andere. Daher war mir deine Größe auch egal und über mangelnde Qualitäten und Kompetenzen in jeglichen Lebensbereichen kann ich – zumindest jetzt, da ich die Größe kenne – auch hinwegsehen.

Klingt so, als hättest du ein Faible für Clowns.

Lol
War das 'ne Aufforderung mit der verzweifelten Suche nach Bestätigung?

Und dann kam es recht rasch zum ersten Date, es folgten viele weitere über bestimmt sechs Monate. Wenn ich heute an dieses halbe Jahr zurückdenke, ärgere ich mich darüber, dass ich ihm so viel Druck gemacht habe. Wir schrieben täglich, er brachte mich mit fast jeder seiner Nachrichten zum Lachen.

Wenn wir uns trafen, wirkte es so unglaublich vertraut. Der Sex war großartig, zärtlich und gleichzeitig so leidenschaftlich. Und das lag nicht an seiner Ausstattung, die definitiv sehr beachtlich war. Ich verliebte mich, sehnte mich nach Verbindlichkeit, vermutlich der Verbindlichkeit, die es bei Sebastian nie gegeben hatte, und verlangte sie von Christian viel zu früh. Dabei hatten wir in dieser Zeit mehr Dates, als ich sie je mit Sebastian in diesem Zeitraum hätte haben können. Wir verbrachten, wenn auch nur virtuell, viel Zeit miteinander, hatten morgendliche Schreibrituale und begleiteten einander durch den Tag.

Und ich? Gut, ich zeigte ihm kein Haus, aber ich fing an, von Liebe zu sprechen, und meinte eher Exklusivität. Als er mir die Liebe nicht geben wollte, verfiel ich in alte Muster. Meine Gedanken drehten sich nur um ihn, ich bemühte mich zu sehr und wir verloren an Augenhöhe. Vermutlich fragte er sich irgendwann, was mit mir nicht stimmte, weil ich nach so kurzer Zeit so begeistert von ihm war. Ich machte mich so klein, gab ihm unbewusst die Verantwortung für mich und mein Wohlbefinden. Diese Verantwortung war nicht nur für mich anstrengend. Ich beendete es mehrfach, aber nach sechs Monaten dann richtig.

Mittlerweile bin ich beim siebten Kilometer angelangt, endlich habe ich den Rhythmus und das Laufen fühlt sich an wie Fliegen. Der Podcast ist zu Ende, richtig gehört habe ich ihn nicht mehr. Es fühlt sich erstaunlich leicht an, über Christian nachzudenken. Selbst heute noch bringen mich seine Nachrichten zum Lachen. Wie es ihm wohl geht?

Ich mache einen weiteren Deal mit mir selbst: Wenn ich es schaffe, die letzten drei Kilometer mit einer Pace von unter sechs Minuten pro Kilometer zu laufen, darf ich ihm schreiben. Die letzten drei Kilometer gehen zur Hälfte ohnehin bergab, den achten schaffe ich somit gar mit einer Pace von fünf Minuten und einundzwanzig Sekunden, den zweiten mit sechs Minuten und sieben Sekunden und der Endspurt gelingt mir dank der richtigen Motivation mit fünf Minuten und dreiundfünfzig Sekunden pro Kilometer – obwohl es nicht mehr bergab geht.

Zuhause angekommen laufen meine Beine ganz von allein durch die Wohnung, während ich fast einen ganzen Liter Wasser trinke. Ich fühle mich so leicht und so wohl und so frei. Das tat gut! Ich zücke mein Smartphone und suche nach Christian. Oh, bei der Gelegenheit kann ich direkt nach meiner Nachricht zum Abschied von vor 'nem halben Jahr suchen.

Immer öfter komme ich an den Punkt, das hier zu beenden. Das Schöne: Es muss nichts beendet werden und ich kann dich nicht wirklich verletzen. Ist das jetzt das dritte Mal? Ja, ich will mehr. Du nicht. Ich bin verliebt. Du nicht. Du hast mir sehr gutgetan … Aber du tust mir nicht mehr gut. Ich vermisse dich. Würde dich gerne sehen. Denke viel zu oft an dich. Dieser aktuelle, ungeklärte Status macht mich wahnsinnig. Dir fehlt das Gefühl, du kennst es auch anders. Okay … Ich weiß leider sehr gut, dass man Gefühle nur bis zu einem gewissen Grad kontrollieren kann. Ich habe diese Kontrolle verloren. Ich weiß nicht, wie du fühlst, weiß nicht, was es mit dir macht, wenn du hörst, dass ich verliebt bin. So richtig. Du brauchst Atempausen. Ich bin zu schnell. Nein, Quatsch. Du brauchst keine Pausen, ich bin es einfach nicht. Vielleicht der falsche Zeitpunkt. Vielleicht auch einfach »ich« … Und das ist vollkommen okay, ich versuche, dich zu verstehen, aber du hast alles gesagt. Und alles, was nicht gesagt wurde, steht vermutlich auch nicht auf der »Pro-Marina-Liste«. Gleichzeitig fällt es mir so schwer, mich von dir zu distanzieren … Ich mag unsere Gespräche und in deinem Bett ist so viel passiert. Nicht nur sexuell. Die Nähe, diese verrückte körperliche Vertrautheit, die ich sonst nur aus Beziehungen kenne – nicht mal aus jeder. Ja, ich hatte eine Beziehung mit dir. Ich habe dir mal gesagt, dass sich zumindest faktisch kaum was für mich ändern würde … #Zeit #Leben #Komplikationen. Ich wäre gerne mal mit dir »ausgegangen«, hätte dich gerne mal in »Gesellschaft« erlebt … Ich war neugierig auf diese Seiten, die ich nur von Fotos kannte. Ich wäre gerne mal mit dir Boot gefahren, hätte gerne 'ne Radtour gemacht oder in deiner Kneipe gesessen … ein Wochenende mit dir am Brocken oder in Wien verbracht. Aber das war nicht drin. Ich wollte dich. Ich habe mich bei Tinder abgemeldet, weil ich einfach keinen »Bedarf«, kein »Interesse an Anderen« mehr hatte – und das schon vor vielen Wochen. Ich hatte zu viele Beziehungen und weiß ziemlich genau, was mir an einem Partner wichtig ist.

An einem Mann: Intelligenz, Humor, Eloquenz, Vertrautheit, Einfühlsamkeit, guter Sex. Du hast all das … Und es gab bereits vor unserem ersten Date Momente, in denen ich schockverliebt war. Als ich dich dann sah, dachte ich: »O Gott, Spießer-Nerd!« 28, whaaaat, 27?! Es war keine Liebe auf den ersten Blick. Die gibt's ja auch nicht. Aber das ist eh ein anderes Thema – vielleicht fürs Brigitte-Forum. Je mehr ich von dir kennenlernte, desto unsicherer wurde ich … Denn mir gefiel, was ich kennenlernte. Aber ich konnte es nicht einordnen. Ich wollte keine »Beziehung auf Probe« mehr führen – zu anstrengend, am Ende wird jemand verletzt. Nicht cool. Aber auch das war ein Prozess, den du mitgegangen bist … und ich bin an dem Punkt, an dem ich weiß: Du bist kein Experiment mehr, kein auf Probe, ich will dich! Keine Ahnung, wofür und wie lange. Das wird man sehen … oder auch nicht. Aber ich will dich nicht überzeugen müssen. Ich will nicht die Frau sein, die schon bald durch was Passenderes ersetzt wird. Ich will die Frau an deiner Seite sein, weil du mich und niemanden sonst da haben willst. Weil du dich zu mir bekennen willst. Gerne, weil Gespräche mit mir interessant sind, weil wir lustige Abende in der Kneipe verbringen, weil wir sexuell so gut harmonieren … Das Einzige, was dazu fehlt, sind deine Gefühle. Leider aber auch die Grundlage.

Wenn ich diese Nachricht jetzt noch mal lese, frage ich mich, ob es mir überhaupt möglich war, den Fuß vom Gaspedal zu nehmen und auch, ob es eine gute Idee gewesen wäre. Ich vermisste jedenfalls das Schreiben mit Christian, ich war nicht erleichtert oder frei, nachdem es beendet war, er fehlte mir. Erst dann wurde mir bewusst, was auch in der Nachricht stand: Wir hatten eine Beziehung gehabt. Wir waren ein Paar gewesen. Wir hatten einander gemocht, und der einzige Grund, warum er mir nicht gutgetan hatte, war, dass ich etwas von ihm erwartet hatte, was ich selbst gar nicht bereit gewesen war, zu geben. Ich war nicht bereit gewesen, ihn zu einem größeren Teil meines Lebens zu machen. Ich hatte ihn nicht zwingend mit Lasse bekannt machen wollen zum Beispiel, aber ich hatte ein größerer Teil seines Lebens werden wollen, um … Ja, warum eigentlich?

Ob es eine gute Idee ist, ihm jetzt zu schreiben? Ich verwerfe den Gedanken rasch. Ja, wir hatten nach diesem Ende noch ab und zu Kontakt, meist schickte ich ihm irgendein Meme, bei dem ich an ihn denken musste, er reagierte, wir schrieben ein paar Zeilen hin und her und dann flachte es schon wieder ab. Ich war es, die begann, er war es, der beendete. Vermutlich ist er einfach höflich, und solange ich mich nicht wöchentlich bei ihm melde, tut es niemandem weh. Außer mir, vielleicht.

Ich gehe duschen und lege mich danach auf meine pastellfarbene grüne Couch, um mir endlich den Rest der Podcastfolge in Ruhe anzuhören, die zwar beim Joggen lief, aber von der ich zu sehr durch meine Erinnerungen an Christian abgelenkt war.

5. Du legst den Fokus zu sehr darauf, dass sich jemand in Dich verliebt, anstatt Dich zu verlieben.

Beim Dating geht es ums Balzen: Damit Menschen sich in Dich verlieben, braucht es ein wenig Interesse deinerseits, ein bisschen Charme und Anerkennung, Aufmerksamkeit und durchaus auch eine gewisse Aufregung und Unsicherheit, nicht durchs Rarmachen, aber durchaus, um zu signalisieren: Ich bin anspruchsvoll und nehme nicht jeden/nicht jede.

Das wünschst Du Dir auch für Dich, jeder Mensch hat diese Bedürfnisse (auch die nach der zuvor genannten Wertsteigerung oder nach Sicherheit – das Maß beziehungsweise der Druck dahinter sind entscheidend.)

So. Da ist jetzt jemand. Du gibst Dir besonders viel Mühe, interessierst Dich für ihn/sie, bist charmant, hörst zu und informierst Dich vorab über seine/ihre Musik, oder was auch immer. Er/sie findet Dich zauberhaft, doch irgendwie funkt es bei Dir nicht.

Er hebt hervor, wie toll er/sie Deinen Musikgeschmack findet (ist gar nicht Deiner), wie toll, dass Du Dich für seinen/ihren Bürojob interessierst (tust Du gar nicht) und wie charmant Du bist (dabei hast Du Dich schon bei der ersten Nachricht voll anstrengen müssen, etwas Positives auf sein/ihr Profil zu antworten).

Du gehst nach dem ersten Date nach Hause und denkst: Hm! Er/sie scheint Feuer und Flamme für Dich zu sein. Du jedoch so gar nicht.

Klar, denn sein/ihr Interesse, seine/ihre Anerkennung beruhte auf Dingen, die nichts mit Dir zu tun haben. Wenn Du Dich nicht zeigst und gibst, wie Du bist, dann fühlt sich die Anerkennung dafür auch nicht echt an, die Ablehnung jedoch paradoxerweise schon. Aber das ist ein anderes Thema.

Wie willst Du Dich in jemanden verlieben, der Dir das, was Du brauchst, nicht geben kann, weil Du Dich nicht zeigst und gibst, wie Du bist?

Was tun?

Am besten nichts tun. Sondern **sein**.

Insbesondere jetzt, da mein Kopf noch immer sehr bei Christian ist, macht mich dieser Hinweis wütend. Einfach **sein**. Einerseits soll ich sein, wie ich bin, mit all den Schwächen und auch Schutzstrategien aus der Vergangenheit, soll mich annehmen, und andererseits habe ich Christian doch genau dadurch verloren, indem ich eben zu viel **ich** war.

Da ist er wieder, dieser Knoten im Kopf. Also war Christian einfach nicht der Richtige? Aber ich will doch … Will ich gerettet werden? Vermutlich bin ich diesbezüglich noch immer ambivalent. Thomas, der mich retten wollte, wollte ich nicht, weil ich mich neben ihm klein fühlte. Was ja eigentlich auch unvermeidbar ist, wenn ich einen großen, starken Retter haben will. Ich begann, ihn abzuwerten, wodurch er kleiner wurde, als ich mich fühlte. Somit erreichten wir nie eine Augenhöhe. Bei Christian gab es Augenhöhe, doch ich hab's verbockt. Warum? Weil ich einfach ich selbst war, mit all meinen Bedürfnissen, die ihn überfordert haben. O Mann, dieser Podcast bringt mich echt um meinen Verstand.

Ich überlege, Jenni einfach zu schreiben, und formuliere all diese Gedanken in einer Nachricht via Instagram. Direkt erscheint *gesehen* darunter. Wie viel Zeit sie wohl auf Insta verbringt?

Hey Marina, ja, die Folge ist dann doch unerwartet lang geworden ;-) So, wie Du schreibst, ist die logische Konsequenz für Dich, dass Du wohl falsch gehandelt hast, es an Dir lag, und wenn Du nicht so wärst, wie Du bist oder gewesen bist, dann wäre, so Deine Illusion, daraus eine glückliche Beziehung entstanden. Ja, vielleicht. Aber genau das meine ich mit dem Selbstliebe-Dilemma. Dann hätte nur ein Teil von Dir eine »glückliche Beziehung« mit ihm. Nur der Teil, den Du und auch er aushalten kann. Du kannst jetzt Dir die Schuld an all dem geben,

versuchen, nicht so anstrengend zu sein, so
ungeduldig, mehr Urvertrauen zu haben, gelassener
zu sein, weil: Dann wäre ja alles gut. Dann gesellt
sich aber zu dem Frust darüber, dass Du keine
Beziehung mit ihm hast, zusätzlich Frust über Dich.
Unnötig. Das ist wie Nachtreten, wenn jemand am
Boden liegt. Stattdessen darfst Du, genau wie Du
es tust, überlegen: Woher kam oder kommt diese
Ungeduld? Dein »Aufs-Gaspedal-Treten«, um
ENDLICH »den Sack zuzumachen«? Du hast für Dich
die Erkenntnis gewonnen, dass Du Deinen Mangel
an Vertrauen mit Verbindlichkeit kompensieren
wolltest, und bist damit bei Christian gescheitert.
Ja, vielleicht hast Du ihn gar massiv irritiert, weil er
dachte: »Warum bin ich schon nach so kurzer Zeit
so wertvoll für sie? Ich habe doch kaum etwas
investiert oder getan?« Ihm war nicht bewusst,
ebenso wenig wie Dir, dass Du lediglich eine
Sicherheit durch die Verbindlichkeit erzeugen
wolltest, die es Dir ermöglicht, Dich fallen zu lassen,
so nach dem Motto: »Wenn ich ihn besitze, verliere
ich ihn nicht.« Klingt komisch, wenn ich es so
formuliere, oder? Was ich meine: Du hast Christian
nicht ganz offen und ehrlich (vielleicht, weil es Dir
selbst noch nicht bewusst war) gesagt, worum es
Dir wirklich geht: Sicherheit durch Verbindlichkeit.
Du hättest nach Exklusivität fragen können, hast
aber von **mehr** gesprochen, ohne das »Mehr«
zu definieren. Hinzu kommt, dass er Dir diese
Sicherheit ohnehin nicht geben kann, letztendlich
kann das niemand tun. Niemand kann Dich von
Deiner Angst, verletzt zu werden, befreien. Denn
eigentlich geht es ja um den Mangel an Urvertrauen,
den die Sicherheit durch Verbindlichkeit

ausgleichen sollte.

Vielmehr bedarf es also einer Korrektur, nämlich der, dass das Leben weitergeht, wenn Du verletzt wirst. Und dass die Verletzung Deinen Wert nicht schmälert, sondern einfach Resultat einer Dynamik ist, zwischen zwei Menschen, die nicht oder nicht mehr so gut harmonieren und denen anscheinend die Möglichkeiten fehlen, diese Harmonie wiederherzustellen.

Also, um es noch mal kurz auf den Punkt zu bringen: Wenn Du Dich verstellst, um bloß nicht Gefahr zu laufen, verletzt zu werden, ist das eine Schutzstrategie, die Dir dabei helfen soll, Dich vor Verletzungen zu beschützen, von denen Du glaubst, Du könntest den Schmerz nicht aushalten. Verbindlichkeit zu früh zu erzwingen ist eine weitere Strategie, in der Du Dich nicht verstellen musst, aber jemand anderen sozusagen bittest, Dir etwas zu geben, was er Dir nicht geben kann, die Sicherheit, Dich nicht zu verletzen und zu enttäuschen.

Beide Strategien dienen dem Zweck, Dich zu beschützen. Sie dienen nicht dem Zweck, eine Beziehung zu finden. Und eine gesunde Beziehung zu finden, erfordert den Mut, sich auch den damit einhergehenden Verletzungen zu stellen. In einer gesunden Beziehung ist es nicht wichtig, dass beide einander immer toll finden, Harmonie herrscht und man immer gleicher Meinung ist. Verbindlichkeit entsteht durch Bindung, sie bedeutet Stabilität und wird durch Nähe, durch Zeit, durch das Teilen von Leid und Freude erzeugt, und eben durch das Aushalten von Differenzen, mit der Möglichkeit des Wachstums, durch neue Aspekte, Aktivitäten und Ansichten, mit denen man sich auseinandersetzt.

Deine Strategien, die eigentlich Deinem Schutz dienen sollten, erzeugen jedoch Ablehnung/Verletzung (Du lehnst Dich selbst ab, wenn Du Dich zu sehr verstellst und Du wirst enttäuscht, wenn Du jemanden bittest, Dir etwas zu geben, was er nicht geben kann). Das hast Du nun gelernt, vielleicht pausierst Du die Suche nach einer gesunden Beziehung nun, vielleicht probst Du bei Dates, vielleicht findest Du den Mut, Dich so zu zeigen, wie Du bist, um nicht nur den Anderen, sondern auch Dich selbst nicht zu früh unter Druck zu setzen, aus purer Not und Angst davor, zu scheitern und allein zu sein.

Der zunächst einfachere Weg ist es, sich selbst die Schuld zu geben. Eine langfristige Veränderung bewirkst Du jedoch nicht, wenn Du Dich abwertest und gegen Dich arbeitest, sondern indem Du Dich verstehst, akzeptierst, dass es gerade so ist. Das menschliche Paradoxon: Wir verändern uns, wenn wir uns akzeptieren, indem wir uns verstehen. Die Frage ist dann nicht: Wie schaffe ich es, eine Beziehung zu finden und zu halten? Sondern: Wie schaffe ich es, mir selbst die Sicherheit zu geben und dem Leben zu vertrauen, dass auch ich zukünftige Verletzungen verarbeiten kann, anstatt sie um jeden Preis vermeiden zu wollen?

> Wow. Danke, mit so einer langen Nachricht habe ich gar nicht gerechnet. Aber mir wird gerade klar, warum ich in letzter Zeit so unendlich viel reflektiere und grübele, vermutlich ist es genau das. Früher war mir gar nicht bewusst, dass meine »Strategien« meinem Schutz dienten, sondern ich habe sie einfach angewandt – ohne zu hinterfragen, warum. Und jetzt, da ich darum weiß, will ich nicht mehr die Strategien anwenden. Aber ich wende eine Andere an: Reflexion. Der Grund ist vermutlich derselbe: Ich will einfach nicht mehr verletzt werden und versuche, über alle Verletzungen nachzudenken, darüber, wie sie entstanden sind, und wenn ich der Grund bin, die Schuld daran habe, dann kann ich zukünftig anders agieren. Ach Mann. Danke schon mal. Vielleicht ein Thema für die nächste Sitzung.

Puh. Yeah. Jetzt habe ich zwar eine Antwort bekommen, aber leider habe ich nun eine neue Frage, will aber auch keine kostenlose Beratung rausschlagen. Dennoch: Wie kriege ich denn diese Angst vor Ablehnung und Verletzung anders in den Griff? Alles zu tun, um das Eintreten der Verletzung zu verhindern, scheint mir jedenfalls aktuell vernünftiger. Ich will nicht mehr verletzt werden, sondern endlich glücklich sein und leben. Der Podcast geht noch elf Minuten, das sollte ich schaffen.

6. Es soll jetzt endlich mal um Dich gehen!

Habe ich bereits weiter oben angesprochen: Brauchst Du jemanden, der die Fehler vorangegangener Beziehungen korrigiert? Der Wunsch ist nachvollziehbar, doch statt zu schlussfolgern: »So, jetzt geht es mal um mich:

Mach!«, sag lieber: »Ich gebe nicht mehr **alles**
und dennoch so viel, wie ich kann.«
Du bist nicht ausgeliefert. Du darfst Deine
Erfahrungen selbst korrigieren.

An dieser Stelle versöhne ich mich etwas mit der Folge, endlich mal eine Aussage, mit der ich mitgehen kann und die ich verstehe: Ich gebe nicht mehr **alles** und dennoch so viel, wie ich kann. Ich gehe nicht mehr in Vorleistung und nehme einen Kredit auf, den ich mir nicht leisten kann, um mich dann bei der Trennung wie die Verliererin zu fühlen, die so viele Opfer gebracht und so viele Schulden gemacht hat und nun mit weniger dasteht als vorher. Und jetzt wünsche ich mir, ich würde Christian erst heute kennenlernen.

7. Du hängst noch zu sehr an deiner letzten Partnerschaft

Das spielt natürlich bei jedem zuvor genanntem Grund eine Rolle. Diese Gründe können durchaus zusammenhängen, tun sie vielleicht auch. Es ist daher gut, sich mit jedem Grund auseinanderzusetzen. Wenn Du Deine letzte Beziehung nicht verarbeitet hast, nicht losgelassen hast, er oder sie noch immer wie ein Plan B in Deinen Gedanken ist oder gar in Deinem Leben, dann gibt es wohl noch Aspekte, die Du bisher nicht verstehen und somit nicht akzeptieren konntest. Oder Du verstehst sie, willst sie aber nicht akzeptieren. Weil er oder sie womöglich dieser ganz besondere Mensch war, weil er Dir in einer schwierigen Zeit beigestanden hat, weil dieser Mensch der Erste war, den Du geliebt hast, weil dieser Mensch Dich korrigierende Erfahrungen hat sammeln lassen oder euch nach wie vor eure Kinder verbinden …

Christian. Sebastian. Thomas. Ich darf Tinder echt nicht nutzen, in keinem Fall! Ich bin ja eine Gefahr. Christian als der Idealtypus von Mann. Sebastian als der starke Beschützer. Und Thomas als der beste Freund.

> Hier halten wir gerne an einem Ideal fest, an einer Illusion: Wenn ich doch nur, wenn er oder sie doch nur, jetzt, vielleicht, irgendwann …
> Wenn es für Dich auch noch so jemanden gibt, erklärt das vielleicht, warum Du Dich nicht mehr verliebst – zumindest nicht zuerst.

Ja, vielleicht sind es Illusionen. Was weiß ich denn schon. Aber gerade hilft es mir. Also, heute. Jetzt.

> Und kommen wir nun zurück zu Christian. Warum verliebt er sich nicht mehr?

Erst jetzt stolpere ich über den von ihr gewählten Namen: Christian. Komisch, dass mir das nicht vorher aufgefallen ist.

> ### 8. Die Angst davor, die (neu gewonnene) Unabhängigkeit zu verlieren
> Vielleicht spielen alle Gründe eine Rolle. Im fiktiven Beispiel aus dieser Episode allerdings ist dieser achte Grund Christians größte Sorge: die Angst, seine Unabhängigkeit zu verlieren. Lange fühlte er sich als kleiner, schwacher Junge, der eine Beziehung brauchte, um auf dieser Welt klarzukommen. Er hatte permanent das Gefühl, ohne eine Frau an seiner Seite sei er verloren. Oder eben wertlos. Er fühlte sich lange, zu lange, nutzlos, als Störenfried. Stand vielleicht seinen Eltern im Weg, weil er so viel Hilfe/Aufmerksamkeit brauchte.

Nachdem er sein Studium abgeschlossen hatte und ein Jahr im Ausland gewesen war, kehrte er als neuer Mensch zurück. Es war dabei nur um ihn gegangen: Er war auf sich selbst gestellt gewesen, es hatte nicht mal einen Flirt mit jemandem vor Ort gegeben, der ihm hätte helfen können. Trotz der Schwierigkeiten hatte er es geschafft, ganz allein, ohne zur Last zu fallen oder im Weg zu stehen. Er hat sich selbst kennen- und lieben gelernt.

Nun ist er seit zwei Jahren Single, hat sich in der Zeit oft selbst für sein »bedürftiges« Verhalten vergangener Tage verachtet. Wie sehr er sich vorher immer bemüht hatte und doch abhängig gewesen war!

Dabei füttert genau diese Abwertung seine Angst! Die Angst davor, wieder so zu werden, sich zu verlieben und wieder so bedürftig und abhängig zu sein …

Er vermischt hier zwei Aspekte. Einerseits hat er sein Verhalten geändert, aber anscheinend vertraut er sich selbst nicht, denn er gibt der Beziehung die Schuld daran, und sobald er wieder eine hätte, würde er wieder abhängig werden. Er ist ins andere Extrem gerutscht: Von »Was bin ich schon, was kann ich schon allein?« zu »Ich brauche niemanden, erst recht keine Frau, sie birgt nur Verantwortung, nur Ballast, nur Gefahr … vor allem die Gefahr der Abhängigkeit.« Voll okay und nachvollziehbar. Du darfst aber auch gerne die Erfahrungen in Gänze korrigieren, nämlich, dass eine Beziehung nicht zwingend existenzielle Abhängigkeit bedeutet, aber freiwillige Abhängigkeit auch nicht so unschön ist.

Was kannst Du tun?
Dieses andere Extrem sorgt dafür, dass Du jeden noch so kleinen Wunsch von ihm/ihr als einengend

empfindest und Dich trotz drei guter Dates plötzlich zurückziehst, nur weil er/sie mit Dir zwei Wochen im Voraus planen wollte.

Beobachte Dich ganz genau. Wird da gerade wirklich zu viel von Dir verlangt? Fühlst Du Dich eingeengt von Dingen, die Du vorher selbst getan hast? Was hast Du Angst, zu verlieren? Bist Du frei, Du selbst zu sein, oder hast Du Angst, die Freiheit zu verlieren? Verspürst Du oft etwas wie Trotz, wenn jemand etwas fordert?

Und ganz nebenbei zum Thema Online-Dating: Wir vergessen oft, dass das Medium die Botschaft ist. Wenn auf einer Shampooflasche steht, wie toll das Shampoo wirkt, glauben wir dieser Information weniger als beispielsweise der Stiftung Warentest. Das Medium ist Teil der Botschaft. Gleiches gilt für Online-Dating-Apps. Lovoo, Badoo, Tinder und Co., ja sogar Parship, neu.de oder auch ElitePartner: Sie alle suggerieren, dass es hilfreich ist, den angebotenen Service zu nutzen, um sich endlich zu verlieben. Yeah. Allerdings sind nicht alle UserInnen dort auf der Suche nach Liebe, einer Beziehung, manche wollen sich nicht einmal wirklich treffen. Einige suchen vor allem nur »das Eine« – verschweigen es aber natürlich, weil sie nicht das Bild vermitteln wollen, dass sie nur das Eine suchen. Andere gehen sehr offen damit um. Aber ob sie es wirklich so meinen? Auch fraglich. Gefühle lassen sich nicht kontrollieren. Also kurz zu den Gründen des Online-Datings:

· Marktwert prüfen – ohne besondere, ernste oder irgendwelche Absichten
· Abwechslung nach einer Trennung
· Unzufriedenheit/Verzweiflung

- Unzufriedenheit in der aktuellen Beziehung, Sehnsucht nach Aufregung (einfach ein bisschen schreiben)
- Fake-Profile (Frauen, die Frauen testen; Männer, die Männer testen; Ältere, die sich gerne mit Jüngeren unterhalten; Jüngere, die sich gerne mit Älteren unterhalten)
- Langeweile: Dating-App als Zeitvertreib, wie Candy Crush oder, noch besser, »Die Sims«
- Wunsch nach einer Beziehung, aber ähnliche innere Konflikte wie die zuvor genannten: Bist Du zu interessiert, wirkst Du verzweifelt. Der Wunsch nach Unabhängigkeit steht im Konflikt mit der Sehnsucht nach Liebe. Bist Du zu unverbindlich, erinnerst Du an den/die Ex. Du bist zu authentisch und daher unperfekt. Du bist zu unauthentisch und somit nicht greifbar ... Ich könnte jetzt wieder von vorn anfangen, wie Du merkst.

Ich verstehe schon, warum ich diese Folge zu Ende hören wollte, bevor ich Sebastian schreibe. Ich glaube, es ist keine gute Idee, ihm zu schreiben, um meine Illusion aufrechtzuerhalten. Und auch Christian sollte ich in Ruhe lassen.

Endlich ist Inselzeit. Linda begrüßt mich freudestrahlend mit den Worten: »Endlich! Der kleine Freitag ist geschafft!«, und drückt mich zur Begrüßung.

Wir setzen uns bei mir den Garten, Linda macht die lange Hunderunde bewusst am Nachmittag mit den Kids, sodass wir meine sturmfreie Bude gut ausnutzen können, um entspannt und in aller Ruhe in der Sonne zu sitzen und zu quatschen. Linda berichtet von ihrem katastrophalen Tag und beendet die letzte Katastrophe mit: »Aber wie schön das Wetter ist, und die Vorfreude auf die Insel hat mich echt gerettet!« Sie atmet erleichtert aus. »Das musste alles nur einmal raus, und jetzt zu Dir: Tinder oder Edeka-Typ?!«

Ich lache und mein Herz hüpft, weil mir heute mal wieder bewusst wird, wie gut es tut, sie zu haben, diese Insel zu haben. Egal, was passiert, ob schön oder schlimm, am Abend sind wir da, halten aus, geben Raum, nehmen Raum und alles ist wieder gut. Und wenn es noch nicht gut ist, ist man wenigstens nicht allein. Wir geben einander so viel Sicherheit und so viel Kraft.

Ich teile meine Gedanken, Linda nickt und sagt dann trocken: »Aber du willst mir jetzt nicht sagen, dass du 'ne Beziehung mit mir eingehen willst, oder?«

Ich spiele mit und sage ebenso trocken: »Hab ich schon oft drüber nachgedacht, aber ich mag Schwänze!«

Dann muss ich selbst über meine Derbheit lachen und auch Linda verschluckt sich am fancy Getränk. Heute gibt es eine Mischung aus Ananassaft, Bananensaft, Kokosnussmilch und reichlich Eiswürfeln.

»Also, erzähl!«, fordert sie mich, noch immer lachend, auf.

»Die Kurzfassung: Tinder installiert, kein Match, Podcast von Lieblingssternenstaub gehört, gejoggt, weder Christian noch Sebastian geschrieben!«

Linda runzelt die Stirn. »Christian?«

Ich helfe ihr auf die Sprünge. »Holzmann.«

Der Groschen fällt und sie lacht erneut laut auf. »Wolltest du ihm vom Penisschluck erzählen und welche Rolle er dabei spielt?«

Ich lache. »Wie er das wohl finden würde?«

Linda, die gerade einen Schluck getrunken hat, beeilt sich mit dem Hinunterschlucken und sagt vollkommen überzeugend: »Egal, wie er es findet. Ich finde es witzig, er müsste sich geschmeichelt fühlen!« Dann überlegt sie kurz und schmunzelt. »Okay, vermutlich hält er uns für bescheuert und krank. Vielleicht bekommt er auch ein wenig Angst vor dir, aber das ist ja nichts Neues!« Ihr Schmunzeln verwandelt sich erneut in ein Lachen und ich steige mit ein. Als sie sich langsam beruhigt hat, fragt sie noch mal nach. »Aber wie kam es dazu, was wolltest du ihm schreiben?« Sie trinkt erneut einen Schluck meiner Fancy-Getränke-Kreation und nickt mir zu. »Übrigens, **richtig** lecker!«

»Der Trick ist die Kokosnussmilch!«, ich zwinkere, »und um deine Frage zu beantworten, keine Ahnung, der Podcast zum Thema ›Verlieben und Online-Dating‹ hat meinem Gedankenkarussell ordentlich Schwung gegeben und ich habe darüber nachgedacht, was mir bei einem Mann wirklich wichtig ist. Es ist gar nicht so viel, aus meiner Sicht, eigentlich will ich vor allem Humor«, ich zucke mit den Schultern und ergänze kleinlaut, »Humor und guten Sex.«

Linda nickt und wirkt dabei wie eine Therapeutin, die ihre Klientin endlich versteht. In passendem Tonfall sagt sie dann: »Ah. Daher der Holzmann. Jetzt macht's Sinn! Aber in dem Kontext verstehe ich jetzt nicht, warum du Sebastian überhaupt schreiben wolltest?«

Wieder muss ich lachen und gleichzeitig schäme ich mich etwas. Wir tun Sebastian hier Unrecht. »Das klingt jetzt vielleicht voll doof, aber, na ja, ich habe noch mal über Sebastian nachgedacht, was ihm vielleicht widerfahren ist, was ihn geprägt hat und warum er so große Angst vor Verbindlichkeit hat und so … Und irgendwie dachte ich, dass ich sein Verhalten vor diesem Hintergrund verstehen kann und ihm nicht böse sein möchte. Im Gegenteil.«

Linda sieht mich nun ernst an und nickt. »Marina, das klingt gar nicht doof, sondern sehr nachvollziehbar. Aber du kannst ihn nicht retten, ebenso wenig, wie er dich retten konnte. Insbesondere dann nicht, wenn er das gar nicht will.«

Ich weiß, dass sie recht hat, und stimme ihr zu: »Ja, dennoch möchte ich ihn wissen lassen, dass ich noch da wäre, wenn er möchte. Dass ich bereit bin, es noch mal zu versuchen.«

»Aber du hast ihm ja nicht geschrieben?!« Linda legt ihren Kopf schief. »Warum nicht?«

»Weil mir dann eben Christian in den Sinn kam.«

»Klingt nach 'nem anstrengenden Tag in deinem hübschen Kopf!«

»Jaaaaa!«, jammere ich theatralisch.

»Aber voll gut, dass du dann weder dem Einen noch dem Anderen geschrieben hast. Vor 'nem Jahr hättest du definitiv beiden geschrieben!«

Ihr Fazit ist voller ernst gemeinter Anerkennung, und genau dafür bin ich so dankbar. Keine Abwertung. Verständnis. Neugierde. Akzeptanz. Liebe.

Linda.

Lieblingssternenstaub

Heute ist endlich Samstag. Die erste Woche ohne Lasse ist somit so gut wie geschafft, noch liege ich im Bett, es ist acht Uhr und die Sonne scheint durch mein Fenster. So lange habe ich ewig nicht geschlafen, obwohl ich gestern nicht mal viel gemacht habe. Arbeit, ein bisschen was im Garten, aber eben nur so viel, bis die Biotonne voll war, was nicht allzu lang dauert. Und abends die Insel.

Ich hole mir einen Kaffee und lege mich zurück ins Bett. Eine Nachricht von Sebastian ist gekommen.

> Marina, es tut mir leid. Ich habe mich doof verhalten. Was machst du heute? Ich habe spontan frei und dachte, vielleicht hast du Lust und Zeit, mit mir ans Meer zu fahren. Einfach so.

Mir wird ganz warm ums Herz. Er möchte mit mir ans Meer fahren! Wie sehr ich das Meer liebe, und er hat es sich gemerkt. Ohne lange nachzudenken, antworte ich ihm.

> Klar, wann holst du mich ab?
> Bleiben wir über Nacht?

Ich freue mich wirklich auf dieses spontane Wochenende. Früher als Kind war ich oft am Meer, auf Rügen, an der Ostsee. Mein Papa erzählte mir mal, als ich ihm von einem Urlaub berichtete, den ich mit Lasse auf Rügen gebucht hatte, wie schön er es finde, dass all seine Kinder anscheinend so eine Verbundenheit zu der Insel verspüren, wie er als kleiner Junge. Und er erzählte mir, dass wir eigentlich nur so oft dort waren, weil er sich keinen anderen Urlaub habe leisten können. Seine Großeltern und Großtante wohnten dort, sie hatten um seine finanzielle Situation nach der Scheidung gewusst und ihm angeboten, uns das Schlafzimmer zu überlassen und die drei Wochen Ferien bei ihnen zu verbringen.

Ich war von dieser Info sehr überrascht, denn es hatte sich nie wie ein Urlaub angefühlt, der aus der Not geboren wurde. Im Gegenteil, wir hatten ein riesiges Ehebett zur Verfügung, dass wir uns zwar zu viert teilten, meine Schwester, mein Bruder, mein Papa und ich, und ich fand das immer total schön und gemütlich. Wir machten jeden Tag einen Ausflug, mal verkalkulierte sich mein Papa mit der Strecke, die Kinder zurücklegen konnten, und wir liefen in der letzten Stunde durch die Dunkelheit, was nicht beängstigend war, sondern sich wie ein Abenteuer anfühlte und wir die Sicherheit unseres Papas hatten, der den Weg auch dann kannte, wenn wir uns verlaufen hatten – wie er uns meist erst später erzählte. Wenn wir den Rasenden

Roland, eine alte Dampflok, die uns oft zurückbrachte, verpassten, spielten wir eine Stunde lang Verstecken, und wenn es der letzte Zug gewesen war, joggte mein Papa eben den Weg zurück und holte uns mit dem Auto ab – sofern es sich nicht um mehr als ein paar Kilometer handelte – oder bestach uns mit dem Versprechen, am nächsten Tag eine Schlemmertüte mit drei Kugeln, Sahne und Streuseln zu kaufen, wenn wir tapfer durchhielten und zurückliefen. Oder wir verbrachten den Tag am Meer, wurden von den Großeltern und der Großtante verwöhnt, aßen gemeinsam Frühstück und Abendbrot an einem großen Esstisch, und während der Großvater vor dem Kamin mit einer Katze auf dem Schoß schlief, Oma im Schaukelstuhl strickte und unsere Großtante sogenannte Groschenromane las, schauten wir das Sandmännchen und aßen längst abgelaufene Pralinen und Kaubonbons, die eigentlich mal Lutschbonbons waren, aber zu lange im Schrank gelegen hatten und weich geworden waren, und mein Papa las oder schrieb Postkarten – wir saßen alle zusammen in der guten Stube und doch tat jeder das, was er tun wollte. Und während ich so darüber nachdenke, war das die einzig heile Welt, die es für mich gab. Vermutlich die einzige Kindheit, in der ich Kind sein durfte. Wenn ich beispielsweise beim Kartoffelschälen half, bekam ich Anerkennung, statt alleine das Essen für eine Familie zu kochen, ohne Anerkennung. Dort war ich willkommen, es gab keinerlei Erwartungen, es war diese heile Welt am Meer. Mittlerweile laufen mir die Tränen über das Gesicht, während ich an meine kurzen Drei-Wochen-Kindheiten denke. Und dann fällt mir ganz plötzlich die Parallele zur Insel ein. Meiner Insel mit Linda. Und Rügen, Deutschlands größte Insel, als meine Kindheit. Zufall oder nicht, wie treffend es ist, dass ich mittlerweile jeden Abend »insele«, denn das Gefühl von damals auf Rügen und das Gefühl bei Linda ist schon sehr ähnlich.

Ich gehe duschen, glätte mir im Anschluss die Haare, schminke mich, was ich im letzten Jahr irgendwie gar nicht mehr gemacht habe, und stelle dabei fest, wie hübsch ich bin. Doch zur Freude gesellt sich nun wieder die Traurigkeit.

Mama.

Ich habe keine Mama mehr. Eigentlich stimmt das nicht, sie lebt. Sogar ganz in meiner Nähe. Aber wir haben keinen Kontakt. Sie hat ihn abgebrochen, oder ich.

Wir hatten einen riesigen Streit, als Lasse noch klein war. Ich mochte nicht, wie sie mit ihm umging. Sie versuchte, ihn zu erziehen, auf ihre eigene Art: mit Beschämung. Das zu beobachten, löste in mir mehr aus als lediglich den Schutzinstinkt einer Mutter. Ich sah mich selbst als junges Mädchen, das Mama nicht traurig machen wollte, und mittlerweile ergibt so vieles in meiner Lebensgeschichte einen Sinn.

Natürlich redete ich mit niemandem über den Missbrauch und gab mir selbst die Schuld. So wurde ich erzogen, und ich war ein »liebes« Kind, das wenig sprach, vermutlich aus Angst, etwas Falsches zu sagen. Als ich die Sache mit Lasse damals ansprach, reagierte sie, wie sie immer reagierte: Sie wurde zum Opfer, redete davon, was sie doch alles für mich getan und aufgegeben habe, davon, dass sie alleinerziehend mit drei Kindern gewesen sei und keinerlei Unterstützung von ihrer Mutter bekommen habe, machte meinen Papa schlecht, der uns immerhin täglich abgeholt hatte, und versank in Selbstmitleid. Doch bei diesem Streit löste ihr Verhalten, nicht wie sonst, den Impuls aus, mich bei ihr zu entschuldigen und mich um sie zu kümmern. Ich verspürte nur Wut und Hass, nahm Lasse, und im Rausgehen rief sie mir nach, dass ich mich erst wieder bei ihr blicken lassen solle, wenn ich zur Vernunft gekommen sei. Aus ihrer Sicht habe ich das bis heute nicht geschafft, es ist jetzt fünf Jahre her, sechs?

Warum ich wohl ausgerechnet jetzt daran denke? Ich sehe mich als Elfjährige, wie ich im Bad stehe und unzufrieden mit mir bin. Sie kommt rein und sagt, dass ich genau so hübsch sei wie sie damals. Ihr wie aus dem Gesicht geschnitten. Ein schwacher Trost. Und dann erzählte sie mir, dass ich nur ein bisschen an Gewicht verlieren müsse und schon bald würden die Jungs Schlange stehen. Als sie rausging, wollte ich mir den Finger in den Hals stecken, um abzunehmen. Scheinbar meine einzige Strategie, um schlank zu werden. Dank Trash-TV wusste ich viel über Bulimie, Trends, Sex und welche Promis gerade »in« waren. Gesunde Ernährung, Nachhaltigkeit oder Feminismus waren out und fanden maximal in der Öko-Birkenstock-ARTE-Blase statt, die natürlich verpönt und uncool war.

Mit der Bulimie klappte es zum Glück nicht. Ich versuchte es auch mal damit, mir Süßigkeiten mit in mein Zimmer zu nehmen, diese zu essen, aber vorm Schlucken auszuspucken. Aber auch das war keine nachhaltige Strategie.

Ich schüttele mich kurz und will diese Gedanken wegdrängen. Zu traurig die Erinnerung, zu groß der Schmerz über den Verlust meiner Mama.

Mittlerweile stehe ich vor dem Kleiderschrank, wähle meine kurze Jeansshorts und ein weißes T-Shirt für heute. Dann packe ich frische Unterwäsche, Socken und ein schwarzes Shirt für morgen in einen Jutebeutel. Es folgen Hygieneprodukte, das Buch »Komm, ich erzähl dir eine Geschichte« von Jorge Bucay, Ladekabel und ein Badeanzug. Fertig.

Es ist kurz nach neun, ich greife zum Smartphone, um Linda zu schreiben, und sehe erst dann den Link, den Sebastian mir geschickt hat. Wir fahren nach Egmont aan Zee, nach Holland. Wie krass, dass er mitten in den Ferien überhaupt ein Zimmer am Meer bekommen hat. Das Hotel scheint recht groß zu sein, oh, wow, sogar mit Innenpool, Sauna und Bowlingbahn. Das hat sicher einiges gekostet. Jetzt wundere ich mich ein bisschen über mich selbst. Ich mache mir mehr Gedanken über die Kosten des Zimmers als über die Tatsache, mit Sebastian ein Wochenende zu verbringen. Immerhin gingen unsere letzten zwei Begegnungen nicht sonderlich gut aus. Je länger wir zusammen sind, desto dramatischer wird es.

Ich denke an seine Umarmung, an die Nachrichten, seine Versprechungen, die Blumen, die Gartenarbeit … und an Jasmin, seine vermeintlich »gute Freundin«. Es versetzt mir einen Stich. Statt Linda zu schreiben, rufe ich sie direkt an.

»Einen wunderschönen guten Morgen, Frau Marina!« Ich kann ihr Lächeln förmlich hören, trotz der Müdigkeit in ihrer Stimme.

»O je, hab ich dich geweckt?« Ich schaue auf die Uhr.

»Ja, ach, nein, ich habe eh nur gedöst, was gibt's?«, fragt sie und ergänzt dann mit einem hörbaren Grinsen: »Haste gestern noch Christian eingeladen und ihn gerade zum Bahnhof gebracht?« Sie lacht über diese Idee und gibt sich dann selbst die Antwort: »Wobei, nein, selbst das würdest du dir bis zur Insel aufheben.«

Jetzt, mit meiner Inselerkenntnis, fühle ich mich einmal mehr bestätigt, wenn Linda davon spricht. Wie gut, dass ich sie habe. Wie heilend und korrigierend. Vielleicht stimmt es, dass die Mama-Wunde durch feminine Energie geheilt wird. Wäre das hier ein Film, wäre es fast zu schön, um wahr zu sein. Wie gut, dass es kein Film ist. Es ist mein Leben. Und mein Leben scheint gar keine billige Soap mehr zu sein. Ich grinse.

Da ich die Tatsache, dass ich mit Sebastian ans Meer fahre, noch abwegiger finde, als Christian zu mir einzuladen, versuche ich, Linda ganz ernst und trocken die Wahrheit zu sagen, die sie mir ohnehin nicht glauben wird. »Nein, aber ich fahre übers Wochenende mit Sebastian ans Meer und muss die Insel absagen!«

Linda lacht. Mein Plan geht auf, sie glaubt mir kein Wort und steigt dennoch mit ein. »Noch besser! Wobei, mit

Christian ans Meer, **das** hätte ich persönlich ja am besten gefunden.« Die Müdigkeit in ihrer Stimme ist der Euphorie gewichen.

»Na ja, aber ich hatte jetzt nicht von beiden ein Angebot.« Plötzlich denke ich darüber nach, wen ich bevorzugt hätte. Christian hat keine Gefühle für mich, Sebastian anscheinend schon. Aber ist das die Antwort auf die Frage?

Linda realisiert langsam, dass ich nicht scherze. »Hä? Wie jetzt? Fährst du echt ans Meer? Mit Sebastian?«

»Ja«, sage ich, »er hat mir vorhin geschrieben, sein Dienst falle aus und ob ich spontan Lust hätte, mit ihm ans Meer zu fahren.«

»Warte! Am Mittwoch unterstellt er dir, dass du anscheinend nicht bereit seist, nachdem er bei dir mit seiner guten Freundin telefoniert, die auch ab und an in seinem Bett landet, und heute fragt er, ob du mit ihm ans Meer willst? Hatte seine gute Freundin keine Zeit?« Mir schießen Tränen in die Augen. Als könnte Linda es hören, entschuldigt sie sich rasch. »Marina, es tut mir leid, aber Sebastian kommt mir aktuell so unberechenbar vor. Und das meine ich nicht auf eine positive Art und Weise. Ich möchte einfach, dass es dir gut geht und bin mir nicht sicher, ob das auch das ist, was Sebastian möchte, und falls ja, ob er der Richtige ist. Er betont immer wieder, dass er es nicht ist. Vielleicht wäre er es gerne …«

»Ach Mann, Linda, was mache ich denn jetzt? Wenn du das alles so zusammenfasst, sollte ich am besten schnell absagen!«

»Nee, fahr! Aber es ist vielleicht nicht verkehrt, mit offenen Augen und ohne rosarote Brille mit ihm ans Meer zu fahren … Wie ging es dir, als er geschrieben hat?«

»Ich habe mich voll gefreut und dachte, dass ich auf jeden Fall fahre. Das stand außer Frage.« Ich bin nicht mehr ganz so freudig erregt wie noch vor anderthalb Stunden. »Ich weiß, dass ich ihn nicht retten oder heilen kann, das ist auch gar nicht mein Anspruch, aber jetzt, da ich verstehe, woher sein Verhalten vermutlich kommt, ist es für mich viel leichter, damit umzugehen.«

»Okay, das macht Sinn, da gehe ich mit.«

»Ich dachte damals, dass er nicht **mit mir** zusammenziehen möchte, aber das hatte ja nichts mit mir zu tun, sondern mit **ihm**, seinen Ängsten und Themen. Und auch Jasmin, er hat doch kaum Freunde. Wenn es da im letzten Jahr eine Frau gab, mit der er im Bett gelandet ist und mit der er sich gut unterhalten konnte, dann ist das doch okay. Irgendwie. Ich glaube, mir würde es reichen, wenn er sich zu mir bekennt und mit mir zusammen sein möchte, für ihn ist das doch schon voll viel.«

Linda macht eine kurze Pause und fragt dann zaghaft: »Und für dich?«

»Das werde ich sehen, aber vielleicht ist mir dieses klassische Familienkonzept auch einfach nicht mehr wichtig. Ich habe Lasse, ich brauche nicht zwingend noch ein Kind und muss auch nicht unbedingt mit jemandem zusammenwohnen. Wir haben es hier doch so schön, stell dir mal vor, eine von uns hätte noch ’nen Typ, um den wir uns abends kümmern müssten.«

»Wo kommt das denn auf einmal her? Und kannst du Letzteres bitte noch mal wiederholen?« Sie lacht, während sie zusammenfasst, was ich gerade gesagt habe. »Du willst nun doch keine feste und verbindliche Beziehung mit einer gemeinsamen Wohnung, langfristig und weiteren Kindern, weil wir dann abends nicht mehr inseln könnten?«

Ich lache nun auch und schüttele mit dem Kopf. »Ich weiß es nicht, aber vielleicht ganz gut, endlich nicht mehr die nächsten fünf Jahre durchzuplanen, oder?«

»Na dann, viel Spaß am Meer! Wann kommt Sebastian?«

»Um zehn.«

»Also jetzt?«

Ich erschrecke und gehe mit dem Telefon rasch zur Tür, vielleicht steht er schon davor? Nein, tut er nicht. Ich atme erleichtert aus und rufe, wie immer beim Beenden von Telefonaten, einfach ein langgezogenes Tschüss. Ohne einleitende Worte. Sobald jemand am Telefon sagt, er oder sie müsse langsam mal auflegen, erwidere ich auch so ein langgezogenes Tschüss, das nicht selten für Irritationen sorgt. Manche reagieren besänftigend und sagen dann: »Na, so meinte ich das jetzt auch nicht.« Was mich wiederum irritiert, denn natürlich meinten sie das so. Mein Bruder verabschiedet sich auch immer so und ich bin unsicher, ob ich es von ihm habe oder er es von mir hat. Bedenkt man meine Biografie, habe ich es wohl eher von ihm übernommen.

Linda kennt diese Art von Verabschiedung am Telefon, lacht und wir legen auf. Just in dem Moment sehe ich Sebastian auf dem Weg zu meiner Haustür. Ich öffne ihm, ja, er sieht auch heute verdammt gut aus. Ich muss schmunzeln, denn ich habe öfter mal zu ihm gesagt, dass ihn, falls wir uns streiten, seine Optik vermutlich retten würde. Na ja, wir haben nie gestritten, außer jetzt, da wir nicht zusammen sind, aber er fährt mit mir ans Meer, also mal sehen. Ich grinse.

Sebastian schüttelt zur Begrüßung mit dem Kopf und lächelt mich an. »Marina. Ich hätte im Leben nicht damit gerechnet, dass du Ja sagst. Aber ich freue mich sehr darüber. Es tut mir leid, was da passiert ist. Ich hätte dir direkt die Wahrheit sagen sollen. Und ich habe mich von **ihr** verabschiedet.« Ich möchte etwas sagen und signalisiere das auch, indem ich einatme und zum Sprechen ansetze, doch Sebastian hebt seine Hand. »Warte. Ich muss das loswerden: Ich … Du hast so viel mehr verdient, und ich sehe in mir wirklich nicht den Mann, der an deine Seite gehört, aber ich wäre es gerne, und ich bin bereit, einiges dafür zu tun. Manchmal gelingt es mir nicht, dann bin ich überfordert, wenn du wütend wirst oder traurig. Ich fühle mich dann einfach furchtbar und versuche nur, der

Situation zu entfliehen. Das ist destruktiv, aber dennoch ist es das Einzige, was ich dann tun kann. Daher danke für deine Geduld, danke, dass du mir noch eine Chance gibst.«

Meine Gesichtszüge haben sich wieder entspannt, ich habe sogar vergessen, was ich gerade sagen wollte, und möchte ihn nur in den Arm nehmen. Das tue ich auch, und so stehen wir ein paar Minuten fest umschlungen in meinem Flur. Als wir die Umarmung langsam lösen, schauen wir einander an. Unsere Gesichter sind gefährlich nah beieinander. »Nein, nicht küssen, noch nicht!«, denke ich, sage aber kein Wort. Er schaut mich an, mit diesem Blick voller Verlangen, Begierde, meine Knie werden weich. Er lässt seine Hände zärtlich über meinen Rücken gleiten, während er die Umarmung löst. Meine Hände sind hinten an seinem Hals ineinander verschlungen, nun kommt er an den Seiten an und genau diese Stelle, seitlich auf Brusthöhe, sorgt für maximale Erregung, bei jeder Berührung. Er weiß das und scheint zu genießen, wie er mich ganz *unschuldig* in diesen erregten Zustand versetzen kann. Ich seufze leicht auf, er lächelt, dann lässt er mich los.

»Ich freu mich!«, sagt Sebastian. »Bist Du fertig? Dritter Kaffee leer?« Ich lache und nicke. »Na dann, los!«

Er geht in den Vorgarten, während ich mir den Jutebeutel schnappe und schnell Schlüssel, Smartphone und Geldbörse reinwerfe. Dann gehe auch ich raus und ziehe die Tür zu. Ein Fenster für Alice ist geöffnet, heute habe ich vermutlich zu lange geschlafen, sie wird den Weg schon finden, wie immer.

Im Auto läuft Musik, gar nicht verkehrt, ich weiß jedenfalls nicht, was es gerade zu sagen gibt. Ich freue mich sehr auf dieses Wochenende und verspüre noch immer dieses Verlangen von vorhin. Ich male mir aus, wie wir gleich im Hotelzimmer übereinander herfallen und bin froh, dass ich heute Morgen extra geduscht habe inklusive Achsel-, Bein- und Intimrasur.

»Was denkst du?«, fragt Sebastian plötzlich.

Ausgerechnet jetzt. Ich lache. »Dein Ernst?«

Er schüttelt mit dem Kopf, schaut kurz in meine Richtung, kneift die Augen zusammen, bevor er sich wieder auf die Straße konzentriert. »Was meinst du? Warum?«

Ich lache wieder, fühle mich aber direkt unwohl und erinnere mich an den Mikropenis-Moment, zu Beginn unserer Beziehung vor gut zwei Jahren. »Ich habe gerade darüber nachgedacht, wie wir gleich im Hotelzimmer übereinander herfallen …und dann fragst du, was ich denke …«, sage ich vorsichtig, in der Hoffnung, er versteht dann mein »Dein Ernst?« von gerade.

Er bremst ab, wie aus Reflex, es ruckelt kurz, zum Glück ist die Bahn frei und wir fahren ohnehin auf der rechten Spur. Ich muss wieder lachen, doch scheinbar verkennt er den Witz dieser Situation.

»Marina, meinst du, dass das eine gute Idee ist? Also, das war nicht meine Intention oder Absicht …«, sagt er ernst. Er lacht nicht. Er lächelt nicht einmal. Es wirkt fast so, als fühle er sich unwohl.

»Ähm, schade!« Unbeholfen versuche ich, die Stimmung wieder zu heben, und lache ihn unsicher an.

»Ernsthaft, Marina, du wolltest es langsam angehen und ich halte das auch für eine sehr gute Idee, ich … Ich weiß ja auch gar nicht …«

Diese letzten Worte lösen unmittelbar Panik in mir aus, seine Pause ist unerträglich. »Was weißt du nicht?«, frage ich, vielleicht etwas zu selbstoffenbarend. Mir kommen fast die Tränen.

»Ach, egal!« Er rudert nun zurück. »Lass uns einfach ans Meer fahren und es vorher nicht planen oder zerreden.«

Dieser Satz fühlt sich an wie ein Schlag in die Magengrube. Vermutlich meint er gar nicht explizit mich damit, dennoch fühle ich mich angesprochen. Ich, die immer alles planen und zerreden will. Er hat doch gefragt, was ich denke?

Ich« schaue aus dem Fenster. Eine Träne kullert über meine Wange, ich traue mich nicht, sie wegzuwischen. Diese Bewegung wäre zu offensichtlich, also lasse ich sie leise mein Gesicht erkunden, bevor sie dann vom Kinn herab auf mein T-Shirt tropft. Ich lehne meinen Kopf ans Fenster, schaue mir die Landschaft an und irgendwie wäre ich gerne zu Hause.

Nach einer Stunde Schweigen und wirklich guten Songs kommt plötzlich *Great Expectations*. Das war irgendwie unser Lied und vermutlich ist damit auch schon alles gesagt. Ich bin gar nicht sicher, worum es in diesem Song überhaupt geht, aber die Tatsache, dass der Sänger davon singt, dass er Rücklichter im Traum sieht und wie viele ihn verlassen haben, wie verletzt er ist und sich nun fragt, warum diese neue Frau ihn nicht auch verlassen wird … Und um dem Lied die Krönung aufzusetzen, heißt es auch noch »Große Erwartungen«.

Ich erschrecke ein wenig über die Parallelen, die ich zu Sebastian sehe: Alle haben ihn verlassen, und er begibt sich gerne in die Position des Verlassenen, desjenigen, der es verdient habe, weil er nicht gut genug sei. Er löst das Leid aus, stellt sich dann aber als Opfer dar, sodass die Leidenden das Gefühl haben, sie wollen zu viel. Ein bisschen wie Mama. Ich halte die Luft an. Nein. Damit gehe ich zu weit. Mir ist schlecht.

Endlich kommen wir in Egmont aan Zee an. Die Fahrt ist schweigsam verlaufen, dank der Musik ist es nicht allzu unangenehm gewesen.

»Wie schön die Zimmer sind, sogar mit eigenem Whirlpool!« Ich versuche, die Stimmung etwas zu heben. Sebastian ist so gar nicht überrascht, er nickt schweigsam. »Alles okay?«, frage ich und bin froh, dass **er** diese Frage nicht **mir** stellt.

»Vielleicht war es doch keine gute Idee, direkt ein ganzes Wochenende zu buchen.« Er wirkt recht ernüchtert.

Ich möchte nicht antworten. Also nutze ich sein Ablenkungsmanöver von der Hinfahrt, als er mir keine Antwort geben wollte, und sage: »Komm! Lass uns direkt ans Meer!«

Er lächelt. »Gute Idee!«

Vermutlich habe ich selbst für diese Schwere gesorgt, ohne es zu beabsichtigen. Ich bin froh, dass die Vorfreude auf das Meer bei uns beiden für etwas Unbeschwertheit zu sorgen scheint. Wir gehen raus, das Hotel ist nur zweihundert Meter vom Strand entfernt, laut eigener Angabe. Der Hinterausgang führt durch die Innenstadt zur Promenade.

»Kaffee?«, frage ich, als ich wir an einem dieser romantischen Straßencafés vorbeilaufen.

»Gern«, antwortet Sebastian.

Ich bestelle zwei Kaffees und eine Portion Poffertjes. Am To-go-Fenster.

»Ich hatte gehofft, dass du welche bestellst.« Sebastian zwinkert mir etwas unbeholfen zu.

Ich lächele ihn an. Dann reiche ich ihm seinen Kaffee und fülle meinen mit Milch auf. Als die Poffertjes fertig sind, halte ich ihm die Schale hin. Er nimmt sie entgegen, sticht dann mit der Holzgabel in einen dieser kleinen Pfannkuchen, dippt ihn in die Butter und hält ihn mir vor den Mund. Ob ihm bewusst ist, wie intim diese Geste ist? Ich grinse, er benimmt sich wie mein Freund, ich öffne den Mund und lasse mich füttern, um zu signalisieren: Ja, ich will! Ob er wohl ähnliche Gedanken hat? Wie laufen weiter Richtung Promenade, vorbei an den kleinen Boutiquen, den Souvenirläden und den ausgefallenen Kunstgeschäften.

Als wir endlich am Meer stehen, hüpft mein Herz. Das geborgene Gefühl meiner Drei-Wochen-Kindheit breitet sich in mir aus. Ich liebe die Weite und die unerforschten Geheimnisse unter der Oberfläche. Dieses Gefühl von Freiheit und Unbeschwertheit. Es riecht salzig und eine leichte Fischnote gesellt sich dazu, vermutlich von dem Fischbrötchenstand direkt am Pier. Der kühle Wind lenkt von dem Brennen der Sonne auf der Haut ab.

Am Meer darf ich all die Regeln und Fesseln, auferlegt von der Gesellschaft, den Erfahrungen, den Medien, über Bord werfen. Ohne Schuhe herumlaufen, ins Wasser rennen wie ein kleines Kind, das im Idealfall noch verschont ist von den Bewertungen und vor allem Abwertungen dieser Welt. Hier kann man im Sand liegen, Muscheln suchen, Löcher buddeln, Sandburgen bauen, einfach sein. Spielen ohne Richtig und Falsch, ohne Sinn und Verstand. Das Meeresrauschen übertönt die eigenen Gedanken. Ich liebe es, wie sich das Sonnenlicht auf der Oberfläche bricht und einen goldig glitzernden Streif zaubert. Die kraftvollen Wellen.

Ich bleibe kurz stehen und versuche, all das aufzusaugen, atme tief ein und streife meine Schuhe ab. Der weiche Sand ist angenehm warm, die Füße sinken direkt ein Stück ein. Hier ist die Welt in Ordnung, mir kann nichts passieren, alles ist gut.

Dann wende ich mich Sebastian zu. Er scheint mich schon länger zu beobachten und lächelt mich an. »Es wirkt fast so, als seist du zum ersten Mal am Meer, wie du mit großen Augen voller Begeisterung aufs Wasser schaust, wie ein Kind, das staunend diese Welt erkundet und entzückt ist von dem, was es sieht.«

Ich muss schmunzeln über seine Beschreibung. »Es ist eher ein Gefühl von Heimkehr«, korrigiere ich ihn zwinkernd.

Er versteht nicht, ich zucke mit den Schultern, dieses Gefühl von Kindheit mag ich gerade nicht mit ihm teilen und liefere eine andere Erklärung, die gleichermaßen zutrifft: »Vielleicht liegt es am Namen?!« Ich grinse. »Marina leitet sich vom lateinischen ›marinus‹ ab, das bedeutet so was wie ›zum Meer gehörend‹ oder ›aus dem Meer stammend‹. Wettrennen zum Wasser?«

Er lacht. »Okay, aber lass mich auch meine Schuhe ausziehen.«

Sobald er fertig ist, werfe ich meine Schuhe zu seinen und laufe los. Ich merke, er ist mir dicht auf den Fersen. Als der Sand feuchter wird, laufe ich einfach weiter, bis mir das Wasser bis zu den Oberschenkel reicht, dann drehe ich mich um.

»Das ist unfair!«, ruft Sebastian und mimt dabei einen kleinen Jungen, der sich furchtbar ungerecht behandelt fühlt.

»GEWONNEN!«, rufe ich zurück, seinen Protest ignorierend.

Er krempelt sich seine Hose so hoch es geht und versucht dann, vorsichtig zu mir zu kommen, ohne dass die Wellen seine Hose erfassen. Ich wusste, die kurzen Jeansshorts waren eine gute Wahl.

Er bleibt knapp drei Meter vor mir stehen. »Und jetzt?«

»Was möchtest du?«, frage ich betont unschuldig.

»Dich!«

»Ich bin hier«, sage ich etwas verunsichert. Denn irgendwie beschreibt diese Szene unsere aktuelle Situation.

»Jetzt muss ich meine einzige Hose opfern?« Er grinst und kneift dabei die Augen zusammen.

Diese Worte tun so weh, ich habe gefühlt so viel geopfert und auf so viele meiner Bedürfnisse verzichtet. Ich habe ihm gesagt, dass ich diese Sicherheit brauche, wenn er wirklich mit mir zusammen sein möchte, dass er mich nicht sofort aufgibt, sobald ich mal etwas einfordere. Obwohl ich versuche, mir nichts anmerken zu lassen, scheint er langsam zu begreifen, sein Lächeln ist verschwunden. Er schaut mich an, nicht fragend, sondern sehr bestimmt. Ungeachtet seiner Hose macht er nun die letzten Schritte auf mich zu, bleibt dicht vor mir stehen, nimmt mein Gesicht in seine Hände und schaut mich voller Verlangen an, bevor er sich langsam zu mir herunterbeugt und mich küsst. Erst ganz sanft, zärtlich, vorsichtig. Meine Knie werden weich, eine Träne kullert meine Wange hinab. Ich schmecke etwas Salziges, er auch, denn nun hält er inne und schaut mich wieder an.

»Sag mal, weinst du?«, fragt er erschrocken.

»Oder ist das der Regen?«, singe ich und versuche, zu lachen. Er schaut weiterhin sehr ernst. Ich bin unsicher, ob dieses Gefühl, das die Träne ausgelöst hat, Erleichterung ist. Ja, das war, was ich wollte. Diesen Kuss.

Oder?

Ich fühle mich klein und vergrabe meinen Kopf in seiner Brust. Er hält mich. Und ich frage mich, ob das alles, ob **wir** überhaupt reichen. Ob ich verzeihen kann. Oder ob es eher meine Angst ist, die gerade so unüberwindbar scheint.

Ich lasse ihn los und drehe mich Richtung Horizont. »Das hier ist mein Leben«, denke ich und führe das Selbstgespräch fort. »Ich bin am Meer und doch bin ich nicht glücklich.« Ich schüttele meinen Kopf über diese so nichtssagenden, aber tiefgründig gemeinten Gedanken und antworte mir selbst. »Versuchst du gerade, dich zu schützen, indem du dir einredest, dass du am Meer **immer** glücklich bist, damit du einen Grund hast, dich nicht fallen zu lassen, aus Sorge, dich wieder zu verlieren, weil du jetzt gerade nicht glücklich bist?«

Voll der Brainfuck.

In diesem Moment legt Sebastian seine Arme von hinten um mich, ich lasse mich fallen, indem ich mich leicht gegen ihn lehne. Seine Umarmung wird fester. Ich drehe mich zu ihm um und küsse ihn, diesmal leidenschaftlich und voller Begierde. Ich spüre Sebastians Erektion – Notiz am Rande, er hat wirklich keinen Mikropenis, im Gegenteil – mein Verlangen wird größer, ich schmiege mich an ihn und merke, wie mir das Blut in den Kopf schießt. Unsicher darüber, wie wir aus der Ferne aussehen, ist mir das, was ich spüre, doch sehr unangenehm, in der Öffentlichkeit am Strand mitten in den Sommerferien.

Ich greife nach seiner Hand und löse mich langsam von ihm. »Komm, lass uns gehen!«

Er seufzt, atmet tief ein und lächelt.

»Warte«, bittet er mich, als ich in Richtung Strand gehen möchte. Ich drehe mich zu ihm um, er schaut etwas verlegen an sich hinab, ich folge seinem Blick und muss über seine sehr eindeutige Beule im Schritt laut lachen. Er schüttelt mit dem Kopf, lächelt mich an. »Ich bin ja schon froh, dass du nicht wieder anfängst, zu singen.«

Direkt überlege ich, welches Lied zu dieser Situation passen könnte. Mir fallen nur zwei Songs ein: *I'm Too Sexy* von Right Said Fred und *Candy Shop* von 50 Cent. Während ich die Texte im Kopf durchgehe, um nach einer passenden Passage zu suchen, hat Sebastian sich wieder im Griff.

»So, jetzt«, sagt er und setzt sich in Bewegung.

Als wir das Wasser verlassen, legt er seinen Arm um mich und so laufen wir durch die Innenstadt zurück zum Hotel. »Das fühlt sich so gut an«, sage ich, während ich mich immer mehr an ihn schmiege, was das Laufen nicht wirklich leichter macht. Den Gedanken, was genau sich gut anfühlt, schiebe ich rasch zur Seite. Er küsst mich auf meinen Kopf. Ich seufze, er bleibt stehen, lächelt und versucht, mich zu küssen. »Sicher?« Ich deute mit meinem Blick auf seinen Schritt und ergänze übertrieben besorgt: »Nicht, dass dir das gleich noch mal passiert!«

Er schaut mich ernst an und schüttelt dann leicht mit dem Kopf. Ich bin mir sicher, dass er meinen Sarkasmus verstanden hat, dennoch wendet er sich von mir ab und geht ohne mich weiter in Richtung Hotel.

Vermutlich ging das zu weit? Mann, ich wollte nur einen Witz machen, aber er fühlt sich direkt abgelehnt. Irgendwie missfällt mir diese ganze Situation und ich bin so verwirrt und irritiert. Ich weiß nicht, was ich fühlen darf und soll. Oder anders: Ich weiß nicht, was ich fühle. Da ist Schwere, wo Leichtigkeit sein müsste. Angst breitet sich dort aus, wo eigentlich Erleichterung hingehört. Dieser halbe Samstag ist schon jetzt eine der verrücktesten Achterbahnen der Welt, also, emotional. Vielleicht ist Sebastian einfach genauso verunsichert wie ich? Und klar, wenn man ohnehin unsicher ist, dann ist ein dummer Spruch in der Tat fehl am Platz.

Ich hole auf und nehme seine Hand. Er lässt es geschehen. »Es tut mir leid«, sage ich versöhnlich.

»Schon gut, ich glaube, wir müssen uns einfach bewusst darüber werden, wie zerbrechlich wir in der Gegenwart des Anderen sind.«

»Vielleicht«, sage ich und denke, dass ich es schon jetzt ganz schön anstrengend finde.

Im Hotelzimmer angekommen ist kaum noch etwas von dieser Frisch-Verliebten-Neuanfangs-Stimmung übrig, zumindest nicht bei mir. Sebastian legt sich, ungeachtet seiner noch feuchten und sandigen Hose, auf das Bett, ich bleibe etwas zögerlich davor stehen. Er streckt mir seine Hand entgegen.

»Komm her!«

Ich zucke etwas unbeholfen mit den Schultern. »Ich weiß nicht, ob ich dazu schon bereit bin«, sage ich leise und verunsichert, den Blick gen Boden gerichtet.

»Was meinst du?«, fragt Sebastian nun.

Ich schaue ihn an, er wirkt ehrlich irritiert, als habe er keine Ahnung, was ich meinen könnte. Ich fühle mich nun noch blöder und frage mich, warum alles schiefläuft, was nur schieflaufen kann – zumindest emotional.

»Ich, … Vielleicht ist es keine gute Idee, wenn wir …« Ich breche ab und wünsche mir, dass er versteht, ohne dass ich es aussprechen muss. Ich möchte ihn nicht vor den Kopf stoßen und kann selbst nicht erklären, was hier gerade passiert ist in dieser kurzen Zeit zwischen dem Neuanfang, dem Moment mitten im Meer und der erneuten Ankunft im Hotelzimmer. Aber leider schaut Sebastian mich weiterhin erwartungsvoll an, als habe er absolut keinen Schimmer, was ich meine. Ich hole tief Luft und bringe den Satz endlich zu Ende. »Miteinander schlafen!«

Sebastians Miene verfinstert sich, er setzt sich auf und ich würde so gerne seine Gedanken lesen. Seine Reaktion deutet darauf hin, dass ich etwas Doofes gesagt habe, gut, das war mir klar. Aber er wirkt nicht so, als sei er traurig oder enttäuscht, sondern eher wie jemand, der gerade zutiefst verletzt wurde, ohne damit gerechnet zu haben.

»Sebastian«, sage ich vorsichtig. »Was …«

Ich mache eine Pause, und noch bevor ich erneut ansetzen kann, hebt er seinen Blick, funkelt mich an, schüttelt mit dem Kopf und sagt: »Wie kommst du denn da drauf? Ich habe dir bereits auf dem Weg hierhin gesagt, wie ich die Situation einschätze! Ich hatte in keinster Weise die Absicht, mit dir zu schlafen! Der Kuss vorhin, der tut mir leid. Ich …«

Er bricht ab und schaut nun auf seine angewinkelten Knie. Ich habe die Luft angehalten und so langsam wird der Sauerstoff knapp. Zumindest fühlt es sich an, als würde ich gleich auf dem Boden aufschlagen. Noch bin ich unsicher, ob es der Teppich des Hotelzimmers sein wird oder der harte Boden der Realität.

»Lass uns wieder fahren, wir tun einander nur weh.« Mit diesen Worten steht er auf und verschwindet auf den Balkon nach draußen.

Als ich endlich einatme, um nicht auf den Teppichboden zu fallen, erschrecke ich über das Schluchzgeräusch meinerseits. Beim Ausatmen fließen bereits die ersten Tränen. Ich gehe ins Bad und schließe mich dort ein. Ich setze mich auf die weißen Fliesen und lehne an der Tür. Ich will nur hier weg. Ich will nicht mit ihm im Auto sitzen, und falls doch, weiß ich nicht, ob ich mich zusammenreißen kann oder ob ich ihn durchgehend anschreien werde. Vor lauter Tränen und Wut vergesse ich, wie man atmet, ich hyperventiliere, Sebastian klopft an die Tür, ich will schreien, dass er verschwinden soll, doch mir fehlt die Luft. Ich versuche, mich auf die Atmung zu konzentrieren. Ich bekomme Panik. »Ein und aus. Ein und aus«, sage ich mir in Gedanken. Das Tempo ist noch zu schnell. Mein Blick fällt auf diese Damenhygienebeutel, neben der Toilette. Ich reiße einen ab und atme in die Tüte. Ich finde wieder in den richtigen Rhythmus, wer hätte gedacht, dass ausgerechnet eine solche Papiertüte mal für so viel Wohlbefinden und Geborgenheit sorgen könnte?

Dieser Gedanke hilft mir, mich langsam wieder aufzurichten. Ich erschrecke über mein Spiegelbild, meine Augen blutunterlaufen, das Gesicht knallrot. Ich spritze mir mehrfach kaltes Wasser ins Gesicht. Dann trockne ich mich ab. Besser wird's nicht, denke ich, als ich prüfe, ob das Wasser irgendwas gebracht hat. Dann schließe ich auf, Sebastian sitzt auf dem Bett. Ich greife nach meiner Tasche, ausgepackt hatten wir ohnehin noch nicht.

»Na dann«, sage ich kalt und genieße diese Kraft, die mir meine Wut gerade verleiht.

»Marina!«, höre ich ihn in meinem Rücken sagen, er klingt verunsichert, fast verzweifelt.

»WAS?«, frage ich ihn laut, während ich mich zu ihm umdrehe und ihn wütend anschaue.

»Es tut mir leid.«

»Das sagtest du schon«, entgegne ich unbeeindruckt.

Nun verhärten sich auch seine Gesichtszüge wieder. Es ist wie bei unserer letzten Begegnung: **Er** baut Mist, zeigt zwei Minuten lang Reue und versucht dann, **mir** das Schuldgefühl zu geben. Ob ich ihm meine Beobachtung zur Verfügung stellen sollte? Ob ihm das wohl bewusst ist?

Wie schnell sich Verachtung ausbreiten kann. Sebastian steht nun auch auf, greift sich seine Tasche. Für den Checkout reicht es, die Zimmerkarte in ein kleines Plexiglaskästchen zu werfen.

Wir gehen zum Auto, und erst als ich meinen Kopf an die Scheibe lehne, kommen diese weniger starken Gefühle hoch: Enttäuschung, Scham, vor allem aber Traurigkeit. Ich weine stumm. Ich wünschte, er würde mich trösten, aber ich merke, dass er in seiner eigenen Welt, in seiner eigenen Verachtung ist, seiner Wut, seinem Gefühl, absolut missverstanden und verkannt zu werden, oder was auch immer gerade in seiner Welt passiert.

Mir fallen irgendwann die Augen zu und ich öffne sie erst, als Sebastian unmittelbar vor meiner Tür auf der Straße anhält. Das Signal ist deutlich, er lässt mich nur raus, er wird nicht aussteigen, geschweige denn mit hineinkommen. Klar, warum auch, wenn er noch irgendwas zu sagen gehabt hätte, hätte er das während der dreistündigen Autofahrt tun können. Gleiches gilt für mich.

Dennoch ist das Grund genug, um meine Emotionen noch mal hochkochen zu lassen. Ich schnalle mich ab, steige aus, greife dann nach meiner Tasche und würdige ihn keines Blickes mehr. Als ich mich auf der Mitte noch mal zu ihm umdrehe, kullern dicke Krokodilstränen über mein Gesicht, er ist bereits gefahren.

Ich schließe meine Haustür auf und lege mich auf meine Couch, es ist gerade mal halb sieben. Nicht mal die Ordnung und die Sauberkeit heitern mich auf – im Gegenteil, dieses hübsche, ordentliche Wohlfühlzimmer passt so gar nicht zu meiner Stimmung. Da ich eben erst gut zwei Stunden im Auto gedöst habe, ist es keine Option, hier fünf Stunden herumzuliegen, in der Hoffnung, dass der Schlaf mich vor dem Fühlen bewahrt.

Ich frage mich, inwiefern Letzteres wirklich eine schlechte Nachricht ist. Warum tut es so weh? Was verliere ich gerade? Ich denke an unsere Beziehung, an unsere Gespräche. Ich denke an das Gefühl, an und mit ihm wachsen zu wollen. Ja, es klingt so verrückt, aber ich hatte das Gefühl, dass er eine Frau in mir sieht, die ich noch nicht bin, aber gerne werden möchte. Ich mochte das Bild, das er von mir hatte, und wollte diesem entsprechen. Vor allem aber bewunderte ich ihn als Menschen, als Mann. Und um ehrlich zu sein, bewundere ich ihn immer noch.

Ich habe ihn oft als Rohdiamanten bezeichnet, er hat ein durch und durch gutes Herz, ich habe ihn nicht lästern oder abwertend über Menschen sprechen hören – im Gegenteil. Er versucht immer, zu verstehen; das Gefühl, die Situation oder auch das Verhalten. Vermutlich habe ich mich dadurch oft klein gefühlt, weil er mir vor Augen geführt hat, wie verurteilend ich sein kann. Er hat mir durch sein Sein meine Schwächen offenbart. Aber nicht nur diese emotionale, menschliche Seite bewundere ich. Auch ganz banale Dinge: Wenn er sich etwas vorgenommen hat, zieht er es durch, und so ziemlich jedes seiner Ziele erreicht er, auch dann, wenn auf dem Weg dorthin etliche unvorhergesehene Katastrophen passieren.

Er interessiert und begeistert sich für so ziemlich alles, zumindest für alles, was ich ihm erzählt oder vorgeschlagen habe. Ja, ich mochte das Gefühl in mir, wenn ich erzählte und er mir zuhörte, als habe er noch nie etwas Schöneres oder Spannenderes gehört.

Manchmal hat er mich mit Selbstzweifeln überrascht, die er jedoch rasch relativiert hat. Wenn ich jetzt so darüber nachdenke, frage ich mich, inwiefern ich ihm überhaupt Raum für seine Themen gegeben habe? Und plötzlich merke ich, wie wenig ich von ihm weiß und wie gerne ich den Rest kennengelernt hätte.

»Ich habe ihm Unrecht getan«, denke ich. Ich lasse den heutigen Tag Revue passieren. Ich habe die Schwere reingebracht. Die Situation im Meer … Er wollte nicht, dass seine Hose nass wird, und ich habe nur die Parallele zu unserem

Status gesehen und mir wären da schon fast die Tränen gekommen und … Was ist noch mal auf der Hinfahrt passiert? Ich weiß es nicht mehr.

Ich denke an »aufopfern« und »Opfer bringen«. Ist das innerhalb einer Partnerschaft wirklich erstrebenswert? Also, klar, manchmal geht es nicht anders, wenn er 'ne Autopanne hat und sie mit 'ner Freundin verabredet ist, opfert sie den Mädelsabend für ihn. Aber was ist, wenn er sie anrufen und sagen würde, er vermisse sie und habe spontan Zeit, und sie bitten würde, ihre Pläne zu verwerfen, um zu ihm zu kommen?

Ich greife zum Smartphone, Linda hat meine Nachricht noch nicht gelesen. »Aber wo es ja gerade schon mal in meiner Hand ist …«, denke ich und lache über mich selbst. »So wird das wohl nichts mit der Veränderung deiner neuen Schutzstrategie, alles zu zerdenken!«

Das Zitat macht schon etwas mit mir. »Liebe bedeutet Akzeptanz.« Da ist er wieder, dieser Satz, diese simple Bedeutung von Liebe. Ich frage mich, inwiefern ich Sebastian akzeptiere und akzeptiert habe? Jetzt jedenfalls stelle ich ganz schön viele Bedingungen. Erneut wird mir bewusst, dass es jetzt vorbei ist. Andererseits war es das nach dieser Jasmin-Geschichte auch schon. Ein Funken Hoffnung breitet sich aus. Ich spare mir den Dialog und die Auflösung und widme mich direkt den Fakten.

Jennifer Angersbach
@Lieblingssternenstaub

1. Die Qualität einer Beziehung lässt sich nicht an der Quantität bemessen.

Egal, wie lange ein Paar zusammen ist, egal, wie oft sie sich sehen: Das sagt nichts über die Qualität der Beziehung aus.

2. Du bist liebenswert, auch wenn Du Dich selbst nicht liebst.

Du musst Dich nicht erst selbst lieben oder »heilen«, bevor Du eine Beziehung führen kannst. Beides kann innerhalb einer Beziehung stattfinden, und ob es vollständige Heilung gibt, ist fraglich.

Ich denke an das Beziehungsmodell von Sebastian und mir. Unsere Beziehung, die sich irgendwie vor allem am Wochenende abspielte – ohne Alltag. Ich hatte mich nach mehr gesehnt, aber warum? Beim zweiten Punkt muss ich lächeln und erinnere mich an die erste Begegnung mit Lieblingssternenstaub, als ich damals, direkt nach der Trennung von Sebastian, einen Termin mit ihr vereinbarte und wie diese Sitzungen mir halfen, mich endlich selbst zu sehen, ohne dieses verzerrte Bild, voller Scham, Verachtung und Selbstzweifel. Immer begleitet von der großen Angst, nicht gemocht zu werden, Angst davor, zur Last zu fallen und immer bedacht darauf, alles allein zu schaffen, eigene Anstrengung abzuschwächen, um zu signalisieren: *Ich bin ganz großartig, alles fällt mir leicht, ich brauche niemanden, ich bin stark und nicht schwach.*

Ich schüttele über diese Erinnerung den Kopf, so voller Widersprüche, und dennoch musste ich erst mit jemandem über diese Gedanken und Gefühle reden, mehrfach, damit sie vom Kopf und vom Herzen verstanden werden konnten. Ich war damals also voller Widersprüche und habe Sebastian einen großen Teil der Verantwortung dafür gegeben. Ich war es doch, die ihm signalisierte, dass mir unser Beziehungs-modell gefiel. Ja, ich hatte Angst, mehr zu wollen, Angst davor, abgelehnt zu werden, ihn zu verlieren – wie sich herausstellte, nicht zu Unrecht. Aber aus Sebastians Sicht? Ich denke an unsere unbeschwerte Wochenendbeziehung ohne Alltag zurück und dann, wie aus dem Nichts, zeige ich ihm ein Haus und frage, ob wir es kaufen sollen.

Nun muss ich lachen. Natürlich war er überfordert und hilflos, das entsprach so gar nicht seinen Plänen. Es ging nicht um eine Mietwohnung mit seiner Freundin, sondern um ein Haus mit seiner Freundin, die bereits Mama ist, von einem Sohn, mit dem es jetzt nicht so gut harmonierte. Also Ver-antwortung hoch drei.

3. Die Beziehung sollte im Jetzt funktionieren und nicht in der Zukunft.

Wenn wir zusammenwohnen, Urlaub haben, ein Kind bekommen, die Kinder ausgezogen sind, mehr Zeit haben ... Das Leben ist JETZT, arbeitet an eurem Miteinander, schafft Inseln im Alltag, Zweisamkeit, Nähe, seid achtsam ...

4. Die Sehnsucht nach Liebe lässt sich nicht mit Selbstliebe stillen.

Diese Sehnsucht nach Liebe, Nähe und Fürsorge, kannst Du Dir nicht allein geben. Schlimm genug, dass Du sie verspürst. Lass Dich nicht von Anderen verunsichern, die Dir das Gegenteil suggerieren!

Unsere Beziehung funktionierte im Jetzt. Es ging uns gut, wir waren glücklich. Nur eben mein Wunsch nach mehr, nach Planung, nach Kontrolle, war wie ein Stein im Schuh. Und jetzt lese ich es hier: Die Beziehung muss in der Gegenwart funktionieren. Und so war es bei Sebastian und mir.

Der vierte Punkt erinnert mich an meine eigene Sehnsucht. Ich denke an Janoschs Buch »Post für den Tiger«, als die Gans den Brief nicht mitnehmen kann und im nächsten Moment der Fuchs mit der Gans unterm Arm vorbeikommt, und an den Satz: »Ach, wie kurz ist doch das Leben, kleine Gans.« Noch vor fünf Stunden stand ich mit Schmetterlingen im Bauch und den Füßen im Meer in Holland, küsste diesen Mann, den ich liebte, liebe … Und nun liege ich hier, allein, voller Sehnsucht nach Liebe. Ich bin so verwirrt und möchte verstehen.

5. Es gibt nicht nur »das eine« Beziehungsmodell.
Beziehungen haben keine Form, keine Regeln,
außer die, die Du ihnen verleihst.

6. Beziehung bedeutet nicht nur Liebesbeziehung!
Unsere Bedürfnisse nach Zugehörigkeit, Nähe,
Fürsorge, Geborgenheit, Anerkennung, Liebe,
Gehörtwerden, Gesehenwerden etc. lassen sich nicht
nur mit der Liebesbeziehung stillen. Investiere Zeit in
Freundschaften, Ehrenämter, Vereine,
ArbeitskollegInnen usw.

7. Es gibt nicht den oder die »Eine/n«!
Hollywood, Disney, AutorInnen, Medien …
Alle reden von der einen großen Liebe und lassen
vollkommen außer Acht, dass wir nicht statisch sind.
Wir verändern uns und wachsen, mal miteinander,
mal auseinander.

**8. Es geht nicht darum, Deine andere
oder gar »bessere« Hälfte zu finden.
Du bist bereits ganz und vollkommen.**
Du bist keine Avocado ohne Kern! Du bist
vollkommen und einzigartig!

Ich muss schmunzeln, den Gedanken finde ich schön. Ich bin bereits vollkommen. Und dennoch bin ich unsicher, ob ich es wirklich verstehe. Ich möchte nicht allein sein. Ich lese den achten Impuls erneut. Erst dabei verstehe ich, worum es eigentlich geht: Darum, dass ich niemanden brauche, um zu **sein**.

Je mehr Impulse ich lese, desto mehr will ich Sebastian schreiben. Wenn es in der Liebe nicht darum geht, die bessere Hälfte zu finden, sondern eher darum, nebeneinander zu leben, füreinander da zu sein, aber dennoch lebt jeder sein eigenes Leben, dann war es doch Sebastian, der genau dieses Prinzip vorgelebt hat. Wir teilen das Glück, jeder existiert für sich und wenn einer mal getragen werden muss, wird er getragen. Simpel.

Ich lese erneut das Zitat: »Liebe bedeutet Akzeptanz, Freiheit, Sicherheit und Wachstum.«

9. Deine Art, zu lieben, und die Liebe, nach der Du Dich sehnst, wird oft durch Deine erste Beziehung (zu deinen Eltern/ Bezugspersonen) geprägt.

Frauen zeigen ihre Liebe oft so, wie sie Liebe durch ihre Mütter erfahren haben, und fühlen sich geliebt, wenn Männer ihre Liebe so zeigen, wie es damals der Vater getan hat – und andersherum. Ausnahmen bestätigen die Regel.

War Deine Mutter sehr fürsorglich und Dein Vater selten da, dann bist auch Du sehr fürsorglich in einer Beziehung und zeigst hierdurch Deine Liebe. Du kämpfst gerne um Aufmerksamkeit und Liebe bei Deinem Partner, der es Dir nicht ganz so leicht macht. Somit musst Du Dich anstrengen und anpassen, damit er bleibt.

Dieser Punkt steht auf einem einzelnen Slide. Vermutlich, weil der Text so lang ist. Ich frage mich, welche Art von Liebe mir vorgelebt wurde, merke aber direkt, wie ich innerlich verkrampfe. Nein, dieses Thema kann und will ich jetzt nicht auch noch aufmachen!

10. Eine Trennung bedeutet nicht, dass Du gescheitert bist.

Es gibt so viele Gründe für eine Trennung: Verletzungen, die nie geheilt wurden, fortwährende Enttäuschungen, über die nie gesprochen wurde, man hat sich auseinandergelebt oder sich selbst verloren. Vieles kann aufgearbeitet werden, manches nicht. Eine Trennung ist kein Scheitern, sondern ein komplexes Zusammenspiel menschlicher Schutzstrategien.

11. Dich trifft keine Schuld, wenn Du immer wieder an den/die Falsche/n gerätst.

Aber nur Du kannst das Muster aufbrechen. Deine Erfahrungen, wie Du geprägt wurdest, wie Du Dich selbst siehst – all das kann dafür sorgen, dass sich eine ungesunde Beziehung vertraut anfühlt.

Punkt 10 bestärkt mich erneut darin, Sebastian zu schreiben. Vieles kann aufgearbeitet werden. Ich habe zum Ende wirklich viel verlangt und ihn mit meinen Vorwürfen vor den Kopf gestoßen. Dadurch habe ich ihm ein Bild von ihm vorgehalten, das einerseits nicht der Realität entspricht, sondern meiner verzerrten Wahrnehmung, und das andererseits ziemlich hässlich ist. Dafür habe ich mich nie entschuldigt, im Gegenteil: Ich sehe mich immer noch als das Opfer und ihn als den bösen Täter. Dabei hatte er doch keine Chance, so widersprüchlich, wie ich war. Ich sehnte und sehne mich auch heute ab und zu nach dem Mann, der mich rettet. Sebastian

habe ich es zum Vorwurf gemacht, dass ich mich neben ihm
so klein fühlte. Ein Widerspruch, der mir kürzlich schon
beim Gedanken an Thomas klar wurde.

12. Wenn Du betrogen wirst, hat das lediglich etwas mit einem tiefen Mangel Deines Gegenübers zu tun, für den Du nicht verantwortlich bist.

»Mir fehlte Anerkennung«, wird oft als Grund
genannt. Doch wenn die einzige, verzweifelte
Strategie die war, Dich zu betrügen, dann ist das
nicht Deine Verantwortung.

13. Liebe ist sicher und bedeutet Akzeptanz.

Liebe bedeutet Sicherheit, Verbindlichkeit und
Akzeptanz. Sicherheit ist nicht langweilig, denn nur,
wenn ich sicher bin, kann ich mich fallen lassen.
Verbindlichkeit bedeutet nicht, dass man sich fest
bindet, sondern, dass man einander vertraut, weil es
diese Bindung gibt, die einem Halt gibt. Akzeptanz
bedeutet, dass man einander sein lässt und sich
gemeinsam entwickelt, wächst, und nicht versucht,
den Anderen nach irgendwelchen Vorstellungen zu
formen, damit er/sie liebenswert ist.

»Verbindlichkeit bedeutet nicht, dass man sich fest bindet,
sondern, dass man einander vertraut.« Ich fühle mich, als hätte
ich endlich verstanden: Verbindlichkeit steht für Bindung und
nicht für die Bereitschaft, ein Haus zu bauen, ein Kind zu bekommen und zu heiraten. Bei diesem Gedanken versöhne ich
mich innerlich mit Sebastian und wehre mich gegen die Reue
über das Ende mit Christian, die in mir aufkeimt.

Lieblingssternenstaub

Als ich aufwache, ist der Tag bereits in vollem Gange, ich höre meine Nachbarn im Garten, die Vögel zwitschern laut und die Sonne steht ungewohnt hoch. Ich schaue auf mein Smartphone. Keine Nachricht. Es ist nach zehn. Ich erschrecke etwas, ich habe zwar nichts vor, aber heute habe ich mein Schlafpensum noch mal getoppt. Vermutlich ist der gestrige Tag doch anstrengender gewesen als gedacht, zumindest emotional. Mein Körper hat ja mehr als alles Andere gelegen und gesessen.

Ich wundere mich, dass Linda noch nicht reagiert hat, und irgendwie sehe ich das als Zeichen: »Marina, übernimm Verantwortung. Dein Leben! Warte nicht auf Lindas Reaktion, Bestärkung oder Analyse.«

Okay, heute bin ich also auf mich allein gestellt. Ich ziehe mir einen Kaffee an meinem Vollautomaten, zurück im Bett überkommt mich dieses mulmige Gefühl, Zeit zu verschwenden, ausgelöst durch die Sonnenstrahlen, die auf die Bettdecke scheinen. Dieses schlechte Gewissen, wenn man etwas Cooles oder Sinnvoll-Produktives unternehmen könnte, aber stattdessen lange geschlafen hat und den restlichen Tag lang vor Bildschirmen hängt, obwohl man das Wetter doch nutzen müsste. Paradox, würde ich im Garten sitzen und dort ein Buch lesen, wäre es keine Zeitverschwendung, also, ich würde sie nicht als solche bewerten. Lasse ich mir jedoch eine Geschichte audiovisuell erzählen und genieße die Sonne gemütlich im Liegen, empfinde ich mich direkt als faul und nutzlos.

Und plötzlich breitet sich ein Kribbeln in mir aus, als hätte mein Herz schon die Signale dafür gesendet, dass ich heute etwas Besonderes vorhabe, etwas Aufregendes, nur die Gedanken sind noch nicht da. Ich überlege, warum ich so freudig-aufgeregt bin, und da wird es mir langsam bewusst: Sebastian.

Ich werde gleich zu ihm fahren, ich werde von meinen Bedingungen Abstand nehmen. Ich möchte unsere Beziehung zurück. Ich brauche keine Verbindlichkeit, im Sinne von Haus oder Ring. Er darf sein, wie er ist. Ich möchte ihn so akzeptieren. So lieben. Und ihm nicht mehr all die Verantwortung für meinen Mangel vergangener Tage geben.

Ich verzichte auf Kaffee zwei und drei, meine Euphorie und die verhältnismäßig lange Nacht sollten als Energieschub für diesen Tag reichen. Außerdem bin ich ungeduldig, sogar so sehr, dass ich einfach erneut die salzig-harte Jeansshorts vom gestrigen Meertrip anziehe, dazu ein T-Shirt – ohne mir groß Gedanken darüber zu machen. Ich überlege kurz, ob ich das Fahrrad nehme, aber was, wenn er nicht zu Hause ist? Einkaufen? Verabredet? Bei seinem Bruder? Diese Aufregung und diese Freude sind sehr zerbrechlich, dessen bin ich mir bewusst, vermutlich werden mir die Tränen in die Augen schießen, wenn er nicht zu Hause ist. Also nein, Fahrrad ist keine Option.

Als ich mit meinem Auto in seine Einfahrt abbiegen möchte, steht dort ein mir unbekanntes Fahrzeug neben seinem. Mein Herz bleibt kurz stehen. Der Druck auf der Brust wird unerträglich. »Jasmin«, ist mein erster Gedanke, sie hatte ich schon gar nicht mehr auf dem Schirm. Ich habe nun zwei Optionen: am Straßenrand nach einem Parkplatz suchen oder nach Hause fahren.

Just in dem Moment, während ich mitten in der Einfahrt stehe, kommt eine Frau in den Hof, sie ist groß, schlank und dunkelhaarig. Hübsch. Dicht gefolgt von Sebastian, der etwas über meine Anwesenheit erschrickt. Er schüttelt irritiert mit dem Kopf. Er wirkt nicht wütend. Was erst mal ein gutes Zeichen ist, vielleicht aber auch, weil es wirklich Jasmin ist und er ein schlechtes Gewissen hat.

Er sagt etwas zu dieser Frau, die sich dann zu mir umdreht und winkt, bevor sie in ihr Auto steigt. Sebastian kommt zu mir und bleibt vor der Beifahrertür stehen, als wollte er mir signalisieren, dass wir gerne durchs Fenster reden können. Zum Druck gesellt sich bei diesem Gedanken ein stechender Schmerz. Ich öffne das Beifahrerfenster.

»Hey, was machst du hier?«, fragt er. Es wirkt fast so, als hätte es den gestrigen Tag nicht gegeben. Alles nur ein Traum? War ich deswegen so gerädert heute Morgen? Nein. Quatsch!

»Ich wollte mit dir reden. Mich entschuldigen.«

»Marina …« Er macht eine wegwerfende Handbewegung, als sei das nicht nötig, nicht wichtig oder einfach nicht relevant. »Wie oft willst du noch von mir zerstört werden?« Er macht erneut eine Pause und senkt seinen Blick. Dann hebt er den Kopf wieder, ich kann seinen Blick nicht deuten, durchdringend vielleicht, und dann höre ich ihn sagen: »Es ist vorbei. Ich reiche dir nicht und werde dir nie reichen. Ich mag nicht, wie ich mich fühle, wenn ich dich mal wieder unabsichtlich verletzt habe. Du hast jemanden verdient, der dich versteht, der keine Angst vor deinen Gefühlen hat, der dir Sicherheit gibt und dir einfach mehr bietet, als ich es je könnte.«

Ich fühle mich wie unter Wasser. Dann starte ich mein Auto und fahre wie in Trance nach Hause. Ich habe keine Erinnerung an den Heimweg, geschweige denn daran, wie ich geparkt habe oder zur Haustür gelaufen bin. Erst, als ich davorstehe, ertappe ich mich dabei, wie ich durchs Milchglas Ausschau halte nach diesem gelben Umschlag, den ich in den vergangenen Tagen ganz vergessen hatte. Als ich nichts entdecke, fällt mir ein, dass Sonntag ist.

»Marina?!«, höre ich eine sehr vertraute Stimme nach mir rufen. Ich drehe mich um, es ist Linda, mit ihren zwei Hunden und 'ner Brötchentüte in der Hand. Bei ihrem Anblick schießen mir die Tränen in die Augen, nicht, weil sie so furchtbar aussieht, nein, sondern vermutlich, weil ich jetzt sicher bin. Sie kommt auf mich zu, fragend, besorgt. »Was ist passiert? Ich dachte, ihr bleibt bis heute Abend?«

Ich schüttele nur mit dem Kopf, sie hängt die Leinen über den Zaunpfosten meiner Nachbarn und nimmt mich in den Arm, ich lasse mich halten und weine. Als wir die Umarmung lösen, zieht sie den Ärmel ihrer Sweatjacke über ihre Hand und tupft mir die Tränen ab. »Mir ist mein Handy ins Klo gefallen, es liegt jetzt in 'nem Beutel Reis«, sagt sie, denn natürlich weiß sie, dass ich ihr schreibe, wenn was passiert. Ich melde mich ja sogar, wenn nichts passiert. Sei es mit 'ner Sprachaufnahme von Vogelgezwitscher, 'nem Selfie morgens mit Kaffee im Bett oder einem beim Joggen.

»O je, wie ätzend!«, sage ich und bin froh, dass ich nicht sofort mit mir und den letzten vierundzwanzig Stunden anfangen muss. Ich weiß auch gar nicht, was ich sagen soll.

Sie macht eine wegwischende Handbewegung. »Vor allem, weil ich deine Nachrichten nicht lesen konnte! Also? Kaffee?«

Ich nicke. Während ich aufschließe, holt sie Sam und Marie und geht mit ihnen direkt durch die Wohnung auf meine Terrasse. Ich gehe zur Kaffeemaschine und ordne meine Gedanken. Bewaffnet mit zwei Kaffees gehe ich nach draußen, reiche ihr einen und setze mich hin. Die warme Tasse in meiner Hand tut gut, etwas zum Festhalten. Ich erzähle ihr von der Begrüßung gestern, der Hinfahrt, meinem Verlangen, Sebastians Reaktion, dem Schweigen, der Situation am Meer, dem Kuss, dem Hotelzimmer und vom Damenhygienebeutel aus Papier.

Linda hört mir aufrichtig zu, an ihren Reaktionen merke ich, dass sie mich versteht, vor allem, warum ich so reagiert und gefühlt habe. Es hilft mir sehr, alles loszuwerden und nicht selbst zu hinterfragen oder hinterfragt zu werden. Im Gegenteil: Es ist wie eine Legitimation, die Erlaubnis, dass es okay ist, was ich fühle und wie ich reagiert habe. Ich erzähle ihr, etwas schambehaftet, von meiner Erkenntnis, dass Sebastian vielleicht auch Themen, Ängste und Abgründe hat, die ich nicht kenne und die sein Verhalten erklären, ohne, dass es mir weh tut, mich verletzt. Weil ich vielleicht vieles auf mich bezogen habe, was gar nicht mir gegolten hat.

Sie nickt, auch das klingt plausibel für Linda, und ich bin froh, dass sie mich auch hier nicht unterbricht und versucht, meine Gedanken zu korrigieren. Sie redet ihn nicht schlecht, doch vermutlich wird sie das gleich tun. Ich bin mittlerweile bei heute Morgen in meiner Erzählung angelangt, bei meinem Vorsatz, zu Sebastian zu fahren, mich zu entschuldigen. Ein furchtbar unangenehmes Gefühl breitet sich in mir aus, vermutlich, weil ich selbst nicht verstehe, was genau passiert ist.

»Und als ich auf seinen Hof fuhr, da war da ein Auto, das ich nicht kannte. Und plötzlich kam diese Frau raus, das Gegenteil von mir, groß, dunkelhaarig, schlank, gefolgt von Sebastian, dem es nicht sonderlich unangenehm war, mich zu sehen. Er war lediglich überrascht über meine Anwesenheit, aber nicht schockiert oder gar verärgert. Er kam zu meinem Auto, war ja kein Parkplatz frei. Und erzählte mir, recht neutral, das Gleiche, was damals in dem Brief stand: Er ist nicht der Mann, den ich brauche. Er wird es nie sein können, und je mehr er es versucht, desto größer wird mein Schmerz. Er möchte mich nicht wieder und wieder zerstören. Irgendwie so. Und dann bin ich gefahren und jetzt sitze ich hier.«

Linda schweigt einen Moment, bevor sie mir die Frage stellt, die auch in meinem Kopf kreist: »Und wie geht's dir damit?«

Ich zucke etwas verloren mit den Schultern: »Mir geht es …« Ich breche ab, suche nach Worten, die meine Gefühle beschreiben, finde jedoch nichts Passendes und taste mich

langsam heran. »Nicht gut. Aber es ist keine Traurigkeit oder
so. Also, Traurigkeit kann sich ja auch schön anfühlen, wenn
man Mitgefühl mit sich selbst hat und sich erlaubt, Junkzeugs
zu essen und sich ins Bett zu legen und nichts zu tun und so.
Aber ich … Das fühlt sich gerade so ganz furchtbar schwer an,
ich ärgere mich über mein Verhalten und habe das Gefühl,
ihm Unrecht getan zu haben, also, auch damals schon.
Und …«

Ich breche erneut ab und schaue Linda an. Sie mustert
mich, diesmal scheint sie mich nicht so selbstverständlich zu
verstehen, aber ihrer Mimik zufolge würde sie es gerne tun.
Schließlich bietet sie mir zaghaft ihre Vermutung an.

»Das klingt nach Reue?«

Ich nicke. »Ja, Reue und auch Scham, und so ein Gefühl
von Kontrollverlust … So nach dem Motto: Jetzt ist es zu
spät.«

»Ach Mann, das ist auch ein ganz schöner Brocken!«

Und da kommt mir noch ein Wort in den Sinn. »Es fühlt
sich an wie eine Niederlage, ich bin gescheitert.« Endlich
kommen die Tränen und ich schluchze leise. »Ich habe es
nicht geschafft.«

Lindas Blick schweift in die Ferne. Es wirkt fast so, als
wollte sie spüren, was ich empfinde. Allein durch diesen Versuch ihrerseits kommt ein weiteres Gefühl in mir hoch: Dankbarkeit. Ich versuche, ihre Aufmerksamkeit wieder auf mich
zu lenken.

»Linda?«

Sie blinzelt kurz und schaut mich an. »Hm?«

»Danke!«

Dann lächelt sie und seufzt: »Sooo, sooo gerne, Marina!«
Sie steht auf und nimmt mich in den Arm. Ich schluchze noch
etwas in ihre Brust. Das tut so gut. Als ich mich beruhige und
mich langsam aus der Umarmung lösen möchte, drückt Linda
noch mal kräftig zu und küsst mich auf meinen Haaransatz.

So verharren wir einen Moment. Dann ist wirklich gut. Ich löse mich aus der Umarmung.

»Solltest du nicht langsam wieder nach Hause? Die Jungs fragen sich sicher schon, wo du so lang steckst.« Ich will sie nicht loswerden, aber für jetzt ist alles gesagt, ich fühle mich erleichtert und heute Abend haben wir wieder eine Insel.

Linda nickt und presst die Lippen aufeinander. »Jaaaa …«, sagt sie langgezogen und genervt davon, nun gehen zu müssen. »Ja, ja, ja, das sollte ich!«

Sie steht auf, ich bringe sie zur Tür. Wir umarmen uns und ich schaue ihr und den zwei Hunden noch eine Weile nach. Als ich zurück in meine Wohnung gehe, fühle ich mich erneut etwas verloren. Ohne groß drüber nachzudenken, schreibe ich Jenni mit der Frage, ob sie vielleicht einen früheren Termin für mich habe.

Der restliche Tag ist eine langgezogene, klebrige Masse aus Frust und Leere. Ich habe keine Lust, produktiv zu sein, irgendwas umzuräumen oder in den Garten zu gehen. Laufen ist erst recht keine Option – auch wenn es mir danach vermutlich besser gehen würde. Es fühlt sich fast an, als wollte ich mich selbst bestrafen und bloß nichts tun, was mich aufmuntern könnte.

Am Nachmittag bin ich an einem Tiefpunkt angelangt. Seit einer Stunde schaue ich irgendwelche Reels, die schnellen Schnitte, die Musik und Co. lassen keinen Raum für eigene Gedanken. Hat nicht nur Nachteile, denke ich und habe dabei das Buch »Dialektik der Aufklärung« von Horkheimer und Adorno im Sinn. Sie reden in ihrem Kulturindustrie-Kapitel über die fatalen Folgen des Kinos und die damit einhergehende Verdummung der Menschheit. Die Menschen fühlen sich unterhalten, wenn Donald Duck verprügelt wird, um die eigenen Prügel der bösen Gesellschaft und des Kapitalismus nicht mehr so stark zu spüren. Was Horkheimer und Adorno wohl zu TikToks sagen würden? Dann schmunzele ich etwas, denn ich habe ihre These ja gerade widerlegt, weil meine Gedanken sogar beim stumpfsinnigen Konsum von Insta-Reels zu den beiden abgeschweift sind.

Ich erinnere mich an ein Date mit Sebastian, als wir über diese Thematik gesprochen haben, und daran, wie bereichernd und erfüllend unsere Gespräche waren. Und auch daran, wie ich durch ihn gewachsen bin, ja, fast über mich hinausgewachsen. Das war mir damals nicht so klar, aber das, was ich bei der Aufarbeitung meiner Geschichte erkannt habe, hätte ich vermutlich nicht erkannt, wenn ich nicht auch dieses Leben der selbstständigen und unabhängigen Frau geführt hätte.

In jeder Beziehung habe ich immer auch ein Stück Verantwortung an meinen Partner abgetreten, um es ihm später zum Vorwurf zu machen. Bei Sebastian war es eher der Vorwurf, dass er die Verantwortung für mich nicht haben wollte – und das ist doch was Gutes? »Wachstumsschmerzen sind auch Schmerzen«, denke ich. Vielleicht hat nicht er meinen Schmerz ausgelöst, also, nicht direkt, sondern indirekt, weil er etwas, was ich ihm nie hätte geben dürfen, nicht angenommen hat.

Mein Herz ist ohnehin schon schwer gewesen, mein Kopf ist es nun auch. Ich freue mich über die Aussicht auf die Insel und nehme sie zum Anlass, um wenigstens das Unkraut zwischen den Fugen der Terrasse wegzukratzen und einmal drüberzufegen. Als ich den Eimer mit dem Unkraut nach draußen zur Biotonne bringe, sehe ich Linda bereits in der Ferne. Ich lächele und warte auf sie. Mein Warten setzt sie unter Unterhaltungsdruck, also wippt sie übertrieben nach rechts und links beim Gehen und wirft den Kopf fröhlich hin und her. Ich lache.

»Kennste das? Wenn du auf jemanden zugehst und derjenige wartet und schaut in deine Richtung und du denkst dir, ich muss jetzt irgendwas machen, am liebsten schneller gehen oder gar rennen, aber das wäre auch komisch?« Sie begrüßt mich ein bisschen albern und etwas zu euphorisch, gemessen an meiner Stimmung.

»Ja! Kenn ich, aber du hast das ganz gut gelöst, finde ich.«
Ich lache.

»So! Ich hoffe, dir ist auch nach Bier!«

»Mindestens! Wenn nicht sogar nach Cremelikör!«, sage ich
nickend und reiße dabei übertrieben meine Augen auf. Es
fühlt sich noch nicht so richtig authentisch an, diese alberne
Stimmung. Aber vielleicht muss es das auch nicht, ein ge-
zwungenes Lächeln sendet immerhin auch entsprechende
Signale an das Gehirn, dass es nun endlich ein paar Glücks-
hormone in den Körper jagen soll.

Wir gehen durch die Wohnung auf die Terrasse, ich hole
auf dem Weg zwei Bier aus der Abstellkammer.

Linda lässt sich mit einem tiefen Seufzer in den Stuhl fallen.

»Ach, was haben wir es gut!«

»Voll!«

Sie erzählt von ihrem Tag, dann zückt sie eine kleine Blue-
tooth-Box aus ihrem Rucksack, verbindet ihr Smartphone
und aus den Boxen dröhnt Von Wegen Lisbeth. Ein Lächeln
huscht unwillkürlich über mein Gesicht.

»Ewig nicht mehr gehört, und jetzt denke ich direkt an das
Picknick-Konzert und daran, wie wir barfuß auf dem Rasen
getanzt haben!« Linda tanzt mit ihrem Oberkörper zur Musik.
Die Erinnerung stimmt mich nun wirklich fröhlich. Dann
greift sie erneut zum Rucksack und sagt: »Und rate, wer
kommendes Wochenende auf der Wiese tanzt?«

Ich reiße meine Augen auf. »Das war doch ausverkauft!«

»Jupp, heute darüber nachgedacht, wie ich dich aufmuntern könnte. Erst hab ich bei eBay und dann im restlichen Netz nach Tickets gesucht, und ich bin tatsächlich
fündig geworden!« Nun wedelt sie triumphierend mit der
ausgedruckten Bestellbestätigung vor meinem Gesicht
herum.

»Wie großartig! Wohoooo!«, rufe ich aufgeregt und voller
Vorfreude.

»Ich dachte, wenn man verloren ist und alles so schwer ist, hilft vielleicht ein kleines Licht, das die Richtung weist. Und was eignet sich hierfür besser als ein kurzfristiges Highlight am kommenden WE?!«

»So cool! Danke!«

Wir schwelgen noch ein wenig in Erinnerungen und lauschen der Musik, besser gesagt, wir singen aus vollem Halse mit, lachen über die Anekdoten, die außer uns niemand versteht, weder akustisch noch inhaltlich. Dann entscheiden wir uns direkt für ein zweites Bier, und während ich das erste wegbringe, reaktiviert Linda Tinder. Vermutlich inspiriert durch Lisbeths Song *Alle 11 Minuten*.

»Der Profiltext steht!«, sagt Linda nach meiner Rückkehr von der Toilette. »Ich hab mich schon wieder in 11 Minuten verliebt!«

Und da ich gerade ohnehin sehr lost bin, versuche ich mich nicht mal, gegen die Likes zu wehren, die sie verteilt. Allerdings fällt uns dabei auf, wie unterschiedlich unser Männergeschmack ist.

»Guck mal, Zufall?« Linda grinst aufgeregt und hält mir mein Smartphone vors Gesicht. Ich erschrecke kurz und versuche, dieses Kribbeln einzuordnen, während sie bereits nach links wischt und plötzlich ein paar Sterne übers Display gleiten, mit den Worten: »It's a Match!«

Christian Holzmann.

Meine aufkeimende Wut über ihren Like verwandelt sich rasch in ein aufregend-schönes Gefühl. Linda hat den Match noch nicht mitbekommen und wartet noch auf meine verbale Reaktion, doch meine wechselnde Mimik macht sie neugierig. Sie dreht das Display zu sich und wirkt dann selbst ganz überrascht, bevor sie in schallendes Gelächter ausbricht und glucksend sagt: »Was? Wie? Hä? Wir haben es doch gerade erst installiert! Der scheint ja sozusagen auf dich gewartet zu haben!« Sie will ihm sofort etwas schreiben.

»Ey! Stopp!« Mit diesen Worten reiße ich es ihr aus den Händen.

Sie lacht, trinkt einen Schluck Bier und lehnt sich dann selbstgefällig triumphierend nach hinten. »Gern geschehen! Ruinier's jetzt aber nicht!«

Statt ihm zu schreiben, lege ich mein Handy beiseite, zumal ich nicht weiß, wie sein Like einzuordnen ist. Ich selbst, trotz der verspürten Aufregung, kreise ja gerade um Sebastian. Linda versteht es, kann sich jedoch nicht verkneifen, dass ein Wochenende am Meer mit Christian jetzt nicht mehr ganz so abwegig wäre wie eins mit Sebastian. Und dass es mit Christian auch deutlich lustiger wäre.

»Na, das ist ja auch keine Kunst!«, sage ich lachend.

»Stimmt, sogar mit dem Edekamann wäre es lustiger!«, kontert sie, vermutlich, um mich ein bisschen weg von der Sebastian-Schwere zu lotsen.

Zum Abschied hat sie jedenfalls 'nen Basti im Bier und ich 'nen Holzmann. Sie misst diesem Zeichen in jedem Fall größere Bedeutung bei als ich.

Später liege ich im Bett, swipe noch ein wenig durch Tinder und bemerke, dass ich deutlich anspruchsloser bin als noch vor ein paar Tagen. Es kommt zu weiteren Matches und ich schreibe bis zum Einschlafen mit irgendwelchen Männern, ungeachtet ihrer Absichten, Rechtschreibfehler und sexuellen Andeutungen.

Lieblingssternenstaub

Der Montag war relativ anstrengend, logisch, dass zwei große Biere Spuren hinterlassen. Mich morgens noch mal umzudrehen, war definitiv nötig, sorgte allerdings dafür, dass ich keinen einzigen Kaffee trinken konnte, bevor ich zur Arbeit musste. Begleitet von Kopfschmerzen nervte mich Tinder ebenfalls sehr, sodass ich die Benachrichtigungen ausstellte und mich durch die Beratungen kämpfte.

Der Filterkaffee in der Beratungsstelle sorgte, bei meinem Nachholbedarf und dem entsprechenden Konsum, für zusätzliche Magenbeschwerden. Ich habe schon oft überlegt, ob ich hier nicht einfach eine Senseomaschine hinstellen sollte. Als Hobbybarista weiß ich um die Magenunfreundlichkeit von Filterkaffee, weil durch die längere Filtration mehr Bitterstoffe freigesetzt werden als bei einem Caffè Crema oder der Zubereitung mit Kaffeepad. Mein Kaffeekonsum jedenfalls würde sich deutlich reduzieren, wenn ich keinen Vollautomaten besäße.

Linda ging es nicht viel besser. Also kürzten wir die Insel am Abend ab und waren beide froh, zeitnah im Bett zu sein.

Heute fühle ich mich deutlich frischer, und insbesondere bei der Erinnerung an den gestrigen Tag wird mir bewusst, wie gut es mir geht: Ich habe keine körperlichen Beschwerden, ich liege mit der zweiten Tasse gutem Caffè Crema im Bett,

175

am Wochenende gehe ich auf das Open-Air-Konzert mit Linda und obwohl ich der Sache nicht ganz so viel Raum geben möchte, tut die Aufmerksamkeit, die ich aktuell über Tinder erfahre, ganz gut.

Die Sebastian-Thematik habe ich erst mal auf Eis gelegt. Heute Nachmittag werde ich sie aber wohl ausgraben müssen, denn Jenni hat sich gestern zurückgemeldet mit der Info, dass am Dienstag, also heute, kurzfristig ein Termin frei geworden sei.

Aktuell schreibe ich vor allem mit Stefan und er hat dafür gesorgt, dass ich die Benachrichtigungen dann doch wieder eingeschaltet habe, nachdem ich alle fünf Minuten ohne Benachrichtigung die App geöffnet hatte, um nachzuschauen, ob er geschrieben hatte.

Stefan ist in meinem Alter, er wirkt recht attraktiv sowie verhältnismäßig jung und sportlich auf seinen Fotos. Außerdem besticht er durch fehlerfreie Rechtschreibung und damit, dass er ein Gespräch aufrechterhalten kann. Seine Balance dazwischen, interessante Dinge von sich preiszugeben und Interesse an mir zu signalisieren, ist durchaus recht erfrischend. Er lenkt mich gerade gut ab, begleitet mich bei meinen drei Kaffees am Morgen und leider auch viel zu oft auf der Arbeit. Ich vernachlässige die Dokumentation und nutze die Fünfzehn-Minuten-Pause zwischen meinen Terminen, um ihm zu antworten. Ein fieses Dilemma, denn er sorgt irgendwie dafür, dass ich den Spaß an meiner Arbeit verliere, weil ich lieber mit ihm schreiben würde.

Als wir uns gegen Mittag zu einem ersten Treffen verabreden, stockt unser Chat kurz und ich bin unsicher, woran es liegt. Aber statt mir wie üblich den Kopf darüber zu zerbrechen, übe ich mich in Gelassenheit und dem Aushalten der Unwissenheit. Ganz wehren kann ich mich gegen die Erklärungsversuche jedoch nicht und stille meinen Wunsch nach Sicherheit mit der These: Vermutlich, weil das erste Ziel erreicht ist. Ich versuche also, mir diese Gesprächspause schönzureden. Als ich endlich Feierabend mache, überlege ich, ihm einfach wieder zu schreiben, aber mir fällt nichts ein. Ihm von meiner Sitzung bei Jenni alias Lieblingssternenstaub zu erzählen, erscheint mir dann doch noch zu intim. Also verwerfe ich die Idee.

Im Auto stelle ich fest, dass es sich kaum mehr lohnt, vor der Sitzung noch nach Hause zu fahren, also fahre ich direkt zur Praxis und lasse mich auf der Fahrt von Lisbeth unterhalten.

Ich parke auf dem Aldi-/Rewe-Parkplatz, zweihundert Meter von der Praxis entfernt, und überlege, ob ich noch schnell in den Aldi gehe. Entscheide mich, gemessen an den dreiundzwanzig Minuten, die mir noch bleiben, aber dagegen. Stattdessen ist es wohl sinnvoll, meine Gedanken zu ordnen.

Meine Selbstreflexion zum Sitzungsthema zu machen, fühlt sich auch irgendwie widersprüchlich an. Was war denn überhaupt mein Anliegen? Sebastian? Allein beim Gedanken an ihn ist da wieder diese Schwere, von der ich glaubte, dass ich sie vorerst los wäre. Lust habe ich irgendwie nicht, über die Sache mit ihm zu reden. Erst dann wird mir bewusst, dass ich sonst immer mit einer inneren Freude und Zuversicht zu Jenni gefahren bin. Also, bis auf den ersten Termin. Da fühlte ich mich ähnlich wie jetzt, ich wollte ihn sogar absagen, tat es aber nicht. Zum Glück.

Ich schwelge noch ein bisschen in der Erinnerung an meine erste Sitzung, die mir noch sehr präsent ist, vermutlich auch, weil ich sie in meinem ersten Roman niedergeschrieben habe. Und endlich ist da wieder dieses schöne Gefühl in mir, dieses Gefühl, stolz auf mich selbst zu sein. Jenni würde sagen: »Endlich siehst du dich!« Ja, ich sehe mich und plötzlich kenne ich mein Anliegen: »Warum habe ich mich in den Tagen mit Sebastian wieder verloren, mich nicht gesehen und diese alten Gefühle von Scham verspürt?«

Ich steige aus und laufe zur Praxis. Beim Überqueren der Straße bemerke ich den vollen Parkplatz vor dem Erotikmarkt und dennoch ist es mir ein Rätsel, dass der sich hält. Er ist fast so groß wie der Aldi-Markt, vor dem jedoch fast immer gut siebzig Autos parken. Hier gibt es lediglich fünf Parkplätze. Nun laufe ich die Feuerwehrausfahrt hoch, unmittelbar am Laden vorbei. Jennis Tür steht bereits auf. Ich schaue auf die Uhr, mein Termin startet in acht Minuten und die offene Tür steht dafür, dass ich schon reingehen kann.

Der vertraute Geruch strömt mir entgegen. AirWick-Stecker mit der Duftnote »Tropical Summer« sind das Geheimnis. Ich habe Jenni einmal gefragt, wonach es bei ihr immer riecht, da hat sie es mir verraten. Noch so etwas, was ich an ihr schätze – ohne zu wissen, ob es woanders auch so ist. Ich kann sie alles fragen und bekomme immer eine Antwort, auch bei banalen Sachen.

»Kaffee oder Tee?« Sie steht hinter der Theke und strahlt mich an. Ihr Strahlen wirkt ehrlich, als würde sie sich wirklich freuen, mich zu sehen, und ich frage mich, ob dem so ist. Ob sie sich über all ihre Termine freut? Doch irgendwie erscheint mir diese Frage komisch und ich stelle sie nicht.

»Kaffee!«, antworte ich ihr und ergänze: »Mit Milch!«

Ein Running Gag. Ich war schon so oft hier, trinke immer das Gleiche und sie fragt jedes Mal, wie ich meinen Kaffee trinke. Gleichzeitig hat sie gefühlt alle Inhalte aus jeder Sitzung im Kopf, stellt sie mir manchmal zur Verfügung oder greift alte Themen von vor 'nem halben Jahr auf. Vermutlich ist die Tatsache, wie ich meinen Kaffee trinke, einfach zu banal für ihr Gedächtnis.

»Danke!«

Sie lächelt erleichtert und hat offenbar ähnliche Gedanken. Ich setze mich auf einen dieser grauen Sessel. Jenni bringt mir den Kaffee und nimmt dann auf dem Sessel gegenüber Platz.

»Ich bin ganz gespannt, was ist der Grund für deine so kurzfristige Anfrage? Hat das noch was mit dem Podcast zu tun?« Sie nippt an ihrem Kaffee, bevor sie ihn auf die Fensterbank neben sich stellt, den Bleistift zückt und ihr Notizbuch aufschlägt.

Ich überlege, ob ich nun doch noch mal zu meinem Knoten bezogen auf den Podcast, auf Christian, eingehen soll, verwerfe den Gedanken aber, weil es Stefan gibt und der, wie von Jenni vorgeschlagen, vielleicht als Training dienen kann. Und wer weiß, vielleicht klappt es sogar. Also schüttele ich den Kopf und lege direkt los: »Sebastian hat sich bei mir gemeldet, unmittelbar nach unserer Sitzung und der Buchveröffentlichung. Vermeintlich zufällig haben wir uns vor dem Edeka getroffen, aber dann stellte sich heraus, dass er mich zurückhaben wollte. Mich hat das gefühlt ganz weit zurückgeworfen, also, erst nicht. Ich fand das so unwirklich, so … Na ja, wir hatten ein Jahr lang keinen Kontakt, und es gab nach dem Brief nie ein Gespräch oder so. Und aus heiterem Himmel will er mich zurück?« Ich habe das Gefühl, dass mir erst jetzt so richtig bewusst wird, wie skurril das ist. Ich will, dass auch Jenni versteht, dass es keinerlei logische Erklärung dafür gibt. »Es kann auch nicht am Buch gelegen haben, denn das hat er mittlerweile wohl, aber er hat davon erst etwas gehört, nachdem er mir sozusagen im Edeka aufgelauert hat.« Ich zucke mit den Schultern. »So hat er es jedenfalls dargestellt.«

Jenni fasst meine Einleitung zusammen. »Und nun bist du verunsichert, weil du es nicht verstehen kannst.«

Ich schüttele mit dem Kopf, darauf will ich gar nicht hinaus. Dennoch merke ich direkt, wie aus meinen Gedanken Gefühle werden. Ich möchte von der letzten Woche erzählen, erzählen, was passiert ist, und gleichzeitig hat sie ins Schwarze getroffen. Dann nicke ich und lasse mich von meinem Gefühl leiten.

»Ja, das hat mich verunsichert, voll! Es steckt so viel Arbeit und Kraft in meinem aktuellen Zustand, diesem Zustand, mir selbst eine gute Freundin zu sein, mir selbst Sicherheit zu geben und mich endlich nicht mehr ausschließlich als Opfer dieser bösen Welt zu fühlen, sondern zu erkennen, dass **ich** es in der

Hand habe!« Ich bemerke, dass ich immer lauter und eindringlicher werde. »Ich bin selbstwirksam, ich kann und ich darf Entscheidungen treffen. Ich habe nicht alles in der Hand, aber deutlich mehr, als ich immer dachte, und weniger, als ich immer wollte, und dadurch wurde mein Leben so viel leichter, klarer und sicherer. Ich kann auf mich alleine aufpassen und es ist meine Entscheidung wie ich auf die Dinge reagiere, aber ich habe eben keinen Einfluss darauf, wie Andere handeln oder reagieren, egal, wie sehr ich mich anstrenge ...« Ich atme tief ein und aus. »Und durch Sebastian waren da plötzlich wieder diese alten Gefühle der Angst, der Verunsicherung. Die Erinnerung an den Schmerz, darüber, dass er, trotz meiner Anstrengung, nicht so reagiert hat, wie ich es mir wünschte, auch Wut und eben Verachtung und Scham mir selbst gegenüber.«

Ich senke den Blick und merke, wie jedes dieser Gefühle gerade seinen eigenen Ton bedient und eine furchtbar schwere und traurige Melodie in mir komponiert wird. Jenni sitzt tiefenentspannt in ihrem Sessel. Sie macht keinerlei Anstalten, etwas dazu zu sagen. Also bin ich wohl noch an der Reihe.

»Ich verstehe nicht, warum er solch eine Macht über mich hat?«, sage ich nun, mehr fragend als feststellend. Und als Jenni sich noch immer nicht wirklich rührt, füge ich hinzu: »Linda hat ihn als mein Kryptonit bezeichnet.«

Nun schmunzelt sie, stellt ihre Kaffeetasse beiseite und beugt sich in meine Richtung, mustert mich, lehnt sich wieder zurück und kneift ihre Augen zusammen, ohne den Blick von mir abzuwenden. »Und du würdest das gerne verstehen. Verstehen, warum du bei ihm so schwach wirst, warum diese Schwere wieder hochkommt.«

Ich nicke. »Insgeheim hatte ich gehofft, du könntest mir eine kluge Theorie zur Verfügung stellen. Auf Instagram hast du immer eine Auflösung. Aber klar, die Dialoge dort hast du ja auch geschrieben ...« Etwas enttäuscht und ernüchtert sacke ich in mich zusammen.

»Du wünschtest, ich könnte dir die Antwort geben?« Jenni hat den Kopf leicht schief gelegt.

»Ja, dann wüsste ich, dass es stimmen würde …« Ich zucke mit den Schultern. »Total bescheuert, oder?«

»Dass was stimmen würde?«, fragt sie nun, ohne auf meine Abwertung einzugehen.

»Dass ich ihn liebe.« Es rutscht mir plötzlich heraus, ich bin so überrascht, fast erschrocken, von diesen Worten. Aber nun sind sie raus.

Jenni nickt, fast so, als hätte sie damit gerechnet. Sie sieht mich mitfühlend, fast mütterlich an. Erst dadurch bemerke ich meine eigene Traurigkeit, und während ich spreche, kullern wieder Tränen über meine Wangen, »Er war, ich … Es ist nicht so, dass wir ausschließlich tolle Zeiten hatten, aber ich, ich hatte das Gefühl, ich … Ich habe mich so gut gefühlt, mit ihm an meiner Seite, eigentlich war er nie an meiner Seite, aber es gab ihn und ich wusste, ich konnte mich auf ihn verlassen und ich habe zu ihm aufgeschaut und wollte unbedingt seine Frau sein, die Frau an seiner Seite, ich wollte für ihn sein, was er für mich war.«

Auch wenn Marina zu Beginn verneint hat, dass es um diese Thematik der Verbindlichkeit geht, mit der sie es bei diesem Christian wohl ruiniert habe, so lässt mich der Gedanke nicht los. Der Wunsch nach Sicherheit, nach Schutz, um bloß nicht verletzt zu werden. Marina mangelte es an bedingungsloser Liebe, sie erfuhr unberechenbare Zuneigung, Fürsorge und Anerkennung, die eben an Bedingungen oder auch an die jeweilige Stimmung zu Hause geknüpft waren. Dadurch konnte sie kein Urvertrauen entwickeln, musste den Mangel mit Kontrolle ausgleichen, und Kontrolle gab und gibt ihr Sicherheit. Solange sie »Schuld« hat, ist sie handlungsfähig, weil sie sich verändern kann. In ihrer Zusammenfassung ist sie selbst so hin- und hergerissen, vermutlich wie in der Beziehung selbst. Bei Sebastian lief sie nie Gefahr, sich selbst zu verlieren, weil sie kaum Zeit mit ihm verbrachte. Nähe erfordert Anpassung, wer da kein Maß halten kann, wie Marina, für den bedeutet Nähe langfristig Gefahr. Im Gegensatz zu all den anderen Männern, die entweder ähnlich ungeduldig waren wie Marina und sofort bei ihr einzogen oder ihre Anpassung so sehr genossen, dass sie viel Zeit mit ihr verbringen wollten, hielt Sebastian sie auf Distanz. Sodass Marina immer reichlich Zeit für sich hatte, ohne auf die verbindliche Beziehung zu verzichten, und aus dem gleichen Grund konnte sie sich dieser vertrauten Anstrengung hingeben. Das ist sozusagen die ideale Dynamik für jemanden, der sich sonst rasch verliert und unzufrieden wird in Beziehungen und gleichzeitig Liebe als ein unsicheres Gefühl repräsentiert hat, für das man kämpfen muss. Da Marina jedoch das nicht als Anliegen formulierte, wäre es anmaßend, sie nun in diese Richtung zu lenken – zumal ich ja selbst nur exploriere. Was ich aber höre und ihr direkt zur Verfügung stelle, ist der Schmerz, den sie seit jeher zu vermeiden versucht.

»Es tut so weh! Liebe tut mal wieder weh.«

»Ja!«

Ich nicke und bin froh, dass sie meinen wirren Wortschwall unterbricht und mir dadurch ermöglicht, einfach nur zu fühlen, ohne meine Gefühle legitimieren oder erklären zu müssen,. Letzteres ist so anstrengend, insbesondere, wenn man sich selbst nicht versteht. Wir schweigen, ich weine, betrachte die Bilder, die mir in den Sinn kommen, von Sebastian und mir, und lasse sie weiterziehen. Langsam habe ich mich etwas beruhigt, ich ziehe ein Taschentuch aus der Box vor mir, wische die Tränen ab und putze mir die Nase.

»Was genau tut denn so weh? Er hat dir ja signalisiert, dass er dich zurückwill?!«, fragt Jenni nun, sehr bedacht. Erst da wird mir bewusst, dass sie nicht weiß, was überhaupt passiert ist. Ich atme tief ein und überlege, was relevant ist, ich bin ein bisschen genervt von mir selbst. »Du musst es mir nicht erzählen, wenn du nicht möchtest, Marina.« Sie deutet mein Schweigen anders, als es gemeint ist.

»Ich … Ich mag das nicht noch mal aufwärmen.« Direkt überkommt mich Scham. Ich habe das Gefühl, etwas falsch zu machen, denn womit soll Jenni nun arbeiten? Verrückt, dass ich mir in meiner eigenen Sitzung Sorgen darüber mache, dass sie ihren Job nicht machen kann. Dann muss ich kurz lachen, über meine Gedanken. Jenni kneift die Augen zusammen, fragt aber nicht nach. »Ich dachte gerade, wenn ich es nicht erzähle, können wir nicht damit arbeiten, und du kannst dann ja auch nichts machen …«

Sie lacht nun auch. »Und du musstest selbst darüber schmunzeln, dass du mir gegenüber ein schlechtes Gewissen hast?« Ich nicke und freue mich, dass mein Gedanke anscheinend gar nicht so abstrus ist, wie ich dachte. »Ich kann da sein und dir Raum geben. Wie du ihn füllst, ist dir überlassen«, sagt sie liebevoll.

Ihre Antwort hilft mir irgendwie und bestärkt mich, das Ganze nun doch kurz abzuhandeln. Ich richte mich etwas auf und greife zur Kaffeetasse. »Er hat eine zufällige Begegnung eingefädelt und mir dann geschrieben und gesagt, dass er es gerne noch mal probieren möchte, mich vermisst. Wir haben uns getroffen, und dabei merkte ich plötzlich, wie verletzt und wütend ich noch immer bin. Und habe das auch thematisiert. Es fühlte sich so an, als wollte ich prüfen, ob er es ernst meint und ob er es aushält. Also, ob er meine Wut und meine Forderungen aushält. Das tat er zwar, aber ich merkte auch, dass ich einfach mehr brauche als eine Umarmung, irgendwie … Beweise. Er war zunächst etwas überfordert und fragte mach konkreten Handlungen. Das hat mich wieder genervt und gleichzeitig wollte ich, dass es klappt. Also habe ich ihm Beispiele genannt, wie er mich erobern kann, um mir zu zeigen, dass er nicht aufgibt, wenn ich nicht sofort darauf anspringe. Er hat es direkt umgesetzt, hat mir Blumen gekauft, zum Einpflanzen, und mir im Vorgarten geholfen. Und dabei klingelte sein Telefon und ich hab ihn mehr oder weniger bei einer Lüge ertappt. Irgendeine Tinderbekanntschaft rief an, und er wollte mir weismachen, es sei 'ne gute Freundin. Ich bin ausgerastet und tadaaa, statt die Verantwortung zu übernehmen, sah er sich als Opfer und warf mir vor, ich würde gar nicht wollen, dass es noch mal klappt.«

Ich mache eine Pause und merke, wie wieder diese Wut in mir hochsteigt. Wut darüber, nicht verstanden zu werden, darüber, dass er mir etwas unterstellt und nur sein Leid sieht.

Jenni schaut mich an. »Das hat dich enttäuscht!« Sie macht eine Pause, fragt dann: »Und vermutlich auch frustriert?«

»Ja! Ich mag nicht, wie er mich sieht. Als würde er mir einen Spiegel vorhalten wollen, der total verzerrt ist und in dem ich eine hysterische und verbitterte Frau bin!«, sage ich, etwas zu laut, wie mir bewusst wird.

Jenni stellt mir eine Erklärung zur Verfügung. »Und das wiederum macht dich wütend, weil du dich selbst eben nicht mehr so siehst und es dich daran erinnert, wie du dich selbst mal gesehen hast?«

Ich fühle mich auf eine kuriose Art sehr erleichtert, denn sie trifft damit voll ins Schwarze. Ich nicke. »Ja! Ja, ganz genau, ich sehe mich so nicht mehr, ich bin so nicht mehr, aber ich war mal so, weil ich wirklich oft projiziert habe und getriggert wurde. Ich habe mittlerweile verstanden, warum, und habe mir verziehen. Und jetzt ist da dieser Mann, für den ich offenbar noch Gefühle habe, und ich würde mein Bild so gerne korrigieren, aber es fühlt sich an, als wäre das unmöglich. Als würde er mich in meine alte Rolle zurückdrängen wollen, und das ist einfach ungerecht!«, erkläre ich mehr mir selbst als ihr.

»Und daher auch die Analogie zum Kryptonit.«

Ich nicke und ein Lächeln huscht über mein Gesicht. »Jedenfalls«, fahre ich nun mit der eigentlichen Geschichte fort, »ist er dann wütend gefahren und schrieb mir vergangenes Wochenende, dass er gerne mit mir ans Meer fahren würde. Allein dieser Vorschlag hat mir Sicherheit gegeben, und, na ja, jetzt, wenn ich so drüber nachdenke, bin ich wohl doch zurück in die alte Rolle, in der ich so viel mehr Verständnis für andere hatte als für mich selbst!« Das laut auszusprechen macht mich traurig, meine Nase kribbelt und mein Kopf wird heiß, ich weine.

»Du bist enttäuscht von dir selbst, weil du dir Unrecht getan hast?« Jenni beugt sich in meine Richtung.

»Ich … Ich bin einfach unsicher. Denn mir ist irgendwie klar geworden, dass er auch Themen hat. Ich habe darüber nachgedacht, wie viel Raum er bekommen hat, in unserer Beziehung, und dass er vielleicht auch noch heilen muss oder heilen darf«, sage ich leise und schüttele mit dem Kopf, als wollte ich signalisieren, wie verwirrt ich gerade bin.

»Du fragst dich, ob du nicht ausreichend für ihn da warst und siehst nun noch mal ganz neue Anteile, wenn du auf eure Beziehung blickst. Dabei wird dir bewusst, dass du vielleicht gar nicht so fürsorglich und liebevoll warst und bist, wie du es gerne wärst? Ist es das, was dich so verwirrt?«

»Ja, ich würde das gerne korrigieren.«

Jenni atmet einmal tief ein und sagt dann zaghaft: »Für ihn oder für dich?«

Autsch. Die Frage tut weh. Plötzlich fühle ich mich wie versteinert, ein großer Druck breitet sich auf meiner Brust aus, das Atmen fällt mir schwer. »Wie meinst du das?«, frage ich harsch und ergänze dann, fast vorwurfsvoll: »Glaubst du, ich mache das aus rein egoistischen Gründen? Das es mir gar nicht um ihn geht, sondern um mich? Und darum, wie er mich sieht?«

Ich bin irritiert davon, wie angegriffen sie sich fühlt, das kenne ich sonst nur aus Paarsitzungen, wenn ich zwar jeweils für Einen da bin, aber auch immer den Anderen im Blick haben muss. Ich bin eben keine Anwältin oder Schiedsrichterin, sondern eine Übersetzerin. Hier kann es schon mal passieren, dass sich Einer angegriffen fühlt, während ich mich gerade dem Anderen zuwende und beim Verstehen, Gefühle ausspreche, die der Andere bisher nicht gehört hat und als Vorwurf wahrnimmt. Meine Frage diente jedoch nicht der Lenkung, ich wollte ihr damit keinen Vorwurf machen, im Gegenteil, ich meinte es interessiert, neugierig, und in beiden Fällen wäre es etwas Gutes, wenn sie sich entweder für sich einsetzen möchte oder aber indirekt für sich, um an diese Beziehung anknüpfen zu können. Also frage ich nach.

»Was macht dich gerade so wütend?« Jenni schaut mich neugierig an, ohne mich abzuwerten oder sich angegriffen zu fühlen. Zumindest wirkt es so.

»Keine Ahnung, ich will nicht egoistisch sein, und das klang gerade so, als sei ich es!« Ich verschränke meine Arme und lehne mich zurück.

Sie nickt, dann schaut sie kurz zur Seite und überlegt. »Hast du Angst davor, egoistisch zu sein oder werden zu können?«

Diese Frage entspannt meine verschränkten Arme direkt etwas, ich nicke. »Ja, ich habe Sorge, dass ich zu sehr um mich kreise und es fühlt sich an wie ein schmaler Grat zwischen ›Was darf ich für mich beanspruchen?‹, ›Wodurch sorge ich für mich?‹ und ›Wann ist es zu viel?‹. Als wir am Meer waren, hatte ich das Gefühl, dass das, was ich verlange, zu viel ist. Wieder haben wir uns gestritten, also, Sebastian und ich, wir sind direkt gefahren, und als ich dann zu Hause war, dachte ich, dass ich vielleicht wirklich zu viel will.«

»Und das triggert natürlich die alten Themen, die Angst davor, eine Belastung zu sein, zu viel zu sein und selbst nicht zu reichen«, sagt Jenni verständnisvoll.

Ich nicke und schaue zu Boden, dann blicke ich sie an und frage leise: »Will ich zu viel?«

Sie lächelt und schüttelt mit dem Kopf. »Du bist der Maßstab und eben nicht die Anderen. Vielleicht willst du zu viel, in Sebastians Welt, vielleicht kann er dir das nicht geben oder er will es dir nicht geben, warum auch immer. Du kannst entweder versuchen, es dennoch zu bekommen, das ist okay, solange es dir damit gut geht.« Sie lacht und zwinkert. »Wir dürfen uns ja auch mal anstrengen!« Dann wird sie wieder ernster. »Du kannst auch prüfen, ob du mit weniger zufrieden wärst. Und vielleicht sind beides keine Optionen, vielleicht geht es dir damit nicht gut, weil es mehr Kraft kostet, als es dir nutzt, weil du dich selbst verlierst. Dann hilft die Akzeptanz, also das Annehmen, dass Sebastian dir das, was du möchtest und brauchst, nicht geben kann. Wenn es dir gelingt, diese schmerzhafte Realität zu sehen, kannst du ihn loslassen, weil du dir dann eingestehst, dass du in ihm wirklich etwas oder jemand Anderen siehst als ihn. Der Verlust wird dadurch kleiner, weil du nicht ›den für dich perfekten‹ Mann verlierst, sondern einen Mann, der dir ohnehin nicht das geben konnte, worauf du nicht verzichten willst.«

Ich nicke und lasse diese drei Optionen wirken. Als ich meine Gedanken etwas geordnet habe, sage ich: »Ich habe die ersten beiden Optionen ausprobiert und damit geht es mir nicht gut. Aber … Ich will ihn nicht loslassen!«

»Willst du **ihn** nicht loslassen? Oder die Hoffnung, wie es wäre, wenn er dir geben könnte, wonach du dich sehnst?«

Ich bin irritiert und verstehe nicht. »Wo ist der Unterschied?«, frage ich und zucke dabei mit den Schultern.

»Die Illusion ist nicht real. Das, was real ist, sind eure Begegnungen, seine Aussagen, deine Gefühle.«

»Ja, das ist mir schon klar, aber vielleicht braucht er einfach noch Zeit, und wer weiß, wie sehr ich ihn vielleicht verletzt habe. Ich habe ihm ja damals auch ein bisschen was vorgemacht, indem ich mich nicht so gezeigt habe, wie ich wirklich war, und vielleicht geht oder ging es ihm bei mir ähnlich.

Ich bin einfach nicht bereit, ihn loszulassen, ich …« Ich breche ab, ich fühle mich nicht verstanden und habe das Gefühl, mich dafür rechtfertigen zu müssen, warum ich ihn nicht aufgeben möchte.

»Du wünschst dir, dass du nicht wieder ausgeliefert bist, sondern etwas tun kannst«, sagt Jenni zaghaft.

»Ja! Ich hätte mir damals so sehr gewünscht, gesehen zu werden, ich hätte mir gewünscht, Menschen hätten meiner Fassade nicht geglaubt, ich hätte mir einfach gewünscht, dass jemand die kleine Marina sieht, ohne dass ich meine Angst und Scham hätte überwinden müssen … Aber ich wurde nicht gesehen!«

Jenni richtet sich auf, als habe sie gerade etwas Neues gehört, das ihr so bisher nicht in den Sinn gekommen ist. »Er erinnert dich an dich selbst?«

Ich schüttele mit dem Kopf: »Nee, aber an meine Not.«

Jenni nickt und presst dabei die Lippen aufeinander. »Du möchtest nicht mehr ausgeliefert sein, nicht mehr leiden, und nach Möglichkeit soll auch niemand Anderes leiden. Es tut noch immer weh, die Erinnerung an die Enttäuschung, oder?«

Ich schluchze auf. »Ja!«

Jenni presst die Lippen zusammen: »Marina, wir sind langsam am Ende unserer Sitzung. Möchtest du einen neuen Termin vereinbaren?«

Kein Wunder, dass mein Kopf so schwer ist, ich habe gar nicht auf die Zeit geachtet. Ich nicke, und dann fällt mir ein, dass wir noch den Termin vom vergangenen Mal haben. »Wir haben ja schon einen, in vier Wochen, glaub ich!«

»Ach ja!« Jenni lächelt, klappt ihren Terminkalender wieder zu. Ich bezahle die Sitzung, wir verabschieden uns.

Als Marina die Praxis verlässt, frage ich mich, ob ich vielleicht zu weit gegangen bin. Ich denke zurück an den Knoten, den ich hatte, als wir in der Weiterbildung darüber diskutiert haben, wann und ob es okay ist, Aspekte anzusprechen, die nicht unmittelbar von der Person gegenüber stammen. Und inwiefern wir dann vielleicht doch die Richtung vorgeben, das Steuer übernehmen und uns kurzfristig über diese Person stellen.

Meine Kursleiterin verstand zunächst nicht, was ich meinte, denn ich hinterfragte es damals sehr vehement und sie wirkte doch recht irritiert von meiner starken Emotion, die meiner eigenen Erfahrung geschuldet war. Der Erfahrung, dass Menschen mir hatten erklären wollen, was ich falsch gemacht habe oder wie mein Leben funktioniere und wie sehr ich selbst schuld sei, wenn ich mich so oder so verhalte. Damals faszinierte es mich, wie ruhig sie blieb, obwohl ich sie und ihren Umgang mit der Personzentrierten Haltung infrage stellte, was nicht meine Absicht war, im Gegenteil: Ich wollte verstehen.

Die anderen TeilnehmerInnen verstanden es sehr wohl als Kritik, wurden sehr leise und waren gespannt, was nun passieren würde. Meine Kursleiterin selbst wandte sich mir liebevoll zu und fragte, woher meine Wut rühre. Ich erklärte es ihr und verstand mich dadurch selbst etwas besser. Und als auch sie meine Sorge verstand, sagte sie: »Jenni, es ist ja so, dass wir versuchen, genau zuzuhören. Dazu gehört es auch, zwischen den Zeilen zu lesen und durchaus unser Wissen, vor allem aber unsere Erfahrungen mit einfließen zu lassen. Du darfst deine Offenheit und Neugierde nicht vergessen, deine Akzeptanz, und dennoch bedarf es zusätzlich der Kongruenz. Wenn du also hörst oder wahrnimmst oder siehst, wie jemand ins Verderben rennt, dann macht das was mit dir, und das gilt es, zur Verfügung zu stellen. Das ist manchmal ganz schön hart, konfrontativ, aber es ist ein Angebot und keine Feststellung. Manchmal ist uns selbst etwas noch nicht vollends bewusst, sondern eher am Rande der Gewahrwerdung. Es kann also passieren, dass du etwas siehst und hörst, was dem Anderen noch nicht bewusst ist und du somit hilfst, es ins Bewusstsein zu holen. Behutsam konfrontativ sozusagen. Und falls du falsch liegst, dann vertraue darauf, dass dein Gegenüber dich korrigiert, vielleicht liegst du ja in der Tat daneben. Und manchmal wehrt sich jemand, weil er noch nicht so weit ist, selbst wenn du richtig liegst. Auch das gilt es, zu akzeptieren. Und manchmal liegst du schlichtweg daneben, weil du ja immer auch mit dir selbst und deinem Wissen und deinen Gedanken arbeitest, um die Welt des Anderen zu verstehen.«

Während ich die Tassen spüle, überlege ich, wie ich die heutige Sitzung einordnen kann. Marina wirkte so aufgewühlt und verzweifelt, sie sprach selbst an, dass sie das Gefühl habe, sich erneut zu verlieren. Und dass sie Sebastian liebe. Bei ihr ging beides immer Hand in Hand. Ich frage mich, ob sie Sebastian will oder lediglich das Gefühl dieser Sicherheit und Anstrengung zugleich.

Ich habe die Sorge, dass sie Selbstakzeptanz und Akzeptanz verwechselt. Dass sie bei Sebastian versucht, das anzuwenden, was sie sich selbst ermöglicht hat. Mit dem Unterschied, dass sie bei sich selbst durch das Verstehen Einfluss auf Veränderung hat, oder besser formuliert, sich verändert. Nicht jedoch bei ihm. Bei ihm wird es durch das Verstehen nicht zur Veränderung seinerseits kommen, sondern das Verstehen ermöglicht ihr die Akzeptanz. Hierfür jedoch benötigt sie den Austausch mit Sebastian, statt die »Blind Spots« selbst zu füllen. Letzteres führt dazu, dass sie aushält und erträgt, sich ihm wieder anpasst, sich ihn schönredet. Eigentlich hatte ich das Gefühl, dass ihr genau das bewusst geworden wäre, dennoch will sie festhalten und sie weiß nicht mal genau, warum. Ich denke an ihr Buch. »Das Herz denkt nicht, es fühlt«, ein so passender Titel. Falls sie eine Fortsetzung schreibt, sollte sie diese »Wenn das Herz denkt« nennen. Ich schmunzele über diesen Gedanken. Ja, wenn das Herz denkt, dann wollen wir hoffen, dann halten wir, entgegen jeder Rationalität, an einer Illusion fest, die uns guttut. Wir halten aus. Und vielleicht gibt ihr diese Illusion gerade Halt oder weist ihr eine Richtung. Die Illusion, dass sie nun alles schaffen *kann, wenn sie sich nur genug anstrengt. Warum auch immer Marina gerade daran festhält, es hat einen Grund und vielleicht erfahre ich den beim nächsten Mal.*

Auf dem Weg zum Auto ordne ich meine Gedanken. Puh. So richtig klar sehe ich noch nicht. Für die Frage, was ich heute mitnehme, blieb keine Zeit mehr, und jetzt fehlt mir die Ruhe. Ich ziehe mein Smartphone aus der Tasche. Eine Nachricht von Stefan.

> Ich fühl mich zwar total doof, aber irgendwie habe ich jetzt Angst, was zu schreiben. Vorher ging es darum, mich mit dir treffen zu dürfen, und jetzt kann ich ja nur verlieren, wenn ich was schreibe, was womöglich zu 'nem Rückzieher führt.

Ich muss lachen. Sofort fühle ich mich leicht, seine Aufrichtigkeit ist erfrischend.

> Gar nicht doof. Hatte schon Sorge, du machst jetzt 'nen Rückzieher, weil du mich so schnell rumgekriegt hast ;)

> Ich hab dich rumgekriegt?
> Soso.

»Ach, Marina«, denke ich, »schön, wie du Anderen zum Teil sexuelle Anspielungen unterstellst, wo nicht mal welche sind, und sie verurteilst, und bei dir selbst fällt es dir so gar nicht auf.« Ich lache.

> Ich meinte, bezogen auf ein Treffen.

Ach so. Dann verzeih meine unangemessene Antwort, vielleicht wollte ich es auch falsch verstehen. Ehrlich gesagt, hab ich Frauen schon schneller für ein Date begeistern können ;)

Wie höflich, der Herr. Ich nehme die Entschuldigung an und gleichzeitig ist mein Ehrgeiz geweckt: Sollen wir das Date vorziehen? Auf heute? Wenn ich dann dein schnellstes Date nach dem Match wäre, könnte ich zumindest einen Erfolg feiern, auch wenn unser Treffen ein Reinfall wäre.

Unmittelbar nach dem Senden breitet sich ein mulmiges Gefühl aus. Überrumpele ich ihn damit vielleicht? Doch dann erinnere ich mich an mein Training, mein Vorhaben, einerseits so zu sein, wie ich eben bin, und andererseits zu vertrauen, mit dem Gedanken: Was soll schon passieren? Im schlimmsten Fall, fühlt er sich überrumpelt und sagt Nein, ja und?

Mal sehen. Ich habe Zeit. Wenn es gut läuft, sehen wir uns übermorgen wieder – ohne dass einer mutig genug sein muss, explizit danach zu fragen. Ich sehe ausschließlich Vorteile. 18 Uhr und Picknick im Bornekamp?

Ich grinse und bin überrascht von der Zusage. Insbesondere von der Tatsache, dass er auch hier ziemlich ehrlich ist und durchaus die heikle Wiedersehensthematik anspricht. Es klingt verrückt, aber seine vermeintlich »doofen Gedanken« oder »Unsicherheiten« sorgen eher dafür, dass ich ihn als sehr selbstbewusst und selbstsicher wahrnehme. Logisch, selbstbewusst bedeutet eben nicht, dass man megakrass von sich überzeugt ist, sondern schlichtweg, sich seiner selbst, mit allem, was dazugehört, bewusst zu sein. Ähnlich ist es wohl auch mit der Selbstliebe: Es geht nicht darum, alles zu lieben, im Sinne von »gut finden«, vielmehr geht es darum, alles zu akzeptieren, auch die Dinge, die man nicht gut findet. Und plötzlich bekomme ich ein Gespür dafür, was Jenni meint mit der Aussage, dass Liebe Akzeptanz sei.

> Klingt gut, Decke hab ich, Baguette, Trauben und Käse kaufen wir auf dem Weg? Und statt passendem Wein gibt's Dosenbier? Weil wir ja beide nicht mit allzu viel ökonomischem Kapital gesegnet sind?

> Wobei Bier ja auch für 'nen Mangel an kulturellem Kapital steht.

> Ja! Aber das gleichen wir durchs Picknick aus.

> Stimmt! Ich bin allerdings unsicher, wie gut ich es finde, dass du intelligenter bist als ich.

Ich lache. Letztendlich hat es weniger mit Intelligenz zu tun, vielmehr mit Bildung, und diese habe ich letztendlich nur, weil ich damals verlassen wurde und durch die Not mit dem Studium begonnen habe. Dennoch will ich es nicht kleinreden, sondern genieße das Bild, das er von mir hat.

> Das macht die Sache direkt noch spannender … Ui, jetzt bin ich doch aufgeregt. Bis später.

Ich starte den Motor und sehe, dass es bereits dreizehn Minuten nach fünf ist. O Mann! Ich fahre rasch nach Hause, dusche und stelle fest, dass keine Zeit zum Föhnen bleibt. Also Dutt, da muss er durch. Ich ziehe meine dünne Haremshose mit Gummizug und ein schwarzes Tanktop an, dann stecke ich Schlüssel, etwas Bargeld und mein Handy ein. Während ich an der Straße stehe, erkläre ich Linda in einer Sprachnachricht, warum die Insel heute ausfällt. Ihr Smartphone hat das Klo-Fiasko überlebt und funktioniert wieder. Sie ruft direkt per Video an.

»Ich wollte nur prüfen, wie du aussiehst! HAMMER! Ich wünsche dir ganz, ganz viel Spaß! Vielleicht komm ich zufällig mit Sam und Marie vorbei.«

Ich lache. »Bitte nicht!«

Sie zieht die Schultern und ihre Augenbrauen hoch, so nach dem Motto »Mal sehen!«, und legt auf.

»Wer war das denn?«, höre ich plötzlich einen Typ auf der anderen Straßenseite rufen. Ich blicke in die Richtung, Stefan. Er ist viel kleiner als erwartet, genauso groß wie ich, stimmt, ich hatte ihn gar nicht nach seiner Größe gefragt. Er überquert die Straße, er trägt ein T-Shirt mit einer Grafik, die mir zwar bekannt vorkommt, aber die ich keiner Marke zuordnen kann, eine enge Cargohose und Vans. Ein Surfertyp/Sunnyboy, genau die Art Mann, die ich früher als »meinen Typ« deklariert habe. Ob er unter seinem Basecap sein lichter werdendes blondes Haar versteckt? Auf den Fotos war es dicht und strubbelig. Sein Grinsen, seine Ausstrahlung, er wirkt so offen und so gut, so … Mir fällt kein Wort ein. Jedenfalls nicht wie ein Bad Boy, der Frauen rumkriegen will, um sein Ego aufzupolieren, und geplagt wird von Bindungsängsten. Spannend, meine Gedanken.

Nun steht er vor mir und fragt lachend: »Dein letztes Date? So, wie du gestrahlt hast, sollte ich mich ganz schön ins Zeug legen?«

Es imponiert mir, dass er das so locker ausspricht, und ich lache. »Das war Linda! Meine Freundin, ihr wirst du ohnehin nicht das Wasser reichen können!« Ich zwinkere ihm zu.

»Ja, würde sie ja eh nicht trinken, ihr seid ja eher so die Fancy-Drink-Frauen.«

Letzteres wirkt etwas unbeholfen. Vermutlich ist er sich unsicher, ob er es sich richtig gemerkt hat. Hat er aber, und der Konter war gut, also breche ich den Schlagabtausch hier ab und überlasse ihm den Sieg.

»Touché!«

»Netter Acker, was baust du an? Mais?«, fragt er ernsthaft, während er an mir vorbei auf meinen Vorgarten schaut.

Wieder muss ich lachen und überlege, ob ich ihm von dem verwurzelten Boden berichten soll. Aber ich verwerfe die Rechtfertigung und sage schulterzuckend: »Ich mag halt Popcorn!«

Er reißt seine Augen auf. »Ich liiiiebe Popcorn!« Dann fragt er erwartungsvoll: »Süß oder salzig?«

Ich grinse. »Beides!«

»It's a match!« Er strahlt. »Endlich muss ich mich im Kino nicht mehr entscheiden!«

»Stimmt! Voll praktisch!« Betont nüchtern frage ich dann: »Warum weniger, wenn man alles haben kann?« Ich zucke mit den Schultern.

Er mustert mich, kneift seine Augen zusammen, als überlegte er, wie ernst ich das meine. »Ist das dein Lebensmotto?«

Ich schaue kurz zur Seite in die Ferne, dann nicke ich zaghaft und wende mich ihm zu. »Irgendwie schon.«

Er nickt nun auch und fragt nachdenklich: »Was bedeutet denn ›alles‹?«

»Ich würde weniger ›alles‹ betonen, mehr ›warum weniger?‹. Also, es geht mir nicht um Masse, vielmehr darum, Stillstand vorzubeugen.« Dann erst überlege ich, warum ich Angst vor Stillstand habe, warum ich selbst für diese ganzen Handlungsstränge sorge, immer in Bewegung. Pausen fallen mir immer noch schwer, Geduld habe ich nicht. Bevor ich nichts mache, mache ich lieber irgendwas, und in meinem ersten Roman habe ich von der Sehnsucht, endlich anzukommen, erzählt. Und dann?

Während ich in meinen Gedanken versunken bin, bemerke ich erst nicht, wie sehr ihn diese Aussage anscheinend auch beschäftigt. Langsam kehre ich ins Jetzt zurück. Stefan schaut an mir vorbei, ohne etwas mit seinem Blick zu fixieren. Er wirkt melancholisch und merkt wohl, dass ich ihn beobachte. Dann wendet er sich mir wieder zu.

»Tut mir leid, ich … Ich kenne diese Angst vor Stillstand nur zu gut, allerdings habe ich ihr nie etwas Positives abgewinnen können. Im Gegenteil, sie hat dafür gesorgt und tut es noch immer, dass ich nie etwas wirklich lange genießen konnte und kann. Etwas, das mich sehr ärgert und was schon viel zu oft dafür gesorgt hat, dass ich Gutes verlassen habe, kaputt gemacht habe und mich frage, warum ich nie zufrieden bin.« Er senkt seinen Blick. »Weder mit mir selbst noch mit meinem Leben«.

Ich schlucke. Sämtliche Alarmglocken schrillen: Er hat Bindungsangst! Er wird mich verlassen! Er sucht nur den schnellen Rausch! Er bringt Schwere und Probleme mit sich!

Noch vor zwei oder drei Jahren, da bin ich mir sicher, hätte genau das meinen Ehrgeiz geweckt, ich hätte den Drang verspürt, ihm zu geben, wonach er sucht. Die Frau zu werden, die sein dauerhaftes Highlight ist, damit ich endlich mal das Gefühl habe, genug zu sein. Wenn er mich will und bei mir bleibt, könnte ich mich endlich wertvoll fühlen. Aber das sind nicht mehr die Gedanken und Gefühle, die ich heute, jetzt, hier verspüre.

Ich ordne die Alarmglocken ein, es sind Ängste meiner bedürftigen Anteile, aber sie sind einseitig und irrational – dennoch gute Warnsignale, damit ich ihm nicht unmittelbar verfalle, wie fast geschehen. Eine Übung von Lieblingssternenstaub: Sie redet von dem Ego, das uns schützt, indem es bewertet und Annahmen ableitet, um uns vorzubereiten auf das, was kommen könnte. Manchmal sorgt es auch dafür, dass wir uns selbst kleinhalten, abwerten, um Enttäuschungen und Abwertungen Anderer vorzubeugen. Wenn wir dem Ego ausgeliefert sind, kommt es entweder zur Lähmung oder zur Eskalation. Es zu verdammen, weil wir unter ihm leiden, sorgt dafür, dass es noch lauter und hässlicher wird. Der einzige Weg, die Kontrolle zu erlangen, ist, es anzunehmen, an die Hand zu nehmen, zuzuhören, dann selbst zu reflektieren und ihm bewusst zu folgen (Danke für den Hinweis, liebes Ego!) oder es zu beruhigen (Ich verstehe deine Sorge, aber sie stammt aus einer anderen Zeit, in der es wichtig war, sich so oder so zu verhalten, weil es da keine Alternative gab.).

Ich erlange die Kontrolle wieder, nach der kurzen Schockstarre, ausgelöst durch den schrillen Alarmton der angsteinflößenden Gedanken. »Das klingt ganz schön anstrengend«, sage ich mitfühlend und nicht abwertend.

Stefan seufzt und lächelt mich an. »Ja. Umso beneidenswerter, dass es dir damit anders geht?!«

Ich grinse und kneife meine Augen leicht zusammen, dann spreche ich, während ich denke, und bin selbst gespannt auf meine Antwort. »Ich glaube, der Unterschied ist eher der, dass ich, mittlerweile, sehr zufrieden mit mir bin und mich viel mehr akzeptiere, mit all den Schwächen, Makeln, Handlungen und Erfahrungen, die nicht nur schön sind. Zu lange habe ich mich mit weniger zufriedengegeben, als ich brauchte und wollte, um endlich von außen das Gefühl vermittelt zu bekommen, ›gut genug‹ zu sein, wichtig, wertvoll. Und dafür habe ich einen hohen Preis bezahlt, weil ich das, was wirklich wichtig ist, mich selbst, vernachlässigt habe. Und jetzt will ich mich nicht mehr mit weniger zufrieden geben, jetzt möchte ich meine Bedürfnisse stillen,

Ziele erreichen, mir meine Träume erfüllen, das bin ich mir schuldig. Und dennoch bin ich zufrieden. Zufrieden mit mir selbst. Ich strebe nach Wachstum, früher war es eher ›Überleben‹, vielleicht blieb der Satz, ›Warum weniger, wenn man alles haben kann?!‹ gleich, bekam aber im Laufe der Jahre eine andere Bedeutung.«

Ganz schön großkotzig, denke ich und schäme mich direkt. Vielleicht, weil ich wünschte, dass es so wäre, aber ich davon ja noch weit entfernt bin? Oder stimmt es sogar, aber es ist ungewohnt, so darüber zu reden, weil es eingebildet klingt? Arrogant? Herablassend, zumal er ja gerade vom Gegenteil gesprochen hat? Und ich habe ihn damit voll abgewertet, indem ich mich über ihn gestellt habe, als hätte ich solche Probleme nicht. O Mann, je länger ich darüber nachdenke, desto unwohler fühle ich mich.

Stefan scheint sich jedoch nicht abgewertet zu fühlen, er nickt nachdenklich und schaut wieder an mir vorbei, bevor er grinst. »Ich sag's ja, bewundernswert! So! Edeka?«

Ich lache erleichtert auf. »Ja, wird sonst eher zur Selbsthilfegruppe, unser Date!«

Er zwinkert mir zu, bevor wir die Straße zum Edeka hochgehen. »Das klingt doch nach nem guten Plan B! Übrigens, weiße oder rote Trauben?«

»Rote! Zwiebel oder normales Baguette?«

»Kommt auf den Käse an!«

»Gouda?«, frage ich vorsichtig, denn ich mag ehrlich gesagt keinen anderen.

Stefan lacht. »Gott, bin ich froh, dass du kein Käsegourmet bist und irgend 'nen stinkenden Bergkäse oder verschimmelten Biomüll vorgeschlagen hast!«

Ich lache ebenfalls und freue mich über die Leichtigkeit. Im Edeka angekommen greift er nach ein paar Trauben, wir gehen weiter zur Käsetheke.

»Scheiben oder am Stück?«, fragt er.

»Mist! Ich habe sowohl ein Messer als auch die Decke vergessen!«, sage ich erschrocken.

Stefan greift zum eingepackten jungen Gouda in Scheiben. »Brauchen wir denn 'ne Decke?« Ich grinse ihn dankbar an und schüttele mit dem Kopf. »Na, dann fehlt uns lediglich das Bier!«

Ich nicke und gehe vor in die Getränkeabteilung. Als wir vor dem Regal stehen, greife ich zum Grevensteiner.

»So, ich empfehle dieses naturtrübe Landbier, fruchtig und süffig, voll im Geschmack, etwas stärker als Pils!«

»Du überraschst mich, ich dachte, du trinkst Beck's Gold oder Astra.« Er schaut mich voller Anerkennung an.

»Weil das alle Frauen trinken?« Ich grinse, doch dann überkommt mich wieder dieser Gedanke der Misogynie, die Abwertung von Frauen, und ich erschrecke, wie sehr ich selbst noch daran festhalte, dass Frauen das schwache Geschlecht sind, deswegen kein starkes Bier mögen und ich ja Gott sei Dank nicht zu dieser schwachen Masse dazugehöre. Mir wird fast übel, ich lasse mir nichts anmerken, sollte mir dieses Thema aber definitiv noch mal genauer anschauen. Davon ab, ich mag Beck's Gold und Astra und habe diesen Funfact lediglich von den Männern übernommen, die mich dafür abgewertet haben, dass ich ein »Frauenbier« trinke – ohne es jemals tiefergehend zu hinterfragen. So wird das nie was mit dem Weltfrieden.

Er versteht den Wink und hebt entschuldigend seine Hände. »Sorry, ich folge der Tagesempfehlung!«

Ich hole zwei weitere Dosen aus dem Regal und wir gehen zur Kasse, wo der Edekamann sitzt. Ich muss schmunzeln und denke an unsere letzte Begegnung. Als er mich sieht, lächelt er mich an und pausiert kurz in der Bewegung, die Ware der Kundin vor uns zu scannen. Ich bin froh, dass Stefan hinter mir steht und ich so nicht mitbekomme, ob ihm auffällt, dass der Edekamann mich meint. Ich lächele höflich zurück, noch während er kassiert, schaut er mich an. »Dein Neuer?« Er nickt in Stefans Richtung.

WTF! Damit habe ich nun wirklich nicht gerechnet. Zum Glück wendet er sich direkt danach der aktuellen Kundin zu, um ihr das Wechselgeld auszuhändigen. Ich nutze den Moment, um mich zu Stefan umzudrehen.

Er schaut mich fragend und etwas belustigt an. »Und? Was sagst du jetzt?«

Ich lache. »Na, du bist ja jetzt keine große Hilfe!« Dann drehe ich mich wieder von ihm weg.

Nachdem der Edekamann die Trauben auf die Kassenwaage gelegt hat, fragt er: »Und?«

»Ähm…« Was soll ich ihm sagen, es geht ihn doch nichts an! Und sage dann genau das, aber freundlich und nicht so garstig wie eben noch gedacht, danach lächele ich höflich.

Er nickt zustimmend. »Noch nicht«, sagt er unbeirrt, dann scannt er die Dosen. »Sieht nach 'nem guten Date aus, schade, dass ich arbeiten muss.«

Er wirkt dabei nicht arrogant oder selbstgefällig, im Gegenteil, und doch strahlt er eine beneidenswerte Ruhe und Zuversicht aus. Dann blickt er zu Stefan.

»Hey! Alles gut? Tinder?« Ich schaue Stefan an, er erstarrt zur Salzsäule, er schaut den Edekamann mit großen Augen an, aber sagt nichts. »Sorry, Mann! Wollte dich nicht verunsichern. Ruinier's nicht! Das hat sie nicht verdient.«

Damit erlöst er Stefan von einer Antwort. Er schaut auf das Display der Kasse und dann zwischen Stefan und mir hin und her. »Elf sechsunddreißig. Da die Frau weiß, was sie will, denke ich, es ist ihr wichtig, zu bezahlen. Euch fehlt noch was Sättigendes, vielleicht kaufst du schon mal ein paar Brötchen?«

Stefan wirkt immer noch erschrocken und verunsichert. Der Edekamann schaut mich an.

»Hey, ich sorge nur für Gesprächsstoff, elf sechsunddreißig.«

Ich bin so perplex, dass ich nichts sagen kann, sondern einfach nur kopfschüttelnd und nicht mehr freundlich mit Karte bezahle, mich unmittelbar umdrehe und Richtung Bäcker laufe. Stefan folgt mir. Ich bestelle ein Baguette, bezahle auch das und bin froh, als wir den Edeka verlassen. »Sorry!«, sage ich und schüttele meinen Kopf.

»Kennst du ihn?«, fragt Stefan vorsichtig. Es klingt fast so, als habe er Angst vor der Antwort.

Ich muss lachen. »Nein! Gar nicht! Er hat kürzlich schon mal ein Gespräch angefangen, das war auch schon so verrückt!« Die Anspannung sowie mein Schuldgefühl fallen von mir ab, denn nein, ich kenne ihn nicht. Warum also fühle ich mich verantwortlich?

Stefan lacht nun auch erleichtert auf. »Was für ein kranker Freak!« Sein Kopfschütteln unterstreicht damit seine Fassungslosigkeit.

Und plötzlich fühle ich einen kleinen Stich. Einen Dämpfer. Ist es mein Ego, das ihn gerade erneut versucht, abzuwerten? Wie hilflos er da gerade an der Kasse war, und wie er den Edekamann nun so abwertet … Ja, er hat sich vollkommen daneben benommen. Aber »kranker Freak« ist schon arg abwertend; vermutlich seine Strategie, wenn er gerade unzufrieden ist, dann wird erst mal ein Rundumschlag gemacht. »Na ja, menschlich«, denke ich und zucke mit den Schultern.

»Was ist?«, fragt Stefan mich daraufhin.

»Ach, nichts!« Ich schüttele den Kopf in der Hoffnung, auch dieses mulmige Gefühl abschütteln zu können.

Schweigend laufen wir ein paar Meter. Dann unterbricht Stefan die Stille. »Versicherungen?«

»Hä?«

»Was hältst du von Versicherungen?«

Ich lache. »Sinnvoll, aber irgendwie auch nicht. Meine Geschwister haben mir vergangenes Jahr 'ne Haftpflichtversicherung geschenkt, weil sie es unverantwortlich fanden, dass ich keine hatte.«

»Okay, das ist schon sehr … ähm … riskant. Mutig! Insbesondere mit Kind«, sagt er vermeintlich anerkennend. Es fühlt sich immer komisch an, wenn beim Dating Lasse thematisiert wird. Die meisten Männer in meinem Alter entwickeln gerade erst 'nen Kinderwunsch, und ich bin damit ja mehr oder weniger durch.

»Willst du eigentlich Kinder?«, frage ich neugierig und habe keinerlei Sorge, ihn zu überfordern oder komisch zu wirken. Punkt für ihn.

Er allerdings hat wohl nicht mit der Frage gerechnet. »Woah, ähm, sind wir schon an dem Punkt, solche Fragen zu stellen?«

Ich lache. »Wenn die Frage dem Zweck dienen würde, den du mir gerade unterstellst, dann nein. Sorry. Aber ich bin mittlerweile recht neutral bei dem Thema, ehrlich gesagt, tendiere ich sogar dazu, keine Kinder mehr zu wollen, was neu ist. Aber ich verstehe Menschen ohne Kinderwunsch nicht und fänd es spannend, mehr darüber zu erfahren, wertfrei. Und falls du Kinder willst, fände ich das schön und es würde mir Angst machen.«

Er läuft nun rückwärts vor mir her und scheint diesen kleinen Vortrag ganz amüsant zu finden. Dann presst er die Lippen aufeinander und sagt mit ernster Stimme: »Dir wird meine Antwort nicht gefallen.« Dann fädelt er sich wieder neben mir ein, um vorwärtszugehen.

»Ich befürchte ich stehe auf dem Schlauch. Eigentlich habe ich doch gesagt, dass es da kein Antwort gibt, die irgendwie ein No-Go wäre.« Ich hoffe, dass man mir nicht anmerkt, dass ich mich etwas angegriffen fühle. Ich mag es einfach nicht, wenn Menschen meinen, mich zu kennen, und mir etwas unterstellen, egal was. Bei Formulierungen, die implizieren, dass ich so und so sei oder das mir dies oder jenes nicht gefällt, zieht sich alles in mir zusammen und ich möchte das Gespräch direkt beenden.

»Es kommt, wie es kommt! Das ist meine Antwort. Ich stelle es mir schön vor, Papa zu sein, und ich glaube, die Gefühle der Liebe und des Glücks, wenn man sein Kind zum ersten Mal hält«, er schüttelt mit dem Kopf, als versuchte er, sich das vorzustellen, und wäre schon bei dem Gedanken daran mit den Emotionen überfordert, »also, das muss ja einfach der Wahnsinn sein. Nichtsdestotrotz kann ich dem Leben ohne Kinder und der Freiheit gut was abgewinnen und mich schreckt dieses Mehr an Verantwortung ab, also, nein, ich muss nicht um jeden Preis Papa werden, wenn es nicht klappt, aufgrund der fehlenden Frau, aus gesundheitlichen Gründen«, dann läuft er wieder vor mir und rückwärts und zwinkert, »oder weil meine Zukünftige keinen Kinderwunsch mehr hat, dann wäre das okay für mich.«

Ich muss lachen über seinen Wink mit dem Zaunpfahl und mir gefällt seine Antwort. Sehr. So viel zum Thema, dass sie mir nicht gefallen würde.

»Ich glaube, das war die beste Antwort, die man mir hätte geben können!« Das meine ich ehrlich, aber ich verschweige den Aspekt, dass er mich eben nicht einschätzen kann und es zukünftig auch gar nicht erst versuchen soll. »Warum weniger, wenn man alles haben kann – und sei es nur die Option!«

Wir sind mittlerweile an der Klangwiese angelangt, da stehen Stahlskulpturen, deren mechanische Köpfe vom Wind bewegt werden und leise Töne von sich geben. Dort ist allerdings größtenteils Schatten, also laufen wir noch ein Stück weiter, Richtung Windrad, und wollen uns dann auf dem Stromkasten niederlassen. Es klingt ganz cool, ich sitze oft mit Linda hier, wenn unsere Insel im Schulalltag stattfindet und wir weder bei ihr noch bei mir die Ruhe haben, uns zu unterhalten, und die Hunde Bewegung brauchen. Allerdings ist dieser Stromkasten recht hoch und es bedarf einiger Muskelkraft, sich dort hochzuhieven. Mit Linda stellte das bisher nie ein Problem dar. Heute jedoch schaffe ich es

einfach nicht, mich hochzudrücken, ich laufe knallrot an und
es ist mir furchtbar unangenehm.

»O Mann, wie peinlich!«, sage ich und versuche, meine Verunsicherung wegzulachen.

»Los, noch mal, du schaffst das!«

Stefan spornt mich an und das setzt mich nur noch mehr
unter Druck, jetzt muss ich es ja schaffen. Ich springe erneut
hoch, spanne meine Arme an, der Stromkasten befindet sich
nun auf Brusthöhe, meine Arme zittern, ich schaffe es einfach
nicht, mich hochzustemmen, und finde es gerade auch weder
sympathisch-niedlich noch lustig. Im Gegenteil, ich fühle
mich, als hätte ich versagt, vor seinen Augen, wobei, nee, es
fühlt sich eher so an, dass ich ihn enttäuscht habe. Seinem
Bild nicht entspreche.

»Tut mir leid, keine Ahnung, was los ist, ich sitze hier so oft«,
stammele ich verlegen.

Stefan lächelt mich an, ihm scheint das wohl nichts auszumachen. »Vielleicht bin ich dein Kryptonit?«

Sebastian.

Plötzlich fühlt es sich so falsch, an mit Stefan hier zu sein, ein
Date zu haben. Ich fühle mich, als würde ich Sebastian betrügen.
Ich schäme mich. Ich schaue Stefan an und sehe ihn, wie er hilflos
im Edeka stand, wie er mir von seinen Selbstzweifeln erzählt,
davon, dass er alles kaputt macht, und stelle mir vor, weil das anscheinend noch nicht reicht, dass er so 'nen kleinen Hubschrauber-
landeplatz unter seiner Kappe versteckt, ich rufe mir vor Augen,
dass er sich einbildet, mich zu kennen und versucht, ein Vertrauen
und eine Nähe herzustellen, wofür ich nicht bereit bin.

»Superman? Du weißt schon? Der verliert seine Kräfte,
wenn er in der Nähe von Kryptonit ist.«

Ich verziehe mein Gesicht und sage etwas zickig: »Ich weiß,
was Kryptonit ist!«

Stefan weicht einen Schritt zurück, legt den Kopf schief und fragt vorsichtig: »Alles okay?«

Ich nicke, merke jedoch, dass meine Lippen zusammengepresst sind und ich meine Augen zusammenkneife. Sofort versuche ich, mein Gesicht zu entspannen. Ich atme ein und denke, dass es jetzt eh egal ist. »Sorry, das hat nichts mit dir zu tun, aber … Ich bezeichne meinen Exfreund gerne als Kryptonit, daher hat mich das gerade etwas aus der Bahn geworfen.«

Seine Gesichtszüge verhärten sich, er macht einen weiten Schritt nach hinten und schüttelt mit dem Kopf: »Welcher Exfreund? Ich dachte, deine letzte Beziehung sei über ein Jahr her? Und du bezeichnest ihn als dein Kryptonit? Also ist er es noch immer?« Dann dreht er sich um und schüttelt mit dem Kopf. »Ey! Ts! Tinder eben!«, sagt er mehr zu sich selbst als zu mir.

Ich kann ihn verstehen, ich würde mich gerne rechtfertigen und erklären, aber er hat recht mit dem, was er sagt, und mir ist es gerade ohnehin egal, wie er mich sieht, ich will nur hier weg.

Die Tatsache, dass ich nichts sage, macht ihn noch wütender. »Team alles. Ja, macht jetzt auch Sinn. Bloß nicht alleine sein! Soll ich dich über ihn hinwegtrösten? Ja? Das ist so hässlich und so egoistisch und genau der Grund, warum Menschen zweifeln, nebenbei bemerkt. Da schafft man es endlich, sich zu überwinden, sein Herz erneut zu öffnen, ahnt nichts Böses und dann trifft man 'ne Frau wie dich, die sich so cool, reflektiert, gefestigt und intelligent darstellt, und wenn ich das jetzt nicht gesagt hätte, hättest du mich vermutlich abserviert oder geghostet, sobald dein Ex dich wieder zurücknimmt. Und ich? Ich hätte mich dann wieder 'n halbes Jahr gefragt, was mit mir nicht stimmt oder mich gar nie wieder auf jemanden eingelassen. Boah, sorry. Ich geh jetzt, ja?«

Ich nicke nur. Einerseits hat er recht und andererseits liegt vieles von seinen Vorwürfen nicht meiner Verantwortung, oder doch? Habe ich mich vielleicht so präsentiert, wie ich gerne wäre, ohne es zu sein? Ich denke an das Gefühl vom Beginn, vor meinem Haus, als ich so vermeintlich selbstreflektiert und von oben herab erklärt habe, wie gefestigt ich bin, wie sehr ich mich mag und akzeptiere. In seiner Wut erinnert er mich ein bisschen an mich selbst. Diese Ungerechtigkeit, die Frage danach, wann der Mut, sich zu öffnen, endlich mal belohnt wird. Die Abwertung, die Schuldzuweisung und diese … Opferhaltung. Mir wird flau im Magen, Stefan ist bereits gut hundert Meter entfernt, er hat sich nicht noch mal umgedreht.

Mama.

Ich habe ihr nie gereicht, es gab für sie immer etwas an mir, das noch besser hätte sein können, immer hatte ich das Gefühl, sie zu enttäuschen, und wollte ihr gefallen. Mithalten bei den Gesprächen über Jungs, obwohl ich nicht wusste, was ich erzählen sollte. Sie fragte mich regelmäßig, ob ich schon eine Frau sei und meinte damit meine Menstruation.

Ich erinnere mich an den ersten Tag auf der weiterführenden Schule, wo so viele neue Gesichter waren, manche wirkten so viel jünger als ich, andere hatten schon einen leichten Brustansatz. Ich fühlte mich so verloren, ich war kein zierliches Mädchen, aber trotz meiner Größe und meines Gewichts hatte ich noch keinen Busen und kleidete mich eher wie ein Junge. Also, was heißt »eher«, ich trug die alten Jeanshosen meines Bruders und seine abgetragenen T-Shirts. Ich sagte, dass es mir gefalle, obwohl es mir nicht gefiel. Aber ich wusste nicht, wie ich meine Eltern bitten sollte, mit mir einkaufen zu gehen, und wusste auch nicht, wen ich fragen sollte. Mama hätte komische Sachen empfohlen, die ich dann gekauft, aber nie angezogen hätte, und Papa … Papa war nun wirklich keine große Hilfe beim Shoppen. Also durchwühlte ich regelmäßig die Kleidersäcke unten im Keller, die meine Oma immer aus dem Müll fischte.

Das machte die Sache natürlich nicht besser. Mama meinte immer, ich müsste mich doch nicht verstecken und sehe aus wie in 'nem Kartoffelsack. Ich wollte ihr so gerne gefallen. Ich kochte, übernahm viele Dinge im Haushalt und wenn sie fragte, ob wirklich niemand mit ihr einkaufen wolle und dabei so traurig aussah, dann ging ich mit ihr einkaufen, auch wenn es mir vor den »Mädchen-Gesprächen« graute, die sie dann oft im Auto mit mir führte.

Mann, es ärgert mich und macht mich gleichzeitig neugierig, warum Mama mittlerweile immer mal wieder in meinen Gedanken aufploppt. Stefan jedenfalls ist nicht mehr zu sehen, und um ihm hinterherzurennen, kennen wir uns zu wenig. Klar, ich könnte jetzt versuchen, ihn einzuholen, das Bild, was er von mir hat, korrigieren, aber wofür? Für mein Ego? Letztendlich ist es vermutlich wirklich keine gute Idee, ich bin noch nicht so weit. Verantwortung hin oder her, ja, ich muss jetzt kein schlechtes Gewissen haben, stimmt, aber die Option, dass ich mich in ihn verliebe, unabhängig von Sebastian, die gab es ja. Machen wir uns nichts vor, er hatte mich bereits bei seiner Frage, was ich auf meinem Acker anbaue.

»Humor und guter Sex«, kommt mir dann in den Sinn. Ach Mann. Ich greife zum Smartphone und mache ein Foto vom Dosenbier, den Trauben, dem Käse und dem Baguette und schicke es Linda mit der Frage: »Insel?«

Sie ist online und ruft direkt an. »Du bist meine Rettung, die Jungs streiten sich und ich habe mich eingemischt und direkt dein Tinder-Date verflucht, denn eigentlich hätte ich gar keine Zeit gehabt, mich einzumischen und wäre dann jetzt nicht die Doofe, während die zwei nun doch zusammen an der Switch spielen.« Linda seufzt. »Ätzend!«

»O je, sorry, hab's gemerkt und mein Tinder-Date direkt vergrault. Willste herkommen, oder holste mich ab und wir inseln bei mir?«, sage ich und tue dabei so, als stünde ich schon jetzt voll über dem, was hier gerade passiert ist.

»Stromkasten, oder? Dann kann ich da doch einfach Richtung Billmerich hochfahren und sammel dich ein? Ja! Das macht keinen Sinn, jetzt hochzufahren oder hinzugehen und dann dort zu inseln. Ich hol dich ab! Bis gleich!«

»Danke!«

Ich sammele die Sachen zusammen und laufe über den Feldweg zur Hauptstraße. Linda und ich kommen fast zeitgleich an. Ich steige ein.

»War es so schlimm?«, fragt sie zur Begrüßung.

Ich probiere mich an einer kurzen Zusammenfassung, während sie direkt losfährt. »Nee, eigentlich war es gut, keine Ahnung, ich musste an Sebastian denken und dann ging es bergab, so verrückt, weil das sogar bewusst passiert ist. Auf einmal präsentierte mir mein Kopf alle kurzen Momente oder Anzeichen von Stefans vermeintlichen Defiziten, als wollte mein Ego verhindern, dass ich ihn gut finde. Dann wurde ich zickig, woraufhin er natürlich irritiert war und dann ists ein bisschen eskaliert. Er hat dann so 'nen Rundumschlag gemacht und es war wie eine Zeitreise zu meinem früheren Ich, das furchtbar schreit, sobald es sich ungerecht behandelt fühlt und 'ne Opferhaltung einnimmt.«

Linda hat mittlerweile gewendet. Während sie sich auf die Straße konzentriert, fragt sie: »Er hat dich an dich erinnert?«

Ich nicke, dann fällt mir ein, dass sie es nicht sieht. »Ja. Also, an mich vor noch einem Jahr, wie viele Vorwürfe ich Sebastian im Nachhinein gemacht habe.« Ich schüttele mit dem Kopf beim Gedanken daran.

Linda schweigt und ich schaue sie verstohlen von der Seite an. Sie bemerkt es und sagt: »Marina, ich, also … Ich fasse zusammen. Du magst dich mittlerweile, oder?« Linda macht eine kurze Pause, dadurch wirkt es sehr bedacht. Ich nicke. »Und um dahinzukommen, hast du dich akzeptiert, wie du bist, mit all den Erfahrungen und Strategien und Verhaltensmustern.« Sie macht erneut eine Pause.

»Ja, aber… Ach, ich weiß es nicht, ich mag mich ehrlich gesagt gerade nicht, ich finde mich anstrengend und habe Stefan gegenüber ein schlechtes Gewissen. Aber ja, ich versuche, mich jetzt nicht auch noch dafür zu verurteilen.«

»Und das reicht doch. Ganz ehrlich, wenn du jetzt permanent alles im Griff hast, es dir nie schlecht gehen würde und du dich nur selbst loben und abfeiern würdest, das fänd ich persönlich deutlich anstrengender, als mit dir Schmerz und Leid auszuhalten. Und davon ab, das ist doch auch nicht erstrebenswert, oder?«

Ich zucke mit den Schultern. Ich würde gerne widersprechen, denn ich habe keine Lust mehr, zu leiden.

Linda fährt unbeirrt fort: »Also, nun lernst du jemanden kennen, der dich zum Lachen bringt, lehnst ihn ab, wegen Sebastian, der dich nicht zum Lachen gebracht hat, und möchtest mir jetzt erzählen, dass du dich für dein früheres Verhalten schämst.« Linda redet sehr langsam, als fiele es ihr selbst schwer, ihre Gedanken in eine sinnvolle Ordnung zu bringen. »Weil du Sebastian damit unrecht getan hast, und du hast bei Sebastian Verständnis, für all seine Defizite, seine Opferhaltung, und willst ihn heilen, aber Stefan ist direkt raus, obwohl er dir noch gar nichts angetan hat, dich sogar an dich selbst erinnert, etwas, was mittlerweile doch schön sein sollte? Versteh mich nicht falsch, ich will dir da nichts unterstellen, aber du widersprichst dir selbst, oder?«

Ich brauche einen Moment, um das alles einzuordnen, zu verstehen, worauf sie hinauswill, obwohl Linda so langsam und mit Bedacht geredet hat. Mein Schweigen richtig interpretierend sagt sie: »Ich frage mich einfach, ob du dir vielleicht gerade selbst etwas vormachst. Reden wir überhaupt über Stefan?« Sie macht eine Pause und fügt bedächtig hinzu: »Oder über Sebastian, über Christian?«

Ich fühle mich angegriffen, bin mir aber sicher, dass Linda das nicht beabsichtigt, und versuche, meine Gedanken und

Gefühle zu ordnen, merke aber, dass mich das massiv überfordert.

Bei mir angekommen gehen wir direkt durch zur Terrasse, ohne etwas zu sagen. Als wir sitzen, fragt Linda: »Und wie geht's dir jetzt damit?«

»Ich überlege, was ›Augenhöhe‹ eigentlich bedeutet, ob es ein Fehler war, Stefan gehen zu lassen und warum ich Sebastian nicht loslassen kann«, sage ich erschöpft von diesem Tag und sacke ein bisschen in mir zusammen. Ich habe Sorge, dass Linda darauf rumreitet, dass ich irgendwie bei den beiden bleiben möchte, statt mehr auf mich zu schauen.

Doch sie nickt und sagt: »›Augenhöhe‹ bedeutet ja nicht zwangsläufig, das beide an der gleichen Stelle in ihrem Leben stehen, sondern lediglich, dass es ein Gleichgewicht gibt, ein Geben und Nehmen, das einerseits Wachstum fördert, aber andererseits auch Raum gibt, einfach zu sein, sich fallenzulassen.«

»Und was bedeutet das für Sebastian und für Stefan?«

Sie schüttelt mit dem Kopf. »Das ist nicht die Frage, damit läufst du doch nur wieder Gefahr, etwas in einem der beiden zu sehen, was vielleicht gar nicht der Realität entspricht, oder?«

Ich kneife die Augen zusammen und frage irritiert: »Aber macht man das nicht eh?«

Linda lächelt mich an. Es ist kein herablassendes Lächeln, sondern es wirkt, als würde sie mich verstehen. Und dann spricht sie ihre Zustimmung aus.

»Ja, klar. Wichtig ist aber, dass durch das Träumen oder die Reflexion, oder was auch immer, keine Erwartungen entstehen, von denen nicht mehr abgewichen werden kann. Und man sich nicht so lange selbst täuscht, bis es irgendwann zur Enttäuschung kommt.«

»Respekt!« Ich schmunzele anerkennend und Linda verbeugt sich im Sitzen. »Also meinst du, dass es okay ist, ein bisschen rumzuspinnen, sofern man offen und flexibel für das ist, was kommt?«

»Ja! Es ist doch utopisch, nicht rumzuspinnen, zumal es doch eh passiert. Warum ist Vorfreude wohl die schönste Freude?« Sie zuckt mit den Schultern. »Außerdem gibt es Sicherheit und hilft bei der Orientierung und auch beim eigenen Verhalten, worauf wir ja durchaus Einfluss haben. Und wenn der Andere immer exakt so reagieren würde, wie wir es erwarten, wäre es ja auch langweilig.« Dann macht sie eine Pause, atmet tief ein und aus und spricht weiter. »Ich frage mich aber, inwiefern du wirklich darauf vorbereitet sein willst, dich zu beschützen oder ob du nicht vielleicht sogar versuchst, etwas zu erzeugen, was nicht da ist.«

Ich schaue sie erschrocken an: »Du meinst Sebastian, oder?« Ich fühle mich wieder angegriffen, es wirkt so, als wollte sie Sebastian einfach aus dem Rennen kicken. Also versuche ich ihn, oder vielleicht auch mich, zu verteidigen: »Bei Sebastian weiß ich, woran ich bin. Er stand in unserer Beziehung immer leicht über mir, aber eher, weil ich mich untergeordnet habe. Und jetzt sehe ich die Chance, weil ich ihn nicht mehr auf diese ungesunde Art idealisiere und bewundere, dass wir durchaus die Augenhöhe haben könnten, nach der er sich sehnte und wozu ich nicht in der Lage war.«

»Marina, sorry, aber …« An Lindas Augenrollen und der schweren Atmung erkenne ich, dass sie genervt ist. »Du glaubst, zu wissen, woran du bist. Aus meiner Sicht eine illusionäre Sicherheit, denn sein Verhalten ist aktuell gar nicht beständig, sondern unberechenbar. Und genau daher glaube ich, dass du ihn mehr denn je idealisierst, fast so, als sei er der sichere Hafen, zu dem du zurückkehren möchtest, jetzt, da du lange genug auf hoher See warst. Aber vielleicht wäre ein neues Ufer passender? Immerhin hast du dich verändert.«

Ich bin wütend, mehr auf mich selbst als auf sie. Wenn ich über Sebastians und meine letzten Begegnungen nachdenke, dann stimmt das, was Linda sagt, schon, aber es fühlt sich dennoch nicht richtig an. »Ja!«, sage ich laut. »Vielleicht hast du recht. Es hilft aber nicht! Es ist so, als hätte ich da noch irgendwas liegen, da bei ihm, im Hafen. Ich weiß nicht, warum ich zurückwill. Aber ich muss!«

»Okay. Dann ist Stefan raus!«, sagt Linda schulterzuckend, unbeeindruckt von meiner wütenden Reaktion.

»JA!«, rufe ich aus und muss dann lachen. Stefan hatte ich schon fast wieder vergessen.

Linda lacht mit und schüttelt den Kopf. »Hätteste auch gleich sagen können!«

»Aber was, wenn das 'ne falsche Entscheidung ist?«, frage ich nun verunsichert.

»Dann geht das Leben weiter, wir handeln doch immer nur so, wie wir gerade können, was bedeutet schon ›falsch‹? Dich jetzt auf Stefan einzulassen, obwohl das mit Sebastian noch immer nicht beendet ist, würde verhindern, dass aus euch wirklich was wird. Sebastian müsste sich doch nur melden und sofort wärst du wieder verunsichert.« Ich nicke. »Aber vielleicht ist es nicht verkehrt, erst einmal zur Ruhe zu kommen und herauszufinden, was du noch von Sebastian brauchst, um abzuschließen oder auch neu anzufangen?«

»Ja, das ergibt Sinn!«, sage ich nachdenklich. Ich habe ein schlechtes Gewissen und so langsam breiten sich die Selbstzweifel wieder aus. Warum bin ich nur so, wie ich bin? Warum kann ich Sebastian nicht loslassen? Warum bin ich so anstrengend?

»So, ich mach mich auf den Heimweg«, sagt Linda und steht auf. Ich nicke, stehe ebenfalls auf und bringe Linda zur Tür, wir verabschieden uns. Dann schaue ich auf mein Smartphone. Keine Nachrichten von irgendwem. Also öffne ich Instagram, 'ne Serie habe ich gerade nicht und für 'nen Podcast bin ich noch zu wach, zu aufgewühlt.

Jenni hat einen neuen Post zum Thema »Grenzen setzen«. Eigentlich habe ich keine Lust, jetzt was darüber zu lesen. Es würde mich nur an meine Unfähigkeit, mich abzugrenzen erinnern. Andererseits mag ich mich auch nicht mit dem Date oder dem Inhalt der heutigen Insel beschäftigen, also dann doch lieber etwas, bei dem ich gerade nicht **so** angreifbar bin, weil es nicht so akut ist.

Ich lese mir zunächst den Dialog unter dem Bild durch.

»Gestern fragt mich mein Kollege doch ernsthaft, ob ich seine Schicht am Samstag übernehmen kann! Schon wieder!«, empört sich Martina.
»Was ein Asi!«, entgegnet Markus. »Er fragt immer nur Dich, oder?«

»Jaaa! Er könnte ja auch einfach Susanne fragen oder den Neuen!« Martina schüttelt ungläubig mit dem Kopf.
»Also arbeitest Du diesen Samstag auch wieder?«, fragt Markus enttäuscht.
Martinas Wut auf ihren Kollegen wird nun noch größer, sie hatte Markus versprochen, dass sie das Wochenende komplett zu zweit verbringen. Sie nickt schambehaftet und presst die Lippen aufeinander.
Markus kann Martinas Anblick kaum ertragen, ja, er ist traurig, aber nun hat er ein schlechtes Gewissen, Martina kann ja nichts dafür. Er nimmt sie in den Arm und sagt: »Schade, aber hey, ich hab wenigstens frei! Du musst ja arbeiten, ich koch uns was Schönes, okay?«

Ich frage mich, ob ich auch so wie Martina reagiert hätte und ob Markus deswegen so verständnisvoll ist, weil Martina selbst schon so leidet. Ich persönlich hätte vermutlich eher rumgedruckst, weil ich mich Markus gegenüber schlecht gefühlt hätte.

Ich mag Markus und seine verständnisvolle Reaktion. Und plötzlich denke ich wieder an Sebastian, wie sehr ich mich geärgert habe, wenn er an 'nem lassefreien Wochenende doch arbeiten musste. Ich hatte immer das Gefühl, ihm nicht wichtig zu sein. Aber jetzt beim Lesen dieses Dialoges bereue ich es, dass ich zwar wie Markus reagiert, es aber nie so gemeint habe.

Martina lächelt erleichtert: »Danke für Dein Verständnis! Du bist so gut zu mir!«
Als Markus am Samstag einkaufen möchte, springt sein Auto nicht an. Das Überbrückungskabel ist in Martinas Kofferraum. »Scheiße, alles nur wegen des Vollidioten

von Kollegen! Mist! Was mach ich nur?« Er überlegt,
wen er anrufen kann. Sein Vater müsste 30 Minuten zu
ihm fahren, das will er ihm nicht antun. Seine Kumpels
waren gestern in der Kneipe, da kann er es jetzt auch
nicht bringen, anzurufen. Also geht er nicht einkaufen
und beschließt, auf Martinas Rückkehr zu warten.
Um 19:23 Uhr ist sie noch immer nicht zu Hause.
Wo bleibt sie nur? Der Edeka macht um 20 Uhr dicht.
Zum Kaufland hat er echt keine Lust.
Als Martina endlich vorfährt, geht er direkt raus
und sagt leicht angesäuert: »Wo warst Du so lange?
Wir müssen noch einkaufen. Meine Batterie ist mal
wieder leer und Du hast das Kabel ja in Deinem Auto.
Ich konnte also nicht einkaufen und jetzt wird's echt
knapp. Scheißtag!«
Martina ist müde. »Was hast Du denn den ganzen
Tag gemacht? Warum hast Du nicht Deinen Vater
angerufen?«
Markus ist genervt. Er hat für jeden Scheiß
Verständnis und muss ständig auf Martina warten,
aber bei ihr muss er sich immer rechtfertigen.

O ja, ich finde Martina auch ungerecht und sympathisiere
weiterhin mit Markus. Er tut mir leid. Er nimmt so viel Rück-
sicht und wird dann noch bestraft.

»Kannst Du bitte einfach zum Edeka fahren?«
Er fährt sie harsch an. Martina startet wortlos das Auto.

Was ist da passiert bei Martina und Markus?
Beide ärgern sich über die vermeintliche
Grenzüberschreitung von Martinas Kollegen. Ist eine
Frage/Bitte denn grenzüberschreitend? Du hast ja
die Wahl, Nein zu sagen.

Gute Frage! Aus meiner Sicht schon, aber warum? Und dann denke ich wieder an Mama. Ja, klar. Weil ich mich verantwortlich fühle – immer. Das habe ich schon als junges Kind getan, als kleines Mädchen, später als Jugendliche und selbst heute noch tue ich das. Ehrlich gesagt, muss man mich nicht mal fragen, es reicht, wenn mir 'ne Kollegin erzählen würde, dass sie 'nen wichtigen Termin hat, zack, ich würde direkt meine Hilfe anbieten, und das wäre auch okay. Wenn sie mich jedoch fragen würde, würde ich das in der Tat als grenzüberschreitend erleben, denn dadurch würde sie mir die Verantwortung geben.

> Martina hat nicht Nein gesagt. Und Markus hätte es auch nicht getan. Für beide wirkt diese Frage/Bitte wie eine Aufforderung. Und das ist unhöflich. Ja, frech, eigentlich sogar dreist.

Absolut!

> Wir schließen meist von uns auf Andere, sei es, was Bewertungen betrifft, oder auch Verhaltensweisen. Beides sorgt für Missverständnisse und Frust und wir sind so irritiert, verletzt und enttäuscht, wenn jemand plötzlich ganz anders handelt.

»Das Ende der Täuschung«, höre ich Linda sagen. Logisch. Ich täusche mich selbst, indem ich von mir auf andere schließe und bin dann enttäuscht, wenn andere nicht genauso reagieren.

> Eine Mischung aus Neid, Wut und Verzweiflung macht sich breit. Wir fühlen uns ausgeliefert, nicht mehr sicher. Wir streben doch danach, »gut« zu sein. Und was »gut« bedeutet, ist eben nicht allgemeingültig, zumindest gibt es Variationen.

»Gut sein.« Ich wiederhole die Worte im Kopf. Ja, gut sein, brav sein, genug sein. Ich wünschte so sehr, ich hätte für Mama die Tochter sein können, die sie sich gewünscht hat. Und ich vermisse Mama. Rational weiß ich, dass ihr Verhalten nicht gut war, aber wenn ich in mich hineinspüre, merke ich, dass ich mich noch immer verantwortlich für ihr Wohlbefinden fühle und selbst darunter leide, versagt zu haben. Ich war nicht gut genug. Nicht mal, als ich sogar das Böse von ihr ferngehalten habe. Als ich ihr nichts vom Missbrauch erzählt habe, damit sie nicht leidet. Ich habe sie beschützt.

Obwohl ich verstehe, was Jenni sagen will, und obwohl ich diese Sache mittlerweile ganz gut im Griff habe, breitet sich in mir dennoch ein mulmiges Gefühl aus. Ja, es stimmt, und dennoch höre ich die Vorwürfe meiner Mama nun lauter als je zuvor:

»Wie kannst du mir das nur antun, Marina?«
  »Von dir hätte ich das nicht erwartet!«
  »Wie kannst du nur so egoistisch sein?«

»So, guckt mal alle, Marina weint schon wieder ihre Krokodilstränen!«

»So selbstverliebt wie du bist, wirst du nie einen Mann finden!«

»Wenn du weiter so viel frisst, dann brauchst du dich auch nicht wundern, dass du gehänselt wirst!«

Mir ist schlecht. Ich weiß, dass es falsch von ihr war. Insbesondere jetzt, da ich selbst Mama bin, aber ... Vielleicht habe ich auch überreagiert? Ja, ich habe oft geweint, das stimmt. Hatte ich denn wirklich immer einen Grund?

Ja, ich wollte gerne im Mittelpunkt stehen, war ich zu selbstverliebt? Und wenn ich so darüber nachdenke, dann habe ich mich immer nach mehr gesehnt und vielleicht war es gut, gemaßregelt zu werden, vielleicht war ich gierig und egozentrisch – oder wäre es geworden?

> Vielleicht hattest Du einen sehr egoistischen oder sehr bedürftigen Elternteil, in beiden Fällen haben sie sich vielleicht nicht ausreichend um Dich gekümmert und Du verbindest mit »Selbstfürsorge« Narzissmus, Egoismus und Schwäche. Vielleicht hat diese Assoziation andere Gründe.

Und wie so oft, trifft Jenni bei mir voll ins Schwarze.

> Doch nur, wer gut für sich selbst sorgt, hat ausreichend Kapazitäten, auch für Andere da zu sein. Im Flugzeug setzt Du Dir auch zuerst die Atemmaske auf und kannst dann Anderen helfen.
> Es geht nicht darum, ausschließlich sich selbst zu sehen, sondern sich selbst zuerst zu sehen.
> Wenn Du Dich zur Priorität machst, bist Du nicht mehr ausgeliefert.

Und plötzlich blitzt da etwas in mir auf, eine Hoffnung, die verblasste Erinnerung an das Gefühl, das in der vergangenen Woche noch so präsent und intensiv war. Das Gefühl, dass ich mir vertrauen darf und kann. Das Gefühl, dass ich mich akzeptiere, auch wenn ich anstrengend bin. Wie bei meinem Sohn, Lasse. Wenn er gerade besonders anstrengend ist und viel fordert, fällt es mir schwerer, für ihn da zu sein, ja, aber ich liebe ihn dennoch und wende mich nicht von ihm ab, sondern ihm zu.

Gerade bin ich anstrengend, sehr sogar, aber eigentlich brauche ich, mehr denn je, das Gefühl, so sein zu dürfen. Und vermutlich fällt es mir genau aus dem Grund so schwer, weil ich jahrelang gegenteilig geprägt worden bin, nur Zuwendung bekommen habe, wenn ich gehorcht habe, lieb war, mich benommen habe, und irgendwann habe ich einfach die Stimme meiner Mutter übernommen – weil ich es nicht besser gewusst habe.

Und ganz vielleicht gibt es da auch eine Verbindung zu Sebastian. Ich habe mich vermutlich in allen Beziehungen so verhalten und so geliebt, wie meine Mutter mir Liebe gezeigt hat. Ich habe gefordert, mich ausgeliefert gefühlt, und gleichzeitig habe ich mich so sehr angestrengt wie die kleine Marina, die eben für Liebe kämpfen muss. Kein Wunder, dass Sebastian nun voller Selbstzweifel ist und sich fragt, ob er mir reichen könnte.

Auch wenn es keine gute Idee ist, schreibe ich Sebastian.

Ich bin zu dir gefahren, um mich zu entschuldigen. Und je mehr ich darüber nachdenke, desto mehr wird mir bewusst, was ich dir angetan habe. Du hast dich wieder bei mir gemeldet, bist einen Schritt auf mich zugekommen und ich habe das gar nicht wertgeschätzt. Im Gegenteil. Ich habe dir die gesamte Verantwortung gegeben und ganz offensichtlich das Gefühl vermittelt, du hättest mich zerstört. Mehrfach.

Aber nein, du hast mich nicht zerstört. Du hast mich gerettet, du hast mich ausgehalten und mir Raum gegeben und all die Vorwürfe, die ich dir zuletzt gemacht habe, entbehren jeglicher Grundlage. Denn ich habe dir vorgeworfen, dass du mich nicht gesehen hast, dabei hatte ich mich versteckt. Ich habe dir vorgeworfen, dass du mir nicht das Gefühl gegeben hast, wichtig zu sein und geliebt zu werden, dabei war ich es, die ein verzerrtes Bild von Liebe hatte. Und bei unseren letzten Begegnungen wurden diese alten Verletzungen getriggert, ich wurde an den Schmerz unserer Trennung erinnert, der war echt, der war da und der ist es noch und ... Ich kann verstehen, wenn du Zeit brauchst, oder auch, wenn du mir nicht vergeben kannst! Vielleicht hattest du recht, für einen Neuanfang ist es zu früh, aber ich hätte dich gerne in meinem Leben und ich würde dich gerne wiedersehen.

Lieblingssternenstaub

> Guten Morgen. Deine Nachricht hat ganz schön
> was ausgelöst. Ich glaube schon, dass ich dir ein
> besserer Mann hätte sein können. Ich war feige
> und ich hatte Angst. Und um ehrlich zu sein,
> hat sich meine Angst in der letzten Woche massiv
> verstärkt. Dennoch spielst du eine besondere
> Rolle in meinem Leben. Kontakt klingt gut.
> Aber mir wäre es wichtig, dass wir keine alten
> Themen mehr aufrollen.

Erleichterung breitet sich in mir aus. Erst mal Kaffee. Zurück im Bett lese ich die Nachricht erneut und fühle mich in meiner Theorie bestätigt.

> Lasse ist noch bei Paul. Er kommt erst zum
> Ferienende wieder, ich bin also ungewohnt flexibel
> und würde mich über ein Treffen ohne
> Datecharakter freuen. Wann passt es dir?

Nach dem Senden lese ich die Nachricht erneut und bin fast ein wenig stolz, dass ich es geschafft habe, nicht auf alles einzugehen. Ich würde ihm gerne seine Angst nehmen, aber mir ist bewusst, dass ich das nicht durch eine WhatsApp-Nachricht tun kann. Geduld ist angesagt. Nicht meins. Aber er ist es wert. Und dass ich nicht direkt heute oder morgen vorgeschlagen habe, unterstreicht, wie geduldig ich sein kann.

> Ich habe heute Frühdienst, morgen Spätdienst und am Wochenende arbeite ich durch. Ich hab meiner neuen Kollegin freigegeben, weil ohnehin nur zwei Jugendliche da sind. Also heute oder nächste Woche?

> Ich könnte heute, aber nächste Woche passt auch, wenn dir das zu spontan ist.

> Okay. Heute um 19 Uhr?

Ich bin direkt hellwach. Aufgeregt. Zuversichtlich. Hoffnungsvoll. Und dann schreibe ich Linda:

> Ich habe aus Versehen Sebastian geschrieben. Wir treffen uns heute.

Sie ist direkt online, obwohl es gar nicht ihre Zeit ist. Prompt kommt ein Tränen lachender Emoji zurück. Ich bin erleichtert. Jetzt noch mehr.

> Es freut mich, dass du dir wieder mehr vertrauen kannst. Wie du ihm aus Versehen schreiben konntest, erzählst du mir dann aber morgen bei der Insel, ja? Die Jungs haben heute ohnehin ein Freundschaftsspiel, hatte das wegen der Ferien nicht auf dem Schirm, Anpfiff ist um 18 Uhr. Insel wäre also eh nicht drin gewesen.

Ich reagiere mit einem Herz-Emoji und sie sendet prompt ein Herz zurück. Dann sage ich Sebastian zu und genieße die Vorfreude auf heute Abend. Statt weiter im Bett herumzulungern, beschließe ich, die Wohnung aufzuräumen, Wäsche zu waschen, putze durch das Bad und überlege, was ich heute Abend anziehen kann. Als ich fertig bin, habe ich noch eine halbe Stunde, bevor ich losmuss. Ich mache mir einen Caffè Crema, ziehe mein Smartphone vom Strom und setze mich damit auf meine Couch. Eine Benachrichtigung von Tinder. »O je, Stefan?«, denke ich und öffne die App mit der roten Flamme. Stefan hat mich entmatcht, denn dort, wo unser Verlauf war, ist nun eine fettgedruckte Nachricht von Christian. Christian Holzmann.

Argh! Mann! Warum taucht er ausgerechnet jetzt auf? Stellt mich das Universum auf die Probe? So oder so, ich werde nicht antworten. Noch nicht. Ich lege das Smartphone zur Seite und trinke den Kaffee aus, ohne leuchtendes Display vor meinen Augen. Pure Meditation. Dann stehe ich auf, greife zum Jutebeutel mit den Dingen für die Arbeit und fahre in die Beratungsstelle. Es ist nicht allzu viel zu tun, der Tag vergeht eher zähflüssig. Es ist sieben Minuten vor halb eins, als ich gefühlt zum dreiundachtzigsten Mal auf die Uhr schaue. Dank Einzelbüros, wie in Beratungsstellen üblich, bin ich ungestört und zücke mein Smartphone. Zwei WhatsApp-Nachrichten.

Pizza?

Das fragt Sebastian.

Vielleicht geht's dir aber auch wie mir und du bist genervt von Tinder?

Das fragt Christian.

Ich muss lachen und schreibe Sebastian, dass das 'ne gute Idee sei. Christian antworte ich, dass ich gerade mit meinem Ex anbändele und daher wenig Sinn in Kontakt sehe. Er schreibt direkt.

Wer kam denn nach mir?

Will er mich verarschen? Alles, was ich damals wollte, war ein Beziehungsstatus, um das Gefühl zu haben, wichtig zu sein. Und ja, ich wollte Exklusivität. Ich habe mich oft gefragt, ob und wie viele es noch neben mir gibt, denn in der Datingphase kann man dem Anderen ja keine Vorwürfe machen, oder? Also, ich würde es dennoch tun. Aber ich würde auch nicht explizit danach fragen, und somit erübrigt sich der Rest.

Was hab ich verpasst?
Ich bin doch nicht deine Exfreundin?!

Was denn sonst?

Ernsthaft? Warum bin ich immer die Böse? Ich habe mich nach Exklusivität und Verbindlichkeit gesehnt und wenn jemand nach 'nem halben Jahr in der Datingphase weder das eine noch das andere anbietet, ist es doch fucking normal, dass man die Finger davon lassen sollte?! Ich habe keine Lust mehr, an mir und meinem Verstand zu zweifeln.

Ich atme tief ein und aus und bin überrascht davon, wie wenig mich seine Nachrichten und Signale in Bezug auf Sebastian verunsichern. Ich fühle mich sogar bestärkt und auch ein bisschen geschmeichelt. Zurück zur Arbeit. Zwölf Uhr einundvierzig. Auch wenn ich wenig Lust habe, fange ich mit Aufgaben an, die wir sonst PraktikantInnen geben: Sämtliche Formularpakete für die verschiedenen Beratungen zusammenheften, Kopien anfertigen und telefonisch die Öffnungszeiten und AnsprechpartnerInnen unserer Informationen für finanzielle Hilfen anpassen. Endlich ist es vier Minuten vor zwei, ich fahre den PC herunter, spüle meine Tasse und verabschiede mich dann von meiner Kollegin im Sekretariat.

Zuhause angekommen schmeiße ich mich direkt in die Sportklamotten, ich habe keine Lust, motiviere mich jedoch mit dem Gedanken an das Gefühl, »gelaufen worden« zu sein. Manchmal wünschte ich, jemand würde sich meinen Körper schnappen, mit ihm 'ne Runde joggen gehen und ihn mir dann erschöpft, aber glücklich zurückbringen. Geht aber nicht. Muss ich wohl selbst ran. Ich schmunzele, stecke mir die AirPods ins Ohr und laufe los. Ich versuche, ausschließlich auf die Musik zu hören und die Gedanken und Gefühle, die dabei hochkommen, einfach da sein zu lassen. Sie müssen nicht gehen, aber ich muss sie auch nicht weiterdenken oder -fühlen. Das gelingt mir natürlich nur semigut. Als der Song *Halbe Liebe* von Florian Künstler läuft, brechen alle Dämme und im Anschluss kommt dann noch Danger Dan mit *Eine gute Nachricht*. Ich sehne mich so sehr nach Sebastian, danach, gehalten zu werden, mit ihm einzuschlafen. Ich sehne mich nach unseren Wochenenden und ärgere mich über meinen Wunsch, mit ihm zusammenzuziehen oder dem Traum, gar ein Kind mit ihm zu bekommen – etwas, was ich nie ausgesprochen, mir aber oft ausgemalt habe.

Letzteres verschwand mit dem Ende der Beziehung zu Sebastian. Wobei – eher mit der Aufarbeitung meiner Selbstzweifel, was mehr und mehr Sinn ergibt. Es stand für mich schon als junges Mädchen fest: Mein Ziel sollte es sein, einen Mann zu finden und drei Kinder zu bekommen. Klar, ich wurde ja auch zur Fürsorge erzogen, und der Mann diente dazu, mir einen Wert zu verleihen und nicht dazu, mich zu unterstützen. Vielmehr musste er lediglich da sein, um mich regelmäßig an meine Pflichten zu erinnern.

Ich erschrecke über den Gedanken, aber diesmal mit der nötigen Selbstakzeptanz. Ich bin mir sicher, ich tue meiner Mama Unrecht, aber es geht hier gerade nicht um sie, sondern um mich. Und ich versuche lediglich, mich selbst zu verstehen, auch wenn die Gedanken hart oder abwertend klingen: Ich habe gelernt, mir auch hier mit Akzeptanz zu begegnen und dadurch die Möglichkeit erlangt, mir meiner Schutzstrategien und Handlungsmuster bewusst zu werden, sie überhaupt erst einmal als solche zu erkennen, um dann zu explorieren, wie wahr sie sind, wie notwendig und aktuell. Dadurch konnte ich mir meiner selbst mehr und mehr bewusst werden.

Es ist ein bisschen wie mit einer Allergie: Die nervt, ja, aber so zu tun, als hätte ich keine und mich durch das Frühjahr zu quälen und ausgeliefert zu sein, nutzt nichts. Dann lieber einmal zum Allergietest, da wird es dann »wahr«, und gleichzeitig kann ich Spaziergänge vermeiden oder mich mit Nasenspray eindecken.

Manche reagieren komisch, wenn ich offen auf meine Schwächen hinweise. Wenn ich in einer Dienstbesprechung sage, dass mich Menschen eher überfordern und daher lieber konzeptionelle Arbeiten übernehme, statt zu einem Netzwerktreffen zu gehen, sagen meine Kolleginnen meist, wie sympathisch ich wirke und wie toll ich mich bei diesem oder jenem Treffen geschlagen habe. Sie meinen dann, mich korrigieren zu müssen. Oder wenn ich sage, dass ich Schwierigkeiten mit Zeitmanagement habe und eher chaotisch bin, wollen sie mich besänftigen und führen Beispiele für mein strukturiertes Arbeiten an.

Aber was und wem nutzt das? Hätte ich 'ne Haselnuss-allergie, ergäbe es vollkommen Sinn, auf die Schwäche hinzuweisen. Warum also nicht auch bei Fähigkeiten beziehungsweise Defiziten?

Ich habe mich im vergangenen Jahr oft selbst gefragt, ob ich noch einen Kinderwunsch habe, nachdem ich gefühlt mein ganzes Leben auf eine intakte Familie hingearbeitet habe. Und musste schmerzlich feststellen, wie viel Kraft mich Lasses Kindheit gekostet hat, als Alleinerziehende, ohne die Fähigkeit, um Hilfe oder Unterstützung zu bitten, ohne Forderungen an Paul zu stellen, ob er vielleicht seine Rechnung bezogen auf seine Unterhaltsleistungen noch mal prüfen wolle. Und vor allem einsam und alleingelassen mit all den Zweifeln und Sorgen, die ich mit niemandem teilen konnte. Ich möchte keine Minute mit Lasse missen, ich liebe ihn so sehr, ich bereue nichts, im Gegenteil, ich bin mir selbst so dankbar, trotz all meiner Schwächen und Fehler, die mir sicherlich auch bei der Erziehung passiert sind.

Aber noch mal? Mich selbst noch mal so sehr in den Hintergrund stellen? Als Mutter ist es auch wichtig, sich um sich selbst zu kümmern, ja, aber eher in einer sehr abgemilderten Form. Wenn das Baby zahnt und weint und Nähe braucht und ich eben allein bin, kann ich nicht sagen: »Och nö, ich will schlafen!« Und wenn ich mich nach einem Abend ohne Kind sehne oder einfach nur joggen will, aber niemand Zeit hat, es zu betreuen, dann kann ich eben nicht joggen gehen. Und so weiter. Hier reden wir ja nicht davon, dass ich mich besser hätte abgrenzen müssen, nope, bei einem Baby oder Kleinkind liegt die Verantwortung bei den Eltern, und als Alleinerziehende lag sie nur bei mir.

So langsam gewinne ich Freiheiten zurück, ich kann joggen und Lasse ist mit seinem Freund auf dem Spielplatz, ich kann inseln, während Lasse seine Medienzeit nutzt, und ich kann um Hilfe bitten, wenn es mir zu viel wird. Ich merke, wie gut mir das tut.

Ich habe jahrelang versucht, anzukommen, am liebsten bei jemand Anderem, und bin nun endlich angekommen **bei mir**. Das möchte ich nicht mehr missen, ich möchte mich selbst nicht noch mal verlieren. Momentan stellen ja sogar Männer eine Gefahr dar, ein Kind, insbesondere, wenn ich wieder allein wäre, würde vermutlich vollends dafür sorgen, dass ich mich wieder vernachlässige und aufopfere.

Also nein, ich hege keinen Kinderwunsch mehr, schließe es unter entsprechenden Umständen nicht gänzlich aus, aber eben nicht um jeden Preis, dafür sind mir mein Leben und auch ich selbst zu wertvoll. Ich glaube, der Mann an meiner Seite müsste es forcieren, und dann bräuchte es sicher nicht viel Überredungskunst, aber ich wäre viel selbstbewusster und würde mich zum Beispiel nicht schämen, wenn ich nicht die klassischen zwölf Monate zu Hause bleiben würde. Und vielleicht würde ich das wollen, aber auch dann wäre es eine bewusste Entscheidung und kein ungeschriebenes Gesetz, das ich nicht hinterfrage.

Ich bin bei den letzten zwei Kilometern der insgesamt zehn Kilometer langen Strecke angekommen. Hat nicht ganz funktioniert, mein Vorsatz, nicht zu denken. Ich lache. Immerhin waren die Gedanken endlich wieder konstruktiv. Ich setze zum Endspurt an, die Luft wird dünn, mein Herzschlag wird schneller. Die Anstrengung bewahrt mich vor weiteren Gedanken.

Zuhause gehe ich duschen, ausgiebig, und obwohl das Treffen gleich kein Date ist, genieße ich mein intensives Beautyprogramm. Nachdem ich die Spülung im Haar verteilt habe, rasiere ich mich, die Einwirkzeit der passenden Haarkur nutze ich für ein Körperpeeling, bevor ich noch mal meine glatte Haut einseife. Dann massiere ich die Bodylotion, wie empfohlen, in die Haut ein, lege mich im Anschluss nackt ins

Bett, sodass die Creme einzieht, und befriedige mich selbst. Auch etwas, was ich lange Zeit nicht getan habe und was ich nicht mehr missen möchte – vor allem beim Geschlechtsverkehr ist es durchaus hilfreich.

Erstmalig habe ich mich das bei Christian getraut, er fand es ganz und gar nicht befremdlich, er hat es genossen. Nach dem eigentlichen Akt hat er mich ganz fest umarmt, mich gehalten, und ich habe mich selbst berührt und bin in seinen Armen gekommen. Meist hat ihn mein Orgasmus so sehr erregt, dass wir erneut Sex hatten und dadurch, dass ich kurz davor erst zum Höhepunkt gekommen war, fühlte sich alles viel intensiver an, ich konnte mich ihm komplett hingeben und bin dann oft erneut gekommen. Genau das stelle ich mir nun auch vor, ich denke an ihn, an sein Bett, an die intime Vertrautheit. Daran, wie er mich begehrt, mir ins Ohr flüstert, während ich mich selbst befriedige, er sich an mich schmiegt, denke an seinen Geruch, seine Wärme, und daran, wie er fordernd, aber höflich fragt, ob er noch mal in mich eindringen dürfe. O ja. Ja. Ich seufze laut auf, während ich komme. Das tat gut.

Es ist Viertel nach fünf, wollte Sebastian um sechs oder sieben kommen? Ich schaue nach. Sieben. Oh, Linda hat geschrieben.

Ich hasse Mütter. Ich hasse sie so, so sehr!!!
»Mein Justus, das ist ja ein ganz besonderer Junge!«
WTF. Ja klar, meine sind nur so 08/15! Stehen sie hier am Spielfeldrand mit ihren Tupperdöschen, fressen Karottenpommes und würdigen mich keines Blickes. Ich weiß schon, warum ich Frederik hier die Verantwortung gegeben habe.

Ich rufe sie direkt an. Sie berichtet von ihrem Leid und ist dankbar für meinen Anruf. *Insel light* sozusagen. Wir quatschen bis zum Anpfiff, ich habe mich währenddessen angezogen und gehe nun ins Bad, um meine Haare zunächst zu föhnen und dann zu glätten. Das Ganze nimmt gut dreißig Minuten in Anspruch. Dann freue ich mich über meinen Enthusiasmus am Morgen, sauge noch mal fix durch und entscheide mich für das Parfüm, das Jenni immer trägt. Auch danach hatte ich sie mal gefragt und es mir bestellt. Süß, fruchtig, frisch – nicht zu blumig, nicht zu schwer. Eine gute Wahl, denn meine vier Standarddüfte könnten durchaus Erinnerungen oder Gefühle in Sebastian auslösen, die vermutlich, unabhängig vom Duft, als schwer empfunden werden.

Endlich ist es neunzehn Uhr und Sebastian klopft pünktlich an der Tür. Ich öffne ihm, er strahlt mich an.

»Umarmung drin?«, frage ich mit einem Lächeln und zusammengekniffenen Augen zur Begrüßung.

Er grinst und nimmt mich in den Arm, dabei atmet er tief ein und seufzt. »Eine schöne Wendung«, sagt er, während er die Umarmung löst.

Ich nicke und nehme nun wahr, wie aufgeregt ich bin. Freudig aufgeregt. Ohne Erwartung. »Couch?«, sage ich und deute nach oben Richtung Wohlfühl-WG-Zimmer. Im Sommer halte ich mich mit Besuch ohnehin meist draußen auf, daher fällt es auch niemandem auf, dass ich kein Wohnzimmer im klassischen Sinne mehr habe. Ich glaube, Sebastian war noch nie oben.

Er schaut kurz etwas irritiert in Richtung Treppe, sagt aber nichts, sondern nickt. Wir gehen hoch, ich setze mich auf meine Couch und lehne mich an der einen Ecke an, er bleibt kurz in der Tür stehen und grinst. »Lasse und du habt ne WG-gegründet?«

Ich muss lachen, weil er den gleichen Gedanken hat wie ich, als ich mich hier so eingerichtet habe. Dann setzt er sich auf die andere Seite der Couch, wir schauen uns an.

Er lacht ebenfalls und ich merke, wie sehr mich das entspannt. Sebastian fragt nach meinem Buch, ich erzähle ihm vom Lektorat, dem alternativen Ende. Er ist interessiert, stellt Fragen, hört zu.

Plötzlich sagt er unvermittelt: »Das mit dem Mikropenis finde ich zwar noch immer nicht lustig, aber vermutlich, weil ich beim Lesen an die Verunsicherung erinnert wurde.« Er zwinkert mir zu.

Ich lache, dann presse ich die Lippen aufeinander, als würde ich das wirklich bedauern, nicke und sage ernst: »So oder so, ich bin nur froh, dass du keinen hast!«

Nun lacht er doch. »Und ich erst!«

Wir reden bereits seit einer halben Stunde, als mir einfällt, dass wir noch keine Pizza bestellt haben und ich ihm noch kein Getränk angeboten habe. Wir holen beides nach und begeben uns, bewaffnet mit Dosenbier, wieder auf die Couch.

Nun erzählt er von den Veränderungen in der Einrichtung, von der neuen Kollegin nach Caros Jobwechsel. Dann reden wir über Caro, wie es ihr so geht, und ich nehme mir fest vor, sie anzurufen.

Als die Pizza kommt, ist die erste Dose leer. Ich überlege, ob ich ihm eine zweite anbieten soll, auch wenn das bedeutet, dass er dann nicht mehr fahren kann. Als hätte er meine Gedanken gelesen, sagt er: »Wenn ich noch eins trinke, hätte ich 'nen Grund, hier zu übernachten.«

Ich lache. »Das könntest du auch ohne Bierausrede!«

»Mit ist sicherer!« Er zwinkert mir zu und fragt, als wir wieder auf der Couch sitzen: »Kennst du ›After Life‹? Die Serie?«

Ich schüttele mit dem Kopf.

»Hab sie letztens durch Zufall auf Netflix entdeckt und hab direkt an dich gedacht!« Er lächelt und mein Herz hüpft. »Humor, und dennoch wirst du vor Rührung weinen!«

Ich reiße meine Augen auf und grinse. »Überzeugt!« Ich schalte den Fernseher ein, starte Netflix und suche nach dem Titel, dann starte ich die erste Folge.

Sebastian hat recht: Bereits in den ersten zehn Minuten bin ich zweimal den Tränen nahe und lache viermal herzhaft. Kurz vor Ende weine ich dann so sehr, dass mir der Appetit vergeht, ich stelle den eben erst gelieferten Pizzakarton auf den Boden und Sebastian stellt seine Schachtel ebenfalls ab. Dann breitet er seine Arme aus, ich wechsele auf seine Seite und lasse mich halten. Ich schmiege mich ganz eng an ihn, atme seinen Geruch ein und mit ihm durchströmt mich diese Geborgenheit, diese Wärme und Ruhe.

Als die Folge vorbei ist, frage ich ihn, ob wir einfach im Bett mit Laptop weiterschauen sollen. Er nickt. Dann stehen wir auf, er nimmt wie selbstverständlich die Pizzakartons und die zwei leeren Dosen und bringt alles nach unten in die Küche. Ich nutze die Gelegenheit, um Alice nach draußen zu bringen. Wir gehen wieder hoch und bleiben dann beide etwas verloren zwischen Couch und Bett stehen.

Ich überlege, was und ob ich irgendwas ausziehen sollte. Also, zum Schlafen. In der Regel schlafe ich im Tanktop und mit Höschen. Manchmal auch nur im Höschen und Bustier. Ich habe mir BHs abgewöhnt. Noch so etwas, was ich im vergangenen Jahr abgelegt habe. Spannend, dass mir das erst jetzt so richtig bewusst wird. Früher habe ich einen BH sogar zum Schlafen getragen, das Gefühl meiner Brüste hat mich angeekelt und für Unwohlsein gesorgt, manchmal war es auch meine Nacktheit allgemein. Außerdem empfand ich meine Brüste schon immer als zu klein, weshalb ich nicht lediglich einen BH trug, sondern in der Regel einen Push-up, mit dem Vorteil, dass ich meine Brüste so gar nicht mehr spürte. Gleichzeitig drückt so ein BH gerne mal, egal, ob der Verschluss am Rücken kratzt, die Bügel sich ins Brustbein bohren oder die Träger unangenehm eng anliegen, irgendwas war immer.

Auch darüber sprach ich mit Jenni in ihrer Praxis, sie erklärte mir, dass mein Gefühl von Ekel nicht unüblich sei und auch, dass während körperlicher Erregung das Empfinden von Ekel gedämpft wird. Denn ich konnte mir den Zusammenhang nicht erklären, warum ich allein Ekel empfinde, wenn ich keinen BH trage, es aber beim Geschlechtsverkehr oder Vorspiel durchaus genießen kann, ohne BH entsprechend berührt zu werden.

Mittlerweile habe ich meinen Körper akzeptiert, ich finde ihn noch immer nicht attraktiv und es gibt durchaus Stellen, die ich jetzt nicht ständig sehen muss. Aber wenn ich seitlich im Bett liege und sich mein Bauch weich nach vorne wölbt, kann ich ihn durchaus halten und ein schönes Gefühl damit verbinden. Und es kommt auch vor, dass ich mittlerweile weder ein Bustier noch einen BH trage, manchmal verlasse ich ganz ohne das Haus und obwohl der Stoff, der Wind, die Temperatur und sämtliche Reize mich an meine Brüste erinnern, ist dieses unangenehme Gefühl des Ekels verschwunden.

Zurück zur komischen Situation.

»Guckst du kurz weg?«, bitte ich Sebastian. Ja, es ist albern. Aber ein guter Kompromiss, der ihn nicht so unter Druck setzt wie die Situation, wenn ich mich einfach ausziehen und ins Bett legen würde. Aber er sorgt eben auch nicht dafür, dass ich vollständig bekleidet schlafen muss.

Sebastian nickt und dreht sich grinsend um. »Selbstverständlich.«

Als ich im Bett unter der Decke liege, schaut er mich an. O Mann, bereits sein Blick lässt mich feucht werden. »Was ist denn heute nur los?«, denke ich und lache dann über meine eigenen Gedanken.

Sebastian legt den Kopf schief, fragt aber nicht nach, sondern beginnt, seinen Gürtel zu öffnen. Erst da wird mir bewusst, dass ich mich weder wegdrehe, noch ihm ins Gesicht schaue, ich fixiere seinen Schritt mit meinem Blick und kann jetzt erst recht nicht weggucken. Der Gürtel ist auf, nun öffnet er wie in Zeitlupe die Knöpfe der Jeans, er trägt eine graue, eng anliegende Boxerbrief, und allein beim Anblick läuft mir das Wasser im Mund zusammen. Was ich echt ein bisschen befremdlich finde, nebenbei bemerkt. Ich schlucke.

»Muss ich Angst haben? Du fixierst meinen Schritt wie ein Löwe sein nächstes Opfer, und jetzt musst du ernsthaft den Überfluss an Speichel runterschlucken?«

Sebastian spricht ernst seine Gedanken aus, während er mich beobachtet. Ich lache sofort los. Kein peinlicher Mikropenis-Moment. Im Gegenteil.

Sebastian hebt die Hände hoch und sagt: »Ernsthaft jetzt! Kann ich näherkommen oder soll ich dir vorher lieber noch die Pizza von unten bringen?«

Ich kringele mich vor Lachen im Bett. Er lächelt, kommt mit erhobenen Händen einen Schritt näher, scheint mein unbeschwertes Lachen sehr zu genießen und macht weiter.

»Ich werde jetzt die Decke anheben«, sagt er, wie ein Polizist, der dem Täter signalisieren will, dass er nicht angreifen muss und seine Waffe vorsichtig auf den Boden legt, die andere Hand noch erhoben.

Als er neben mir liegt, beruhigt mich dieses schöne Gefühl der Nähe. Ich schmunzele und denke: »Humor und guter Sex!«

Wir liegen beide seitlich und schauen uns an. Er hat seinen Kopf auf den Ellenbogen gestützt, ich liege einfach auf dem Kissen und schaue schräg zu ihm hoch. Es kribbelt im Bauch, in der Brust, im Schritt. Dann beugt er sich langsam zu mir und küsst mich. Nach diesem ersten, vorsichtigen Kuss, bei dem sich zunächst die Lippen und dann ganz vorsichtig unsere Zungenspitzen berühren, wird er direkt leidenschaftlich, fordernd. Als wollte er zunächst ausloten, ob das hier okay ist. Ja, das ist es.

Nun legt er sich auf mich, ich spreize meine Schenkel, oh, wie sehr ich ihn spüren möchte. Er presst sein Becken fest zwischen meine Beine, seine Erektion drückt gegen meine Klitoris, es trennen uns nur zwei dünne Stoffe. Ich schiebe mein Becken nach vorn. Er stöhnt auf, küsst mich, unkontrolliert. Dann schiebt er mein Tanktop hoch, ich beuge mich etwas nach oben und ziehe direkt Tanktop und Bustier aus. Als er meine Brüste sieht, stöhnt er erneut und berührt erst die eine Seite vorsichtig mit seiner Hand und wendet sich der anderen zärtlich mit seinen Lippen zu. Er beginnt, mit seiner Zunge meine harte Brustwarze zu umkreisen und zu liebkosen, bevor er schließlich leidenschaftlich daran saugt und gleichzeitig die andere Brust fester umgreift.

Dann wandert sein Mund zu meinem Bauch, das war bisher immer tabu, aber diesmal schiebe ich ihn nicht weg, sondern genieße seine Küsse. Er ist wieder so viel sanfter, seine Brust ist nun zwischen meinen Beinen, er schaut hoch, lächelt. »Danke«, entfährt es ihm und mir kommen die Tränen, ich fühle mich ihm so nah, ich lasse mich fallen und er fängt mich auf und weiß genau damit umzugehen. Er rutscht noch etwas tiefer und spreizt meine ohnehin schon weit geöffneten Beine mit seinen Armen, indem er beide von hinten umarmt und mit seinen Händen Druck auf die Innenseite meiner Schenkel ausübt. Allein das sorgt dafür, dass ich zerfließe, emotional, aber auch körperlich, er bemerkt es und stöhnt auf. Meine Erregung schmeichelt ihm nicht nur, sondern bringt ihn fast um den Verstand. Dennoch beugt er sich zunächst behutsam hinab, küsst mein Schambein, ich spüre seinen warmen Atem, während er sich vorsichtig zur Klitoris vorarbeitet.

Ich halte das nicht aus. »Fick mich einfach!«, sage ich stöhnend, fordernd und schiebe mein Becken so weit nach vorn, wie es geht, sein Mund gegen meine Klitoris gepresst. Ich sehe, dass ihm gefällt, wie groß mein Verlangen ist, und auch die Macht, die er über mich hat. »Bitte fick mich!«

Er hebt kurz seinen Blick und sagt heiser: »Es macht mich so scharf, wenn du mich bittest, dich zu ficken!«

Ich bin nicht stolz auf diese vulgären Äußerungen und doch erregt mich dieser Dirty Talk sehr. Er kann es nun auch nicht mehr aushalten und rutscht wieder hoch, sein Körper eng an meinen gepresst, meine Klitoris spürt seine Haut, und da ich so feucht bin, ist das alles andere als unangenehm oder schmerzhaft, sondern ziemlich gut, dann wird es wärmer zwischen meinen Beinen und wie durch Zauberhand, ohne sein oder mein Zutun, spüre ich seinen Schwanz, der zielgerichtet in mich eindringt. Ich stöhne laut auf. Sebastian ebenfalls. »Früher war er leiser«, denke ich, und gleichzeitig freue ich mich über diese Veränderung. Er stößt langsam und kraftvoll zu und bei jedem Stoß entfährt ihm ein Seufzer oder ein Stöhnen, bis er schließlich kommt. In mir.

Er reißt seine Augen weit auf, ich sehe die Panik darin. »Fuck! Tut mir leid!« Er schluckt und lässt sich neben mich fallen, starrt an die Decke und wirkt, als wäre jemand gestorben. Dann zieht er hörbar Luft ein, schaut mich durchdringend an und sagt panisch: »Wir müssen in die Notaufnahme und die Pille danach holen!«

Ich muss lachen, weil das voll übertrieben ist. Seine Panik verwandelt sich in Wut, fast Aggression. Erst da realisiere ich, wie ernst er das meint und wie sehr mich seine Reaktion verletzt, und mir schießen die Tränen in die Augen. Ich stehe auf und gehe ins Bad. Jetzt zu reagieren, würde nur wieder eine erneute Eskalation auslösen. Ich versuche, mich zu beruhigen. Die Erregung, die Nähe, die Geborgenheit. Alles weg. Plötzlich kommt dieses Schamgefühl wieder, dieser eigene Ekel vor der Nacktheit. Meine Atmung wird schneller. »Ein- und ausatmen«, versuche ich mich zu beruhigen. »Mein Atem ist immer bei mir«, kommt mir in den Sinn, ein Spruch von irgendeinem Meme. Ich bin bei mir, werde wieder ruhiger.

Ich kehre ins Schlafzimmer zurück, ziehe mir rasch etwas an und setze mich neben Sebastian. Er hat sich, noch immer nackt, mittlerweile aufgerichtet und lehnt an der Wand, während er ins Leere starrt.

»Sebastian, ich kann dich beruhigen, ich müsste in zwei Tagen meine Periode bekommen, mein Zyklus ist sehr regelmäßig, der Eisprung liegt nun etwa zwölf Tage zurück, die Eizelle kann in der Regel nur achtundvierzig Stunden lang befruchtet werden. Da man natürlich erst beim Einsetzen der Menstruation das Datum des Eisprungs ungefähr bestimmen kann, gibt es rund um den Eisprung circa fünf fruchtbare Tage, und da Spermien bis zu sieben Tage lebensfähig sind, sollte man am besten, je nach Zyklus, mit Einsetzen der Menstruation auf ungeschützten Geschlechtsverkehr verzichten und auch noch zwei bis drei Tage nach der fruchtbaren Phase. Die Pille danach gibt es mittlerweile ohne Rezept in der Apotheke, sie verhindert jedoch keine Schwangerschaft oder bricht sie ab, sondern verhindert lediglich den Eisprung. Dafür ist es definitiv zu spät. Wenn du dich dennoch sicherer damit fühlst, organisiere ich sie mir direkt morgen früh, noch vor der Arbeit.« Mich beruhigt es, sachlich und rational zu reden, und es lenkt mich von dem Schmerz ab, den er durch seine Panik verursacht hat.

Sebastian starrt weiterhin ins Leere und schweigt. Dann nickt er langsam. »Ja, ich würde mich sicherer fühlen. Was kostet die?«

Auch das tut weh. Beides.

Ich reiße mich zusammen und versuche, mich mit dem Gedanken an seine mögliche Bindungsangst zu beruhigen, damit, dass seine Panik sich nicht auf mich bezieht. »Das werde ich dann sehen«, sage ich ruhig, merke jedoch, wie viel Anstrengung es mich kostet, nicht in Tränen auszubrechen.

Nun steht er auf, um ins Bad zu gehen. Als er zurückkommt, zieht er seine Boxerbrief wieder an, legt sich ins Bett und dreht sich zur anderen Seite. Ich lösche das Licht.

Irgendwann beruhigt sich seine Atmung und ein leises Schnarchen setzt ein. Er schläft. Das gibt mir die nötige Sicherheit, zu entspannen und mich dann in den Schlaf zu weinen.

Als ich am nächsten Morgen wach werde, gehe ich leise nach unten, mache zwei Caffè Crema. Als ich zurückkehre und seine Tasse neben ihm auf dem Nachttisch abstelle, öffnet er die Augen. Er lächelt müde.

»Danke.«

Ich setze mich neben ihm ins Bett, er richtet sich kurze Zeit später auch auf, greift zur Tasse und so sitzen wir einen Moment nebeneinander und schweigen.

»Wie geht es dir?«, frage ich zaghaft.

Sebastian presst die Lippen aufeinander. »Es geht«, sagt er, ohne mich anzusehen. Dann trinkt er einen Schluck Kaffee und fragt: »Und dir?« Auch dabei schaut er mich nicht an, es wirkt, als schäme er sich, als wollte er nicht hier sein und als habe er Angst vor der Antwort. Ja, er wirkt so, als würde er nicht fragen, um sich nach mir zu erkundigen, sondern als ginge es um ihn.

Ich überlege, mit welcher Antwort ich ihn von seiner Anspannung befreien könnte. Sicherlich nicht mit der Wahrheit, also sage ich, so cool wie möglich: »Ganz gut! Das war jetzt nicht das, was wir geplant hatten, aber schön war es dennoch.« Die Worte waren nicht ganz so cool, aber meine Stimme hat weder Schwere, noch Reue oder gar meine Sehnsucht nach Verbindlichkeit transportiert.

Nun schaut er mich an. Er wirkt erleichtert und fragt, als wollte er sich vergewissern: »Das war also okay für dich?«

Ich bin unsicher, was genau diese Frage impliziert, aber es geht ja gerade darum, ihm Sicherheit zu geben, ihm zu zeigen, dass ich auch langsam kann, das ich meine Ungeduld überwinden kann, um ihm die Zeit zu geben, die er braucht. Ich atme tief ein und lächle so authentisch wie möglich, ich sollte ihn bestätigen. »Ja!« Das klingt sehr überzeugt.

Er wendet sich wieder ab und lächelt nun auch. »Gut! Ich hatte schon Sorge, dass das womöglich eine größere Bedeutung für dich hat. Aber ich möchte wirklich daran festhalten, nichts zu überstürzen, und wenn das okay für dich war, dann ist es ja auch ganz schön, wenn das so geht und du das auch trennen kannst.«

Ich fühle mich nun ein bisschen verarscht. Hat er das jetzt für sich so ausgeführt? Oder war das wie eine Warnung? Eine Drohung? Oder ein Angebot? Ich bin froh, dass er mich nicht anschaut, und überlege, nichts darauf zu erwidern, sondern es einfach im Raum stehen zu lassen.

Nach dem Kaffee steht Sebastian auf. Es ist nicht mal sieben Uhr und dennoch verzichtet er auf einen weiteren Kaffee, vermutlich, um seine Worte mit dieser Handlung zu unterstreichen. Er fragt, ob es okay sei, wenn er jetzt direkt fahren würde.

So lässig wie möglich gebe ich ihm die Erlaubnis. »Klar!« Ich gehe mit ihm runter, überlege kurz, ob ich ihn zur Tür bringen soll, habe jedoch Angst vor dem Abschied. Falls er mich höflich in den Arm nehmen würde, wäre meine Coolness gänzlich Vergangenheit. Also gehe ich zielgerichtet zur Kaffeemaschine und sage: »Ciao! Hab 'nen schönen Tag!«

Vielleicht bilde ich mir diesen Anflug von Enttäuschung in seinem Gesicht nur ein. Dennoch fühle ich mich bestärkt in der Entscheidung, ihn so zu verabschieden, wie man eben jemanden verabschiedet, der keinen hohen emotionalen Stellenwert hat.

Er zieht sich seine Schuhe an, dreht sich dann in meine Richtung und ruft: »Bis später mal!«

Als die Tür ins Schloss fällt, fühle ich mich benutzt und hilflos. Ich sacke auf den kalten Fliesen der Küche zusammen.

Die Ferien sind vorbei. Lasse wollte unter keinen Umständen zur Schule, was für die Qualität der Ferien bei Paul spricht. Am Tag seiner Rückkehr erzählte er mir von all den tollen Erlebnissen mit seinem Papa, immer wieder fielen ihm neue Anekdoten ein, die er preisgeben konnte. Er zeigte mir Fotos und schloss jede Geschichte damit ab, dass er mir versicherte, dass es bei mir auch gut war, anders, aber gut. Und er mir davon ja nicht erzählen bräuchte, weil ich ja dabei gewesen wäre.

Und erst da wurde mir bewusst, wie sehr er daran interessiert ist, dass es mir gut geht. Dass er mich nicht traurig machen möchte, wenn er mir davon erzählt, wie toll es beim Papa war. Ich dachte direkt an die Verantwortung, die er womöglich für mich übernehmen musste, und bekam ein schlechtes Gewissen. Gleichzeitig war ich jedoch irritiert, denn ich freue mich immer sehr über seine so schöne Beziehung zu seinem Papa und über die Möglichkeiten, die er durch ihn hat.

Als wir an dem Abend im Bett lagen, rückte Lasse mit der Sprache raus: »Papa hat eine neue Freundin!« Er möge sie, betonte er, aber die beiden, also Paul und seine Freundin, seien wohl vor Lasses Ankunft zu zweit im Urlaub gewesen. Das hatte ihn traurig gestimmt. Und dann erzählte er mir von diesen doofen Gefühlen, dass er wütend auf Papa sei und sich frage, warum er sie in ihren Urlaub mitgenommen habe, also zweimal mit ihr verreist war. Und über seine Sorgen, dass die beiden noch ein Baby bekommen könnten. Und dass er sich auch darüber ärgere, dass er sie möge, denn er wäre viel lieber wütend auf sie. Aber Papa sei irgendwie noch cooler, wenn sie da sei, und versuche dann, nie mit ihm zu meckern. Und er lache viel mehr, aber nicht so übertrieben laut wie sonst, sondern so »süß«.

Während er mir all das erzählte, empfand ich vor allem Stolz. Stolz darauf, wie gut sein Zugang zu seinen Gefühlen ist, wie er jetzt schon versucht, zu reflektieren und zu verstehen. Und ich war erleichtert und froh über unsere sichere Bindung: Er traute sich, alles auszusprechen, was er fühlte, so schambehaftet diese Emotionen und Gedanken auch waren. Zu guter Letzt bewies er einmal mehr seine Empathie, indem er den ganzen Tag über sehr bewusst versuchte, in mir keine Eifersucht auszulösen, das Gefühl, von dem er in den Ferien so geplagt war.

Ich hörte vor allem zu, bestärkte ihn, gab ihm Worte für das, was er fühlte, an die Hand, und irgendwann schlief er in meinen Armen ein. Das hatte er seit einem Jahr nicht mehr getan. Er schlief bei mir im Bett, erklärte mir aber, dass er nicht mehr kuscheln wolle, weil er sich vorgenommen habe, bald in seinem eigenen Bett zu schlafen, was er bei Papa schon könne. Und als er Nähe suchend in meinen Armen lag, empfand ich große Traurigkeit, weil ich mir vorstellte, wie er allein in seinem Zimmer geschlafen hatte, weil diese neue Frau seinen Platz eingenommen hatte, und wie traurig ihn das sicherlich gemacht haben musste.

An dem Abend konnte ich trotz Lasses Rückkehr – denn mittlerweile fällt es mir schwer, abends einzuschlafen, wenn er nicht neben mir liegt – nicht einschlafen und frönte meinem neuen Hobby.

Jennifer Angersbach
@Lieblingssternenstaub

»Soll ich vorbeikommen?«, fragt Nathalies Mutter bestürzt, während ihre Tochter am anderen Ende der Leitung schluchzt.

Nathalie nickt und schluchzt dann leise. »Ja.« Sie merkt jedoch, wie sich zu ihrer Traurigkeit ein leicht unwohles Gefühl im Bauch gesellt. Mama ist sicher nicht die erste Wahl, aber immer noch besser, als allein zu sein.

Eine halbe Stunde später klingelt es, Nathalies Mutter steht mit Sahnetorte vor der Tür. Nathalie lächelt, essen kann sie aber gerade nichts. Sie bittet ihre Mutter rein, die sich direkt in die Küche begibt und Kaffee aufsetzt.

Nathalie folgt ihr und lehnt an der Arbeitsplatte.
Kaffee. Sofort schießen ihr wieder Tränen in die
Augen. Marc liebte Kaffee, trinkt ihn aber jetzt lieber
mit Jasmin.
»Es fällt mir schwer, Dich so zu sehen, Liebes! Na
komm, hör mal auf, zu weinen. Sei lieber froh, dass
es rausgekommen ist!«
Ihre Mutter versucht, sie zu trösten, aber das
unwohle Bauchgefühl kommt wieder hoch. Klar,
besser so, als weiter angelogen zu werden, aber
noch besser wäre es, wenn es einfach nicht
passiert wäre. Sie denkt an seine Erklärung und an
seine anderen Worte: Er habe das auch nicht
gewollt, aber ihm habe ein bisschen
Aufmerksamkeit gefehlt.
Nathalie schluchzt auf. »Ich hätte es verhindern
können, ich habe ihn als zu selbstverständlich
genommen!«
Ihre Mutter schüttelt mir dem Kopf. »Na komm, das
bringt doch nichts. Das ist jetzt passiert. Lieber ein
Ende mit Schrecken als ein Schrecken ohne Ende!«
Sie deckt den Tisch und bedeutet Nathalie, sich zu
setzen. Nathalie sackt auf dem Stuhl zusammen, sie
weint, ja, es ist vorbei und das tut so weh.
»Ich weiß einfach nicht, wir … Wir wollten ein Baby.
Heiraten. Und jetzt bin ich Mitte dreißig und kann
das doch alles vergessen.«
»Na, jetzt übertreib mal nicht, Du bist
zweiunddreißig! Und du weißt doch, wie schnell das
gehen kann, dann gedulde ich mich eben noch mit
dem Omawerden«. Sie zwinkert ihrer Tochter zu und
beginnt, die Torte zu essen.
»Mama, ich kann mir einfach kein Leben ohne ihn
vorstellen …«

Fies. Genau deswegen mag ich Jennis Dialoge so, sie schafft es, eine ganz schwere Stimmung mit einem kurzen Wortwechsel zu erzeugen. Eine schwere Stimmung, in der ich mich sofort angesprochen und an gewisse Lebenssituationen erinnert fühle.

Also, warum? Einfach: Nathalie wird nicht verstanden, ihr werden die Gefühle verboten und sie soll bitte einfach wieder fröhlich sein.

Weil sie sich nicht verstanden, nicht gesehen und nicht gehört fühlt – schlimmer noch: Ihre Mutter signalisiert, wie schlecht es **ihr** dabei geht, Nathalie so leiden zu sehen. Sie bittet sie, mit dem Weinen aufzuhören, spricht ihr also ihre Gefühle ab und fordert sie auf, froh zu sein, bevor sie ihr vorwirft, dass sie anscheinend gerne leidet und nicht nach vorn blicken möchte.

Stimmt. Ja! Und da war wieder der Gedanke an meine Mama. Dieses subtile Schuldgefühl, wenn ich mal geweint habe oder es mir nicht gut ging oder ich geärgert wurde. Wie oft sie rumgeschrien hat und uns Kindern gesagt hat, dass wir zu laut seien, wir uns nicht benehmen könnten, sie hätte gerne ihre Ruhe, aber wir, wir sorgen dafür, dass es ihr schlecht gehe. Und damals hat sich zu dem eigenen Leid noch ein Schuldgefühl gesellt. Wieder einmal ein Grund, warum es mir so schwerfällt, bedürftig zu sein. Bedürftig sein bedeutet, anstrengend, eine Last zu sein.

Gefühle müssen durchlebt werden, im Idealfall darf ich sie rauslassen, dadurch, dass ich verstanden werde und man mir Raum gibt, meine Verantwortung bei mir lässt, in mich vertraut und da ist. Zuhört. Statt mir meine Welt zu erklären und mir zu sagen, was ich tun sollte – immerhin trage ich schlussendlich die Konsequenzen.

O Mann. Ja. Es wäre so schön, wenn das einfach selbstverständlich wäre. Jennis Hashtag macht immer mehr Sinn: #WeltfriedendurchSelbstliebe. Wenn jeder mit sich im Reinen wäre und nicht immer wieder um Aufmerksamkeit, Anerkennung kämpfen und danach streben würde, dauerhaft glücklich zu sein, wäre es vermutlich viel leichter auszuhalten, da zu sein, zu vertrauen.

Nathalies Mutter fällt es schwer, »auszuhalten«: Sie sieht sich in der Aufgabe, ihrer Tochter zu helfen, fühlt sich verantwortlich, möchte aufmuntern und sich so vom eigenen Leid, ihre Tochter so sehen zu müssen, befreien. Nathalies Mutter meint es gut, sie liebt ihre Tochter und würde sie am liebsten vor jeder Krise und jedem Tief beschützen.
Nathalie fühlt sich dadurch immer wieder wie ein kleines Mädchen, dem die Mutter nichts zutraut, und heute hätte sie sich einfach eine Umarmung gewünscht, etwas Raum.

Es ist gar nicht so leicht, »auszuhalten«.

Wir wollen wirksam sein, bieten Lösungen an (ohne das Problem zu würdigen), verteilen Ratschläge, spenden Trost mit Plattitüden, wollen etwas Kluges, Hilfreiches sagen. Wir wollen helfen. Wir wollen positiv denken und sagen, dass alles »nicht so schlimm« ist.
Versuche, da zu sein, zuzuhören, Raum zu geben, und bedenke: Alles, was dein Gegenüber sagt, ist jetzt gerade wahr für ihn/sie. Und vertraue darauf, dass er seinen/sie ihren Weg finden wird, in seinem/ihrem Tempo.

Je größer die gefühlte Verantwortung, desto größer das Mit(Leid).
Gerade wenn es um eigene Kinder geht, bei denen wir sehr lange eine große Verantwortung übernommen haben und zum Teil noch übernehmen, aber auch in der Partnerschaft oder in Freundschaften, eigentlich in Beziehungen jeglicher Art, fühlen wir nicht nur mit, sondern verspüren

auch die Verantwortung. Vielleicht nicht die Verantwortung für das Problem, aber die Verantwortung, den Anderen oder die Andere wieder glücklich zu machen. Dabei vergessen wir vollkommen, dass wir das Leid nicht nehmen können. Wir können nicht für jemand Anderen fallen, wir können lediglich auffangen, halten, bis er/sie wieder von allein stehen kann.

Der Wunsch, zu helfen, impliziert einen Mangel an Vertrauen. In Krisen jedoch bedarf es Bestärkung und Verständnis.

Falls Du kleine Kinder hast oder kennst, erinnerst Du Dich noch an die Autonomiephase, so im dritten Lebensjahr? Das Kind braucht ewig, um sich selbst etwas anzuziehen, im stressigen Alltag bist Du vielleicht mal zur Hilfe geeilt. Und wie hat Dein Kind reagiert? Vermutlich mit einem klaren Signal: »Ich will das alleine machen!« Okay, eher mit einem wütenden »ALLEIN«.

In dieser Autonomiephase brauchen Kinder vor allem das Vertrauen darin, dass sie es schaffen. Es bedarf Geduld und ausreichend Zeit, sodass sie sich ihrer selbst immer sicherer werden. Du kannst in dem Fall bestärken, allein dadurch, dass Du ihnen Dinge zutraust.

Und dieses Vertrauen und diese Bestärkung benötigen wir auch, oder vor allem im Erwachsenenalter. Wenn Dich jemand fragt, ob Du ihr/ihm zeigen kannst, wie man Reifen wechselt, und Du sagst dann: »Ich mach das für Dich!«, sorgst Du ganz subtil für eine Abhängigkeit und vermittelst das Gefühl »Du schaffst das eh nicht«. Wenn Du zugehört hättest, Dich in die Person hineinversetzt hättest,

Ich fühlte mich an dem Abend ertappt. Und schämte mich. Sehr sogar. Ich wollte, vermutlich aufgrund meiner eigenen Geschichte, dass Lasse sich immer gesehen und gehört und verstanden fühlt, und habe immer mal wieder Verantwortung übernommen, obwohl er sie selbst haben wollte. Aus Zeitmangel, aus der Interpretation heraus, dass es für ihn ja auch mühsam ist, sich allein anzuziehen. Entweder habe ich direkt eingegriffen oder ihn gar in seinem eigenen Mangel an Selbstvertrauen bestärkt, indem ich bei dem kleinsten Anzeichen von Überforderung nicht gesagt habe: »Komm, versuch es noch mal allein, du schaffst das!«, sondern direkt geholfen habe.

Und während ich an die Zeit, als er jünger war, zurückdachte, überkam mich ein weiteres Gefühl: Stolz. Ich dachte an das erste Gespräch mit Lieblingssternenstaub, daran, wie ich einerseits sagte, ich sei überfordert, fühle mich allein und hilflos. Und als sie es fast exakt so wiederholt hat, habe ich sie so furchtbar angeschrien und mich verteidigt und gesagt, dass ich NICHT BE-DÜRF-TIG sei, dass ich STARK sei, weil ich ja dennoch alles packe und hinkriege. Und dann musste ich schmunzeln, klar, ich wollte damals nicht wahrhaben, wie schlecht es mir geht, wie bedürftig ich bin, wie allein ich mich fühle – obwohl es der Wahrheit entsprach. Aber statt diese Wahrheit zu akzeptieren, habe ich selbst die Augen davor verschlossen. Und wenn man die Dinge nicht annimmt, weil man sie nicht haben will, kann man nicht loslassen, es verändert sich auch nichts. Dann fühlt man sich als Opfer, weil man ausgeliefert ist, vor allem sich selbst.

Ich bin nicht perfekt, noch lange nicht, ich bin auch nicht die tollste Mutter oder Frau, gar keine Frage, aber diese

Selbstliebe, diese Selbstakzeptanz, in der alles, was eben da ist, das Gute wie das Schlechte, oder eher Ungewollte, da sein darf, ist wie eine Superkraft. Denn ich bin nun offen. Offen für meine Themen und Schwächen. Ja, ich schämte mich bei dem Gedanken daran, wie ich Lasse damals nicht so bestärkt und gefördert habe, wie ich es hätte tun sollen. Ich schämte mich zurecht. Und ich verstand, dass ich damals alles gegeben habe, was ich geben konnte. Für solche Feinheiten war keine Zeit. Aber jetzt verstehe ich den Zusammenhang, ich verstehe, und nun kann ich es akzeptieren und es verändert sich.

Ratschläge und Lösungsvorschläge sind häufig das Resultat von Mitleid.
Vielleicht ist Dir mittlerweile klar, was genau der Unterschied ist zwischen Mitleid und Mitgefühl. Sobald Du merkst »Boah, ich kann das nicht ertragen, wie sie/er leidet!«, fühlst Du Dich verantwortlich für das Wohlbefinden des Anderen. Und Du möchtest wirksam sein, nennst Lösungen oder Ratschläge, obwohl Du gar nicht danach gefragt worden bist. Und Du vergisst dabei, dass Du eben nicht mit Dir selbst redest.
Wenn jemand ganz furchtbare Angst vor Konflikten mit seinem oder ihrem Vorgesetzten hat, weil immer mehr Leute nach und nach entlassen worden sind, aber Du ein freundschaftliches Verhältnis mit Deinem Chef oder Deiner Chefin hast, dann mag es aus Deiner Sicht sinnvoll sein, das Gespräch zu suchen und Dich zu beschweren. Aber für Dein Gegenüber ist das keine Option. Das wüsstest Du, wenn Du sie oder ihn ausreden lassen würdest.

Wie gut ich diese Erklärung aus Sicht der »Raterhaltenden« nachvollziehen kann. Wie oft ich mich unverstanden fühlte und fühle, wenn mir dann Lösungen vorgeschlagen werden, die für mich keine Option darstellen. Wie oft sich dadurch aber auch das Gefühl eingeschlichen hat, dass ich scheinbar zu blöd, für die ach so nahegelegene Lösung bin und wie viele Spannungen solche Ratschläge ausgelöst haben. Selbstzweifel, ob es wirklich ein Problem ist, wenn die Lösung doch so simpel ist. Frust über das Unverständnis des Gegenübers, oder Frust darüber, tatsächlich einem Ratschlag gefolgt zu sein – ohne den ersehnten Erfolg, und ich mich dann ausgeliefert gefühlt habe, weil ich zwar die Konsequenzen trug, aber vorher die Verantwortung abgegeben habe und es sich dadurch so ungerecht anfühlte, ich mich so hilflos fühlte.

Der- oder diejenige, der oder die die Konsequenzen trägt, ist in der Verantwortung.

An der Stelle musste ich lachen, hatte ich das nicht gerade erst selbst beschrieben?

> Greifen wir das Beispiel mit den Arbeitsbedingungen noch mal auf. Was wäre, wenn Dein Gegenüber den Ratschlag, das Gespräch zu suchen, umsetzt und dann eine betriebsbedingte Kündigung als Konsequenz folgt? Dann wirst Du Dich vielleicht schuldig fühlen oder die Schuld bekommen, aber es ändert nichts an der Kündigung. Klar kannst Du dann sagen, dass es doch ihre/seine Verantwortung war und er/sie vielleicht im Gespräch hätte freundlicher sein sollen, oder was auch immer.
> Wenn Du nicht die Person bist, die die Konsequenzen trägt, bist Du nicht in der Verantwortung.

»Vielleicht sollte ich mir diesen Satz merken, als Antwort auf ungebetene Ratschläge?«, dachte ich.

Es ist spannend, wie ich hier selbst immer wieder schwanke zwischen der Reflexion als »Täter«, insbesondere, wenn ich an Lasse denke und ihm durch mein Verantwortungsgefühl die Bestärkung, die er eigentlich gebraucht hätte, vorenthalten habe. Und andererseits die Reflexion, oder vielmehr die Erkenntnis, zu verstehen, warum es sich so frustrierend und gar beschämend anfühlt, einen Ratschlag als Resultat des Mitleids oder überhaupt Mitleid allgemein zu bekommen. Wie oft habe ich mich hinterfragt und überlegt, ob ich vielleicht undankbar sei, wenn ich nicht sofort mit »Oh, gute Idee!« reagiert habe. Und wie oft habe ich mich gegen sämtliches Mitgefühl gewehrt, weil es sich für mich in den meisten Fällen wie Mitleid angefühlt hat. Der Unterschied, der so wichtig ist, wird mir jetzt erst langsam so richtig klar.

Brüche geht, dann ist das so, und wenn sich daraus
eine Ehe und drei Kinder entwickeln, dann ist das
auch so. Das wird und darf Nathalie ganz allein
erfahren, erleben, in ihrem Tempo. Vertraue darauf,
dass sie da rauskommt und sei einfach da. Klar
kannst Du Deine Meinung sagen, wenn Du danach
gefragt wirst, aber Deine Meinung ist auch nur
Resultat Deiner Erfahrungen und spiegelt nicht die
allgemein gültige Wahrheit wider. Also versuche,
ohne Abwertung zu reagieren. Es ist voll okay, zu
sagen: »Mir hat Tinder nur geschadet nach meiner
Trennung von xy.« Aber es ist anmaßend und
herablassend, ihr beispielsweise zu sagen, dass sie
selbst schuld ist, wenn sie bald wieder
Liebeskummer hat, weil Tinder voller Idioten ist!

**Wer sich verbal immer im Kreis dreht,
suhlt sich nicht im Leid, sondern wurde
noch nicht verstanden.**

Ja, ja und nochmals ja: Es ist unglaublich anstrengend,
wenn immer wieder dieselbe Schallplatte läuft. Es ist
frustrierend, und irgendwann kann man es nicht mehr
hören. Aber vielleicht hilft es Dir, den Sinn dieser
Wiederholungen zu verstehen? Es ist nämlich so, dass
wir uns immer dann wiederholen, wenn wir das
Gefühl haben, dass der Kern von dem, was wir sagen
wollen, noch nicht verstanden worden ist. Vielleicht
auch bisher nur nicht von uns selbst. Falls Dir das also
erneut passiert, dass Du genervt bist von den
Wiederholungen, dann stell es einfach mal zur
Verfügung. Sag: »Wir haben eure Trennung nun von
allen Seiten angeschaut, immer wieder drehst Du Dich
im Kreis, kann es sein, dass ich irgendwas noch nicht
verstanden habe?«

Dieser Hinweis hilft mir gerade vor allem in meiner Beziehung zu mir selbst, denn ich finde mein Gedankenkarussell anstrengend und nervig. Aber auch das hat einen Sinn, irgendwas wurde noch nicht verstanden. Ein Lächeln der Erleichterung breitet sich aus.

> **Du kannst eigene Fehler nicht korrigieren, indem Du andere davor bewahrst.**
> Zu guter Letzt: Manchmal sehen wir bei Anderen etwas oder werden mit einer Situation konfrontiert, die wir sehr gut kennen und aus der wir so oder so herausgekommen sind. Wir leiden genau deswegen so mit, weil wir getriggert werden und an unser Leid von damals denken. Da wir es ja so und so da rausgeschafft haben, wollen wir unserem Gegenüber helfen, auch da herauszukommen oder wollen sie/ ihn vor den Fehlern bewahren, die wir in der Situation begangen haben. Löblich, nobel und eine weitere Erklärung, warum Du manchmal mit Wiederholungen oder »Ja, aber ...«-Satzanfängen konfrontiert wirst. Du verstehst nicht sie oder ihn. Du verstehst Dich und redest mit Dir selbst.

Ein schöner Post. Der letzte Absatz erinnerte mich an meinen Impuls, mich bei der Beratungsstelle zu bewerben. Ich nehme mir vor, genau darauf zu achten, ob und inwiefern ich das Angesprochene vielleicht auch tue. Wie hilfreich, dass Jenni hier direkt ein Anzeichen aufzeigt, sobald jemand »Ja, aber ...« sagt, habe ich wohl etwas über das Ziel hinausgeschossen und irgendwas noch nicht verstanden.

Ansonsten ist verhältnismäßig wenig passiert in den vergangenen drei Wochen. Das Konzert kurz nach der Begegnung mit Sebastian war so wundervoll. Barfuß auf der Wiese zu tanzen und zu singen. Ich war so glücklich und bekam einen Geschmack von diesem zuckersüßen Leben, das auch ohne eine verbindliche Beziehung und ohne vermeintlich intakte Familie keinen bitteren Beigeschmack haben muss.

Sebastian und ich trafen uns ein- bis zweimal pro Woche, Linda und ich opferten dafür die Insel, was ihr ein bisschen mehr Zeit für den Haushalt gab und somit auf eine andere Art als die Insel für Erleichterung sorgte. Und ich, ich gewann einen neuen guten Freund – auch wenn ich nach wie vor eine andere Absicht verfolgte.

Die Abende waren schön, fast inselartig, und mit diesem angenehm freudigen Gefühl von Nähe auf diese intime Art und Weise. Wir schauten »After Life«, kuschelten, aber küssten uns nicht und hatten auch keinen Sex mehr. Er arbeitete viel, die neue Kollegin hatte gekündigt und Ersatz war schwer zu finden, er renovierte und erzählte von seinem Vater, der langsam in ein Alter kam, in dem er mehr Unterstützung brauchte, als beiden lieb war.

Ich bekam mehr und mehr ein Gespür für Sebastians vermeintliche Bindungsangst, auch mithilfe einer neuen Podcast-Reihe von Jenni alias Lieblingssternenstaub. Es ergab Sinn, dass er sich vermutlich in einem Maße vor der Verantwortung eines Menschen scheute, daher übernahm er gerne Verantwortung in anderen Bereichen, in denen die Formel Anstrengung = Erfolg aufging. Ich erkannte, wie ähnlich wir uns waren, und liebte ihn von Begegnung zu Begegnung mehr, hielt mich aber zurück, das Wort »Beziehung« oder meine Gefühle auszusprechen, sondern gab mich mit dem zufrieden, was ich bekam.

Am letzten Tag vor den Ferien fragte ich Lasse, was ihm beim Wiedereinstieg in den Schulalltag helfen würde, denn schwänzen, seine erste Idee, war keine Option. Er überlegte und meinte: »Chips zum Abendbrot im Bett!«

Also erlaubte ich ihm das. Lasse hat allerdings die Angewohnheit, in Chips zu beißen, also Stücke abzubeißen, was dazu führte, dass das ganze Bett vollgekrümelt war. Als ich ihn darauf hinwies und ihm eine alternative Strategie zum Chipsessen anbot, weil wir sonst das Bett neu beziehen müssten und das seine Aufgabe sei, meinte er, die Krümel würden ihn nicht stören. Als die Chips leer waren und er sich hin und her wälzte, kam nur die Frage, wie lange es denn dauern würde, bis das Bett wieder bezogen wäre. Ich musste lachen und stand auf. Er grinste mich nur an und meinte: »Hättest du mal nicht so gierig gegessen!« Daraufhin kitzelte ich ihn aus, bis er sich dazu bereit erklärte, mir zu helfen. An diesem Abend schliefen wir erst gegen Mitternacht ein und waren beide entsprechend gerädert, sodass der Morgen danach auch mir sehr schwerfiel.

Heute ist Donnerstag, die ersten zwei Wochen nach den Ferien sind fast geschafft, nach Feierabend sammle ich die Jungs der Fahrgemeinschaft vor der Schule ein und bringe alle nach Hause. Lasse freut sich aufs Wochenende und erzählt mir von der Schule, während ich vollgepackt die Tür aufschließe und auf einen Brief trete, der unmittelbar vor der Tür liegt – durch den Briefschlitz geschoben. Ein offizieller Brief im grauen Umschlag mit dem aufgedruckten NRW-Wappen.

Ich bleibe wie versteinert stehen, Lasse rempelt mich von hinten an. Ich zittere. Er beschwert sich darüber, dass ich nicht reingehe. Ich hebe den Brief wie in Zeitlupe auf. Er ist von der Staatsanwaltschaft.

Ich lasse die Tasche zu Boden sinken. Lasse quetscht sich an mir vorbei und begrüßt Alice, die schon auf der Treppe auf uns wartet. Ich stehe noch immer in der offenen Tür und versuche, den Brief zu öffnen. Ich bekomme kaum Luft.

Lasse geht mittlerweile zum Kühlschrank und nach einer kurzen Prüfung des Inhalts fragt er genervt: »Gehst du gleich einkaufen?« Er schließt die Tür und erschrickt über meinen Anblick. »Alles gut?«, fragt er nun deutlich sanfter und besorgt.

»Ich …« Mehr sage ich nicht, endlich habe ich den Brief geöffnet. *die Befragung ist nun abgeschlossen … Aussage gegen Aussage … psychologisches Gutachten …*, lese ich und werde aufgefordert, mich mit einer Gutachterin in Verbindung zu setzen.

Lasse weiß von dem Missbrauch. Meine Arbeit in der Beratungsstelle hat mich darin bestärkt, offen, klar und kindgerecht über die Thematik zu reden. Wenn die Bilder oder Metaphern zu abstrakt sind, sei es kontraproduktiv. Er weiß auch von meiner Anzeige und ich erkläre ihm, dass ich nun zu einem Gespräch muss, bei dem meine Glaubwürdigkeit geprüft wird. Zumindest reime ich mir das zusammen.

»Ich rufe da jetzt kurz an, weil das wirklich wichtig ist. Danach gehe ich einkaufen und du kannst dir jetzt gerne Rührei machen!«

»Kann ich auch einfach den Speck essen?«, fragt Lasse hoffnungsvoll und reißt seine Augen dabei ganz weit auf.

Ich lächele ihn an. »Klar«, sage ich, eher abwesend statt bestärkend.

Er grinst, als hätte er gerade irgendwas gewonnen, öffnet den Kühlschrank, greift zum Speck und reißt die Packung so auf, dass die Hälfte auf den Boden fällt, ignoriert das jedoch völlig und geht hoch in sein Zimmer. Ich atme einmal tief ein und aus. Dann greife ich zum Handy und rufe die Sachverständige an.

»Strupp und Partner, mein Name ist Kaiser, was kann ich für Sie tun?« Eine sehr freundlich klingende Stimme beantwortet meinen Anruf. Ich bin unsicher, was ich überhaupt sagen soll. »Hallo? Mit wem spreche ich?«, fragt Frau Kaiser nun.

»Hallo, mein Name ist Marina, Marina Neumann, ich habe ein Schreiben erhalten, in dem ich dazu aufgefordert

werde, mich mit Ihnen in Verbindung zu setzen. Es geht …«
Ich breche ab.

Frau Kaiser nutzt die Pause und sagt: »Ja, Frau Neumann.
Das ging ja schnell. Sollen wir direkt einen Termin vereinbaren?«

»Ich, also … Ich würde da gerne, ich habe noch Fragen«,
stammele ich und habe direkt Sorge, in die Kategorie »an-
strengende Klienten« eingeordnet zu werden.

Frau Kaiser stöhnt jedoch nicht, wie erwartet, genervt auf,
im Gegenteil. Ihre Stimme wird weicher, sanfter und klingt
nicht mehr so professionell freundlich. »Ja, das kann ich verstehen. Frau Strupp ist allerdings heute nicht im Hause und
ich darf leider keine Fragen zur psychologischen Begutachtung
beantworten. Wir können aber gerne einen Termin vereinbaren und dann ruft Frau Strupp Sie an, sobald sie wieder im
Hause ist.«

Ich fühle mich etwas überrumpelt, will jedoch auch keine
Umstände machen, also sage ich: »Ja, ähm, also ich, wie
schnell hätten Sie denn einen Termin frei?« Jetzt ist es auch
egal, ich möchte es nur hinter mich bringen.

»Morgen hätte ich noch einen Termin um zwölf Uhr, aber
das ist vermutlich zu kurzfristig, dann ginge es am Dienstag um
vierzehn Uhr dreißig oder kommenden Freitag um neun Uhr.«

»Gibt es auch Termine ab fünfzehn Uhr?«, frage ich vorsichtig.

»Ja, allerdings erst in zwei Wochen, am Donnerstag um
siebzehn Uhr«, sagt sie geduldig.

Ich möchte direkt losweinen. Das ist zu spät und da habe
ich Lasse. Und vormittags muss ich arbeiten.

»Wann könnten Sie denn, Frau Neumann?« Frau Kaiser
klingt weiterhin freundlich, sie hat mein Schweigen richtig
interpretiert.

»Eigentlich gar nicht«, sage ich ehrlich und ich befürchte,
sie hört, wie aufgelöst ich bin.

»Frau Neumann, es ist möglich, Ihnen eine diskrete Bescheinigung für Ihren Arbeitgeber auszustellen, sollte es daran scheitern.«

Ich nicke. »Ja, ähm, dann morgen um zwölf Uhr?« Leider hat diese Information lediglich mein Zeitproblem gelöst, nicht jedoch meine Angst vor dem Termin gelindert.

»Gerne.«

Dann beschreibt sie mir den Weg, erkundigt sich, ob ich vorab mit Frau Strupp sprechen möchte, und erklärt, dass das eventuell so kurz vorher nicht mehr funktioniert, sie es aber dennoch versuche, und wir verabschieden uns.

Sofort rufe ich meine Chefin an, ich erkläre ihr, dass ich morgen eine wichtige gerichtliche Anhörung gegen Mittag habe. Sie stellt keine Fragen und sagt, sie kümmere sich darum, dass meine Termine für morgen verschoben werden und ich mir keine Sorgen machen müsse. Zum Abschied wünscht sie mir noch ein schönes Wochenende und ich bedanke mich für ihr Verständnis. Dann schießen mir die Tränen in die Augen. Wie gut mir dieser neue Job tut, ich musste mich nicht groß erklären und wurde dennoch gehört, meine Bedürfnisse werden nicht mit Füßen getreten, im Gegenteil, ich werde gesehen. Ist das vielleicht eine typische weibliche Stärke, das Gedankenlesen? Kein Wunder, dass ich mich jahrelang so ungesehen und unverstanden gefühlt habe, während ich versucht hatte, weibliche Kontakte so weit es ging, zu meiden, oder zumindest nicht allzu nah an mich herankommen zu lassen – bis auf die wenigen Frauen, die auch heute noch eine wichtige Rolle in meinem Leben spielen.

Dann denke ich wieder an den Termin. Morgen. Das geht mir alles zu schnell. Es sind keine vierundzwanzig Stunden mehr. Ich habe keine Ahnung, was mich erwartet, und da Lasse ab morgen wieder bei Paul ist, ist es vielleicht das Beste, es einfach rasch hinter mich zu bringen. Ich merke, wie angespannt ich noch immer bin, trotz der Tränen, die eigentlich Stress abbauen sollten.

Ich greife erneut zu dem Schreiben. Die Befragungen seien abgeschlossen, meine Mutter weiß also mittlerweile davon, vermutlich schon länger, und hat sich nicht gemeldet. Aber das ist es nicht, dieser Gedanke sorgt weder für eine Linderung noch Verschlechterung meiner Stimmung. So richtig verstehen kann ich meine starke emotionale Reaktion nicht. Denn der Missbrauch selbst ist nichts, was mich noch stark belastet, oder anders: Ich kann mittlerweile darüber reden. Ich binde es nicht jedem auf die Nase, und beruflich könnte man mir eher einseitige Absichten unterstellen, was nicht der Fall ist, hoffe ich. Beispielsweise eine Männerfeindlichkeit, eine zu starke Tendenz in Richtung Unabhängigkeit, vermutlich auch eine angsteinflößende Aufklärung – also einfach die Gefahr, dass die Präventionsarbeit eben nicht ganzheitlich ist. Außerdem könnte ich meine Geschichte projizieren oder gar getriggert werden.

Das ist etwas, was ich noch vor der Bewerbung bei der AWO-Beratungsstelle mit Jenni reflektiert habe. Dennoch bin ich zu dem Schluss gekommen, dass ich glaube, eher von meiner Erfahrung zu profitieren, weil eben meine eigene Erfahrung mir hilft, mich auch in komplexe Dynamiken hineinzufühlen, und ich viel besser aushalten kann. Insbesondere, da ich gar nicht so sehr unter dem tatsächlichen Tatbestand des »schweren Kindesmissbrauchs« leide. Vielmehr habe ich jahrelang unter den mir fehlenden Schutzstrategien gelitten, habe mir die Schuld gegeben, um bloß kein Opfer zu sein, habe mich selbst gedemütigt und verachtet, dafür, dass ich nicht *einfach* Nein gesagt habe – ohne zu hinterfragen, ob es etwas geändert hätte. Statt die Handlung zu verurteilen, verurteilte ich mich selbst. Mir fehlte einfach diese ganzheitliche Aufklärung, die mich bestärkt und mir Hilfsangebote aufgezeigt hätte. Und ich litt unter der Tatsache, »nicht gesehen« worden zu sein. Und machen wir uns nichts vor: Darunter leide ich noch heute und halte zum Teil an dem Glauben fest, dass ich mich vielleicht nur mehr anstrengen muss, wenn ich abgelehnt werde. Und mir das bewusst zu machen, das anzunehmen, statt mich dafür zu verurteilen, hat mir eine ganz neue Freiheit geschenkt, eine Handlungsfähigkeit. Denn Anpassung und Anstrengung sind ja nicht per se schlecht! Kaum auszudenken, was und wer aus mir werden würde, wenn ich das Muster gänzlich ablegen könnte. Ein egozentrischer Mensch, der meint, ihm stünde alles zu, weil er schon zu viel Unrecht erfahren habe, der aber selbst vor lauter Lethargie und Anstrengungsverweigerung nicht ins Handeln käme? Ich habe zu lange in Schwarz und Weiß gedacht, bewertet, verachtet.

Ich denke an meine Allergie-Analogie. Gewisse Muster werde ich vermutlich nie ganz los. Und selbst, wenn ich sie loswerden könnte: Will ich das überhaupt noch? Selbst wenn es die Option auf vollständige Heilung gäbe, wäre es fatal, meinen Fokus auf das Heilen zu richten, statt mein Leben zu leben. Ja, vielleicht mit gewissen Einschränkungen, aber wer hat die nicht?

Daher hat mich der Lieblingssternenstaub-Kanal so angesprochen, diese Korrektur von »Du musst Dich erst selbst lieben lernen«. Nein, muss ich nicht! Ich muss nicht abstinent leben, mir Beziehungen und Liebe verbieten, bis ich mich endlich selbst liebe. Ich darf in Beziehung heilen, ich darf an Beziehung wachsen. Und selbst wenn ich in diesem Leben niemals heirate, dann ist das aus meiner Sicht schade, ja. Aber ich werde vermutlich auch nie um die Welt segeln. Und hätte ich eine Haselnussallergie, könnte ich nie Toffifee essen.

Dieser kleine Gedankenexkurs hat mich ein wenig beruhigt und bestärkt. Ich freue mich auf die Insel mit Linda, in drei Stunden ist es so weit. Ein Lächeln huscht über mein Gesicht.

»Lasse!«, rufe ich nach oben. Keine Antwort. Ich rufe erneut. Dann schreie ich.

»Boah, Mama, jetzt lass deine schlechte Laune nicht an mir aus!«, ruft er laut aus seinem Zimmer.

Argh! Ich gehe hoch. Er sitzt auf seiner Couch und streichelt Alice, ich setze mich neben ihn. Er blickt nicht hoch. »Lasse?«, frage ich sanft.

Nun schaut er mich an, er wirkt eher traurig als wütend. »Mama? Warum hat der das gemacht?«, fragt er unsicher und krault dann weiter Alice, die es sichtlich genießt, sich nun auf den Rücken legt und am Bauch kraulen lässt. Unüblich für eine Katze, wurde mir mal gesagt.

»Lasse, ich weiß es nicht. Manche Menschen haben Krankheiten, da funktioniert das Gehirn nicht mehr so gut und sie verlieren ein Gespür für ihre Mitmenschen und auch für sich selbst. Und manchmal, da glaubt jemand, dass er im Recht sei, und nimmt sich, was er glaubt, was ihm zustünde, weil ihm vielleicht auch mal was genommen wurde. Oft haben die Menschen, die böse Dinge tun, selbst ganz viel Böses erlebt und wissen dann nicht mehr, was gut und was böse ist. Aber das sind nur Erklärungen, das ändert nichts daran, dass es böse, gemein, ungerecht oder so ist.«

»Ich hoffe, er kommt ins Gefängnis!«

Und so sehr ich Lasses Wut verstehen kann, seinen Wunsch nach Strafe, so möchte ich ihm keine Hoffnung auf eine Gefängnisstrafe machen. Auch weil mir bewusst ist, wie unwahrscheinlich es ist, dass es tatsächlich zu einem Strafverfahren, geschweige denn zu einer Verurteilung, kommen wird. Immerhin würde die Staatsanwaltschaft ohne Anhaltspunkte vermutlich kein Gutachten anfordern. Mir geht es außerdem gar nicht um Strafe, und auch das erkläre ich ihm nun.

»Mir ist es sogar egal, ob er ins Gefängnis kommt, Lasse. Das war schlimm, was er gemacht hat, aber viel schlimmer war, dass ich mich nicht beschützen konnte und mich keiner gerettet hat. Und daran ändert eine Strafe nichts.«

»Warum hat dich keiner gerettet?«, fragt er, ganz unbedarft und neugierig, wie ein Kind eben, das nicht versteht, und nicht wie der sonst so coole Fast-Teenager, der er gerne schon wäre.

»Weil es keiner wusste, und ich hatte Angst, davon zu erzählen.«

Er nickt. »So, wie ich mal Angst hatte, als ich Ärger bekommen habe und dir den Brief von meiner Lehrerin nicht gezeigt habe?«

Mir schießen die Tränen in die Augen, vor Stolz, Bewunderung und Erleichterung darüber, dass er versteht. Er hinterfragt nicht, sondern erkennt meine Antwort als Wahrheit an, ohne zu bewerten, und zeigt mir durch diese treffende Analogie, wie sehr er es verstehen kann, diese Dynamik der Angst, für deren Verständnis ich selbst so viele Jahre brauchte.

»So ähnlich. Ja«, sage ich leise und tief berührt.

Lasse schaut mich nicht an, sondern streichelt wieder Alice und fragt: »Und schimpfst du deswegen nicht mit mir, wenn ich mal was Blödes gemacht habe oder ’ne Fünf schreibe?«

Ich lächele und eine Träne kullert über meine Wange, dann sage ich nickend: »Na ja, du ärgerst dich doch selbst schon über eine Fünf, warum soll ich dich dann auch noch ärgern?«, und zucke mit den Schultern.

Lasse nickt. Dann schaut er mich direkt an. Der Vorteil, wenn man nur noch selten Mascara benutzt: Man sieht kaum, dass da gerade eine Träne über mein Gesicht lief, zumindest wirkt er weder sonderlich irritiert noch besorgt, und fragt: »Warst du schon einkaufen?«

Ich lache und schüttele mit dem Kopf: »Willst du mit?«

Er nickt, beugt sich zu Alice hinunter und sagt: »Ich bin gleich wieder da, okay?« Er küsst sie auf ihren kleinen Kopf und steht auf.

Ich schmelze dahin. Ich bin so stolz auf sein Sein, ich liebe ihn so, so sehr. Nicht für das, was er tut oder leistet, insbesondere seine »Leistung« hält sich ja ohnehin in Grenzen, sei es im Haushalt oder in der Schule, sondern über seine Persönlichkeit, seine Art, zu denken, zu reflektieren, sein Mitgefühl. Ich liebe ihn dafür, dass er einfach ist, wie er ist, und sich genau so zeigt. Wie oft er mir die Welt erklärt, mir widerspricht und wie viel ich von ihm lerne, während er mir sagt, warum er dieses oder jenes jetzt wirklich nicht gut findet oder tun will. Umso überraschender ist es dann, wenn er mich plötzlich ohne Aufforderung, beim so verhassten Einkaufen begleiten will und sich vorab noch bei Alice verabschiedet wie eine Mutter von ihrem Kind.

Wir laufen zum Edeka, Lasse darf sich zwei Dinge aussuchen. Sein noch immer bestehender Mangel der Impulskontrolle sorgt dafür, dass er sich direkt zwei Joghurts aussucht und sich dann beim Süßigkeitenregal ärgert. Ich schlage ihm vor, einen Joghurt wegzubringen, aber allein hat er keine Lust.

Wir gehen zur Kasse, plötzlich ruft der Edekamann von hinten: »Warte, geh mal hier an die Zwei, ich mach kurz auf!« Und schwups nimmt er in dem kleinen Kassenhäuschen Platz. Dem Edekamann zu begegnen ist immer wie eine gemischte Tüte, per se erst mal gut, denn darin befindet sich immer was Gutes, aber manchmal wird man von der zuckerigen Schicht überrascht, die anders als erwartet erschreckend sauer ist. Ich folge seiner Aufforderung, wenn auch skeptisch, aber da Lasse dabei ist, wird es heute wohl nicht zu sauer schmecken, bei ihm zu bezahlen.

»Voll nett von ihm!«, sagt Lasse anerkennend. Er hasst es, in der Schlange zu stehen und zu warten.

»Hi!« Der Edekamann grinst mich erwartungsvoll an. »Was gibt's Neues?«

Ich schüttele mit dem Kopf und seufze. »Nichts! Das hast du gestern schon gefragt.«

Er grinst nun noch breiter und nickt. »Ja! Und sobald es was gibt, bin ich der Erste, der es erfährt!« Es ist mir wirklich ein

Rätsel, woher dieser Typ sein Selbstbewusstsein nimmt. Langsam beginnt er, die Waren über die Kasse zu ziehen. Als sich plötzlich eine Frau hinter uns stellt, ruft er: »Ich hab geschlossen!«

Lasse stupst mir in die Seite und reißt seine Augen auf. Direkt fühlt er sich besonders.

»Und du, junger Mann? Was geht bei dir? Zockste eigentlich auch Fifa?«, fragt der Edekamann nun Lasse und zwinkert mir dann zu.

»Joah, auch«, antwortet Lasse lässig und wortkarg, wie immer bei Fremden.

Dann kommt eine Frage an mich. »Biste noch bei Tinder?«

Mir ist es so unangenehm, denn Tinder ist Lasse bereits ein Begriff. Er weiß natürlich nichts davon, dass ich dort unterwegs bin.

»Hab mich da auch angemeldet«, sagt er leise und beugt seinen Kopf in meine Richtung. Als ich nicht reagiere, winkt er mich zu sich. Etwas widerwillig beuge ich mich zu ihm hinunter. »Läuft wie am Schnürchen!«, flüstert er. Ich muss lachen, weil das so skurril ist, diese ganze Situation. »Humor ist dir wichtig, oder? Du lachst gerne!«

Ich lache erneut, denn ich würde am liebsten erwidern, dass ich eher über ihn lache, nicht über seine Witze. Ich sage jedoch nichts und wende mich hochkonzentriert meinem Korb zu, um die Ware einzuräumen.

»Zweitausendneunhundertundneunzig Cent macht das bitte«, sagt er nun.

Nach kurzer Irritation lache ich erneut, ein müdes Lächeln, nicht witzig, aber gemessen an der sonst so eintönigen Bezahlroutine 'ne nette Abwechslung. »Mit Karte«, sage ich und halte sie direkt vor das EC-Gerät.

»Krieg ich deine Nummer?«

»Bitte was?«, frage ich erschrocken. Lasse grinst breit. Der Edekamann wiederholt seelenruhig: »Krieg ich deine Nummer?«

Ich schüttele den Kopf. »Nein!«

»Ja, hab ich mir schon gedacht.« Er grinst. »Brauchst du den Bon?«

»Nein, danke.«

»Sicher?«

»Ja!«, sage ich und wende mich Lasse zu. »Kannst du das Toilettenpapier nehmen?« Er nickt. Dann verstaue ich den Rest im Korb und wir verlassen den Supermarkt.

»DU BIST BEI TINDER?«, ruft Lasse nun sehr laut, mitten vor der Tür und lacht. Ich möchte am liebsten im Erdboden versinken. »Mama?« Lasse beginnt den nächsten Satz so, wie vermutlich alle Kinder ein Gespräch mit ihrer Mutter beginnen.

»Ja?«

»Ich glaube ja, der Edekamann steht auf dich. Der hat voll mit dir geflirtet. Also, ich find den nett.«

Ich schüttele nur schmunzelnd mit dem Kopf, zu Hause hilft Lasse mir beim Lasagnemachen, er püriert Tomaten, Karotten, Paprika, 'ne Zwiebel und 'nen Apfel zu Brei, während ich das Hackfleisch – ohne Zwiebeln – anbrate. Das ausgedachte Rezept stammt noch aus seiner Kleinkindzeit, in der ich versucht habe, ihn so weit es geht kristallzuckerfrei zu ernähren, daher der Apfel, damit die Tomatensoße fruchtig schmeckt. Da Lasse bis heute keine Zwiebeln mag, werden diese nicht mit angebraten, sondern kommen in den Gemüsebrei, den ich zum Ende mit Senf, Tomatenmark und Wasser zu einer klassischen Tomatensoße verrühre, bevor ich das Hackfleisch beimische.

Dann schichten wir die Bolognese, ich verteile die Soße, er die Platten, zum Abschluss verrühre ich Crème fraîche mit der restlichen Soße und verteile auch diese über der letzten Plattenschicht, bevor Lasse den restlichen Käse, nachdem er mehrfach davon genascht hat, ganz oben verteilt. Die Lasagne kommt in den Ofen und Lasse fragt, ob ich mit ihm Clash

Royale spielen möchte. Ein Handyspiel, das ich früher gerne zum Zeitvertreib gespielt habe, ist wohl in seiner Generation angekommen und als »cool« deklariert worden. Ich finde es großartig, denn ich kenne mich wirklich gut aus und es ist eine der wenigen Gelegenheiten, in denen er das Gefühl hat, von meinem Wissen zu profitieren. Im Gegensatz zur Hausaufgaben-Situation.

Als die Lasagne fertig ist, essen wir, danach ist auch schon Medien- und Inselzeit. Ja, die Medienzeit ist nicht mehr ganz so strikt wie noch ein paar Jahre zuvor, das Smartphone dulde ich meist, solange ich nicht das Gefühl habe, dass er lieber damit daddelt, als sich mit Freunden zu treffen. Aber die PlayStation darf lediglich in der Medienzeit genutzt werden, sodass wir beide einen ziemlich guten Abend haben.

Pipi und los?

Jupp.

Es gibt Wochen, da besteht Lindas und mein WhatsApp-Verlauf aus genau diesen beiden Nachrichten, täglich. Wir schreiben uns im Tagesverlauf eher selten, Zeit ist kostbar und wir wissen ja darum, dass wir uns jeden Abend sehen, manchmal tauschen wir auch Selfies oder selbsterstellte GIFs aus, aber ansonsten geht es weniger um Inhalt, mehr um die Inselorganisation – es sei denn, Sebastian hat sich angekündigt, was mittlerweile außerhalb der Ferien auch entweder an einem Dienstag oder am lassefreien Wochenende der Fall ist.

Lasse mochte ihn nicht, was ich ihm nicht einmal verübeln konnte. Sebastian kann beruflich hervorragend mit Kindern und Jugendlichen umgehen, er wäre bestimmt ein toller Papa. Das Problem bei Lasse war jedoch, dass er eben einen wirklich tollen Papa hat, mit dem er vor allem Spaß haben kann, weil Paul ein guter Alleinunterhalter ist, und ich, na ja, ich war und bin eher die bedürfnisorientierte Mama, die ihm viele Freiräume lässt und nur wenige Grenzen setzt. Bei Sebastian in der Einrichtung gelten eher strenge Regeln, die den Jugendlichen dort guttun, und allein schon, weil es mehrere Kinder und Jugendliche sind, bedarf es viel strengerer Strukturen, an die sich alle anpassen müssen.

Als Sebastian Lasse kennenlernte, wies er ihn am Essenstisch, wenn auch spielerisch und nett, zurecht, wollte ihm erklären, dass das Messer in die andere Hand gehöre, wenn man etwas schneiden möchte, hinterfragte seinen Nutellakonsum beim gemeinsamen Frühstück und wunderte sich darüber, dass auf seinen gemalten Bildern noch so viel Weiß zu sehen sei. Und da Lasse so überhaupt gar kein Interesse an einer Beziehung zu Sebastian hatte, nahm er Sebastians Angebote und Hinweise in keiner Weise an. Statt sich anzupassen, weiter am Bild zu malen, auf Nutella zu verzichten oder gar das Fleisch korrekt zu schneiden, rebellierte er trotzig: Er tauschte Gabel und Messer nicht, sondern legte beides ab und nahm das Schnitzel einfach in die Hand. Seine Brote beschmierte er mit doppelt so viel Nutella wie üblich, wenn Sebastian da war, und einmal fragte er ihn, warum er so viele Tätowierungen habe und ob er glaube, dadurch cooler zu wirken.

Ich versuchte, diese kleinen Machtkämpfe zunächst zu ignorieren. Doch Lasse erklärte mir recht schnell, dass er Sebastian nicht möge und auch nicht wisse, ob er ihn je mögen könne. Also achtete ich darauf, dass Sebastian und ich uns nur dann trafen, wenn Lasse bei Paul war. Und da meine lassefreien Tage oft mit seinem Dienstplan kollidierten – und er es anscheinend nie für nötig hielt, den Dienstplan als Leitung entsprechend anzupassen – sahen wir uns nur selten.

Linda und ich treffen uns an der Tischtennisplatte. Heute laufen wir um den Wall und lassen uns am Bolzplatz auf dem Bänkchen nieder. Die Nachricht mit dem Gutachten habe ich mir fürs Sitzen aufgehoben, weil ich überhaupt nicht einschätzen kann, inwiefern und ob das jetzt noch mal was mit mir macht.

»Ich habe heute einen Brief von der Staatsanwaltschaft bekommen, Aussage gegen Aussage. Alle vermeintlichen Zeugen konnten meine Aussage nicht bestätigen und nun soll meine Glaubwürdigkeit geprüft werden.« Ich fasse die Fakten zusammen, ohne groß einzuleiten. Den Blick halte ich nach vorn gerichtet und somit sehe ich erst, als ich Linda anschaue, wie weit sie ihre Augen aufreißen kann.

»Marina! BOAH! Ich bin soooo FASSUNGSLOS!«, schreit sie fast und ich erschrecke über ihre Wut.

»Na ja«, setze ich kopfschüttelnd an, »das war doch klar, also, dass er nicht gesteht«, und zucke mit den Schultern.

Linda atmet schwer: »Ja, DAS war vielleicht klar, aber warum muss er sich nicht so nem Gutachter stellen, das ist so demütigend! Boah, Mann!«

Ich bin ein bisschen überfordert damit, wie wütend sie ist. Vielleicht, weil ich es auch gerne wäre, aber mir das nicht erlauben kann, immerhin muss ich da ja morgen hin und eigentlich wollen die mir ja nur helfen? Aber zugegeben, da gibt es noch einen anderen Grund: Es ist mir unangenehm, wenn sie so wütend ist, weil ich mich verantwortlich fühle. Ich möchte ihre so negative und wütende Energie gerne verschwinden lassen, sie soll nicht wegen mir leiden. Dann denke ich plötzlich an den Post: Mitgefühl und Mitleid. Mir wird bewusst, dass Lindas Reaktion »Mitgefühl« ist, etwas, was ich, zumindest jetzt gerade, nicht gut aushalte und früher erst recht nicht. Weil ICH mich verantwortlich fühle. Dabei habe ich das ja weder entschieden noch Einfluss darauf gehabt.

Ja, die Welt ist nicht gerecht, wir können nicht alles entscheiden und kontrollieren, es gibt Dinge, worauf wir einfach keinen Einfluss haben. Und so groß meine Angst all die Jahre war, so sehr brauchte ich diese Sicherheit, dass ich es in der

Hand habe, wenn ich mich nur genug anstrenge, zusammenreiße, mich nicht gehen lasse und so weiter. Kaum nachvollziehbar für Menschen, die diesen Wunsch nach Kontrolle in dem Ausmaß nicht kennen, weil sie noch nie in ihrem Leben so ausgeliefert gewesen sind, dass sie lieber sich selbst verachten und anstrengen, als Frieden mit der Realität zu schließen, und die Verantwortung abgeben und das Gefühl der Ungerechtigkeit und des Ausgeliefertseins zulassen und aushalten können. Ich kann es eben nicht, weil ich mit dem Gefühl des Ausgeliefertseins den Missbrauch in meiner Kindheit verknüpft habe. Es klingt so verrückt, aber in dem Moment, als ich Sebastian damals das Haus zeigte und er einfach sagte, er wolle nicht mit mir dort einziehen, da fühlte ich mich exakt so wie die elfjährige Marina, die ausgeliefert in ihrem Bett liegt und nichts tun kann und keiner ihr hilft.

Bei Linda muss ich mich nicht anstrengen, ich darf mich beschweren und ich darf leiden. Und sie versteht das und hält mich aus. Das tut Jenni zwar auch, aber da ist es ja eine ganz andere Dynamik, denn sie ist für mich da – ohne dass ich für sie da sein muss. Wäre dann auch komisch. Bei meinem ehemals besten Freund Thomas musste ich mich zwar auch nie wirklich anstrengen, aber irgendwie fühlte ich mich ihm immer etwas unterlegen: Er war der große Beschützer und ich das kleine Mädchen. Linda und ich sind einfach voll auf Augenhöhe, mal trag ich sie, mal trägt sie mich. Bei Jenni gibt es auch diese Augenhöhe, die vermutlich nicht nur durch die Ausgewogenheit von Schwäche und Stärke erzeugt wird. Was ja auch komisch wäre, wenn ich jetzt so darüber nachdenke, denn ich rechne ja bei Linda und mir nicht auf, wer mehr Raum bekommt oder mehr Themen hat, und daher kann ich mich hier auch einfach fallen lassen. Was ich prompt tue.

»Ich kann das nicht!«, sage ich leise und unter Tränen. »Linda, ich will da nicht hin, du hast recht, das ist erniedrigend und selbst, wenn das einen Nutzen hat und er verurteilt wird, ich bekomme meine Kindheit nicht zurück und ich bekomme all die Jahre, in denen ich eben mein Leben nicht gelebt habe, sondern auf ein anderes hingearbeitet habe, nicht zurück ...«

Linda hat sich dicht neben mich gesetzt und ihren Arm um mich gelegt. Sie sagt sanft: »Und deswegen ist es mir so zuwider, diese Parolen, in denen einem suggeriert wird, man müsste besser werden, sich optimieren, heilen und soll sich darauf fokussieren, wie stark man geworden ist! Dir ist Unrecht widerfahren und was ist so toll daran, stark zu sein? Zumal du ohne diese Erfahrung gar nicht so stark hättest werden müssen!«

Einmal mehr wird mir bewusst, warum ich Linda so sehr schätze: Weil sie mich sein lässt, wie ich bin. Sie zieht nicht an mir, damit ich wachse, sie gießt mich. Ich lege meinen Kopf an ihre Brust, sie drückt mich etwas fester an sich. Langsam ebben die Tränen ab. Ich fühle mich erleichtert.

»Ich gehe da morgen hin«, sage ich und richte mich langsam wieder auf.

»Vielleicht ein guter Abschluss.« Linda schaut in die Ferne.

»Ja. Ich gehe da nicht hin, um etwas zu erreichen, sondern ich tue das für mich. Und egal, wie sie meine Aussage und mich einschätzt! Das liegt nicht in meiner Hand und hat letztendlich keinerlei Auswirkungen auf mich, ebenso wenig wie eine Verurteilung.«

»Rufst du mich danach an? Ich kann auch Kino absagen und wir inseln? Aber vielleicht hat Sebastian ja auch Zeit? Er arbeitet doch auch irgendwie in dem Bereich und vielleicht tut es dir ganz gut, mit ihm im Anschluss zu reden?«

Ich bin einmal mehr erleichtert, denn ich bin unsicher, was Linda über unseren Status denkt. Sie weiß, was ich für Sebastian empfinde und dass diese Freundschaft, zumindest aus meiner Sicht, dem Zweck dient, sich ihm wieder anzunähern. Und ich glaube fest daran, dass es Sebastian ähnlich geht.

»Ich schreibe ihm gleich und falls er keine Zeit hat, lege ich mich ins Bett und gucke ›Mamma Mia‹ oder so. Lasse ist ja nicht da und ich kann mir somit auch gut selbst leid tun. Geht ruhig ins Kino.«

»Okay, aber falls du nicht allein sein willst, sagst du Bescheid!«

Ich nicke und lächele sie an.

Sebastian hat Zeit oder nimmt sie sich, und so fahre ich deutlich ruhiger und entspannter am nächsten Tag zum Büro der Gutachterin. Den Morgen habe ich genutzt, um ein bisschen aufzuräumen, mit Musik im Ohr.

Jetzt merke ich aber doch eine Anspannung und Aufregung, während ich in Dortmund nach einem Parkplatz suche. Das bedeutet für ein Dorfkind wie mich ohnehin erhöhten Stress, der jedoch kaum gelindert wird, als ich Erfolg habe. Ich laufe zur Adresse, versteckt, in dem Hof eines Mehrfamilienhauses sehe ich das Logo an den großen Fensterscheiben prangen. Allerdings sehe ich nirgendwo eine Tür. Hat mich mein Navi zum Hinterausgang gelotst? Ich bin früh genug losgefahren, somit habe ich in jedem Fall reichlich Zeit. Da die Fensterscheiben mit Milchglas beklebt sind, kann mich niemand sehen und ich kann niemanden hilflos anschauen. Links von mir im Hof ist eine alte Garage mit einem roten Metalltor, von dem die Farbe abblättert. Ich schaue um die Ecke, Mülltonnen. Dann drehe ich mich wieder um und entdecke eine Glastür, die ich von der Hofeinfahrt aufgrund der Mauer davor nicht habe sehen können. Sie ist vollständig bewachsen mit Efeu. Ich gehe zu der Tür und finde tatsächlich eine Klingel, in einer kleinen freigeschnittenen Stelle zwischen dem Efeu: Strupp und Partner. Ich drücke den Knopf. Dann öffnet mir vermutlich Frau Kaiser die Tür, sie begrüßt mich mit Namen, ohne dass ich ihn gesagt habe, und irgendwie fühle ich mich durch diese kleine aufmerksame Geste direkt ein bisschen wohler. Sie weist mir den Weg, das gesamte Interieur ist im Clean-Chic-

Stil gehalten, dann öffnet sie eine Tür in einen großen hellen Raum, der sehr kinderfreundlich eingerichtet ist, mit einer kleinen Kuschelecke, ein paar Brettspielen, einem kleinen Tisch mit Buntstiften und Blättern und einem runden Holztisch, der eher an einen Esstisch erinnert und so gar nicht zur vorherigen, eher kühlen Eleganz passt.

Sie bittet mich, Platz zu nehmen, verlässt den Raum und kommt kurze Zeit später mit einer Kanne Kaffee, Keksen, zwei Tassen, Milch und zwei kleinen Glasflaschen Wasser auf einem Tablett zurück. Dann deckt sie den Tisch und ich fühle mich eher wie bei einem meiner ehemaligen Mutti-Treffen als wie bei 'nem Verhör.

Ich denke an die Treffen mit den anderen Müttern während Lasses Kindergartenzeit. Sie sind nach der Einschulung unserer Kinder mehr oder weniger eingeschlafen, weil alle auf unterschiedliche Schulen gingen. Zu Claudia habe ich ab und zu noch Kontakt, die Anderen sehe ich manchmal in der Stadt, wir grüßen einander freundlich. Aber nach der Geburt unserer Kinder und der Kindergartenzeit haben wir uns doch wieder auseinandergelebt oder sind einfach wieder in unser altes Leben zurückgekehrt, in dem es, wie vor der Geburt der Kinder, auch kaum Gemeinsamkeiten gab.

Nun sitze ich hier. Eigentlich ganz nett, und dennoch irritiert es mich sehr. Dieser Kontrast zwischen dem, was hier gleich passieren wird, und dem vertrauten, sicheren Wohnzimmer Gefühl, das dieser Raum vermittelt. Ich frage mich, ob das vielleicht kontraproduktiv ist.

Dann betritt eine Frau das Zimmer, ich sitze mit dem Rücken zur Tür und nehme zunächst nur einen sehr vertrauten Duft wahr. Sie trägt den gleichen Duft, den meine Mama immer trug oder trägt: süßlich, schwer. Er könnte glatt »Melancholie« heißen, tut er aber nicht, doch der echte Name ist mir gerade entfallen. In mir breitet sich diese vertraute Unsicherheit aus, oder ist es eher eine unsichere Vertrautheit?

Frau Strupps Energie allerdings ist alles andere als schwer, im Gegenteil, sie hat nun gegenüber von mir Platz genommen und wirkt so lebendig, freundlich und authentisch. Ihre Haare sind blondiert und sehr kurz, der dunkle Ansatz wirkt jedoch nicht ungewollt, im Gegenteil, es scheint, als käme sie frisch vom Friseur. Ich frage mich, warum mich mein deutlich hellerer Ansatz bereits vier Wochen nach neuen blonden Highlights eher ungepflegt aussehen lässt. Ihr Make-up sieht natürlich aus, bei näherer Betrachtung sehe ich jedoch, dass sie stark geschminkt ist, noch ein Widerspruch. Sie strahlt mich mit ihren weißen Zähnen an, fast so, als freue sie sich wahnsinnig auf das, was hier gleich passiert. Sie trägt eine enge Jeans, ein weites T-Shirt und einen edlen roséfarbenen Blazer, der ebenfalls sehr eng ist. Sie wiegt locker zehn Kilo mehr als ich, bei gleicher Größe, und dennoch sieht sie unglaublich gut aus. Ihre Ausstrahlung bestätigt das irgendwie, also, dass sie komplett zufrieden mit sich ist. Beneidenswert.

Sie greift nach einer dieser zierlichen Glasflaschen und steckt einen Metallstrohhalm hinein. »Frau Neumann, richtig?« Sie stahlt mich an. »Möchten Sie einen Kaffee? Frau Kaiser könnte Ihnen auch einen Cappuccino machen? Oder einen Milchkaffee?«

»Danke, aber nein.« Mir ist es noch immer unangenehm, irgendwohin zu gehen und dort etwas anzunehmen, solange ich nicht weiß, ob ich dort sicher bin. Das gilt sogar bei Kaffee.

»Oh!« Sie wirkt etwas peinlich berührt. »Trinken Sie eher Tee? Ich bin ein Kaffeejunkie und Tee habe ich meist nicht auf dem Schirm!« Sie lächelt wieder und zuckt mit den Schultern.

Ich muss lachen, das macht sie direkt noch sympathischer. Und ja, natürlich würde ich gerne einen Kaffee trinken, also greife ich zu einem Kaffeepott und schütte mir dann etwas aus der Thermoskanne ein, es wirkt fast besänftigend.

Ich bemerke jedenfalls, dass Frau Strupp sich etwas entspannt. Sie greift zu dem anderen Kaffeepott, schüttet auch sich eine Tasse ein, trinkt einen Schluck, atmet tief durch und sagt: »So!« Dann schaut Sie mich direkt an. »Haben Sie vorab Fragen?«

Dankbar nicke ich. »Ich bin ehrlich gesagt etwas aufgeregt und nervös. Der Brief hat mich, trotz meiner Aufarbeitung, mehr aus der Bahn geworfen, als ich dachte, und ich, also, das soll jetzt nicht doof klingen, aber die Befragung damals bei der Polizei war schon, ich möchte fast sagen, retraumatisierend, und ... Sie sind ja Psychologin, aber inwieweit ist es Ihnen auch möglich, insbesondere bei der Gutachtenerstellung, ich ... also, therapeutisch zu intervenieren? Gegebenenfalls aufzufangen?«, frage ich vorsichtig. Ich möchte ihre Kompetenz nicht infrage stellen und ärgere mich fast, dass ich nicht wie üblich gegoogelt habe, wie genau ein solches Gutachten erstellt wird.

Frau Strupp nickt, sie wirkt nicht, als fühle sie sich angegriffen, eher überrascht. »Also, ich bin Psychologin, habe jedoch keine therapeutische Ausbildung oder so was in der Art. Mein Auftrag ist schon sehr klar eingegrenzt, dennoch können Sie natürlich jederzeit abbrechen. Wir können Pausen machen und Sie müssen nicht antworten. Dieses Gutachten ist freiwillig und wird in der Regel von der Staatsanwaltschaft in Auftrag gegeben, um bei einem Mangel an Beweisen den vorhandenen Aussagen mehr Gewicht zu verleihen. Es entscheidet aber vor allem, ob es überhaupt zu einem Gerichtsverfahren kommt, und wird, in dem Fall, dann währenddessen genutzt.«

Ich nicke, meine Antwort hatte ich bereits nach den ersten zwei Sätzen. Dabei habe ich gemerkt, wie sich mein Fokus schlagartig geändert hat: Es geht hier nicht darum, verstanden und aufgefangen zu werden, sondern darum, zu berichten. Es geht nicht darum, ob man mir anmerkt, dass mein Schmerz echt ist, sondern um den Inhalt meiner Antworten. Es ist kein Lügendetektor-Test, bei dem durchaus körperliche Symptome ausschlaggebend sind, sondern es geht um Logik und Schlüssigkeit. Ich habe also bereits verloren. Meine Erinnerungen waren bereits auf dem Polizeipräsidium sehr lückenhaft, ich weiß nicht wirklich genau, wie alt ich war, ich weiß nicht mal, was alles im Detail passiert ist. Es gibt Erinnerungen, da sehe ich mich von oben, als hätte ich meinen Körper verlassen. Ich habe keinen Zugang zu etwaigen Schmerzen, Emotionen und kann mich weder daran erinnern, was davor oder danach war. Und daher weiß ich selbst nicht, ob es diese Situation überhaupt gab. Andere Situationen habe ich vor Augen: Ich erinnere mich an Details in der Wohnung, an das Gefühl seiner kalten Zunge, an den Geruch, aber ich kann sie zeitlich nicht einordnen.

Es ist aber auch egal, denn mir geht es nicht um ein Verfahren, im Gegenteil! Hier zu sitzen, ist unangenehm genug, ein Prozess in einem Gerichtssaal, womöglich mit meinen Eltern, meinen Geschwistern, mit **ihm** … Erst jetzt wird mir die ganze Tragweite bewusst, ich will unter keinen Umständen vor Gericht aussagen.

»Wenn es zu einem Verfahren kommt, muss ich dann in Anwesenheit des Täters aussagen?«

»Haben Sie einen Anwalt? Ich frage, weil es sich im Falle schweren sexuellen Missbrauchs von Kindern meist um Kinder oder Jugendliche handelt, die unter einem ganz anderen Schutz stehen und bei denen es üblich ist, eine Konfrontation zu vermeiden. Ohnehin müssen Sie vor Gericht nicht wieder alles erzählen, denn Ihre Aussage liegt vor, auch die Tonaufnahmen, die ich hier anfertige, meine Notizen und das Gutachten werden der Staatsanwaltschaft zur Verfügung gestellt. Sie werden dort eher konkrete Fragen beantworten müssen, etwaige Widersprüche, die normal und natürlich sind, werden nochmals angesprochen, so was. Aber die Frage, unter welchen Umständen Sie dort aussagen müssen, klären Sie am besten mit Ihrem Anwalt.«

Jetzt ergibt dieser ganze Raum Sinn, klar, sie redet ansonsten mit Kindern und Jugendlichen, logisch. Dieser Raum dient nicht zum Schutz Erwachsener, sondern zum Schutz von Kindern. Ich fühle mich nun eher unwohl in diesem Ambiente.

»Alles in Ordnung?«, fragt Frau Strupp. Ihr Lachen ist verschwunden und sie wirkt ernsthaft besorgt.

»Ich … Ich dachte nur gerade, dass Sie eher selten mit Erwachsenen sprechen.« Ich werde direkt rot, weil dieser Gedankengang so unglücklich formuliert ist.

Frau Strupp lacht, was mich nochmals in meiner Scham bestärkt, etwas Dummes gesagt zu haben. »Nein, ich spreche oft mit Erwachsenen. Aber solche Gutachten erstelle ich in der Regel mit Kindern, genau.« Sie lächelt mich an.

»Ich habe jedenfalls keinen Anwalt«, sage ich dann.

»Nein?« Sie versucht gar nicht, ihre Irritation zu verbergen. Stattdessen fragt sie neugierig, wobei, nein, eher schockiert: »Warum nicht?«

Mein Gefühl, naiv, dumm und unbeholfen zu sein, verstärkt sich nun, ich versuche dennoch, sachlich zu bleiben. »Mir war nicht klar, dass ich einen Anwalt brauche. Ich dachte, den schaltet man ein, wenn man etwas möchte, selbst klagt, auf Schadenersatz oder so. Abgesehen davon kann ich mir einen Anwalt gar nicht leisten.«

Sie nickt, lässt aber nicht locker. »Haben Sie versucht, einen Antrag beim Opferschutz zu stellen?«

Ihr ist vermutlich gar nicht bewusst, welche Macht ihre Worte haben, ihr Hinterfragen und dieser Hinweis, der mir nur verdeutlicht, dass ich anscheinend gänzlich falsch gehandelt habe. Gerne würde ich ihr das zur Verfügung stellen, lasse es aber und bleibe stumm.

»Frau Neumann, also, Sie haben recht, Sie benötigen nicht zwingend einen Anwalt, Sie können auch direkt bei der Staatsanwaltschaft oder bei Gericht eine solche Auskunft einholen.« Sie rudert nun zurück, anscheinend musste ich nicht aussprechen, was sie ausgelöst hat, sie hat es mir angesehen. »So, also, wie bereits angedeutet, wird dieses Gespräch aufgezeichnet.«

Nun leitet sie das eigentliche Gutachten ein, während sie an einem kleinen Diktiergerät fummelt, und es dann in die Mitte des Tisches legt. Sie schaut auf die Uhr und startet das Gespräch, indem sie zunächst Datum und Uhrzeit, meinen vollen Namen, den Geburtstag und Ort aufspricht und mich dann bittet, erneut der Tonaufnahme zuzustimmen.

Das Diktiergerät sorgt bei mir zu Beginn für ein erhöhtes Stresslevel, doch schon bald habe ich es vergessen. Frau Strupp stellt mir Fragen zu meinem Leben, die ich, nach Möglichkeit ohne die Missbrauchserfahrungen, beantworten soll. Es wirkt eher wie eine Mischung aus erstem Date und Vorstellungsgespräch. Sie stellt Fragen zur Schauspielausbildung, zu meinem Studium und zu meinem bisherigen beruflichen Werdegang.

Zuletzt sprechen wir über meinen aktuellen Job und enden dann, mehr oder weniger zufällig, mit einem fachlichen Austausch: über die Gefahren, wenn Eltern beispielsweise Angst haben, ihre Kinder zu früh aufzuklären, über den Einfluss der Medien, über Sexting, Präventionskonzepte. Frau Strupp ist doch sehr überrascht über meine Ansichten, meine Kompetenz, und ich habe das Gefühl, dass ich sie nicht nur mit meinem Leben sehr beeindrucke, sondern dass sie auch beeindruckt von meiner sehr differenzierten und reflektieren Sicht ist, trotz meiner eigenen Missbrauchserfahrung. Ich kann gar nicht genau sagen, an welcher Aussage ich das festmache, denn sie darf natürlich nichts dergleichen sagen, also, dass sie mir glaubt oder so. Dennoch bin ich mir sicher, dass sie es tut.

Nach gut einer Stunde schaltet sie das Diktiergerät ab: »Frau Neumann, ich muss gestehen: Ich stehe Menschen, die Missbrauch erfahren haben und dann in einem solchen Bereich arbeiten, sehr skeptisch gegenüber. Als Sie mir von Ihrer

Arbeit berichteten, dachte ich zunächst, dass, also verzeihen Sie, ich möchte nur ehrlich sein, dass Sie dort nicht hingehören. Umso spannender fand ich Ihre Ausführungen, und ich bin tief beeindruckt von Ihrer Kompetenz, ihrem offenen Umgang. Ich kann mir vorstellen, dass Sie hervorragende Arbeit leisten und viele Kinder und Jugendliche, aber auch Eltern von Ihnen profitieren.« Frau Strupp beendet ihre Lobrede und atmet einmal tief durch. »Vielleicht war oder ist das jetzt unangemessen, aber ich habe mich doch sehr für meinen Eingangsgedanken geschämt und mir war oder ist es ein Anliegen, Ihnen ein angemessenes Feedback zu geben. Darum möchte ich mich entschuldigen, dass ich Vorurteile hatte.«

Ich lächele. »Frau Strupp, glauben Sie mir, ich sehe es ähnlich kritisch wie Sie. Es gibt reichlich Negativbeispiele, und es ist immer kontraproduktiv, wenn jemand, der etwas Schlimmes erlebt hat, ohne seine Geschichte verarbeitet zu haben, eigene Heilung in der Missionierung Anderer sucht. Es gibt reichlich ältere KollegInnen, die beispielsweise sehr hart mit den Männern, die ihre Frauen zur Konfliktberatung begleiten, ins Gericht gehen. Sie bitten die Männer zunächst, vor der Tür zu warten, weil sie ihnen unterstellen, sie würden die Frau zwingen, oder es gibt Kommentare wie ‚Wer den Abbruch bezahlt? Das ist ja klar, das kann mal schön Ihr Freund übernehmen‘, sofern die Frau über der Verdienstgrenze liegt und selbst die Kosten tragen muss. Und insbesondere in dieser so behutsamen Missbrauchsthematik kann eine solche harte und männerfeindliche Aufklärung dazu führen, dass eine gesunde Sexualentwicklung gehemmt wird. Daher verstehe ich Ihre anfängliche Sorge sehr und freue mich umso mehr über Ihr Feedback.«

»Danke für Ihr Verständnis. Machen wir eine kurze Pause?«

»Gerne, könnte ich kurz das Bad benutzen?«

»Ja, klar! Einmal den Gang runter und dann die letzte Tür auf der linken Seite.« Frau Strupp deutet in Richtung Tür.

Als ich in den Raum zurückkomme, sind die Fenster weit geöffnet, Frau Strupp ist nicht da. Ich nehme auf meinem Stuhl Platz und warte. Sie kehrt kurz darauf mit einer neuen Thermoskanne zurück. Diese stellt sie wieder in die Mitte des Tisches, schließt die Fenster, setzt sich hin und greift zum Diktiergerät. »Startklar?«, fragt sie, den Finger bereits auf der REC-Taste. Ich nicke.

Nach einer erneuten Einleitung und der ersten Frage, bei der sie sich auf meine Aussage bei der Polizei bezieht, kehrt meine Anspannung zurück. Die Leichtigkeit – bedingt durch mein Gefühl der Sicherheit und Kontrolle, wenn ich von meinem heutigen Leben und der Arbeit erzähle– wurde durch Schwere und Unsicherheit ersetzt. An manche Aussagen erinnere ich mich, bestätige sie, andere waren bereits bei der Befragung recht vage, manche davon kann ich mittlerweile genauer erläutern, andere jedoch verwerfe ich wieder. Es ist anstrengend, vor allem kognitiv. Emotional im Sinne von traurig oder wütend bin ich nicht, vermutlich hat die Schwere mich in eine Art Stressmodus versetzt, der verhindert, dass ich zu durchlässig werde.

Dieser zweite Teil des Gutachtens ist deutlich kürzer und weniger detailliert, da Frau Strupp eher stichpunktartig durch meine Aussage geht. Sie überfliegt sie mehr oder weniger. Ich habe keine Ahnung, was das bedeutet und ob es einen tieferen Sinn hat, sondern bin einfach dankbar, als sie das Ende einläutet und das Diktiergerät ausschaltet.

»Ich habe es geschafft«, denke ich erleichtert und entspanne mich etwas. Ich trinke einen Schluck Kaffe, der mittlerweile kalt geworden ist. Dabei bemerke ich, dass ich im zweiten Teil nicht einmal zur Tasse gegriffen habe, sie ist noch randvoll. Als ich sie wieder vor mir abstelle, schaut Frau Strupp mich ernst und etwas merkwürdig an, sie wirkt sehr bedrückt, ihr Blick ist mir zugewandt, aber sie sieht niedergeschlagen aus, die Lippen hat sie aufeinandergepresst. Ich kneife irritiert meine Augen zusammen und lege den Kopf schief.

Frau Strupp atmet einmal tief ein und löst dann leise meine Irritation durch folgende Erklärung auf: »Frau Neumann, vermutlich können Sie sich denken, was ich Ihnen nun leider mitteilen muss …« Ich schüttele nur mit dem Kopf, woraufhin sie ihren Blick senkt. »Dieses Gutachten dient der Überprüfung Ihrer Aussage auf Glaubwürdigkeit. Das bedeutet, dass ich dazu aufgefordert bin, zu überprüfen, ob Sie aufgrund Ihrer kognitiven und intellektuellen Fähigkeiten in der Lage sind, sich eine solche Geschichte auszudenken. Sind Sie das …«

»Ist das ihr VERDAMMTER ERNST?« Ich unterbreche sie lautstark, zittere, wirke dadurch vermutlich panisch und verzweifelt. Aber was ich empfinde, ist keine Verzweiflung, sondern pure Wut.

Frau Strupp zuckt zusammen und weicht leicht zurück. Diese Reaktion zeigt mir, dass sie mich durchaus versteht, und nun ergibt das ganze Gespräch endlich Sinn. Klar! Es ist kein Lügendetektor, kann es auch gar nicht sein, es geht darum, Beweise zu finden, die dafür sprechen, dass ich gar nicht in der Lage bin, mir das auszudenken. Das hier wird vor allem mit Kindern durchgeführt. Kindern, denen Worte fehlen, die Zusammenhänge nicht begreifen, sich nicht ausdrücken können und überhaupt nicht verstehen, was da genau passiert ist und nicht einmal ein Gespür dafür haben, dass ihnen Unrecht getan wurde. Die womöglich erzählen, dass sie oft gestreichelt werden und dann auch zeigen, wo sie gestreichelt werden und dass es manchmal ja auch schön ist, wenn der Rücken gekrault wird … So wie ich damals, wenn mich jemand gefragt hätte. Mich hat aber niemand gefragt.

Der Gedanke an die kleine Marina, an mich, stimmt mich traurig, der Gedanke an all die Kinder, die hier malen und in ein Gespräch verwickelt werden oder sich in die Kuschelecke zurückziehen, in ihre Fantasie eintauchen, in eine Welt, in der alles gut ist, und die dann Puppen für sich sprechen lassen. Ich weine.

Frau Strupp versucht gar nicht erst, mehr zu erklären oder mich zu besänftigen. Sie wirkt weiterhin etwas beschämt, wie ein räudiger Hund, der sich rasch und demütig auf seinen Platz zurückzieht.

Ich beruhige mich langsam, Frau Strupp versteht mich und mehr will ich nicht. Mehr wollte ich nicht. »Okay«, sage ich, als ich meine Fassung langsam zurückgewinne. »Ich versteh schon. Die Staatsanwaltschaft ist verzweifelt und wollte alle Möglichkeiten ausschöpfen. Nichtsdestotrotz, das hätte ich Ihnen auch sagen können.« Ich schüttele müde mit dem Kopf und lächele dann ironisch. »Ich habe ein Buch geschrieben, studiert, mich fortgebildet, recherchiert und eine Schauspielausbildung abgeschlossen, ja, ich bin durchaus in der Lage, mir eine Vergewaltigung aus den Fingern zu saugen, traumatische Erfahrungen zu erfinden und glaubhaft zu vermitteln. Ich hätte meine Erfahrung auch entsprechend ausschmücken können, hätte dem Bild, das mich in meinen Träumen verfolgt, wie ich auf der Couch kniend aus dem Fenster schaue und währenddessen von hinten missbraucht werde, Emotionen verleihen können, und auch davon hätte ich berichten können – ohne selbst zu wissen, ob es diese Situation überhaupt gab. Aber das tat ich nicht. Alles, was ich erzählt habe, so detailliert oder vage es auch ist, ist mir widerfahren, vielleicht mehr, in keinem Fall weniger. Davon ab, es gab ja durchaus Hinweise und Indizien, es gab dieses Gedicht, das von öffentlicher Stelle veröffentlicht wurde, noch bevor ich entsprechende Expertise hatte, es gab … Es ist auch egal.«

Ich habe mich in Rage geredet, verspüre nur Wut, keinen Ekel, keine Scham, keine Traurigkeit, dennoch laufen mir Tränen die Wangen hinunter. Ich schüttele erneut mit meinem Kopf.

»Mir ging es zu keinem Zeitpunkt um Rache, Bestrafung oder eine Verurteilung. Auch heute nicht. Ich hatte lediglich das Gefühl, nicht mehr wegschauen zu dürfen, hatte das Gefühl, mich mitschuldig zu machen, wenn ich weiter schweige und somit erneute Übergriffe ermögliche oder zumindest nicht verhindere. Aber offenbar ist das nicht gewollt, nicht erwünscht. Meine letzte Bitte an dieser Stelle: Da ich keinen Anwalt habe, der mich hätte über dieses abstruse Verfahren aufklären können, legen Sie Ihrem Gutachten bitte eine Notiz bei, aus der hervorgeht, dass ich mir die Einstellung des Verfahrens wünsche. Notfalls, indem ich meine Aussage zurückziehe. Aber ich möchte ihm nicht die Möglichkeit eines Freispruchs geben, mit dem er dann sein Gewissen reinwaschen kann.« Ich fühle mich erleichtert, das musste raus und musste gehört werden, egal von wem.

Frau Strupps Nicken während meines Monologs hat mich bestärkt. Auch wenn sie sich zum Ende weder entschuldigt, noch mir etwas versprochen hat oder auf meine Forderung eingegangen ist, fühle ich mich nun, auf dem Weg zum Auto, doch erleichtert. Ich bereue es nicht, dass ich hier gewesen bin, im Gegenteil. Es hat mir geholfen und mich einmal mehr darin bestärkt, wie wichtig es ist, zu vertrauen. Nicht dieser Welt, sondern mir. Den Fokus darauf zu legen, worauf ich wirklich Einfluss habe, und aufzuhören, gegen die Mächte und Gesetze dieser Welt anzukämpfen, indem ich versuche, sie zu verändern. Meine Kapazitäten, Anstrengung und Bemühungen in die Dinge zu investieren, die ich beeinflussen kann. Und zu guter Letzt, so hart und schockierend diese Erkenntnis gerade auch war, so ist es eben die Wahrheit.

Ich hätte davor meine Augen verschließen können, hätte ein neues Gutachten anfordern können, um dafür zu kämpfen, dass man mir attestiert, glaubwürdig zu sein. Aber darum geht es nicht und darum ging es nie. Nicht in diesem Rahmen. Was ich aber tun kann, ist, mir selbst zu vertrauen, mir treu zu bleiben und nicht auf ein Gutachten, eine Erlaubnis oder Bestätigung von außen zu warten, damit meine Mama mir glaubt, das Gericht oder wer auch immer.

Wenn Mama mir nicht glaubt, dann ist das so. Auch das ist eine Wahrheit, die mich befreit von dem Wunsch, der Illusion, dass sie mich anruft, mir glaubt, mich liebt. Denn wenn ich mich selbst sehe, akzeptiere und vielleicht ab und an sogar liebe und mir selbst einen Wert unterstelle, dann brauche ich nicht mehr für die Liebe oder Bestätigung **aller Anderen** kämpfen, um endlich einen Platz auf dieser Erde zu finden. Um endlich genug zu sein. Dann bin ich es und kann mich dafür einsetzen, worauf ich einen Einfluss habe: Ich brauche kein Gerichtsverfahren, um gehört zu werden. Ich kann Präventionsarbeit leisten, ich kann zuhören, ich kann genau hinsehen und ich kann diese Welt besser machen. Und ich kann mich eben bewusst und freiwillig mit den Menschen umgeben, die mir auch einen Wert unterstellen, mich sehen, mich akzeptieren und vielleicht gar lieben, und mich von denen entfernen, die ich erst davon überzeugen muss, wertvoll zu sein, bei denen ich mich anstrengen muss, damit sie mich sehen, bei denen ich mich immer wieder erklären und rechtfertigen muss, damit sie mich verstehen und bei denen eine Beziehung permanenten Kampf und Anstrengung bedeutet.

Es ist bereits halb vier, als ich zu Hause ankomme. Ich schnappe mir mein Handy und lege mich in mein Bett. Dort schaue ich, ob Jenni einen neuen Post hat, irgendwie suche ich gerade doch noch nach Bestärkung, Bestätigung. Bei Jenni jedenfalls fühle ich mich bestärkt. Auch Linda hat das Talent, mich zu bestärken, in dem, was ich denke. Aber unsere Insel fällt aus, und da es mir in der Tat nicht so schlecht geht, verspüre ich nicht die Not, sie darum zu bitten, das Kino abzusagen. Im Gegenteil, ich freue mich über den Gedanken, dass ich es tun würde, wenn ich sie bräuchte. Außerdem kommt Sebastian und ich freue mich auf ihn, und auch darauf, ihm meine neue Stärke zu präsentieren. Denn so fühlt es sich an, ich bin stärker als vorher. Und plötzlich stellt sich mir die Frage, ob er tatsächlich zu den Menschen gehört, bei denen ich mich nicht anstrengen muss. Denn warum freue ich mich darauf, ihm meine neue Stärke zu präsentieren? Den Gedanken verwerfe ich jedoch rasch wieder.

Beim Scrollen durch Jennis Feed klingt dieses Zitat gerade sehr vielversprechend.

»Warum kann ich nicht einfach so sein wie Bettina? Sie hat es so leicht und ist so gut und hat 'nen tollen Job und eine Familie und meistert alles mit links!«
»Du hast es nicht leicht, im Job wird Dir viel zu viel abverlangt und Nils hat Dich verlassen.«
»Warum sagst Du so was?«

»Weil es wahr ist.«

»Warum habe ich es denn nicht leicht?«

»Weil niemand an Dich geglaubt hat, Dich unterstützt,
bestärkt, gesehen und gehört hat.«

»Das ist doch grausam! Das ist doch scheiße!«

»Ja, das ist es.«

»Ich wünschte einfach, dass es anders wäre!«

»Versuchst Du deswegen, immer alles und jeden zu
kontrollieren?«

»Ja, ich bin einfach scheiße! Deswegen hat Nils mich
auch verlassen, weil ich ein Psychokontrollfreak bin!«

»Soweit ich mich erinnere, hat er Dich schlecht
behandelt und Dir das Gefühl gegeben, dass es an
Dir liegt.«

»Wie meine Mutter immer! Und dann musste ich
mich schämen, mich bei ihr entschuldigen und
Besserung geloben.«

Es ist echt gruselig und auch sehr erleichternd, dass Jenni
scheinbar immer die passenden Themen parat hat. Vielleicht
nicht in der Reihenfolge, wie ich sie brauche, aber sie trifft so
oft ins Schwarze. Aus den Kommentaren geht hervor, dass ich
nicht die Einzige bin, die das so empfindet.

»Kein Wunder, dass Du an Dir zweifelst! Aber
sowohl Nils als auch Deine Mutter waren nicht in
der Lage, Verantwortung für ihr Handeln zu
übernehmen, Dich zu sehen, zu hören, und hatten
Angst, Dich zu verstehen, weil sie sich dadurch
hätten eingestehen müssen, dass sie nicht reichen.«

»Aber das ist doch Quatsch! Ich liebte sie.
Menschen können doch nicht ahnen, was ich
brauche. Ich muss doch Bedürfnisse äußern, das ist
doch keine Generalkritik, und wenn ich mich nach

beispielsweise Fürsorge sehne, heißt dass doch nicht, dass sie versagt haben.«
»Ja! Absolut.«
»Und jetzt?«

Plötzlich sehe ich eine Nachricht von Christian auf dem Display.

Wie geht es dir?

Ich wische die Nachricht nach oben und lese den Post weiter. Ich habe ihm doch gesagt, dass ich nicht verfügbar bin.

»Das, was Dir vorenthalten wurde, kannst Du Dir selbst geben, aber eben nur dann, wenn Du Dir eingestehst, dass es fehlt.«

Ich schmunzele, diese Erkenntnis habe ich neuerdings immer wieder. Wie lange es doch manchmal braucht, bis so etwas vollständig verstanden, oder wie Jenni sagt, vertieft verstanden wird!

»Natürlich fehlt das!«
»Ach ja? Und warum strengst Du Dich an, statt Pause zu machen? Und warum wertest Du Dich ab, statt zu sehen, was Du tust und bist? Warum zweifelst Du an Deiner Wahrnehmung, an Dir? Warum bist Du so hart zu Dir, statt für Dich zu sorgen? Warum willst Du Bettina sein?«

»Weil ich nicht akzeptieren will, was wahr ist«, denke ich.

Bin gerade mit dem Zug an Unna vorbeigefahren, wegen irgendeiner Umleitung, falls du dich fragst, warum ich dir gerade jetzt schreibe.

Mann! Ich ärgere mich und weiß nicht genau, ob über Christian oder über mich. Wie war das mit den Grenzen? Na ja, er kann ja schreiben und hat einen guten, wenn auch banalen Grund dafür. Es liegt jedenfalls nicht daran, dass er einfach nur Sex will. Und selbst das, was wäre daran so verwerflich? Es ist doch nur dann verwerflich, wenn ich mich benutzt fühle, weil ich das nicht will, aber dennoch einwillige. So besänftige ich mich selbst und anstatt ihm, aufgrund meiner ersten Unterstellung, dass er nur Sex will, eine Abfuhr zu erteilen, obwohl es nicht mal zwischen den Zeilen stand, antworte ich ihm einfach auf die ursprüngliche Frage nach meinem Befinden.

Ich muss lachen. Wie immer, wenn wir schreiben, und seine Reaktion tut irgendwie gut. Aber Sebastian kommt ja gleich und mit dem Gedanken an ihn kommt eine Schwere über mich, durch die ich mich klein fühle. Ich weiß gar nicht, wieso. Ich schicke zwei mit Tränen lachende Emojis zurück und schreibe:

Ich bin überrascht, wie viel leichter das Leben ist, wenn ich nicht versuche, zu kontrollieren. Sonst habe ich immer überlegt, was er wirklich will, und dann aufgrund meiner Annahme reagiert. Irgendwie war dieser kurze Austausch wirklich gut. Dann denke ich an Lindas Frage, die sie mir damals nach dem Date mit Stefan stellte, oder ihre These, ob es mir wirklich nur um Schutz und Vorbereitung gehe, oder ob ich nicht gar versuchen würde, meine Zukunft zu kontrollieren. Mir wird ein bisschen schlecht.

Sebastian steht wie immer pünktlich vor meiner Tür. Wir setzen uns auf die Terrasse, es ist einer dieser Sommer, die ich sonst nur aus meiner Zeit in Cincinnati, Ohio kenne. Seit Mai ist das Wetter schön, Frühling mit Sonne und siebzehn Grad und selten mal Regen, und der Sommer ist beständig warm bis heiß mit fünfundzwanzig bis dreißig Grad. Mein Rasen im Garten ist bereits leicht verbrannt statt sattgrün. Doch statt darüber schockiert zu sein, dass es kaum regnet, freue ich mich über die warmen Temperaturen. Dabei müsste mich das doch schockieren? Der Klimawandel ist da. Und als ich kürzlich das Video von Rezo darüber gesehen habe, kamen mir die Tränen, vor lauter Wut und Ohnmacht, und seither meide ich Nachrichten dazu oder auch eigene Gedanken, weil ich es einfach nicht aushalten kann. Weil ich damit überfordert bin. Als würde mir eine Art Filter fehlen? Wie schaffen Menschen es, täglich Nachrichten zu konsumieren und sich dennoch unbeschwert zu fühlen, Freude zu empfinden?

»Wie fühlst du dich?«, fragt Sebastian ernst und aufrichtig, als wir auf der Terrasse sitzen. Er hat diesen therapeutischen Blick drauf, er ist ruhig, entspannt. Aber irgendwie fühlt es sich nicht sicher an, nicht geborgen. Ich merke, wie sehr mich diese Frage anspannt, ich werde fast wütend. Warum fragt er mich nicht, wie es war? Wie jeder normale Mensch? Am liebsten würde ich sagen: »Jetzt gerade fühl ich mich wie eine deiner KlientInnen!« Aber ich beiße mir auf die Zunge und antworte stattdessen empört: »Es war so verrückt! War dir klar, worum es ging? Also bei diesem Gutachten?«

Den Gedanken, warum er es mir einfach nicht recht machen kann, schiebe ich rasch beiseite. Sebastian antwortet nonverbal, indem er seine Augenbrauen hochzieht, um mir eine Antwort zu entlocken. »Also, diese Gutachten werden eigentlich mit Kindern durchgeführt, um zu prüfen, ob sie in der Lage sind, sich eine solche Aussage auszudenken«, sage ich fassungslos und schaue ihn dann erwartungsvoll an.

Doch statt fassungslos oder wenigstens wütend zu sein, sagt er lediglich, relativ emotionslos: »Okay.«

»Ist das nicht krass?!« Sicherheitshalber rede ich weiter, denn vielleicht hat er es noch nicht verstanden, oder ihm mangelt es an diesen Spiegelneuronen? Warum bleibt er so ruhig? »Also, es ging gar nicht um meine Glaubwürdigkeit! Es ging darum, zu gucken, ob ich fähig bin, mir das auszudenken!« Jeder Aussage verleihe ich sowohl mit meiner Mimik als auch mit meiner Stimme angemessen viel Nachdruck.

Sebastian nickt. »Ja, das habe ich schon verstanden. Wie fühlst du dich damit?«

Ich möchte ihn am liebsten hauen, und gleichzeitig verstehe ich meine Aggression so gar nicht. Es ist doch nett, wenn jemand fragt, wie man sich mit etwas fühlt? Anstatt Gefühle zu unterstellen? Er will mir doch nur Raum geben? Andererseits würde ich mich gerne bestärkt fühlen. Ich meine, ich bin wütend, das ist doch deutlich spürbar, und wenn er auch wütend wäre, müsste ich meine Wut nicht ganz allein aushalten, und vor allem würde ich mich dann nicht fragen, ob ich womöglich übertreibe, zu empfindlich bin. Es macht eben einen Unterschied – als Linda so wütend wurde, bei der Einladung, da hatte ich mir meine Wut noch gar nicht erlaubt, weil ich nicht so empfindlich und schwach sein wollte. Aber jetzt traue ich mich, wütend zu sein, und bräuchte so dringend jemanden, der meine Wut mit aushält, mitträgt und niemanden, der mir das Gefühl gibt, ich übertreibe, alleine dadurch, dass er eben so gelassen bleibt. Und dann kommt mir dieser alte Post von Jenni in den Sinn, mit diesem Spruch: »Der Mangel an Verletzlichkeit ist ansteckend.«

War es das? In dem Post ging es darum, warum es so wertvoll ist, verletzlich zu sein. Jenni hatte verschiedene Impulse aufgeschrieben: »Wenn Du nie um Hilfe bittest, wertest Du das Bitten um Hilfe ab« oder auch »Wenn Du nicht schwach sein willst, vermittelst Du, dass Schwäche etwas ist, das es zu vermeiden gilt«. Ein weiterer Satz fällt mir ein: »Wenn Du allen beweisen möchtest, wie stark Du bist, wertest Du nicht nur Deine Verletzlichkeit ab.«

Vielleicht wurde ich von Sebastian angesteckt und vielleicht ist er deswegen mein Kryptonit? Er ermöglicht mir einerseits, mich fallen zu lassen, aber da er sich selbst nicht fallen lässt, sich nicht öffnet, selten Wut zeigt, mich noch nie um Hilfe gebeten hat und mir immer wieder signalisieren muss, wie stark er ist, fühle ich mich eben nicht **nur** wohl. Im Gegenteil! Er beschwert sich nie, ich recht oft, er hingegen ist immer diplomatisch, und dadurch fühle ich mich manchmal wie ein schlechter Mensch. Wie eine hysterische, zickige Frau, die nur meckert. Das Gefühl habe ich vor allem bei ihm, bei sonst niemandem.

Ja, sein Verhalten sorgt dafür, dass mein Bild, das ich in seinem Spiegel sehe, eher eine kleine, schwache, zickige und manchmal hysterische Frau zeigt, vielleicht sogar ein Mädchen.

Und dagegen wehre ich mich. Kommt daher die Aggression, die Schwere?

Er unterbricht meine Gedanken. »Alles okay, Marina?«

»Warum darfst du nicht schwach sein?«, frage ich unvermittelt.

Er weicht leicht zurück, es wirkt fast so, als fühlte er sich angegriffen, aber vielleicht ist er auch nur irritiert. »Wie bitte?«, fragt er, und während die Worte durchaus für Irritation stehen, so offenbart sein Ton, dass er sich in der Tat angegriffen fühlt.

»Na ja, wieso darfst du nicht schwach sein, dich nie wirklich beschweren und musst immer alles relativieren? Als du letztens krank warst, hab ich Mitgefühl geäußert, und zack kam ein Foto, wie du strahlend im Büro sitzt, mit den Worten ›Ach, mir macht so 'ne Erkältung doch nichts aus!‹ Also, aus irgendeinem Grund scheinst du einfach nicht schwach sein zu dürfen.« Ich erkläre ihm meine Frage detailliert und durchaus neugierig.

Er schüttelt mit dem Kopf und sagt, noch immer etwas verteidigend: »Natürlich darf ich schwach sein!«

Ich verstehe nicht, warum er sich so angegriffen fühlt, und mich frustriert seine Antwort. »Also, du bist einfach nie schwach und es gibt einfach nichts, was dich stört. Und daher beschwerst du dich nie und leidest auch nicht sonderlich.«

Er verdreht die Augen. »Marina, worauf willst du hinaus? Ja, ich muss mich nicht über alles und jeden lauthals beschweren, natürlich ärgere ich mich manchmal oder fühle mich nicht gut, aber das ist dann auch einfach schnell wieder vergessen.«

Jetzt fühle ich mich angegriffen. Und ich fühle mich unverstanden, bin frustriert. Ich weiß gar nicht, was ich antworten soll. Ich atme tief ein und aus und verschränke dann meine Arme vor der Brust.

»Marina, was ist denn los? Warum fragst du mich das überhaupt?«

»Keine Ahnung, ich habe halt einfach das Gefühl, dass es ein Ungleichgewicht gibt, und so sehr ich es genieße, mit dir zu reden … Es gibt einfach immer wieder so Momente, in denen ich das Gefühl habe, du schaust von oben auf mich herab. Behandelst mich wie eine Jugendliche, die bei dir wohnt. Du hast dann so ein Pokerface und ich kann dich nicht greifen. Mich regt dieses psychologische Gutachten maßlos auf und anstatt, dass du dich mit mir aufregst, fragst du nach meinem Befinden. Und irgendwie …« Ich mache eine Pause und dabei wird mir etwas bewusst. »Ich weiß nicht, wie es dir geht. Bei dir ist immer alles gut. Dein Tag war immer okay. Manchmal lästerst du, ja, aber meist bist du doch sehr zurückhaltend und ich weiß einfach nicht, woran ich bin.«

Sebastian seufzt. »Marina, das ist doch dein Gutachtentermin, es ist doch nicht wichtig, wie es mir damit geht. Natürlich ist das eine Sauerei, aber meine Meinung zählt doch nicht. Ich bin doch nicht das Maß aller Dinge!«

Ich schüttele langsam den Kopf und wiederhole in Gedanken, was er gesagt hat: »Es ist nicht wichtig, wie es mir geht. Meine Meinung zählt doch nicht.« Nun verkrampft sich alles in mir und mich überkommt diese schwere Traurigkeit. »Natürlich ist das wichtig! Du bist wichtig!« Meine Augen sind feucht.

Sebastian wendet sich von mir ab und ich habe Angst, ihn zu verlieren. Dieses Gespräch oder vielleicht auch die Erkenntnis von vorhin, dass ich auf gewisse Dinge sehr wohl einen Einfluss habe, lösen in mir den Wunsch aus, ihn zu trösten und davon zu überzeugen, wie wichtig er ist.

Die Wut, die Aggression, beides ist verschwunden, weil ich ihn verstehen kann. Ich verstehe, wie schwer es fällt, zu sagen, was man denkt und fühlt, wenn man sich selbst nicht als wichtig erachtet. Wie unangenehm es ist, sich zu beschweren, aus Angst, Ablehnung zu erfahren, weil man sich angeblich anstellt oder nicht verstanden wird.

»Ich liebe dich, Sebastian!«, sage ich sanft. Er blickt weiterhin an mir vorbei. »Du... Du bist wichtig, du bist so klug, so einfühlsam ... ich ... Ja, ich möchte mit dir zusammen sein und dich jeden Tag daran erinnern, wie schön es ist, dass es dich gibt.«

»Marina!«, sagt er nun ernst und schaut mich an. »Was ist denn gerade mit dir los? Und wie oft soll ich das jetzt noch wiederholen?«

Direkt denke ich an den Post und den Hinweis, dass sich jemand noch nicht verstanden fühlt, wenn man etwas wiederholt. Sebastian atmet schwer ein und wieder aus.

»Ich kann das nicht, ich habe dir so wehgetan, ich habe Angst, Angst, dass das wieder passiert, und Angst, dass du dir nicht sicher bist. Ich kann dir nicht bieten, was du brauchst, ich habe kaum Zeit und genieße die wenigen Freiheiten, die ich habe. Ich möchte keine Beziehung. Allein der Gedanke löst Unbehagen in mir aus. Ich will keine, weder mit dir, noch mit jemand Anderem. Vielleicht bin ich pathetisch, verdammt dazu, allein zu sein, aber ich habe mich, nach uns, damit arrangiert und sehe durchaus die Vorteile. Es tut mir leid.«

Es klingt so aufrichtig. Dennoch fällt es mir schwer, ihm zu glauben, oder anders, er hat doch mehr verdient, und ich bin bereit dazu, ihm dieses Mehr zu geben. Oder projiziere ich gerade meine eigenen Ängste und Sehnsüchte auf ihn? Egal. Er braucht Zeit. Das war zu schnell. Doch ich kann und will nicht warten. Ich sehne mich nach seiner Nähe.

»Aber was würde sich denn ändern? Ich brauche kein Kind mehr und ehrlich gesagt genieße ich es auch, allein zu wohnen, meine Freiheiten zu haben, die Insel. Aber auch Lasse, noch braucht er mich und solange das so ist, kann ich auf mehr äußere Verbindlichkeit verzichten. Es bleibt, wie es ist, nur dass du nicht fährst, wenn du abends kommst und Lasse bei Paul ist«, sage ich hoffnungsvoll, fast freudig.

Sebastian seufzt. »Marina, das wird dir nicht reichen, und wie gesagt, ich bin nicht bereit für eine Beziehung.«

»Aber …«

Ich möchte widersprechen, aber ich finde nicht die richtigen Worte. Vielleicht ist das hier, ist Sebastian, nur eine weitere Herausforderung, die mir Akzeptanz durch vertieftes Verstehen ermöglichen soll. Akzeptanz, dass die Wahrheit nicht die ist, die ich sehen will, sondern diejenige, dass er einfach keine Beziehung möchte.

Die Gründe dafür sind egal, denn ich kann nichts tun. Es ist vielleicht genau wie mit dem Gutachten: Meine Wahrheit war die, dass es darum geht, ob ich glaubwürdig sei. Ich könnte ein Neues anfordern, was aber die Wahrheit nicht verändern würde. Und ich kann Sebastian weiterhin unterstellen, dass er nur Zeit braucht, aber dem ist offenbar nicht so. Und selbst wenn, müsste ich ja auch auf mich schauen, um nicht in diese alten Muster zu verfallen: Ich muss mich nur genug anstrengen, in Form von Geduld, dann kommt er zurück. Aber ich habe keine Geduld mehr. Und ich bin es, die immer wieder selbst für Enttäuschungen sorgt, indem ich ihm etwas Falsches unterstelle.

»Du möchtest keine verbindliche Beziehung«, höre ich mich sagen. Und ich sage es so, als hätte ich es erst jetzt verstanden. Habe ich ja auch irgendwie.

»Genau, ich möchte keine verbindliche Beziehung.« Sebastian nickt erschöpft. Vermutlich erwartet er, dass gleich wieder ein Aber von mir kommt.

»Ich glaube, ich verstehe«, sage ich jedoch.

Er lächelt. Wir schweigen einen Moment.

»Marina, ich weiß gar nicht, woran das liegt, also, ich … Seitdem ich dich vorm Edeka getroffen habe, hatte ich jedes Mal das Gefühl, dass du etwas in mir siehst, was da gar nicht ist, und ich konnte dich nur enttäuschen. Anfangs dachte ich noch, so wie damals, dass es ganz schön ist, wie sehr du mich liebst und bewunderst, ich habe das genossen. Ich hatte das Gefühl, durch dich, durch dein Verhalten mir gegenüber, durch deine Liebe ein so großartiger Mann zu sein. Ich habe gewisse Dinge verändert, ich bin offener geworden, weil du mir das Gefühl gegeben hast, dass ich mich nicht verstecken muss. Und als du mir damals dann das Haus gezeigt hast, ist mir schlagartig bewusst geworden: Sie sieht nicht mich. Sie sieht etwas, was nicht da ist. Und ich habe plötzlich selbst alles infrage gestellt.«

Ich möchte direkt sagen, dass ich **natürlich ihn** gesehen habe, aber ich habe ihm nun so oft widersprochen und es hat meist nur dazu geführt, dass er sich zurückgezogen hat. Noch nie war er so offen wie jetzt. Oder er war es, aber ich habe ihm gar nicht richtig zugehört. Also nicke ich nur und ermuntere ihn dazu, fortzufahren.

»Na ja, die Treffen nach dem Edeka, ich hatte plötzlich so eine Analogie im Kopf. Ich weiß, wie sehr du Beispiele liebst: Ich hatte das Gefühl, du glaubst, ich sei Zucker, doch wenn du ihn benutzt, wunderst du dich, warum er nicht süß, sondern salzig schmeckt. Und ich dachte erst, ich bin das Problem, ich bin nicht süß genug. Aber in Holland wurde mir bewusst: Ich bin nicht das Problem, ich bin halt Salz, mich macht man auf Pommes und nicht auf Poffertjes. Und daher war und bin ich so hart und so klar und so abweisend. Und … Das ist noch nicht alles. Mir ist bewusst, dass ich selbst, sobald du die weißen Kristalle auf die Poffertjes gestreut hast, um in der Analogie zu bleiben … dass ich auch immer erwartungsvoll geschaut habe, ob ich es endlich geschafft habe, dir die Süße zu geben, nach der du dich sehnst. Aber das war unfair und nicht ehrlich. Ich war nicht ehrlich, weil ich dich nicht verletzen wollte, weil ich deinem Bild entsprechen wollte. Ich … Ich treffe mich regelmäßig mit Frauen, auch jetzt noch. Ich …«

Mir wird schlecht. Ich zittere, Tränen kullern meine Wangen hinab, ich weiß nicht, wohin mit mir.

»Ich genieße meine Freiheiten, das habe ich gesagt, gemeint habe ich aber auch diese expliziten Freiheiten«, sagt Sebastian nun, nicht überrascht von meiner Reaktion. Die hatte er wohl erwartet. »Und es ist genau, wie du gesagt hast: Ja, ich scheue mich vor Konflikten und versuche, Dinge eher mit mir auszumachen, weil ich niemanden verletzen möchte, ich möchte nicht wehtun, aber mir ist bewusst geworden, dass ich damit mehr Schaden anrichte und da arbeite ich dran, und …«

»Geh einfach! RAUS HIER!«, brülle ich ihn an.

Ich weiß gar nicht, wie lange ich da draußen noch saß, ich konnte weder ins Bett gehen noch telefonieren oder irgendetwas anderes tun. Ich saß nur auf der Terrasse und starrte vor mich hin, bis es plötzlich dunkel wurde. Ich weiß nicht einmal, ob es 'ne Stunde oder nur zehn Minuten waren. Irgendwann war es dunkel, mir war kalt.

Lieblingssternenstaub

Jetzt liege ich im Bett, mein Gesicht ist heiß, die Tränen sind gekommen, als ich mich hineingekuschelt habe, und nun weine ich, habe meinen Teddy fest im Arm und tue mir selbst leid.

Sebastian ist von seinem Podest verschwunden und in die Menge abgetaucht, er ist einfach irgendwer, ich kann ihn gar nicht mehr sehen und offenbar habe ich davor auch nicht **ihn** gesehen. Er hat es selbst gesagt. Er hat mich in dem Glauben gelassen, dass er Zucker sei. Für mich ist gerade eine andere Analogie treffender: Er ist Bounty! Und ich hasse Bounty, ich mag Schokolade, ich liebe Kokosnuss, aber die Bounty-Kombi ist echt ekelig. Und ich würde mir niemals Bounty kaufen. Was ich gerne kaufe, ist Raffaello, und aus meiner Sicht hat er sich als Raffaello verkleidet. Aber jetzt, da er Bounty ist, fällt es mir so leicht, ihn zu vergessen, im Regal stehen zu lassen. Warum sollte ich mir Bounty kaufen?

Ich bin wütend, bin verzweifelt, hilflos, fühle mich ungerecht behandelt und ausgeliefert. Ich möchte ihm die gesamte Schuld für mein Leid geben. Wie viele Opfer ich doch gebracht habe, um ihm zu gefallen, weil ich ihn so sehr wollte. Mein Smartphone blinkt auf und obwohl ich weiß, dass es nicht das beste Medium ist, um in den Schlaf zu finden, greife ich erleichtert nach diesem magischen Gerät, froh über die Abwechslung zum Hin- und Herwälzen.

Es ist lediglich eine Benachrichtigung von Apple Podcast. Nach einer kurzen Enttäuschung darüber, dass mir niemand geschrieben hat, sehe ich, dass es eine neue Folge von Lieblingssternenstaub gibt, mit dem Titel: »9 Impulse für mehr Intimität – emotional & sexuell«. Ich rufe direkt ihre Seite auf, nicht, weil mich das Thema interessiert, sondern weil ich Ablenkung brauche. An Schlaf ist nicht zu denken. Und auf ihrer Seite hat sie das Skript hinterlegt, so laufe ich nicht Gefahr, beim Zuhören abzuschweifen.

Autsch, der Satz sitzt. Ob ihr bewusst ist, wie weh so eine Aussage tut? Und dann kommt mir der Gedanke, dass Jenni einfach die Themen aufgreift, die mich permanent beschäftigen. Kein Wunder also, wie sehr ihre Beiträge immer zu meiner aktuellen Lebenssituation passen. Vermutlich hätte ich mich heute ähnlich »ertappt« oder »verstanden« gefühlt, was auch immer das richtige Gefühl an dieser Stelle ist, wenn sie über Akzeptanz geschrieben hätte, oder über Mitgefühl, oder über Selbstliebe.

»Es ist komisch, anfangs war es wie im Traum, sie war mir so ähnlich, ich dachte fast, ich hätte mich in mich selbst verliebt. Doch dann hatte ich mehr und mehr das Gefühl, dass sie nur versucht, es mir recht zu machen.« Sebastian kneift die Augen zusammen, er versteht gar nicht so richtig, was da passiert ist und in ihm vorgeht.

»Was ist denn daran verkehrt?«, fragt seine Schwester Isabell. »Das ist doch normal so? Also, ich verzichte ja auch manchmal auf 'nen Mädelsabend, um mit Dennis zusammen zu sein.«

Sebastian nickt zunächst, doch dann spürt er Widerstand. »Ja, aber tust Du das, weil Du ihn sehen willst? Oder tust Du das, weil Du ihm nicht vor den Kopf stoßen willst?«

Isabell überlegt kurz, bevor sie sagt: »Ersteres!«

»Ja, und das ist ein Unterschied. Sie hört jetzt nur noch Musik, die ich ihr empfohlen habe. Statt ins Gym zu gehen, kommt sie mit mir joggen, und ihre Freundinnen trifft sie ausschließlich, wenn ich mal keine Zeit habe. Ich verlange das gar nicht, im Gegenteil, aber ich fühle mich mittlerweile so verantwortlich für sie.« Sebastian überlegt kurz und sagt dann: »Das ist anstrengend!«

»Was meint sie denn dazu?«, fragt Isabell. Vielleicht bildet sich ihr Bruder das auch nur ein.

»Sie meinte halt, dass sie gar nicht verstünde, was daran so schlimm sei, immerhin gehe es doch um

Musste sie ausgerechnet seinen Namen nutzen? Dadurch fühlt sich das Zitat noch mehr wie ein Schlag ins Gesicht an. »Je mehr wir einander gefallen wollen, desto unattraktiver werden wir«.

In meinem Fall trifft definitiv Letzteres zu, denn bereits der erste Satz tat schon so weh. Ich erkenne mich darin wieder, gefallen zu wollen, auch wenn ich mittlerweile gelernt habe, dass es einen Unterschied gibt zwischen Selbstaufgabe und Anpassung.

Ich pausiere den Podcast. So langsam bekomme ich eine Ahnung, wie der Satz direkt zu Beginn gemeint ist. Und ja, ich erkenne mich durchaus in Sebastians Freundin wieder, und auch ja, ich habe so oft in meinem Leben Dinge getan, um zu gefallen und meist nicht, weil es mir ein Bedürfnis war, dieses oder jenes zu tun oder zu mögen, sondern weil ich genau das mehr oder weniger gelernt habe, schon als Kind, als Mädchen. Gefühlt war es das Ziel, immer gut auszusehen, unkompliziert zu sein, nach Möglichkeit wenige Bedürfnisse zu haben, um irgendwann einen Mann zu finden, der mich heiratet. Das allerdings war lange gar nicht mein Wunsch, sondern es wurde mir vermittelt, von meiner Mama, von den Medien, von Büchern.

Irgendwie scheint es für Frauen nur darum zu gehen, einen Mann zu finden. Also kein Wunder, dass ich jahrelang genau so gehandelt habe. Und es ist ebenfalls kein Wunder, dass ich Frauen so abgewertet habe. Wenn wir Frauen doch alle um die Männer buhlen, dann entsteht ein natürlicher Konkurrenzkampf, all die Beautytipps, Schönheitsideale, Kochrezepte und Tipps, wie man Männern den Kopf verdreht, schüren den Gedanken, besser als die Anderen sein zu müssen. Wie traurig. Und wie erschreckend nachhaltig mich der Konkurrenzgedanke geprägt hat! Noch viel erschreckender, dass ich all das nic hinterfragt habe.

Selbst heute noch erwische ich mich dabei, wie ich Frauen abwerte, wenn sie mir zickig oder kompliziert vorkommen. Ich stelle mich dann gerne über sie und hebe hervor, wie unkompliziert ich doch sei. Jetzt muss ich lachen. Ich bin alles andere als unkompliziert. Und ich mag Beck's Gold und Astra.

Wie bin ich da drauf jetzt gekommen? Muss an meiner mentalen Notiz liegen, von letztens, als ich mit Stefan im Edeka war und negativ über manche Biersorten gedacht habe. Egal, ich drücke wieder auf Play und lese weiter mit.

Der Mensch ist einsam, aber nicht zwingend allein. Wer Ersteres nicht akzeptiert, wird Verschmelzung anstreben und den Verlust des Selbst immer wieder in Kauf nehmen.
Inspiriert zu diesem Beitrag wurde ich von David Schnarchs Buch »Die Psychologie sexueller Leidenschaft«. Ja, wir sind soziale Wesen. Und ja, wir sind Individuen. Egal, ob wir zusammen als Geschwister aufwachsen, gleiche Interessen haben, seit Jahren befreundet sind oder uns ewig kennen: Die Summe unserer Erfahrungen sowie das Erleben ein und derselben Situation sind dennoch individuell. Niemand ist wie Du, niemand fühlt immer wie Du, denkt immer wie Du und ist immer Deiner Meinung. Sich dessen bewusst zu werden, kann Dir helfen, das oft sehr negativ konnotierte Wort der Einsamkeit und das darunterliegende Konzept, sowohl in diesem Beitrag als auch in Beziehungen jeglicher Art, zu verstehen und zu akzeptieren. Du bist im Kern einsam. Oder anders formuliert: individuell. Doch warum ist die Akzeptanz dessen so wichtig?

Wenn ich von der Anerkennung meines Partners oder meiner Partnerin abhängig bin, habe ich Angst, zu sagen, was ich brauche und mir wünsche. Im schlimmsten Fall bin ich dann nicht nur einsam, sondern auch wieder allein.

Viele Menschen verwechseln Anerkennung mit Liebe. Warum? Weil sie es so gelernt haben. Sie haben immer dann besonders viel Zuwendung bekommen, wenn sie wünschenswertes Verhalten gezeigt haben. In der Theorie nachvollziehbar, mit einem »lieben« Kind kuschelt man gern, ein »wütendes« Kind lässt man lieber in Ruhe oder schreit zurück. In der Praxis ist das jedoch fatal. Gerade das wütende Kind benötigt Zuwendung, nicht zwingend körperlicher Natur, aber es benötigt Sicherheit, Verständnis, Raum.

Manche Menschen haben von ihren Eltern nur sehr wenig bis gar keine Zuwendung und Nähe bekommen, aber wurden zumindest für ihre Leistung gelobt. Eine gute Note wurde belohnt, es gab anerkennende Worte. Und diese Menschen haben für sich gelernt, dass sie nur dann liebenswert sind, wenn sie Leistung bringen, keine Last darstellen, lieb und brav sind. Und das erwarten sie dann auch in Beziehungen, wenn sie älter sind. So kann es passieren, dass jemand, der durchaus sicher, gebunden und liebevoll aufgewachsen ist, im Erwachsenenalter die Erfahrung macht, nur dann »geliebt zu werden«, wenn er oder sie gute Laune hat.

Probleme sollten rasch durch Ratschläge gelöst werden, denn diese Kinder in Erwachsenenkörpern halten schlechte Stimmung nicht nur bei sich selbst schlecht aus, sondern auch bei Anderen. Diese gefühlte Verantwortung für das Wohlbefinden der Menschen in ihrer Nähe tragen sie nach wie vor. Was bedeutet das also in diesem Kontext? Wir wurden erzogen (von Eltern oder PartnerInnen) oder haben erfahren, gelernt, dass wir nur dann liebenswert sind, wenn wir nicht anecken, nicht zur Last fallen, funktionieren und lieb sind. Im Umkehrschluss bedeuten »Schwäche« beziehungsweise eigene Bedürfnisse, die in Konkurrenz zu unserem Umfeld stehen, sowie Leid und Andersartigkeit, dass wir weniger geliebt werden. Und wenn wir nicht mehr geliebt werden, verlieren wir unser Gegenüber und sind dann nicht nur einsam, sondern auch allein. Wir können niemandem mehr »dienen«, überspitzt formuliert, und verlieren dadurch gefühlt unsere Daseinsberechtigung.

Das alles »mal eben so« in Kürze zusammengefasst zu hören und zu lesen, sorgt für eine kaum auszuhaltende Schwere. Ja, ja, ich erkenne mich wieder! Und nein, ich finde es doch übertrieben. Ich kneife meine Augen zusammen und überfliege noch mal den letzten Absatz. Gerade das Wort »dienen«, egal, ob Jenni es relativiert oder nicht – damit kann und will ich mich nicht identifizieren. Dennoch spiegelt es ja eigentlich mein Verhalten wider: Ich war es doch, die am Ende das Gefühl hatte, nicht zu bekommen, was ich brauche, und gleichzeitig all das zu geben, was ich mir gewünscht hätte.

Je größer diese Schwere im Bauch wird, desto klarer wird mir, wie recht Jenni damit wohl doch hat. Ich habe »gedient« und bin meist dann ausgebrochen, wenn mir nicht »gedient« wurde, weil Liebe in meiner Welt so funktioniert, dass man sich gegenseitig »dient«. Es ging mir so lange immer wieder darum, »wichtig« zu sein und »an erster Stelle« zu stehen. Ich dachte, es sei der Mangel an Anerkennung, der sich dabei auslebt, aber vielmehr ging es vermutlich darum, dass jemand etwas sehr Wertvolles und Wichtiges nicht gehen lassen würde – verliere ich meinen Wert, werde ich also verlassen. Es tat mir weh, wenn mein Partner meinte, er brauche mich nicht, es tat weh, weil ich dann jederzeit damit rechnen musste, dass er geht, wenn er doch nicht auf mich angewiesen ist.

Einmal mehr wird mir meine Definition von Liebe bewusst. Liebe war oder ist nicht nur ein unsicheres Gefühl. Ich wollte durch Anerkennung, fast schon durch Abhängigkeit, eine Sicherheit erzeugen. Natürlich sehnte ich mich nach Sicherheit, aber wenn sie da war, war es langweilig, nicht aufregend genug. Nicht angsteinflößend genug. Verrückt, ich habe gedacht, in dieser Podcast-Folge ginge es um Intimität und Sexualität, aber stattdessen werde ich mal wieder in den Sog des Selbstliebe-Dilemmas hineingezogen. Ich schmunzele, spiele den Podcast weiter ab und lese mit.

Intimität entsteht nicht durch körperliche oder emotionale Verschmelzung, sondern durch Stabilität und Sicherheit zweier Individuen.
Warum? Darauf gehe ich gleich genauer ein. Zunächst widme ich mich dem Aspekt der Sicherheit und Stabilität. Wie sicher ist eine Beziehung, wie stabil ist eine Beziehung, wenn sie nur dann besteht, sofern wir funktionieren? Wenn ich direkt an mir zweifele, sobald mein Gegenüber schlechte Laune hat? Wenn ich mich anstrengen muss, aufpassen muss, was ich sage und welche Bedürfnisse ich stille, ist das doch alles andere als sicher?!
Nehmen wir ein Zelt. Ja, es bietet im Sommer ausreichend Sicherheit und Schutz, vor Insekten, vor nächtlicher Kälte und vor ein bisschen Regen. Aber was, wenn ein Sturm aufzieht? Wenn Stürme,

in Form von Konflikten, Lebenskrisen, Schicksalsschlägen oder einfach dem Leben, aufziehen? Diese können wir langfristig nicht vermeiden oder umgehen. Wir benötigen ein Haus, einen sicheren Ort, den wir verlassen und zu dem wir zurückkehren können, wenn ein Sturm aufzieht. Im Hochsommer im Zelt draußen zu schlafen, ist keine Kunst. Ebenso wenig, wie eine harmonische Beziehung zu führen, wenn jeglicher Konflikt vermieden wird und sie von Schicksalsschlägen und Veränderungen verschont bleibt. Wie aber baue ich denn nun ein Haus, ein Refugium für meine Partnerschaft?

Sicherheit wird nicht durch Harmonie erzeugt, sondern durch das Aushalten von Differenzen und Konflikten.
Konflikte zu vermeiden, bedeutet auch, euch die Chance zu nehmen, Konflikte zu lösen. Irgendwann steht ihr vor einem Berg aus Frust und alten Verletzungen, worüber nie gesprochen wurde. Erst die Erfahrung, dass ich anderer Meinung sein darf, und zwar ohne negative Konsequenzen, die Erfahrung, dass wir konstruktiv miteinander reden können und einen Weg finden, wenn es konkurrierende Bedürfnisse gibt, gibt uns die Sicherheit eines Hauses. Wenn wir die Erfahrung machen, dass wir auch dann noch geliebt und umsorgt werden, wenn wir gerade nicht funktionieren, schwach sind, müde sind und dennoch nicht mit Ignoranz oder Aufforderungen in Form von Ratschlägen, schnell etwas dagegen zu tun, gestraft werden, können wir uns sicher und stabil fühlen.

Je mehr Stürme ihr erlebt, je mehr Dachziegel ihr erneuert habt, desto sicherer und stabiler wird eure Beziehung. Paare, die sich nie streiten und zu mir in die Praxis kommen, stehen oft vor einer viel größeren Herausforderung als Paare, deren Streitereien sich aufgrund gewisser Umstände plötzlich verdreifacht haben. Sie wissen, der Andere hält was aus, sie brauchen und sie müssen nicht durch die Blume formulieren, sie dürfen Forderungen stellen, sind sich über die verschiedenen Wahrnehmungen voneinander bewusst, ohne nach »der Wahrheit« zu suchen. Sie wissen: Sie sind anders, funktionieren anders, fühlen anders, und dennoch haben sie sich schon oft und immer wieder füreinander entschieden.

O Mann. Klar, das ergibt so, so viel Sinn. Ich seufze lachend auf. »Hätte sie mir das nicht einfach direkt zur Verfügung stellen können?«, denke ich. Doch dann erinnere ich mich an das Gefühl von gerade eben, selbst hier, in diesem Podcast. Obwohl ich Jenni wohlgesonnen bin, ihr vertraue und sie gar nicht direkt mit mir spricht, habe ich mich angegriffen gefühlt. Wenn sie mir direkt zu Beginn, ohne mich zu kennen, all die Dinge aus ihrem Podcast zur Verfügung gestellt und mir meine Welt erklärt hätte – ich wäre nie wieder in ihre Praxis gegangen. Ich hätte mich unverstanden gefühlt und vermutlich eine negative Bewertung hinterlassen. Und letztendlich ging es mir zum Teil ja wirklich so in der ersten Sitzung, mit dem Unterschied, dass ich die Themenwahl traf und sie eigentlich nur zusammenfasste, was sie verstanden hatte und mir meine Widersprüche vor Augen führte. Selbst das tat das so, so weh, und gleichzeitig hat sie all das mit mir ausgehalten.

Jetzt ergibt es noch mehr Sinn, dass sie sich mittlerweile so offenkundig über aufgezeichnete Videokurse ärgert, die

Heilung versprechen. Denn entweder zahlen die Menschen enorm viel Geld, um sich dann eine Welt erklären zu lassen, die nicht ihre ist. Sie werden wieder nicht gehört, nicht verstanden und sind frustriert, schämen sich aber – womöglich, weil sie glauben, es liege an ihnen. Dann fordern sie weder das Geld zurück, noch hinterlassen sie eine negative Bewertung. Oder aber, sie halten das aus und zweifeln, warum es ihnen nichts nutzt, weil es eben keine korrigierende Beziehungserfahrung gibt. Im schlimmsten Fall werden sie retraumatisiert oder zumindest werden neue Zweifel geschürt, wenn sie mal wieder hören, dass sie »einfach Grenzen setzen sollen«, weil sie selbst auch »wichtig seien«, wenn sie hören, wie wichtig die Me-Time ist und scheinbar als Einzige keine Zeit dafür finden, und so weiter … Fatale Folgen.

Sogar dann, wenn der Kurs angeblich kostenlos ist, zahlt man einen hohen Preis. Aber klar, auch ich habe schon oft mit solchen Kursen und Wochenendseminaren geliebäugelt. Dass die Kurse aufgezeichnet sind, war sogar eher ein Pro-Argument wegen meiner mangelnden Flexibilität, und die Versprechen klingen so schön. Aber es verhält sich hiermit vermutlich ähnlich wie bei all den Sport-Apps, die auf meinem Handy immer wieder in die Cloud geschoben werden, die Ratschläge, die man »nur« befolgen muss: Kaloriendefizit, Mut, sich den Ängsten stellen, sich selbst akzeptieren und morgens noch fünfzehn Burpees. Selbst wenn die Inhalte korrekt, akribisch aufbereitet und gut erklärt sind, können sie Schaden anrichten. Der Frust oder auch die Verletzungen, die womöglich entstehen, wenn Menschen noch nicht bereit sind, nicht sicher genug sind – dieser Frust wird nicht ausgehalten und die Verletzungen werden nicht innerhalb der Beziehung zwischen KlientIn und BeraterIn oder TherapeutIn oder eben PersonaltrainerIn versorgt. Denn es gibt keine, der Videokurs geht einfach weiter und man selbst kommt nicht mit, bleibt auf der Strecke, ist selbst schuld. Wie immer.

So, endlich kommen wir zum eigentlichen Thema:
Sexualität.

Ich muss lachen und bin echt neugierig, wie sie jetzt die Kurve kriegen will und ob es gleich noch bahnbrechende Erkenntnisse gibt. So lang ist die Folge jedenfalls nicht mehr.

Sexuelle Bedürfnisse sind individuell und es bedarf des Mutes, sich selbst zu erforschen und erforscht zu werden.
So individuell wir Menschen sind, so individuell ist auch unsere Sexualität. Während der Eine sanfte Berührungen bevorzugt, mag der Andere es eher kraftvoll und fest. Es gibt Männer, die wahnsinnig auf Brüste stehen, und Andere wissen damit nichts anzufangen. Es gibt Frauen, die gerne ihren Mund zur Stimulation nutzen, und Andere lieber ihre Hände. Es gibt schnellen Sex, langsamen Sex, manche brauchen ein Vorspiel, das im Idealfall schon am Morgen beginnt, durch Aufmerksamkeiten, Unterstützung und Komplimente, sodass sie sich abends wirklich fallen lassen können. Andere bevorzugen ein langes Nachspiel und wieder Andere genießen ausschließlich den Akt an sich.
Und so könnte ich diese Liste endlos lang weiterführen.

Ich schmunzele und denke, dass ich es durchaus spannend gefunden hätte, wenn sie weitere Aspekte aufgelistet hätte. Das Vorspiel am Morgen habe ich so noch nie gehört und dennoch musste ich direkt nicken. Ich kann mir gut vorstellen, dass das funktioniert – auch für mich.

Es gibt Menschen, die selbst kaum wissen, was sie mögen. Selbstbefriedigung war oder ist verpönt, befremdlich, etwas, was man nicht tut. Es gibt gar Menschen, die eifersüchtig werden, wenn sie bemerken oder hören, dass sich ihr Partner oder ihre Partnerin selbst befriedigt. Wenn ich also keinerlei Erfahrungen mit meiner eigenen Sexualität habe und das »erste Mal« erlebe, bin ich womöglich enttäuscht vom Akt an sich: Darum wird so viel Wind gemacht? Warum dauert das so lange? Puh, das ist ganz schön anstrengend! Oder sie verspüren zwar Erregung, doch durch die reine Stimulation kommt es nicht zur gewünschten Befriedigung. Wenn ich mich dann nicht traue, über meine sexuellen Bedürfnisse zu reden, weil ich meinem Gegenüber eben nicht »vor den Kopf stoßen will« oder »nicht zur Last fallen will«, rückt Sexualität auf der Prioritätenliste immer weiter nach hinten. Ich täusche Orgasmen vor, ertrage, halte aus. Kein Wunder, dass ich irgendwann nicht mehr will. Eine Beziehung, die Konflikte nicht aushält, wird wohl kaum einen Konflikt im Schlafzimmer überstehen, wenn beide sich persönlich angegriffen fühlen, sobald sie hören, dass ihre »Perfomance« nicht zufriedenstellend ist. Dabei geht es gar nicht um eine Performance – im Gegenteil, es geht um Kennenlernen, Erforschen, Ausprobieren. Es ist ein bisschen so, wie ein fremdes Land zu erkunden: Egal, wie viel Du bisher gereist bist und gesehen hast, ohne Landkarte ist es eher Trial and Error.

»Der Nächste, der mir erklärt, dass er gut im Bett sei, bekommt 'nen Link zu dieser Folge!«, denke ich und lache. Ich überlege, ob ich weiß, was ich mag. Mir kommen direkt ein paar Dinge in den Sinn und ich werde rot. Ich mag es sehr, wenn mein Partner die Führung übernimmt, ja, durchaus dominant ist und mir sozusagen befiehlt, es zu genießen. Jetzt wird mir auch klar, warum: weil mir dann sozusagen die Erlaubnis zum Fallenlassen gegeben wird. Ich »darf« mir dann keine Gedanken über seine Bedürfnisse machen.

Aber ehrlich gesagt: Das funktioniert eher mäßig. Manchmal stöhne ich dann besonders laut, um sein Bedürfnis, mich zu befriedigen, zu stillen. O je, wie verkorkst ich doch bin. Aber klar, ich bin mittlerweile im Bett ziemlich extrovertiert, ich vertraue darauf, dass mein Partner mich attraktiv findet, wie ich bin, das Licht darf an bleiben, ich habe auch eigentlich kein Problem mit Nacktheit. Dennoch frage ich mich nun, ob ich damit nicht auch nur wieder Männern gefallen will. Fühle ich mich nackt wirklich so wohl? Immerhin verspüre ich immer mal wieder dieses Unbehagen.

Unmittelbar nach dem Akt, wenn wir beide gekommen sind, oder nur er, überkommt mich oft der Drang, mich rasch anzuziehen. Mir wird richtig unwohl, fast schlecht. Das Gefühl überkommt mich manchmal auch im Schwimmbad, leicht bekleidet im Badeanzug. Sogar, wenn ich früher wegging und mich zu irgendeinem tief ausgeschnittenen Oberteil gezwungen hatte, gab es Momente, in denen ich einfach nur nach Hause wollte oder mir einen Rollkragenpullover gewünscht hätte.

Scham, Angst, Verunsicherung und mangelnde Selbstakzeptanz verhindern ein Fallenlassen

Wenn jemand sich nicht sicher fühlt, von Angst motiviert wird, sich schämt, fällt es unglaublich schwer, sich fallen zu lassen, sich gehen zu lassen, sich hinzugeben.

Und plötzlich weine ich. Wann habe ich mich denn jemals sicher gefühlt?

Die Natur hat dafür gesorgt, dass Scham- und Ekelempfinden bei sexueller Erregung gemindert werden.
Aber eben nur bis zu einem gewissen Grad.
Wenn Du Dich schämst, Angst hast oder Dich aufgrund eigener traumatischer Erfahrungen vor Dir selbst, der Nacktheit oder dem Partner ekelst, dann ist das Dein körpereigener Schutz, der verhindern möchte, dass Du Grenzen überschreitest oder Deine Grenzen (erneut) überschritten werden. In dem Fall ist es ohne Aufarbeitung kaum möglich, Sexualität zu genießen – professionelle Hilfe kann hier erforderlich sein, sofern Du das möchtest.

Vielleicht ist das also auch wieder eine Folge meiner Missbrauchserfahrung? Ganz bestimmt sogar. Ich schüttele den Kopf, fassungslos über die Auswirkungen auch noch nach so vielen Jahren.

Selbstbefriedigung in eure Sexualität zu integrieren, sorgt für korrigierende, sexuelle Befriedigung, für Sicherheit und Vertrauen.
Ich habe es weiter oben bereits angedeutet: Selbstfürsorge ist nicht das Gleiche wie Fürsorge, Selbstakzeptanz nicht das Gleiche wie Akzeptanz und Selbstbefriedigung ist nicht gleich Befriedigung. Vielleicht kennst Du das Dilemma, dass Du in der Lage bist, Dich selbst zum Orgasmus zu bringen, es Dein Gegenüber jedoch nicht schafft – selbst dann nicht, wenn er die gleichen Berührungen mit dem gleichen Druck und in der gleichen Geschwindigkeit wie Du ausübt.
Der Grund hierfür scheint also kein körperlicher, kein physischer zu sein, eher ein psychischer. Vielleicht

Schade, dass ich gerade niemanden mehr habe, um das auszuprobieren. Und spannend, wie wenig Trauer oder Wut da gerade noch in mir ist, jetzt, wenn ich an Sebastian denke. Auch die Tatsache, dass er seine Bedürfnisse nach unserer Trennung mit Anderen gestillt hat, kann ich ihm nicht mehr verübeln. Das steckte hier zwar nicht so klar drin, aber mir ist bewusst geworden, dass es Sex **und** Liebe gibt und beides nicht unweigerlich miteinander verknüpft sein muss – für mich ist es das oder war es das. Gleichzeitig habe ich meine sexuellen Bedürfnisse ohnehin jahrelang vernachlässigt, also kein Wunder, dass ich, im Gegensatz zu ihm, nicht nach irgendwelchen Freundschaft-Plus-Geschichten gesucht habe. Aber ihm deswegen einen Vorwurf zu machen, ist unfair ihm gegenüber, und je länger ich darüber nachdenke, auch ganz schön ungesund, wenn man den »Verzicht auf Bedürfnisbefriedigung« als Liebesbeweis verlangt.

Wir Menschen sind Individuen und soziale Wesen.
Wir sind einsam, aber nicht allein. Wir werden jedoch
nicht eins.

Wenn ich mich gegen die natürliche Einsamkeit
wehre, sie nicht akzeptiere, strebe ich in meiner
Partnerschaft »Verschmelzung« an, in der
(unbewussten) Hoffnung, dass sich jemand
verantwortlich fühlt, sich kümmert, mich rettet.
Doch niemand kann Dir Deine Eigenverantwortung
nehmen. Selbstfürsorge und Selbstakzeptanz sind
etwas anderes als Fürsorge und Akzeptanz.

Wenn ich mich gegen meine Einsamkeit wehre und
mich somit in eine notwendige (nicht freiwillige)
Abhängigkeit begebe, erfordert dies einen hohen
Preis: Selbstaufopferung. Wenn ich von der
Anerkennung und Fürsorge meines Partners
abhängig bin, habe ich Angst, zu sagen, was ich
brauche und mir wünsche – sofern es mit den
Bedürfnissen meines Partners/meiner Partnerin
konkurriert. Im schlimmsten Fall bin ich dann nicht
nur einsam, sondern auch wieder allein.

Konflikte werden vermieden, man schluckt Dinge
hinunter. Dabei sorgt gerade das Überwinden von
Konflikten und die Akzeptanz der Andersartigkeit
für stabile Sicherheit: Ich darf mich gehen lassen,
darf eine eigene und vor allem andere Meinung
haben, ich darf sein, wie ich bin, und werde
trotzdem geliebt.

Die Beziehung oder eigentlich sämtliche
Beziehungen dienen dazu, dass wir uns entfalten,
wachsen, Neues lernen, ausprobieren, uns
verändern, weil eine Beziehung im Idealfall
ausreichend Sicherheit gibt, die es uns ermöglicht,
auch mal zu scheitern, schwach zu sein.

Versuche ich permanent, mich aus einer Verlustangst
heraus anzupassen, verkümmert immer mehr von
meinem Selbst. Mein Gegenüber kann dann nur
schwer an mir wachsen, es ist für ihn/sie eher
anstrengend, irgendwann langweilig und
frustrierend.
Was hat das mit Sexualität zu tun?
Sexuelle Bedürfnisse sind ebenfalls individuell und
es Bedarf des Mutes, sich selbst zu erforschen und
erforscht zu werden. Scham, Angst, Verunsicherung
und mangelnde Selbstakzeptanz verhindern das
Fallenlassen, das es braucht, um tiefe Verbundenheit
und Intimität zu genießen, statt (Leistungs-)druck zu
verspüren, sich zurückzunehmen und gefallen zu
wollen.

Der Podcast ist zu Ende. Eine sehr aufwühlende Folge, die für
mich das Selbstliebe-Dilemma sehr anschaulich zusammenfasst, ganz neue Aspekte angesprochen hat und mir vielleicht
hilft, endlich vollständig einen Weg raus aus diesem Dilemma
zu finden.

> »Es ist die Hoffnung, die eine Illusion
> nährt und uns hindert, loszulassen.«

Lieblingssternenstaub

Haben die Eier gereicht?

Das ist die einzige Nachricht, als ich am nächsten Morgen wach werde. Ich weine erneut. Ich ärgere mich über die Nachricht, die mir vor Augen führt, was ich mir wünsche. Gleichzeitig wird es, bedenkt man den Absender, nicht erfüllt, nicht von Christian jedenfalls. Und von Sebastian ja auch nicht mehr.

Mir fällt der Post ein, den ich gestern von Lieblingssternenstaub angefangen habe. Christian hatte mich beim Lesen unterbrochen. Vielleicht hilft das? Mann. Schon wieder Instagram, Marina?

Wann bin ich endlich fertig? Wann kann ich endlich leben?

Es ist erst fünf Uhr einunddreißig und Linda kann ich unter keinen Umständen anrufen. Allein sein ist aber auch keine Option. Also suche ich etwas widerwillig und genervt den Post und lese zunächst den Text unter den Impulsen.

Das, was Dir vorenthalten wurde, kannst Du Dir
selbst in einem gewissen Maß geben, aber nur dann,
wenn Du Dir eingestehst, dass es fehlt.
Und daran scheitern wir so oft, wir leben voller
Widersprüche: »Ich bin nicht schwach!«, wird dann
wütend geschrien, als sei es eine Beleidigung.

Ob sie mich vor Augen hatte, als sie das geschrieben hat?

»Aber meine Kindheit war jetzt wirklich nicht schlimm –
im Gegenteil!« wird erklärt, als würde die gesamte
Kindheit, der Ursprung und somit ein Teil von Dir
infrage gestellt/kritisiert werden. Dabei kann der

Auslöser auch ein einzelner Kommentar eines Mitschülers gewesen sein oder ein Umzug in eine schönere Gegend, ein Geschwisterkind ... Mama/Papa waren (aus Gründen!) nicht greifbar und Du hast Dir angewöhnt, nicht mehr nach ihnen zu greifen.

»Nee, Mama war immer da – Papa fehlte«
Die Idealisierung eines Elternteils kann dem eigenen Schutz dienen und gleichzeitig dazu führen, dass wir ein Ideal zum Vorbild haben, das nie erreicht werden kann. Wir frustrieren über den fehlenden Papa, laden dort die Schuld für den Mangel an Selbstwert ab – ohne zu sehen, dass unsere hohen Erwartungen an uns selbst aufgrund einer Illusion von einer perfekten Mama entstanden sind.

»Ich bin nicht wie meine Mutter!«
Auch die abgrundtiefe Ablehnung aufgrund von Enttäuschung und Schmerz kann zu einer immensen Spannung führen: Man wertet Mama ab, entdeckt im Alltag Parallelen und fängt an, gegen diese und somit sich selbst zu arbeiten. Frust, Verbitterung und Verzweiflung sind die Resultate.

Vielleicht gelingt es Dir, den ein oder anderen Impuls umzusetzen, ein bisschen sanfter, akzeptierender, verständnisvoller, liebevoller und fürsorglicher mit Dir umzugehen. Denn auch Du hast Liebe verdient, vor allem die Deine.

Ich lese irgendwie nichts Neues. Ja, ich verstehe das, aber vielleicht ist dieser Post einfach nicht der, den ich gerade brauche. Ich wische durch die Grafiken mit den ausformulierten Impulsen. Ich bin genervt.

Nähre Dich nach!

Sorge für Dich. Gib Dir die Erlaubnis Dinge zu tun, zu sagen und einzufordern.

Mache Pause, wenn Du eine brauchst und nicht wenn Du genug dafür getan hast.

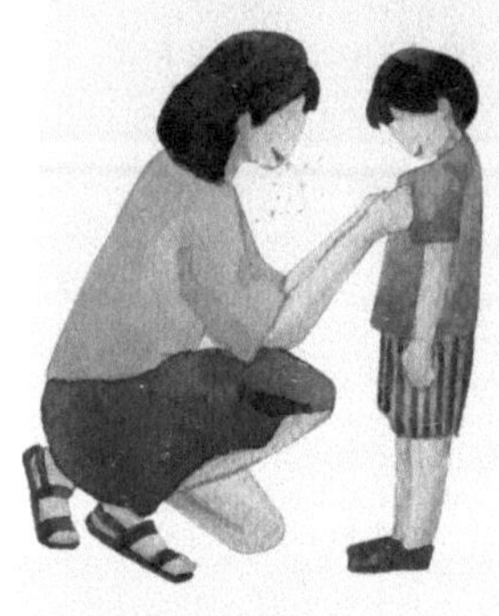

Investiere (vielleicht auch Geld, vor allem aber Zeit!) in Dich, Deine Wohnung. Mach es Dir schön.

Lies Dir ein Kinderbuch vor. Male. Koche etwas Aufwendiges für Dich allein. Schau Dir Kinderfotos an. Weine und kuschele Dich ins Bettchen.

Ich setze gedanklich einen Haken an den ersten Impuls. Gut, ich habe mir kein Kinderbuch vorgelesen, aber ich habe geweint und mich ins Bett gekuschelt, denke ich fast anklagend, so nach dem Motto: »Ich mach das doch schon! Was muss ich denn noch alles tun?«

Korrigiere Erfahrungen

Menschen können sich hervorragend anpassen, das sichert unser Überleben. Wer immer Ablehnung auf bspw. das Zeigen von Emotionen erfuhr, passt sich an, hört auf sie zu zeigen und versucht gar sie zu Unterdrücken.

Suche Dir eine sichere Umgebung, zeige Schwäche, verschaffe Dir Gehör, zeige Dich, teile Dich mit und erfahre, wie zugewandt Menschen auf Dich reagieren, wenn Du Du bist.

JENNIFER ANGERSBACH
@LIEBLINGSSTERNENSTAUB

Erneut setze ich einen Haken. Ich denke an Linda und sogar an Christian. Gestern, als ich ihm etwas unterstellt habe und mich später von dieser Kontrolle durch Interpretation gelöst habe, konnte ich auch eine Erfahrung korrigieren: Nämlich die, dass er, ein Mann, sich zwar nicht in mich verliebt hat, aber durchaus Interesse an mir als Menschen hat, auch wenn ich gerade nicht gut drauf bin und er nicht von mir profitiert. Aber es hilft ja offensichtlich nichts?!

Akzeptiere Dich und die Gegebenheiten

Ohne Akzeptanz sind wir im Kampf mit uns selbst und der Welt, in der wir leben.

Wir versuchen **alles und jeden zu kontrollieren**, aus Angst vor Überraschungsangriffen, Angst vor Fehlern, Angst den Kampf zu verlieren. Wer schwächelt, stirbt.

Akzeptanz bedeutet nicht, dass wir uns und die Welt toll finden müssen, Akzeptanz bedeutet, dass wir uns der Wahrheit stellen, so schmerzhaft es ist und **aufhören für eine Illusion und gegen uns selbst zu kämpfen.**

JENNIFER ANGERSBACH
@LIEBLINGSSTERNENSTAUB

Und was ist, wenn nicht wir die Illusion erschaffen haben?

Ändere die Art wie Du über Dich / mit Dir sprichst.

Statt Dich abzuwerten, auf Fehler aufmerksam zu machen, zu zweifeln und Dir einzureden, Du hättest gewisse Dinge (Zuwendung, Aufmerksamkeit, Unterstützung, …) nicht verdient, rede Dir gut zu, ermutige Dich, erinnere Dich daran, dass auch Du menschlich bist, Liebe verdienst und dass das **Eingeständnis von Schwäche eine Stärke ist und die Brücke zu Anderen und zu Dir selbst.**

designed mit Canva

Ich erlaube mir Fehler und Schwächen und ich bin offen für Kritik. Allein gestern, da wollte ich zunächst widersprechen, als Sebastian meinte, ich hätte ihn nicht gesehen, aber ich habe es angenommen, mir angehört, zugehört und er hat seinen Fehler eingestanden, er hat mir die Wahrheit gesagt, die Wahrheit, die so unglaublich wehtut. Ich fühlte mich betrogen und verletzt. Aber jetzt ist es vorbei. Ich habe ihn losgelassen, ich will ihn nicht mehr und ich fühle mich plötzlich so frei. Oder anders, ich möchte mich frei fühlen, weil ich doch jetzt losgelassen habe. Ich möchte diese Erleichterung fühlen, darüber, dass ich nicht mehr um ihn kämpfe, mich nicht mehr gedulde und einen Weg finden muss, ihm zu gefallen, indem ich meinen Kinderwunsch, den Wunsch nach Verbindlichkeit aufgeben kann … konnte.

Und nun frage ich mich, war oder bin das wirklich ich? Ja, ich habe aktuell keinen Kinderwunsch mehr, aber ich weiß nicht, ob er wiederkommt. Ja, ich möchte nicht, dass jemand bei uns einzieht, aber wer weiß schon, was morgen ist. Ich möchte mich nicht limitieren, und ich habe Sebastian dadurch ein Bild von mir präsentiert, von dem ich wusste, es würde ihm gefallen, aber wofür ich meine Hand nicht ins Feuer hätte legen können.

Sebastian ist kein Arschloch. Ich bin auch keins. Er ist einfach Salz, aber ich hab Lust auf Poffertjes und möchte Zucker. Seine Analogie ist viel passender, viel wertfreier. Er ist ein Guter. Er hat akzeptiert, wie er ist, und ja, auch das hat eben gedauert. Vielleicht war es ihm selbst nicht bewusst, vielleicht wollte auch er an diese Illusion glauben, die ich mit seiner Hilfe erschaffen hatte, und vielleicht hatte auch er Sorge, als er merkte, dass er mir etwas vorgaukelte, mich damit zu verletzen … Dennoch ist er über seinen Schatten gesprungen, ist sich treu geblieben und hat sein Bild korrigiert. Und ja, ich durfte ihn rauswerfen. Ich durfte ihn anschreien, ihn verfluchen, ihn kurzfristig hassen, das ist okay. Er hat Mist gebaut. Ich baue Mist. Wir sind einfach Menschen. So ist das Leben wohl … Aber frei und erleichtert fühle ich mich irgendwie nicht.

Puh. Und das alles ohne Kaffee. Ich gehe nach unten, mache mir einen. Irgendwas fühlt sich gerade anders an, dabei ist alles wie immer. Alice miaut vor der Tür, ich lasse sie rein, die Sonne scheint, Alice tapst auf der Treppe nach oben zu ihrem Futterturm und beschwert sich. Ich schütte einen Schluck Milch in meinen Kaffee und folge ihr, rüttele gegen den Turm, sodass die kleinen knusprigen Kugeln auf der untersten Ebene landen. Alice frisst und ich lege mich zurück ins Bett.

Mein Smartphone liegt neben mir auf dem Nachttisch, aber gerade will ich diese laute, schrille, schnelllebige Welt, die sich darin verbirgt, nicht vor meinen Augen haben. Ich stehe noch mal auf und gehe zum Bücherregal, doch auch das löst eher einen kleinen Widerstand aus. Ich will nicht lesen, ich will schreiben.

Ich klappe meinen Laptop auf, suche zunächst nach den Notizen von vor einigen Wochen und dann nach dem Skript von »Das Herz denkt nicht, es fühlt«, um es als Vorlage zu nutzen. So sitze ich am Ende nicht wieder einen ganzen Tag an der Formatierung. Ich lösche nach und nach den Text und fülle ihn mit neuen Worten, Sätzen, Anekdoten, Gedanken. Ich schreibe gut drei Stunden im Bett, dann wechsele ich auf die Terrasse, mache nur kurze Pausen, um mir einen Kaffee zu holen, was sich nach gut zehn Stunden gegen halb sechs rächt. Ich sollte vielleicht auch mal was essen. Also klappe ich den Laptop zu, schütte Tiefkühlgemüse und ein paar Kartoffel-spalten in die Pfanne, schmecke es mit Crème fraîche ab und esse dann Frühstück, Mittagessen und Abendbrot in einem. Dann suche ich mein Smartphone und finde es im Bett.

Wie viel doch innerhalb so kurzer Zeit passieren kann. »Mein Leben ist 'ne Soap«, denke ich und schmunzele.

Christian hat sich auch noch mal gemeldet.

Wie immer bringt er mich zum Lachen. Aber gerade bin ich einfach nicht in der Stimmung, mich in irgendetwas hineinzustürzen. Klar denke ich direkt »Humor und guter Sex«, er bringt das Wichtigste mit, es ist nicht schwer, es war nie schwer mit ihm, also, diese Schwere, die durch Konflikte und Missverständnisse entsteht, diese Schwere wegen mangelnder Transparenz gab es nie. Es gab auch kein Gedankenkarussell und keine verletzenden Annahmen, weil man irgendwelche blinden Flecke füllen wollte. Es war leicht. Und es war oberflächlich.

Wir haben nie diese Tiefe erreicht, wie auch? Aber es spielt keine Rolle. Er hat sich damals einfach nicht in mich verliebt, das kann passieren. Ja, vielleicht lag es an mir, meinem Verhalten, aber ich bin noch immer ich. Mehr denn je sogar. Und es wird mir vermutlich immer wieder passieren, dass ich sehr anhänglich bin oder Wünsche habe, die mit seinen nicht übereinstimmen. Und sein Weg, bewusst oder unbewusst, war eben der, es zu beenden, oder besser, es mich beenden zu lassen, als er mir mitteilte, dass er meine Gefühle nicht erwidere und nicht am selben Punkt sei wie ich. So, wie es Sebastians Weg war, sich gegen Verbindlichkeit zu entscheiden. Und diese Entscheidungen, auch wenn ich Teil der Konsequenz war, lagen und liegen nicht in meiner Macht.

Ohne zu antworten, lege ich das Smartphone beiseite. Schaue auf die Uhr und entscheide mich, fix duschen zu gehen. Ein bisschen körperliche Selbstfürsorge schadet nicht, immerhin habe ich mir bisher nicht mal die Zähne geputzt, weder gestern Abend noch heute Morgen.

Danach lege ich mich nackt ins Bett, befriedige mich selbst und wundere mich, wie schnell ich zum Höhepunkt komme. Es dauert keine zwei Minuten, und bisher habe ich es nie wirklich hinterfragt, also, diesen Unterschied zwischen Sex und Selbstbefriedigung. Ich denke an den Podcast von gestern Abend. Fallen lassen. Vertrauen. Ich komme beim Sex so gut wie nie, manchmal ist da ein orgasmusartiges Gefühl und danach vergeht mir die Lust, keine Ahnung, ob das ein echter vaginaler Orgasmus ist. Und selbst wenn ich mich mal traue, mich selbst zu befriedigen, während – zuletzt Christian – danebenliegt, brauche ich zum Teil so lange, dass mir dabei auch fast die Lust vergeht. Ich dachte einfach immer, dass ich halt zu den Frauen gehöre, die aufgrund ihrer Anatomie keinen Orgasmus bekommen können. Aber ja, die Tatsache, dass ich ewig brauche, wenn ich neben jemanden liege, und allein innerhalb weniger Sekunden komme, lässt sich damit nicht erklären und vielleicht hat Jenni recht, vielleicht konnte ich mich bisher nie fallen lassen.

Vielleicht frag ich Linda gleich mal, wie es bei ihr ist. Apropos Linda, sie müsste jeden Moment hier sein. Schnell ziehe ich mich an und laufe nach unten, hole zwei Grevensteiner aus dem Gäste-WC, das wir eher als Abstellkammer nutzen, fülle ein paar Nüsse in eine kleine Schale, stelle alles raus auf den Tisch und zünde die Citronellakerze an. Just in diesem Moment höre ich ein Klopfen. Meine Klingel ist noch immer kaputt und ich vermisse nichts. Ich öffne Linda, sie strahlt mich an und begrüßt mich mit einer festen Umarmung.

»Kalt-warmes Buffet!«, ruft Linda, als wir auf die Terrasse gehen. Ich lächele. »So, wo fangen wir an? Also, du bist nach Dortmund gefahren.«

Ich lache. Wie kann jemand nur so interessiert, positiv neugierig und einladend eine Frage stellen? Ist ja nicht so, als sei die Hinfahrt groß relevant. Ich erzähle ihr von dem Termin, wie immer lässt sie mich einfach reden, ohne groß mit Zwischenfragen zu unterbrechen, und an ihrem Gesicht, ihrer Mimik merke ich, wie sehr sie in der Geschichte ist. Sie nickt anerkennend, als ich von Frau Strupps Feedback zu meiner Person und Arbeit berichte. Sie reißt die Augen auf, als ich ihr vom Fazit des zweiten Teils erzähle und schüttelt mit dem Kopf. Sie hört mir trotz eigener Fassungslosigkeit und Wut zu, als ich ihr davon berichte, wie erleichtert ich war, als ich die Erkenntnis der Akzeptanz hatte. Ich versuche, mithilfe der Nachrichten von Christian ein bisschen seichte Unterhaltung unterzumischen, und bei den Eiern lacht auch sie.

»Marina, ich bin sooo stolz auf dich. Das ist bemerkenswert, du bist bemerkenswert.«

Und noch bevor ich abwinken kann, weine ich. Ich lächele und weine und all die Anspannung der letzten vierundzwanzig Stunden löst sich. Linda schaut mich nun etwas betroffen an, ihre Augen weit aufgerissen, vermutlich versteht sie gar nicht genau, wie gut sie mir tut, wie gut es mir tut, gesehen zu werden.

»Danke!«, sage ich und lächele noch mehr.

»Bedanke dich bei dir selbst! Das meine ich so verdammt ernst!«

Ich atme tief durch. Die Tränen lassen langsam nach. »Und, na ja …« Ich lache müde über dieses skurrile Treffen gestern, über den Verlauf, die Achterbahnfahrt, und erzähle ihr dann vom Abend. »Sebastian kam ja dann, und erst war ich direkt genervt, als er diese Therapeutenmiene aufsetzte, fragte, wie ich mich damit fühlte, und hab versucht, ihm daraus keinen Vorwurf zu machen, ist mir nur mäßig gelungen. Hab ihn dann konfrontiert mit der Frage, warum er nicht schwach sein dürfe.«

Linda lacht nun auch, nickt und sagt anerkennend: »Mutig!«

Ich muss erneut lachen, werde dann jedoch ernst. »Er meint, dass er nicht so wichtig sei und dass Konflikte oder negative Emotionen ihn runterziehen, und da hatte ich plötzlich genau, was ich wollte: ein Eingeständnis von Schwäche. Und dann hab ich ihm meine Liebe gestanden.«

»Ach so! So geht das also? Du solltest Dating-Coach werden!«

Linda albert herum. Klar, sie kennt das Ende noch nicht, meine kurze Nachricht war nicht eindeutig. Und vermutlich ist ihr Mitgefühl für Sebastian nicht vorhanden. Der Gedanke kommt mir, angestoßen durch eine Antwort auf einen

Kommentar unter dem Mitleid-versus-Mitgefühl-Post, in dem eine Frau kritisch nachgefragt hat, ob sie für jeden Mist Verständnis haben müsse. Und Jenni hatte ihr daraufhin geschrieben, dass Mitgefühl keine Charaktereigenschaft, sondern eher eine freiwillige Handlung sei, für die es ausreichend Bereitschaft und Kapazität geben müsse. Also: Wir müssen nicht die ganze Not und den ganzen Schmerz der Welt mitfühlen. Mitgefühl ist ein Geschenk, das man Menschen machen kann, die einem wichtig sind.

Ich fahre unbeirrt fort. »Er wollte mir daraufhin noch mal erklären, warum er keine Beziehung möchte. Und statt ihn direkt zu unterbrechen, zu versuchen, ihm seine Angst zu nehmen und ihm zu widersprechen, habe ich ihn ausreden lassen.« Ich zucke mit den Schultern. »Zum Glück! Denn dann erzählte er mir die wahren Definitionen von Zeitmangel und Freiheit und Unverbindlichkeit.« Ich mache eine bedeutungsschwangere Pause und sage fast feierlich: »Er trifft sich mit anderen Frauen und genießt es, sich für niemanden verantwortlich zu fühlen!«

Linda sagt nichts. Sie schaut mich nur erschrocken an. Ich kann es ihr nicht verübeln. Mir ging es ähnlich.

»Ja, so hab ich auch geschaut, dann hab ich ihn rausgeschmissen und saß bis zum Einbruch der Dunkelheit in Schockstarre hier.« Linda schüttelt nur langsam ihren Kopf. »Aber weißt du was? Ich habe eine neue Erkenntnis gewonnen: Überleg mal, jahrelang hatte ich das Fehlkonzept, dass ich mich erst verändern muss, gut werden muss, perfekt sein muss, bevor ich mich akzeptieren darf, und habe mich dann immer so angestrengt, damit keiner merkt, wie doof ich wirklich bin – also, in meiner Welt«, sage ich erstaunlich nüchtern und ergänze, ganz ohne Scham: »Und darunter habe nicht nur ich gelitten, sondern auch die Menschen um mich herum, die Menschen, die mir wirklich wichtig waren, bei denen keine ›Rolle‹ vonnöten gewesen wäre.«

Ich mache eine Pause, Linda schaut mich aufrichtig an und macht keinerlei Anstalten, etwas zu sagen. Ich komme langsam zum Ende meiner eigenen kleinen Tragödie.

»Ich habe eine Illusion erschaffen von der, für den jeweiligen Mann, passenden Traumfrau. Bis ich es nicht mehr aushielt, mich zu sehr verlor, obwohl ich ,erfolgreich war', oder mich verlor, noch bevor ich erfolgreich war. Ich denke da an Paul und auch an Sebastian.«

Endlich komme ich zum Fazit, worauf Linda sehr wartet, wie ihr Blick verrät. Ich tue ihr den Gefallen.

»Na ja, Ich war ähnlich wie Sebastian, das Prinzip war das Gleiche. Ich hielt an einem Idealbild fest, das einfach nicht der Wahrheit entsprach, wollte aber selbst so sehr, dass es stimmte und ich so bin, wie ich mich präsentierte. Und er? Er wollte auch einfach nicht der Typ sein, der Frauen verarscht und ausnutzt. Der Angst vor Bindung hat. Also wollte er mir das Bild des freiheitsliebenden und starken, selbstbewussten Mannes präsentieren. Eines Mannes, der mich retten kann.«

Linda schüttelt mit dem Kopf: »Ich seh das anders, sorry!«

»Ja, okay, vielleicht ist es nicht das Gleiche, aber ähnlich. Worauf ich hinauswill: Ist er ein schlechter Mensch? Bin ich ein schlechter Mensch?« Ich mache eine kurze Pause und beantworte die Frage dann selbst. »Nein, ich hatte gute Gründe und wusste es nicht besser, ich tat doch nur das, was mir von klein auf beigebracht wurde.« Bevor Linda widersprechen kann, fahre ich rasch fort mit meiner Erkenntnis, die mir gerade unglaublich viel gibt. »Und was bedeutet das jetzt für die Akzeptanz? Für ›das Loslassen‹, nach dem ich mich so lange gesehnt habe? Es macht eben einen großen Unterschied, genau, wie du damals gesagt hast, ob es um Selbstakzeptanz oder um Akzeptanz geht. Selbstakzeptanz erfordert vertieftes Verstehen eigener Konflikte. Ich kann mich nicht akzeptieren, wenn ich gewisse Dinge nicht wahrhaben will, und dann verändert sich auch nichts. Das Verständnis von Umständen oder

Menschen jedoch sorgt nicht für die von mir angestrebte Veränderung, sondern eben für eine Selbstaktualisierung, dessen Inhalt und Richtung, ich gar nicht beeinflussen kann. Ich kann mich davon distanzieren, wenn mir die Gegebenheiten, die Realität nicht gefallen, oder gewisse Dinge hinnehmen, akzeptieren und dann nach anderen Möglichkeiten im Umgang damit suchen. Wenn Sebastian sich dahingehend verändert, dass er Unverbindlichkeit nun ausleben darf, er sich selbst aktualisiert hat und aufhört, gegen sich zu arbeiten und sich nun eben nicht mehr in verbindliche, monogame Beziehungen zwängt, dann ist das etwas, was ich zwar akzeptieren, aber mit dem ich nicht mitgehen kann. In der Konsequenz muss ich mich von ihm distanzieren. Und wenn ich einen Job nicht bekomme, ist das auch kacke, aber halt die Realität. Ich kann mich woanders bewerben. Ich kann auch festhalten, trotz allem, mich dann ärgern – immerhin bewusst, oder eben loslassen, verändern ist hier keine Option. Und manchmal ist es so, dass wir ohne die Wahrheit auskommen müssen. Weil wir sie nicht kennen. Ich jedoch wollte Sebastian mit dem gleichen Verständnis begegnen wie mir selbst, und das hat dazu geführt, dass ich versucht habe, Dinge zu verstehen, die ich nicht verstehen konnte, weil ich anders bin und eben nicht die ganze Wahrheit kannte.«

Linda hat bei meinem letzten Monolog immer wieder genickt und nickt auch jetzt, als ich fertig bin mit meiner Erklärung. »Und wie fühlst du dich?«, fragt sie nun und lacht.

Ihr Lachen irritiert mich, dennoch lasse ich mich nicht beirren und sage: »Ich glaube, ich bin einfach zufrieden gerade.« Ich mache eine Pause und ergänze: »Nicht glücklich, und so richtig frei fühle ich mich auch noch nicht, aber mir geht es gut.«

Sie schüttelt mit dem Kopf. »Ey, verrückt! Ich darf dich fragen, wie du dich fühlst, bei Sebastian bist du wütend geworden! Also, deswegen musste ich so lachen, weil ich

Sebastian mimen wollte. Aber zu deiner Antwort: Das ist doch großartig, das war das Ziel, oder?«

Ich lache, weil ich erst jetzt verstehe. »Stimmt!« Meine Definition von *glücklich* war bisher immer ein Adrenalinrausch, eine Achterbahnfahrt zwischen Drama und Aufregung.

Linda trinkt den letzten Schluck Bier. Sie muss lachen und er kommt ihr aus der Nase wieder raus, sie lacht immer mehr.

»Linda?«, frage ich und muss dann mitlachen, auch wenn ich keine Ahnung habe, was so lustig ist.

Linda beruhigt sich langsam wieder, deutet auf die leere Flasche Bier und sagt: »Na ja, das hier war …«, bevor sie wieder in Gelächter ausbricht.

Ich lache mit, schüttele aber den Kopf. »Was?«

»Das war kein Holzmann, eher ein Basti! Wir hätten es wissen müssen, schon ganz zu Beginn!«

Erst da klingelt es, sie meint den Pennerschluck, alias Penisschluck, alias Holzmann oder Basti, je nach Menge. Ich bin noch etwas unsicher, ob ich wirklich so mitlachen kann, denn mir ist heute ja bewusst geworden, wie ähnlich Sebastian und ich uns sind und für wie viel Unsicherheit und Frustration wir gesorgt haben, dadurch, dass wir einander gefallen wollten. Und in meinem Fall auch dadurch, wie sehr ich all den Anderen gefallen wollte. Daher fühlt es sich gerade komisch an, über ihn zu lachen – obwohl es lediglich sein Name ist, der eingesetzt wurde.

Ich teile meinen Gedanken, aber die alberne Stimmung, das Bier und das Wort »Mikropenis« erschweren ein ernsthaftes Gespräch enorm. Am Ende lachen wir beide, besonders, als sie versucht, sich unter Lachen zu entschuldigen.

Nachdem Linda sich später verabschiedet hat, überlege ich kurz, ob ich weiterschreiben soll, verwerfe den Gedanken aber, definitiv keine gute Idee, wenn bereits ein großes Bier durch meine Adern fließt. Außerdem war der Tag ganz schön lang und anstrengend.

Ich lege mich ins Bett und direkt überkommt mich wieder das Bedürfnis, mich selbst zu befriedigen. »Was ist denn heute los?«, denke ich lachend, ziehe mich aus und versuche diesmal, etwas langsamer vorzugehen und mir dabei nichts vorzustellen, sondern mich einzig und allein auf die Berührungen zu konzentrieren. Ich bemerke, wie schwer es ist, so einen Höhepunkt zu erreichen. Nach gut sieben Minuten gebe ich auf und stelle mir paradoxerweise vor, wie Christian mit mir schläft, meinen Namen sagt, stöhnt, und als er in meinen Gedanken sagt: »Ich komme!«, komme auch ich zum Höhepunkt und schlafe kurze Zeit später ein.

›Wer Ruhe und Stabilität als langweilig empfindet, der muss wohl enorme Anstrengung gewohnt sein.‹

Lieblingssternenstaub

Das Wochenende ist vorbei, den Sonntag habe ich zum Schreiben genutzt. Kurz hatte ich überlegt, Jenni zu kontaktieren, aber dann in meinem Kalender gesehen, dass wir ohnehin unseren Sechs-Wochen-Termin am Donnerstag haben. Die Insel fiel gestern aus, weil Linda kurzfristig von einer anstehenden Mathearbeit und einem Englischtest erfahren hatte und so die Jungs zum Lernen zwingen musste.

Ich mache Feierabend. Auf dem Weg zur Schule, ich bin heute wieder dran mit Elterntaxi, schweifen meine Gedanken immer wieder ab in die Vergangenheit, die Gegenwart und auch in diese ungewisse Zukunft. »Es ist erstaunlich, wie viel Zeit ich habe, wenn ich sie nicht mit irgendwelchen Männern fülle«, denke ich. Dann schmunzele ich, denn es hängt natürlich auch damit zusammen, dass Lasse immer älter und eigenständiger wird und mich nicht mehr permanent an seiner Seite braucht wie noch einige Jahre zuvor.

Ich erinnere mich noch gut daran, als Lasse in den Ferien mit drei Freunden zum Bolzplatz wollte und ich zum ersten Mal nicht gefragt wurde, ob ich mitspielen könne. Zunächst habe ich mich darüber gefreut und auch über die »freie Zeit«, in der Lasse ohne mich seinen Spaß haben würde. Doch als die Jungs dann rausgingen, das Haus schlagartig leer war, überkam mich ein bisschen Wehmut. Und was tat ich? Ich ging zur Fußballwiese und fühlte mich wie die kleine nervige

334

Schwester, die mitspielen wollte. Und exakt so wurde ich auch begrüßt. Sie gestatteten es mir, aber nur kurz, und auch nur, wenn ich ins Tor ging. Als ich kurze Zeit später allein auf dem Rückweg war, schämte ich mich etwas für diese Aktion und gleichzeitig schmunzelte ich über mich selbst. Wie war das noch mit den Wurzeln und Flügeln?

Ich komme endlich an der Schule an und muss dringend auf die Toilette, vermutlich dem Liter Wasser geschuldet, den ich auf der Heimfahrt geext habe, als mir aufgefallen ist, dass ich heute nur Kaffee getrunken habe.

Die Jungs warten bereits, die Freude und Euphorie hält sich in Grenzen, als sie mich sehen. Ich halte, sie steigen ein und als alle Jungs angeschnallt sind, fahre ich los und sage, ohne groß darüber nachzudenken: »O je, ich muss dringend Pipi!« Wie immer werde ich ignoriert. Es ist egal, was ich sage. Frage ich danach, wie der Tag war, kommt ein einsilbiges »Gut« von irgendwem, nach zwei Minuten Schweigen. Frage ich, ob eine Arbeit ansteht, kommt meist ein »Keine Ahnung!«. Und wenn ich explizit einen der Jungs anspreche, etwas über eine neue Frisur sage oder was auch immer, wird mir recht deutlich signalisiert, dass man mir nur aus Höflichkeit antwortet.

Als der Letzte von Lasses Freunden ausgestiegen ist, wendet sich Lasse mir zu. »Mama, ich meine das jetzt nicht böse oder so, aber es ist wirklich richtig unangenehm, wenn du so was sagst.«

Ich bin irritiert, ich habe doch gar nichts gesagt. »Hä? Was meinst du?«

Dann äfft er mich in einem übertrieben piepsigen Ton nach. »Ich muss PIPI!« Ich lache. »Nee, nicht lustig, echt nicht. Das kannst du ja sagen, wenn wir alleine sind, aber doch nicht, wenn die dabeisitzen!«

Ich nicke und es tut mir ehrlich leid. Es stimmt wohl, dass ich erst noch lernen muss, was angemessen ist mit halbstarken Pubertierenden. Aus ihrer Sicht bin ich eben eine alte Frau, egal, ob ich eine der jüngeren Mütter bin, also, rein alterstechnisch. Ich bin eine Mutter, und es spielt keine Rolle, ob ich Anfang dreißig oder Ende vierzig bin. Abgesehen davon – auch wenn es durchaus meine Art ist, denn selbst, wenn ich in einer Dienstbesprechung auf die Toilette muss, entschuldige ich mich mit den Worten »Ich muss Pipi!« – ist diese Formulierung eine eher kindliche Aussage, sie ist weder erwachsen noch jugendlich.

»Es tut mir leid, Lasse, ich versuche, das zukünftig zu berücksichtigen und nichts Peinliches mehr zu sagen, wenn ihr im Auto seid.«

Lasse nickt, er scheint mit diesem Versprechen zufrieden zu sein.

Zuhause angekommen belege ich ein paar Toastbrote mit Käse und Salami, dazu gibt es Naturjoghurt mit Apfelmus und ein paar Kekse. Während wir essen, frage ich ihn: »Eigentlich wollten wir in den Ferien ja dein Zimmer auf dem Dachboden einrichten, sollen wir das dieses Wochenende machen?«

Lasse überlegt kurz, schluckt seinen Bissen herunter und greift zum Joghurt, schiebt sich ausgehungert und gierig einen Löffel in den Mund und sagt dann: »Drei Stockwerke bis zum Kühlschrank, also keine gute Idee!«

Ich lache. Aktuell isst er echt enorm viel, eigentlich durchgängig, und mir gehen langsam die Ideen für einigermaßen gesunde Snacks aus. Insbesondere, da er jegliches Gemüse weiterhin verabscheut und Obst nur dann isst, sofern es den idealen Reifegrad erreicht hat. Trauben müssen knackig sein, Äpfel dürfen nicht mehlig sein und keine braunen Flecken aufweisen, Orangen schlürft er lieber, statt sie zu essen, und Bananen sind nur an dem Tag essbar, nachdem sie nicht mehr grün sind, aber auch noch keine braunen Spuren aufweisen.

Warum ich ihm das durchgehen lasse? Weil er sich in seinem Leben schon so oft von Obst oder Gemüse übergeben musste. Kein Spaß. Manchmal schaut er neidisch auf meinen Salat, probiert dann und läuft direkt danach zum Klo. Er war im Kindergarten das einzige Kind, das keinen Salat essen musste und dennoch Nachtisch bekam – sofern er sich sonst an alle Regeln hielt, was eher an zwei von fünf Tagen klappte. Einmal holte ich ihn ab, da war er ungefähr vier Jahre alt und meinte, er habe eine gute und eine schlechte Nachricht. »Die Schlechte ist, dass ich leider keinen Nachtisch bekommen habe. Eine gute Nachricht habe ich leider doch nicht. Aber der Nachtisch hatte so schmierige Erdbeerstückchen, das sah so aus, wie als wenn die jemand vorgegessen hat, da habe ich mich dann gefreut, dass ich den nicht essen musste.«

Jedenfalls laufe ich oft ziellos durch den Edeka, auf der Suche nach halbwegs gesunden oder zumindest nahrhaften Snacks, denn sonst koche ich plötzlich dreimal am Nachmittag und esse meist immer mit. Was jetzt für mich und meine Figur auch nicht so toll ist. Ein Dilemma.

Nach unserer Krümelzeit, eine Tradition aus dem Kindergarten, die wir nach Schuleintritt übernommen haben, gehen wir gemeinsam einkaufen. Natürlich nicht ohne vorangegangene Diskussion, die meist damit beginnt, dass er keine Lust hat und ich ihn ja nur aus purer Boshaftigkeit zwinge, mitzukommen, und damit endet, dass ich auflliste, was ich alles tue und wie wenig ich im Gegenzug von ihm verlange. Vermutlich kommt er nur mit, damit ich aufhöre, auf ihn einzureden.

Auf dem Weg zum Edeka kommt uns ein ziemlich ulkig aussehender junger Erwachsener entgegen. Er ist relativ groß, doch seine Körperhaltung und sein Gang lassen vermuten, dass er sich selbst eher als klein repräsentiert hat, seine Arme schleudern unkontrolliert und schlaff hin und her, seine Schultern sind stark nach vorn gebeugt, sein Mund ist leicht geöffnet, die Unterlippe vorgeschoben. Seine Haare hängen strähnig in seiner Stirn. Je näher wir ihm kommen, desto deutlicher wird, dass er nicht viel von Körperhygiene hält. Seine Zähne wirken schwarz, zumindest das, was man sehen kann, und als wir ihn passieren, strömt ein süßlich-beißender Geruch von ihm zu uns, gemischt mit Umkleidekabinenschweiß und Verwesung.

»Mama, eigentlich ist ja jeder Mensch schön. Also, niemand ist hässlich!«

Ich bin irritiert und muss dann kurz lachen. Ausgerechnet nach dieser Begegnung sagt er so was?

»Ja, warte! Der Typ gerade, wenn der einfach auch mal duschen würde und vielleicht 'ne coole Frisur hätte und ein bisschen fröhlicher gucken würde, dann könnte der richtig gut aussehen.«

Ich lächele, nicke und bin mal wieder überrascht von meinem Sohn, der sonst recht schnell mit Abwertungen ist, dank des Einflusses von TikTok und Social Media. In der echten Welt scheint er anders zu funktionieren. Mir kommt das Zitat von Marshall McLuhan in den Sinn: »Das Medium ist die Botschaft«. Vermutlich eines der wichtigsten Zitate zur Medienkompetenz.

Wie oft habe ich mich mit Medien und Medienzeiten beschäftigt: der Frage, ob und wann Lasse ein Smartphone haben darf, wie ich ihm einen bewussten und reflektierten Umgang damit beibringen kann, angefangen bei Werbung bis hin zum Unterschied zwischen Realität und »Virtual Reality«. Manchmal, wenn ich im Edeka etwas kaufe, was er aus der Werbung kennt, hinterfragt er meine Auswahl oder erklärt mir dann, dass die vermutlich mehr Geld in Werbung als in die Qualität gesteckt haben. Dann merke ich, dass ich wohl über das Ziel hinausgeschossen bin. Hoffen wir mal, dass er nie selbstständig wird. So negativ, wie er über Marketing denkt, kann das ja nur schiefgehen. Ich muss lachen.

»Was ist so lustig?«, fragt er, als wir das Geschäft betreten. »Hast du den Edekamann schon gesehen?«

Ich lache erneut. »Nee, du?«

»Bisher nicht, aber ich hoffe, er arbeitet. Also, wenn du noch ein Buch schreibst, Mama, dann sollte es mit ihm enden.«

Ich grinse. »So, so.«

»Ich meine das ernst, er bringt dich immer zum Lachen!«

»Ja, aber, das klingt jetzt fies, ich lache ja eher über ihn«, flüstere ich.

»Ist doch egal!«, sagt Lasse schulterzuckend.

Der Edekamann war heute nicht im Dienst. Wir sind nun wieder zu Hause. Während ich die Einkäufe verstaue, bitte ich Lasse, aufzuräumen, und schlage einen Deal vor. »Komm, wir stellen jetzt 'nen Timer auf dreißig Minuten, machen Musik an und jeder räumt auf, was er sieht, oder saugt oder wischt. Coole Idee?«

Lasse kneift seine Augen zusammen, er schaut mich an, als sei ich verrückt geworden. »Ey, Erwachsene sehen überall nur Chaos und Unordnung, hier sieht es einfach wie zuhause aus, was willst du denn aufräumen?!«

»Da, das Geschirr, Alice' Futter auf der Treppe, deine Socken auf der Couch, deine Schwimmsachen im Flur, die Schuhe … und von deinem Zimmer fang ich gar nicht erst an«, sage ich, während ich auf alle Dinge deute, die mir in der Kürze der Zeit ins Blickfeld fallen.

»Gönn dir, Mama! Du warst so glücklich über deine Idee und ich möchte dir den Spaß nicht verderben. Ich habe aber so gar keine Lust dadrauf.«

Ich verkneife mir ein Schmunzeln, befülle die Gießkanne und reiche sie ihm. »Dann gieß wenigstens die Blumen.«

»ALLE?«, ruft er mit weit aufgerissenen Augen.

»Ja, alle!«

Er nimmt die Gießkanne und ich gehe nach oben und hänge die Wäsche ab. Als ich wieder runterkomme, steht die Terrassentür auf und Lasse bewässert draußen die Blumen.

»Ähm, Lasse?«, rufe ich ihm zu.

»Ja?« An seinem Grinsen erkenne ich, dass ihm durchaus bewusst ist, dass das nicht seine Aufgabe war.

Ich muss lachen. »Ach, mach ruhig weiter.« Immerhin ist er einigermaßen sinnvoll beschäftigt und das wird auch so bleiben, während ich sauge, wische und die umherliegenden Sachen aufräume.

Gegen siebzehn Uhr ruft Stefan an. Nicht der Date-Stefan, sondern der künstlerische Leiter des Theaters Narrenschiff. Ich bin etwas irritiert, immerhin hatte ich mich vom Theater verabschiedet, oder sagen wir, meine Mitarbeit pausiert. Ich hatte ohnehin kaum Zeit zum Spielen, geschweige denn, in der Technik oder an der Abendkasse auszuhelfen. Und die Tatsache, im Ensemble zu sein, ohne mich einzubringen, stresste mich eher, weil ich permanent gefragt oder verlinkt wurde, ob ich aushelfen könne, und es mir selbst auf die Nerven ging, ständig zu erklären, dass mir dieses oder jenes nicht möglich sei, weil …
Ich begrüße ihn.

»Marina, hi! Ich habe gar nicht damit gerechnet, dass du drangehst, und bin gedanklich schon die kurze Nachricht durchgegangen, die ich dir hinterlassen wollte«, sagt Stefan.

Ich lache. »Na dann, hau raus!«

Er lacht nun auch. »Also, ich weiß, du wolltest erst mal pausieren und so, aber vielleicht haste ja Lust, zumindest was Kleines zu machen. Wir spielen ja wieder Shakespeare im Park, also dieses Mal Jane Austen. Ist auch egal, aber da gibt's 'ne Erzählerin, und ich glaube, es wäre cool, wenn die vom Band käme, und, also, jedenfalls hatten wir überlegt, wer das wohl einsprechen könnte, und da haben echt viele deinen Namen gesagt. Es wären auch nur vielleicht zwei Stunden oder so, hättest du Lust?«

Stefan erklärt alles sehr vorsichtig und charmant. Das hat er echt drauf. Eigentlich kann man ihm nichts abschlagen und er gibt einem immer das Gefühl, dass er Verständnis für alles Mögliche hat. Ich grinse. »Ach, Stefan, wie lieb von dir! Und ja, das klingt voll verlockend und durchaus machbar!«

»Kleiner Haken: Aufgrund der Versicherung und unserer neuen Satzung müsstest du zur Jahreshauptversammlung kommen, diesen Donnerstag um achtzehn Uhr. Die Aufnahme könnten wir direkt davor machen.«

»Puh, okay, das jetzt irgendwie nicht mehr«, sage ich zähneknirschend und verziehe mein Gesicht, als hätte ich Schweppes getrunken. »Ich kann Paul aber fragen, ob er auf Lasse aufpassen kann.«

Stefan freut sich. »Ohhh! Das wäre fantastisch! Meinste, du kannst mir rasch Bescheid geben?«

»Klar, ich rufe direkt Paul an, und dann schreib ich dir!«

»Super! Ich schicke dir schon mal den Text!«

»Okay! Bis gleich!«

»Ja! Das wird sooo cool!«

Da Lasse weiterhin im Garten beschäftigt ist, mittlerweile gießt er das Gras, rufe ich Paul an und er geht dran. »Frau Neumann, was kann ich gegen Sie tun?« Er lacht.

»Der wird auch nicht alt, was?«, frage ich keck.

»Im Gegensatz zu dir!«, sagt er.

Früher fand ich seine Art extrem lustig, nach unserer Trennung nur noch nervig. Mittlerweile ist es zu einer Tradition geworden, dass wir seltenst ernst und normal miteinander reden, dennoch versuche ich es ab und zu.

»Wie war denn euer Urlaub?«

»Ey, hör mir auf! Ich kann das einfach nicht, keine Ahnung, was ich mir dabei gedacht hab, mir 'ne Frau anzulachen, aber das ist echt anstrengend. Mit Lasse war es toll, ich glaube, er ist echt der Einzige, der mich auf Dauer nicht nervt.«

Ich muss lachen, und gleichzeitig gibt er mir durch die Aussage ein wohliges Gefühl, fast so, als würde er sich nach all den Jahren endlich eingestehen, dass es nicht an mir lag, dass wir uns getrennt haben, sondern vor allem an ihm. Ich ignoriere sein Gejammer, das vermutlich nur halb ernst gemeint ist.

»Gut zu wissen, kannste Lasse vielleicht Donnerstag zu dir holen? Ich hab da 'nen Termin und es würde mir echt helfen.«

»Warte. Ja, Donnerstag hab ich keine Termine, klar, dann hol ich den Bengel direkt von der Schule ab und wir gehen angeln!«

»Ach, echt?!«, frage ich erstaunt darüber, wie leicht das war.

»Bist du doof?«, fragt er ernst.

»Boah, Paul!«

»Kleiner Spaß! Nee, kein Ding. Will ohnehin nicht mehr so viel arbeiten.«

»Klingt vernünftig. Gut. Und danke!«

»Sonst noch was?«

»Nö.«

»Na dann, leg dich wieder hin.«

Wir legen auf. »Lasse!«, rufe ich direkt in den Garten.

»Ja?«, ruft er zurück, ohne hochzuschauen.

Ich gehe zu ihm, erzähle ihm von Donnerstag und bitte ihn, noch fix die Blumen drinnen zu gießen. Die Extrazeit mit Papa nimmt er zur Kenntnis, warum er jetzt Zimmerpflanzen gießen soll, ist ihm jedoch ein Rätsel. Dennoch stapft er widerwillig nach drinnen und füllt die Gießkanne erneut mit Wasser aus der Küche, bevor er wütend damit beginnt, die erste Pflanze zu ertränken.

»Mann, Lasse! Warum?«, sage ich wütend, als ich es bemerke.

Er dreht sich zu mir um. »Was denn?«, fragt er, nun ebenfalls wütend und sich keiner Schuld bewusst.

»So gießt man keine Blumen, und das weißt du genau!« Ich ärgere mich, irgendwann ist der Spaß auch mal vorbei.

»Dann mach's doch selbst!«, ruft er nun und lässt die halbvolle Gießkanne auf den Boden fallen, das Wasser spritzt an die Wände, die Couch und breitet sich auf dem Fliesenspiegel aus, während er stampfend die Treppe nach oben steigt.

Am liebsten würde ich direkt hinterher. Ich verstehe seinen Frust nicht. Aber zunächst widme ich mich dem kleinen See. Wenn ich wenigstens schon zum Saugen gekommen wäre, könnte ich direkt wischen, bin ich aber nicht. Genervt wische ich das Wasser auf, Mann, schlimm genug, dass er mir nicht hilft, aber zusätzlich für Arbeit sorgen ist noch ätzender.

Als das Durchgangszimmer wieder trocken, aber der Boden noch immer dreckig ist, gehe ich zu ihm und könnte direkt losschreien. Er hat nun seine Pokémon-Karten, mit denen er seit 'ner Ewigkeit nicht mehr gespielt hat, aus der Kiste auf dem Boden verteilt, wo irgendein Eistee schon vor längerer Zeit einen klebrigen Film hinterlassen hat.

»Boah Lasse, nicht dein Ernst, oder?« Ich bin wütend – immerhin schreie ich nicht.

»Was hab ich denn jetzt schon wieder falsch gemacht? Ich sortiere nur die Karten! Warum traut mir eigentlich keiner was zu?«

Die letzte Frage versetzt mir einen Stich. »Was meinst du?«, frage ich, noch immer verärgert, aber durchaus neugierig.

»Ich kann ja auch alleine hierbleiben, wenn du am Donnerstag was vorhast! Justus darf auch bis Mitternacht an der PlayStation sein! Hier muss ich immer schon ganz früh ausmachen und bei Papa gucken wir abends immer nur das, was er gucken will!«

»Lasse, ich bin am Donnerstag schon nachmittags weg und weiß nicht, wann ich nach Hause komme. Und am Freitag ist Schule! Das hat nichts damit zu tun, dass ich dir das nicht zutraue. Und außerdem, was kann ich denn dafür, dass Papa dir keine PlayStation erlaubt? Warum musstest du dann gerade deine Wut an mir beziehungsweise den Blumen auslassen?«

»Mama, wenn ich wütend bin, dann kann ich mich ja nicht so kontrollieren und dann werde ich auch ungerecht. So wie Hulk!«

»Meine Frage war aber, warum du immer alle Wut an mir auslässt? Also, auch wenn ich da nichts für kann.« Mittlerweile habe ich mich etwas beruhigt.

Nun lacht er. »Vorab: Menschen, auf die man sauer ist, glauben IMMER, sie könnten nichts dafür! Und du bist eben nicht wie Hulk, also manchmal schon. Aber bei dir darf ich wütend sein, ohne dass du voll exkalierst oder wie das heißt.«

Ich lache nun auch und erzähle ihm davon, dass Paul gesagt hat, er sei der Einzige, der ihn nicht nervt. Lasse zuckt mit den Schultern.

»Na, ich hab ihn ja auch neun Jahre lang studiert, sozusagen, da weiß ich ja, wie ich mit ihm umgehen muss.«

Vermutlich ist ihm gar nicht klar, wie bemerkenswert dieser Satz ist. Eigentlich diese gesamte Konversation. Und da wird mir erneut bewusst, wie sicher gebunden er ist, welch einen gesunden Zugang er zu seinen eigenen Gefühlen hat und, dass es durchaus eine Entscheidung ist, sich anzupassen, wenn es erforderlich ist. Auch wenn Letzteres mich traurig stimmt, so zeigt es doch seine Resilienz, er passt sich eben an die erforderlichen Gegebenheiten an, mittlerweile eher bewusst, statt sich ausgeliefert zu fühlen.

»Können wir 'ne Folge ›Modern Family‹ schauen?«, fragt er nun.

Ich willige ein, obwohl die Medienzeit ohnehin in einer halben Stunde beginnt und somit auch die Insel naht.

Nachdem Linda und ich einander von den Ereignissen der letzten zwei Tage berichtet haben, planen wir mal wieder ein irrwitziges Projekt: ein Kochbuch! Irrwitzig deshalb, weil wir beide nicht sonderlich gut oder aufwendig kochen und uns freuen, wenn wir mal wieder ein halbwegs nahrhaftes Rezept erdacht haben, das sich ohne Aufwand und in **einer** Pfanne zubereiten lässt.

»Ich hab mir kürzlich Rosenkohl gemacht, und als mir auffiel, dass ich weder Couscous noch Crème fraîche hatte, hab ich einfach zwei Eier mit Milch verquirlt und über den leicht angetauten Rosenkohl verschüttet, dann Paniermehl drüber gestreut und n paar Mal an der Pfanne gewackelt, voll gut!«

Ich berichte von meinem letzten Gourmet-Experiment und Linda feiert mich sehr. »Ach, und das ging gut? Ich liebe ja so paniertes Gemüse, aber jedes Teil einzeln zu panieren, dafür fehlt mir echt die Geduld.«

Ich lache. »Wir könnten bestimmt reich werden!«

Linda nickt, schaut dann jedoch etwas betrübt. »Mist, nach meiner Mehlmottenplage habe ich weder Paniermehl noch Mehl oder Cornflakes … schade! Tiefkühlrosenkohl und Eier hätte ich da.«

»Doof«, sage ich und denke kurz nach, ob mir noch eine andere Alternative einfällt, keine Ahnung warum, aber dann hab ich die Idee. »Hast du Backpapier?«

Linda kneift die Augen zusammen und sagt kopfschüttelnd: »Ja, aber was nutzt mir das?«

Ich lache über meinen Gedanken, bevor ich ihn aus-formuliere. »Kennste das, wenn du Backpapier so zwei- bis dreimal benutzt hast und es dann schon langsam zerbröselt?«

Linda ahnt, was ich vorschlagen will, und steigt lachend mit ein. »Einfach Backpapier zerbröseln? Auch voll aufwendig! Aber wenn man das sozusagen mit Konfetti macht, reicht es bestimmt. Es geht ja nur um den leicht angebrannten Geschmack! Aber meinste, das kann man essen?«

»Deine Mehlmotten haben sich doch auch in Zeitungs-papier reingefressen. Ob du nun Getreide oder Bäume isst … Vermutlich ist Papier nicht sonderlich gut verdaulich, be-ziehungsweise besteht es aus ausschließlich aus Ballaststoffen«, sage ich begeistert.

»Also sollten wir eher recyceltes Papier bei der Produktion verwenden, sozusagen Bio-Vollkorn-Papier!«

Ich muss über ihre gespielte Ernsthaftigkeit lachen. »Na dann, Paniermehlproblem gelöst, was?«

Linda lacht nun auch: »Lass uns das echt mal ausprobieren!«
»Okay! Ich bin dabei!«

Dann ist es auch schon Zeit, sich zu verabschieden. Auf dem Weg nach Hause wird mir bewusst, wie gut es mir geht, oder anders, wie ruhig es in mir ist und wie gut ich diese Ruhe finde. So paradox das klingt, meist sorgte ein Tag wie dieser, ohne Drama, ohne die Aussicht darauf oder dessen Aufarbeitung, für ein bedrohlich-ruhiges Gefühl in mir. Entweder nahm ich es als die Ruhe vor dem Sturm wahr oder als Langeweile, die kaum auszuhalten war. Vermutlich, weil ich mich um nichts kümmern konnte, diese Kontrolle, die mein mangelndes Urvertrauen ausgleichen sollte, nicht in dem Maße zum Einsatz kommen konnte, wie es mir lieb war. Ein bisschen wie die Angst, die ich nach einem ersten Date hatte, die ich dann mit dem Gefühl von Verliebtsein verwechselt habe, mit dem Kribbeln im Bauch. Die Angst, die ich immer wieder aufs Neue bei Sebastian hatte, wenn ich mal wieder tagelang keine Nachricht von ihm bekam oder nur einsilbige Antworten. Die Angst, die mir Aufgaben gab, um die ich mich kümmern konnte, um das Gefühl zu haben, handlungsfähig und wirksam zu sein.

Zuhause angekommen startet Lasses und mein Abendritual und wir schlafen beide rasch ein.

»Es sind und waren nicht die Gefühle, die
destruktiv oder schlecht sind, es ist unser
Umgang damit.«

Lieblingssternenstaub

Nun bin ich doch etwas aufgeregt. Es ist Donnerstag und statt 'ner Insel gibts sozusagen drei andere Highlights: meinen Termin bei Jenni, die Jahreshauptversammlung im Theater sowie die Aufnahmen fürs Jane-Austen-Theaterstück stehen auf dem Programm.

Ich fahre unmittelbar nach der Arbeit zu Jenni in die Praxis und gehe gedanklich die Themen und Anliegen durch, die sich im Verlauf der vergangenen Wochen so angehäuft haben. Da sind einerseits die Fragen zur Sexualität, gleichzeitig wirkt ihr Podcast noch nach. Ohne Partner haben sich bisher keine neuen Fragen ergeben und auch bezogen auf mein plötzlich auftretendes Unbehagen, wenn ich nackt oder nur leicht bekleidet bin, habe ich keine Fragen oder Knoten im Kopf, wir hatten das auch bereits thematisiert. Das ist vermutlich einfach so, und mein Leidensdruck diesbezüglich ist nicht sonderlich hoch. Ich könnte vom Gutachtentermin berichten, aber auch das drängt sich gerade nicht auf, im Gegenteil, es fühlt sich eher so an, als hätte ich das ganz gut allein aufgearbeitet, oder sagen wir, durchaus mit Unterstützung von Linda und auch Christian.

Ich könnte Mama thematisieren. Und bei diesem Gedanken macht sich das vertraute Gefühl der Enttäuschung breit. Das Ende der Täuschung. Akzeptanz. Und da kommt mir Sebastian in den Sinn, erstaunlich, wie weit er in den Hintergrund gerutscht ist, seit ich verstanden habe, warum er so reagiert hat, wie er reagiert hat, und auch, warum er eine so große Macht über mich hatte. Er war mein Kryptonit, weil ich ihn dazu gemacht habe. Ich sah in ihm diesen großen Retter, der sich um mich kümmert, mir einen Wert verleiht, und gleichzeitig war er meine Chance, zu heilen, und ich vergaß dabei vollkommen, dass ich all das nur selbst tun kann. Aber weil er einerseits da war und gleichzeitig nie so richtig, lief ich nicht Gefahr, mich selbst zu verlieren, und hatte ausreichend Freiräume, um mir auszumalen, wie es beispielsweise sein könnte, wenn wir endlich zusammenziehen würden. Etwas, was ich selbst nicht einmal wirklich wollte, allein schon wegen Lasse. Aber ich malte mir das alles so schön aus und plante eine Zukunft, für die es keinerlei Anhaltspunkte gab, außer meiner so hoffnungsvollen Illusion, dass alles gut werden würde.

Selbstfürsorge, Selbstwert und Selbstakzeptanz kann man wohl nicht outsourcen. Ich schmunzele über diesen Gedanken.

Ich habe noch gut zehn Minuten, bevor ich Jennis Praxis erreiche und noch knapp fünfzehn Minuten, um mir ein Anliegen zu überlegen. Als ich parke, bin ich gedanklich keinen Schritt weiter und versuche, auch das irgendwie mit Akzeptanz zu nehmen, vielleicht nicht verkehrt. Akzeptanz. Meine neue Superpower! Wer braucht schon Kryptonit, Gammastrahlen oder Vibranium? Ich schmunzele über meine DC-Marvel-Analogie und laufe langsam die Feuerwehrzufahrt neben dem Erotikmarkt zur Praxis hoch. Die Tür steht offen und ich fühle mich sehr willkommen.

Nachdem wir uns begrüßt haben und ich Jenni ein kurzes Update gegeben habe, grinse ich beseelt.

Während Marina mir von den Ereignissen der vergangenen vier Wochen berichtet, entsteht in mir eine Achterbahnfahrt des Mitgefühls. Entsetzen über das Gutachten, Erstaunen über ihren bemerkenswert selbstreflektierten Umgang damit, insbesondere, als sie ihre Mama mit ins Spiel bringt, ein Thema, das wir bisher nur selten tiefergehend beleuchtet haben, da Marina mir recht deutlich gemacht hat, dass es kein Anliegen ihrerseits sei. Als sie mir von Sebastians Geständnis, oder wohl eher Eingeständnis, erzählt, überrascht mich Marina mit ihrer durchaus glaubhaft vermittelten Akzeptanz erneut, und dennoch bin ich irritiert.

Irgendetwas wirkt nicht stimmig. Vielleicht liegt das aber auch eher daran, dass es keine wirkliche Einleitung gab, keine Frage nach dem Anliegen. Sie redete bereits, während ich den Kaffee vorbereitete, und war so sehr im Fluss, dass ich sie nicht unterbrechen wollte. Vielleicht bin ich nur deswegen so irritiert, weil mir gerade der Fokus fehlt und ich unsicher bin, auf welchen Aspekt ich zuerst eingehen sollte, oder aber, weil ich unsicher bin, ob sie nun wirklich akzeptiert oder die »Akzeptanz« benutzt, um nicht zu leiden, das Thema, das sich irgendwie durch unsere letzten Sitzungen gezogen hat und auch in der Nachricht bei Instagram so deutlich geworden ist.

Jenni schweigt und schaut an mir vorbei, es wirkt, als würde sie nachdenken. Ich bin gespannt darauf, was sie zu all dem sagt, auch wenn ihre Reaktionen während meiner Ausführungen durchaus sehr klar und transparent waren.

Nun wendet sie sich mir zu, lächelt und sagt: »Wow. Das war ganz schön viel.«

Allein dieser Satz trifft mich bis ins Mark. Meine Augen werden feucht, ich versuche jedoch, mich zusammenzureißen, weil ich alles andere als traurig bin.

»Was ist denn dein Anliegen für heute?«, fragt sie nun und ergänzt, als sie meine Reaktion bemerkt: »Und was berührt dich gerade so?«

Es fühlt sich an, als käme plötzlich eine tiefe Traurigkeit von sehr weit unten hoch, die sich langsam in meinem ganzen Körper ausbreitet. Plötzlich laufen die Tränen nur so mein Gesicht hinunter. Ich fühle mich hilflos, meiner Traurigkeit ausgeliefert, da ich ihren Grund, ihren Ursprung nicht kenne.

Ich schüttele zaghaft meinen Kopf, atme tief ein und aus und zucke dann leicht mit meinen Schultern, während ich sage: »Ich weiß es nicht.«

Jenni nickt und legt den Kopf etwas schief, sagt jedoch nichts. Die Tränen werden immer mehr, statt nach einem Taschentuch zu greifen, ziehe ich meine Knie hoch, als hätte ich das Bedürfnis, mich wie ein Embryo im Mutterleib einzurollen.

»Ja, lass das mal raus«, sagt Jenni ermutigend und setzt sich auf den Sessel neben mich.

Da ist das Leid, denke ich, das Leid, das sie nicht fühlen wollte und wegen dem sie alles in ihrer Macht Stehende getan hat, um ihm zu entfliehen.

Ich schluchze auf und erschrecke selbst etwas über die Lautstärke. Ich lasse meinen Kopf hängen und bemerke, wie sich der nächste Schwall wellenartig in meiner Brust sammelt und sich mit einem erneuten lauten Schluchzen den Weg nach draußen sucht. Als Jenni ihre Hand auf meine Schulter legt, zucke ich kurz zusammen und merke, wie sehr ich mich schäme. Vor mir selbst? Vor ihr?

»Mir ist das furchtbar unangenehm«, höre ich mich sagen. Jenni zieht ihre Hand direkt weg und ich schäme mich noch mehr, ich würde gerne sagen »Nein, nicht das!«, aber ich traue mich nicht. Also hebe ich meinen Kopf leicht und schaue in ihre Richtung, dort sehe ich jedoch keine Spur von Peinlichkeit oder Scham, selbst diese Aussage, die sie durchaus als Ablehnung empfunden haben könnte, scheint ihr nichts auszumachen. »Dieser Ausbruch!« Damit korrigiere ich das Missverständnis.

Jenni kneift nur ganz kurz ihre Augen zusammen, bevor sich ihre Gesichtszüge wieder entspannen. »Warum?«, fragt sie lächelnd.

»Weil ich dachte, ich sei schon viel weiter! Ich dachte, das wird heute die letzte Sitzung!«, sage ich und füge rasch hinzu: »Also vorerst.«

Jenni nickt: »Du bist also enttäuscht von dir selbst.«

Ich schüttele mit dem Kopf, Enttäuschung ist es nicht, das Gefühl kenne ich ja nur zu gut. »Nein … Ich, ich habe Angst, dass du enttäuscht bist.« Das spreche ich aus, ohne sie anzusehen, und halte danach die Luft an.

Ich erschrecke kurz über die Aussage, weil es mich trifft, es trifft mich und mein Ego. Ich hatte geglaubt, hier einen so sicheren, wertfreien und akzeptierenden Raum anzubieten, dass sie sich eben nicht verstellen, anpassen, anstrengen muss. Anscheinend ist mir das nicht gelungen.

Ich überlege kurz, ihr zu geben, wonach sie sich sehnt, meine Anerkennung, ihr zu sagen, wie bemerkenswert ich ihre Entwicklung finde, doch würde ich damit nicht genau das Muster bestätigen, von dem sie sich befreien wollte? Gleichzeitig sehnt sie sich so sehr danach, gesehen zu werden. Und dieses Bedürfnis nach Anerkennung, das kann oder konnte sie bisher oft nicht zulassen, nicht von außen, auch wenn es da diese große Sehnsucht gab. Hier, bei mir jedoch, könnte sie es vielleicht, und vielleicht ist es fachlich falsch, vielleicht ist es nicht gut, weil ich dann eben doch werte, aber vielleicht darf auch ich einfach weiterhin lernen und Fehler machen. Gleichzeitig nagt an mir jedoch der Gedanke, dass es einen Grund für die Traurigkeit gibt und dass dieser »Ausbruch«, wie sie ihn nennt, nicht ausschließlich Enttäuschung beinhaltet.

»Marina«, sagt Jenni sanft. »Ich bin unglaublich stolz auf dich und dennoch geht es hier nicht um mich, sondern um dich. Bist du stolz auf dich?«

Ich schluchze und nicke. »JA! Sehr, aber …«

»Und.«

Ich schmunzele, weil sie mein »Aber« nicht zum ersten Mal in ein »Und« verwandelt. »Und es ist so anstrengend, so kräftezehrend.«

Jenni nickt. »Und bisher hast du dich immer so angestrengt, um deinem Umfeld zu gefallen. Diesmal wolltest du vor allem dir selbst gefallen, dir selbst und mir, und vor allem wolltest du nicht mehr leiden?«

»Ja?«, frage ich zurück, ich bin unsicher, ob dem so ist, ganz verneinen kann ich es nicht.

»Weißt du, ich habe mich gerade gefragt, wo meine Verantwortung ist, und bei diesem Wort kam mir diese Balance zwischen Verantwortung und Hilflosigkeit in den Sinn. Egal, ob wir über Mitgefühl, über Grenzen, über Beziehung reden: Es gilt immer, genau hinzuschauen, wo wir verantwortlich sind und wo wir es nicht sind, wo wir ausgeliefert sind, keinen Einfluss haben.«

Jenni wirkt so, als würde sie selbst gerade nach den richtigen Worten suchen. Ich bin dankbar für ihre Offenheit, so richtig verstehe ich jedoch nicht, was das mit mir zu tun hat, und sage das dann auch.

»Du fühltest dich in deinem Leben schon so oft ausgeliefert und hilflos«, antwortet sie mir. Ich nicke, und mir läuft ein Schauer über den Rücken, erneut bahnt sich eine Träne über meine Wangen ihren Weg. »Und mit deinem neuen Selbstbewusstsein, deinem positiven Gefühl dir selbst gegenüber, hast du etwas Neues bekommen. Ein Vertrauen in dich selbst, was es dir ermöglicht hat, ein Stück weit die Kontrolle abzugeben, aber nur ein bisschen, denn da gab es etwas, das du weiterhin kontrollieren wolltest, nämlich das Ausmaß deines Leides«, sagt sie sanft, ihre Stimme ist eher leise. Es klingt, als sei es ihr wichtig, besonders behutsam und vorsichtig mit mir zu reden.

Ich nicke. »Ja, ich hatte so ein Gefühl von ›Ich kann alles schaffen, mir kann nichts mehr passieren, weil ich ja mich habe‹!« Dann presse ich die Lippen aufeinander, kognitiv verstehe ich noch nicht, aber mein Körper fühlt, dass diese Aussage nicht nur schön ist.

»Niemand ist gerne hilflos, ausgeliefert, und es klingt zunächst erstrebenswert, diese Illusion, dass du ALLES schaffen kannst, wenn du wirklich willst. Wenn du dich nur genug anstrengst. Nur verständnisvoll genug bist. Geduldig bist. Nicht so anstrengend bist. Unkompliziert bist. Nicht so emotional. Nicht so faul. Und vor allem, wenn du so reflektiert bist, dass dein Kopf dich aus jeder unangenehmen Situation befreien kann, indem er versucht, dich zu beruhigen, auf das Positive schauen lässt …«

Jenni macht eine Pause und schaut mich an. Meine Lippen sind noch immer fest aufeinandergepresst, ich bin unsicher, ob ich hören will, worauf sie hinaus will, ich habe so eine Ahnung und fühle mich bedroht und unsicher.

Sie atmet tief ein und aus, bevor sie ergänzt: »Aber so ist es nicht. Ja, es gibt Dinge, auf die hast du Einfluss, die kannst du verändern. Und das hat dir ein Gefühl von Freiheit gegeben, das du nach all den Jahren als Opfer, das sich ausgeliefert fühlt, in jeden Bereich deines Lebens übertragen wolltest. Aber es gibt auch reichlich Dinge, auf die du weiterhin keinen Einfluss hast, die du nicht kontrollieren, verändern kannst – egal, wie sehr du dich anstrengst, wie viel du aushältst. Manchmal bist du ausgeliefert, hilflos, schwach, kannst etwas nicht allein, bist es aber.«

Und nun weine ich, weil sich diese alten Sehnsüchte wieder breitmachen, die Sehnsucht nach einer Zukunft mit Sebastian, zumindest so, wie ich ihn gesehen habe, die Sehnsucht nach meiner Mama, nach einem Leben als »echte Familie«, nach Liebe, nach Fürsorge … All das kommt plötzlich hoch und gleichzeitig diese Hilflosigkeit und Verzweiflung, weil ich darauf keinen Einfluss habe.

Jenni deutet meine Emotionen richtig. »Das ist die Wahrheit. Die Realität. Das ist das, was du vielleicht nicht wahrhaben willst, und deswegen suchst du den Fehler bei dir und nimmst jedes Bedürfnis Anderer, jeden Wunsch, jedes Feedback und jede Kritik zum Anlass, dich zu ›optimieren‹. Du kämpfst gegen dich selbst, um in dieser Welt, die dir suggeriert, du müsstest anders sein, einen Platz zu finden. Um bloß nicht ausgeliefert zu sein, die Kontrolle zu haben.«

Ich schüttele den Kopf und schluchze. »Ich dachte, das habe ich längst überwunden!«

Jenni hat nun ebenfalls feuchte Augen, sie nickt und macht keine Anstalten, mir zu widersprechen: »Ja, das hast du. Und du hast dann angefangen, deine Kraft und Energie für dich einzusetzen, bewusst. Es war keine innere Not, kein Zwang mehr, es ist zu einer bewussten Entscheidung geworden. In deiner Kindheit hattest du das Gefühl, nur dann liebenswert zu sein, wenn andere von dir profitieren, oder du bist, wie man dich haben will. Das hast du lange nicht hinterfragt – bis jetzt, und es fühlte sich vielleicht an wie eine neue Superkraft, wenn du plötzlich frei von all den Ängsten bist, Angst vor Ablehnung zum Beispiel. Aber eine Angst hast du noch nicht an die Hand genommen: die Angst davor, ausgeliefert und schwach zu sein. Kann es sein, dass du bei all der Akzeptanz und Selbstakzeptanz vergessen hast, über die verlorenen Illusionen zu trauern, dir einzugestehen, wie verletzt, wie schwach und ausgeliefert du warst und bist?«

Und plötzlich breitet sich Erleichterung aus, weil ich verstehe, woher diese tiefe Traurigkeit kam. Ich nicke und lächele. »Ja, vielleicht.«

»Du hast nicht nur deine erdachte Zukunft verloren, die du zusammen mit Sebastian verbringen wolltest, sondern auch Teile deiner Vergangenheit, mit einer liebevollen und fürsorglichen Mama. Und nur weil etwas plötzlich wahr wird, dir bewusst wird, dass du an selbsterschaffenen Illusionen festhältst, bedeutet es ja nicht, dass der Schmerz und die Traurigkeit keine Daseinsberechtigung haben. Die Enttäuschung ist ein so schweres und tiefes Gefühl, ja, auch wenn es sich um ein Ende der Täuschung handelt. Die Wahrheit tut oft sehr weh, aber es **ist** zu spät für eine glückliche Kindheit, jedoch nicht zu spät für ein schönes Leben.«

Ich atme tief ein und aus. In mir macht sich ein Gefühl der Freiheit breit, endlich. Ich spreche es aus: »Alles darf da sein.« Meine Augen werden wieder feucht, diesmal ist es nicht nur Trauer, sondern auch Dankbarkeit für die Traurigkeit.

Jenni lächelt und reicht mir die Tempobox. »Wie fühlst du dich gerade?«

Ich putze mir die Nase, ziehe direkt ein zweites Taschentuch hinterher und tupfe meine Tränen ab. »Ich fühle mich voll gesehen, auch von mir selbst, ich spüre meine Anstrengung und danke mir für das Aushalten des Kampfes gegen mich selbst, gegen meine Bedürfnisse, und ich bin so traurig, so traurig darüber, dass ich mich anstrengen muss, ich vermisse meine Mama und ich wünsche mir so sehr eine Familie …«

Jenni hat nun auch Tränen in den Augen, sie nickt nur. Ihr Mitgefühl fühlt sich gut an, und dann kommt erneut eine Traurigkeit hoch, eine Traurigkeit darüber, dass ich mir so oft verbiete, Mitgefühl zuzulassen, es lieber kleinrede, den Fokus auf etwas anders lenke.

»Ich bin zu Recht traurig, das ist einfach traurig«, denke ich und plötzlich sage ich: »Und eigentlich habe ich ja eine Familie, Lasse und ich, wir sind eine Familie. Und Linda, Linda ist auch meine Familie. Und ich habe meinen Papa, meine Geschwister.«

Jenni grinst, ihre zusammengepressten Lippen signalisieren, dass sie sich auch gerade zusammenreißt, nicht loszuweinen.

Ich staune, wie es immer wieder funktioniert, dieses Pendel zwischen den Inkongruenzen in uns, und wie es in Schwingung gerät, wenn ehrliches Mitgefühl gezeigt und dann auch angenommen wird. In der Weiterbildung war ich immer fasziniert, wenn ich dieses Phänomen von außen als Beobachterin be-

trachten durfte, es wurde so greifbar. Jemand erzählt, wie schlimm etwas ist, wenn dann die Kursleiterin noch mal hervorgehoben hat, dass das schlimm ist und warum sich das so schlimm anfühlt, wurde die Klientin, in dem Fall die Weiterbildungsteilnehmerin, zunächst emotional und hat dann, wie durch Magie, plötzlich gesagt, dass es aber ja auch nicht nur schlimm sei, sondern ... Das jedoch kann man nicht als Technik benutzen, mitschwingen heißt eben mitfühlen und verstehen, und nicht bestätigen und »Recht geben«. Es geht eher um eine Bestärkung, ja, das stimmt. Die Gefühle, die Gedanken, werden sozusagen erlaubt und ausgehalten. Und dann passiert dieser erste Schritt in Richtung Selbstaktualisierung. Jetzt, da Marina diese Traurigkeit zulassen konnte und ich ihre Not und Trauer verstanden und gefühlt habe, durfte sie loslassen und hat ihren Fokus auf das gerichtet, was gut ist, was da ist. Noch immer bin ich sehr berührt, ich sehe Lasse und sie vor mir, obwohl ich ihm bisher nie begegnet bin.

Die Sitzung ist zu Ende, zum Abschied umarmen wir uns, diesmal ohne neuen Termin, und das löst keine Verunsicherung aus, im Gegenteil: Ich nehme mir sogar vor, meinen Instagram-Konsum zu reduzieren. Ich weiß, dass es diesen Ort gibt, dass es Jenni gibt, und ich kann ihr schreiben, sobald ich Bedarf habe. Was soll schon passieren? Ich schmunzele über diesen Gedanken, denn mein Leben ist 'ne Soap, und wenn ich eins in meiner Schauspielausbildung gelernt habe, dann, wie der Spannungsbogen in Filmen und Serien funktioniert. Und anstatt nun verängstigt zum Auto zu laufen, fühle ich mich beschwingt und freue mich auf das, was dieses Leben noch so, in seiner ganzen Fülle, zu bieten hat. Direkt schreibe ich in die Familiengruppe:

> Wer hat Lust, in den Osterferien mit uns an die Ostsee zu fahren?

Es gehört dazu, traurig zu sein, enttäuscht zu werden, sich zu hinterfragen, zu zweifeln, zu scheitern, zu fallen, sich zu schämen und sich auch mal abzuwerten. Genauso, wie Glück dazu gehört, Freude, Verliebtsein, Aufregung, Vorfreude, Illusionen, Träume und Sehnsüchte. Insbesondere Letzteres vereint diese beiden Seiten der vermeintlich negativen Gefühle, genau wie Melancholie, eine Mischung aus schönen Erinnerungen und Traurigkeit. Demut. Dankbarkeit, Angst, Mut, Erfolg, Misserfolg, Liebeskummer, Mitgefühl.

Meine Aufgabe, wie mir heute bewusst wurde, ist nicht, alles zu tun, um Leid und Fehler zu vermeiden, sondern einen Weg zu finden, mit beidem umzugehen, aus Fehlern zu lernen, sich selbst zu aktualisieren. Wieder aufzustehen, Hilfe anzunehmen, schwere Gefühle auszuhalten, Hoffnung zu haben, auch wenn es mit einer Illusion einhergeht und die Gefahr der Enttäuschung besteht.

Ich setze mich in mein Auto. Es ist ruhig. Unglaublich still. Ruhig und still in mir. Ich bin angekommen. Bei mir. Ich bin zufrieden. Keine Gedanken, die herumwirbeln. Ich atme tief ein, und als ich ausatme, kullert eine Träne über mein Gesicht. Angekommen.

akzeptieren, und dabei hat sie wohl irgendein Fehlkonzept angewandt: »Ich akzeptiere, also brauche ich nicht trauern.« Ein Trugschluss, erst die Traurigkeit oder Wut ermöglichen ein vertieftes Verstehen und mit diesem die Akzeptanz: »Das ist furchtbar, und ich kann es nicht ändern und es gibt Gründe dafür, dass es so ist. Ich verstehe, dass ein solches Gutachten in einem Gerichtsverfahren bei sexuellem Missbrauch an Kindern eine sehr sichere Möglichkeit ist, die Tat, von der es keine Zeugen gibt, außer das Opfer selbst, zu beweisen. Ein Kind, dem die Sprache fehlt, das nicht aufgeklärt ist und keinerlei sexuelle Handlungen kennt, diese aber dennoch zeigen oder beschreiben kann, dem sind sie sehr wahrscheinlich widerfahren. Dennoch ist es in meinem Fall ungerecht, ich bin wütend und traurig, weil das nun wohl bedeutet, dass es keinerlei Konsequenzen gibt und auch keinerlei Schutz für weitere Opfer.«

Dieses Vorgehen beim psychologischen Gutachten ist grundsätzlich sinnvoll, in ihrem Fall, zugegeben, eher weniger, aber so ist sie eben, unsere Bürokratie. Vielleicht war die Staatsanwaltschaft verzweifelt oder hat einfach nach der vorgegebenen Struktur gehandelt. Dennoch brauchen diese Gefühle, Wut und Trauer, einen Raum. Wenn wir über keine adäquate Emotionsregulation verfügen, bauen sich Spannungen auf. Diese laufen dann irgendwann vollkommen unkontrolliert über, wie das Nudelwasser, wenn wir den Deckel fest verschließen. Wir verlieren dann plötzlich die Kontrolle und es kann passieren, dass jemand vollkommen Unschuldiges die Wut oder die Traurigkeit abbekommt. Schlimmer noch, wenn dem dann so ist, wird uns natürlich suggeriert, dass wir unangemessen, unverhältnismäßig stark auf eine Lappalie reagiert haben und wir nehmen mit: Meine Gefühle sind übertrieben, ich darf sie nicht fühlen, ich muss sie unterdrücken. Der Teufelskreis beginnt.

Dabei sind es gar nicht die Emotionen, die destruktiv oder schlecht sind, es ist unser Umgang damit. Die Emotionen bewahren uns vor Dingen, die uns nicht guttun (Ekel), geben uns Kraft, auf eine Grenzüberschreitung hinzuweisen (Wut) oder eben die Akzeptanz während der Trauer, dass die Realität nun mal eine

Andere ist, als wir uns vorher erhofft haben. Das Ego, das die Illusion schuf, vor lauter Hoffnung und Erwartung, gibt sich während der Trauer kurz selbst auf. Dadurch wird ermöglicht, dass unser Selbstbild oder auch unsere subjektive Wahrnehmung korrigiert werden kann: »Ich bin gar nicht immer stark, ich bin auch oft schwach!« Solange wir uns gegen die Trauer wehren, nutzen wir unser Ego im Kampf gegen die Realität, indem es versucht, die Illusion des Selbst oder des Seins zu bewahren. Die tatsächliche Integration und die Akzeptanz werden erst durch das Ausleben der Trauer möglich.

Wie immer, wenn ich einen Post vorbereite, überlege ich mir zunächst eine Situation und einen daraus resultierenden Dialog, das Schwierigste ist immer die Suche nach Namen.

Aufgeregt checkt Mareike ihre Mails, immerhin ist das Zulassungsverfahren weitestgehend abgeschlossen und ihre Freundin Lea hat bereits eine Zusage bekommen.

Und da, endlich, erscheint mitten zwischen den Werbemails von DM, Amazon und Payback eine Nachricht der Zulassungsstelle. Aufgeregt klickt sie auf den Link darin, Vorfreude macht sich breit und auch ein wenig Sorge, immerhin konnte sie sich bisher nicht zwischen Psychologie und Germanistik entscheiden, vielleicht …

In dem Moment ist die Seite geladen, sie befindet sich auf der Warteliste, hat also keinen direkten Studienplatz bekommen, zumindest nicht an den Universitäten, an denen sie sich per offiziellem Zulassungsverfahren der ZVS beworben hat. Ihr schießen die Tränen in die Augen. Sie beißt die Zähne zusammen und wehrt sich gegen die Traurigkeit, stattdessen klappt sie wütend den Laptop zu.

»Scheiße! Ich hätte mich besser aufs Abi vorbereiten sollen!« Mareike fängt an, die Lerntreffen, bei denen eher gequatscht statt gelernt wurde, zu bereuen.

»Alles Leas Schuld! Ihr fliegt halt ohnehin alles zu!«, denkt sie wütend.

Sie geht nach unten. Ihre Schwester kommt gerade zur Tür rein und kneift wütend die Augen zusammen, als sie Mareike sieht. »Ey! Mann! Das ist mein Pullover!«

»Der passt Dir doch eh nicht mehr!«, keift Mareike wütend zurück.

Die Schwester ist perplex und kann kaum etwas sagen, das saß! Als ihre jüngere Schwester am Abend nur den Salat, aber keine Nudeln isst und danach 'ne

Runde laufen geht, schämt Mareike sich. Später kann sie nicht einschlafen, sie ärgert sich, dass sie ihre Schwester so verletzt hat, ärgert sich über ihre Freundin Lea, mit der sie morgen in die Stadt wollte, und stellt sich darauf ein, als Einzige nicht mit dem Studium anzufangen, sondern weiterhin Schuhe verkaufen zu müssen.

Die Auflösung

Es gibt 6 Basisemotionen: Angst, Wut, Freude, Trauer, Ekel und Überraschung.
Alle davon haben wichtige Funktionen:
- Angst: Schutz vor Gefahren/Verletzungen
- Wut: Aktionsmodus, Drohgebärde
- Freude: Signal von Bedürfnisbefriedigung und zeigt uns positive Reize
- Trauer: Abschied nehmen, Neues zulassen (Veränderung und Loslassen)
- Ekel: hindert uns, Dinge, die uns nicht guttun, zuzulassen
- Überraschung: Aufmerksamkeit und Infos für Neues (Lernen, Aha-Moment)

Gefühle sind (Warn-)Signale: Sie schützen uns, indem sie uns an unsere Bedürfnisse erinnern, und helfen uns, zu verstehen. Wenn ich die Gefühle zulasse, gelingt ein vertieftes Verstehen, was uns bei der Akzeptanz hilft.
Oft gibt es Anteile in uns (Erinnerungen an eine schambehaftete, ausgelieferte, oder/und furchtbare Erfahrung, in der wir gerne anders gehandelt hätten, haben wir aber nicht). Und anstatt uns vor Augen zu führen, dass es an der Situation lag, fühlen wir uns

schuldig, sind enttäuscht von uns und verstehen
nicht, warum wir nicht xy gemacht/gesagt haben und
geben unserem Gefühl die Schuld: »Ich war so
traurig, so verletzt, und da hab ich dann angefangen,
zu heulen.«

Wir blenden unsere »guten/nachvollziehbaren
Gründe« aus, betrachten die Situation aus der immer
gleichen destruktiven Perspektive (aus Gründen) und
wollen so nicht (mehr) sein, zum Beispiel schwach,
abhängig, bedürftig, aggressiv, traurig usw.

Und dann gibt es Situationen, in denen wir unter
beispielsweise Trauer gelitten haben: Papa, der nach
Mamas Tod in ein Loch gefallen ist und angefangen
hat, zu trinken, seinen Job verloren und mich nicht
mehr gesehen hat. Der die Bilder von Mama
abgenommen hat und nur noch vergessen wollte,
der mich nicht mehr ansehen konnte, weil ich ihn zu
sehr an sie erinnerte.

Dann wehren wir uns gegen eine unserer
Basisemotionen, weil wir genau in ihrer Gegenwart
so viel Leid erfahren haben. Wir haben Angst vor
dem Gefühl der Trauer, wollen in keinem Fall so sein/
werden wie unser Papa.

Dabei sind es nicht die Gefühle, die destruktiv sind,
sondern unser Umgang damit. Je mehr wir uns
gegen ein Gefühl, das da ist, wehren, zum Teil durch
Alkohol und andere Drogen, aber auch ohne diese
Betäubungsmittel, desto größer und
unkontrollierbarer wird es. Menschen wirken
lethargisch, sind permanent angespannt, gestresst,
leiden unter Schlafstörungen, verbittern oder
werden wütend.

Dabei würde ein Ausleben der Trauer dabei helfen,
unser Ego, das für Erwartungen und Illusionen (im

Innen und Außen) zuständig ist, lahmzulegen und so
die Integration dieser neuen, wenn auch
schmerzenden Wahrheit in unsere Wirklichkeit oder
in unser Selbstkonzept zu integrieren.

Wehrst Du Dich oft gegen Deine Traurigkeit?

> »Das Leben ist wie ein Meer und alle
> suchen Boote, um es zu überqueren,
> obwohl es doch ums Schwimmen und
> eintauchen geht.«
>
> Lieblingssternenstaub

Ich sitze im Auto, verbinde mein Smartphone mit dem Radio und und als Erstes kommt *Eine gute Nachricht* von Danger Dan. Wie passend, denke ich, wie immer, wenn meine Playlist läuft. Bei der Songauswahl passt jedes Lied – **immer**. Er singt davon, dass alles zu Ende geht, irgendwann, aber noch nicht heute. Alles darf sein, irgendwann geht das Leben zu Ende – so oder so, warum sich limitieren?

Zuhause schmeiße ich fix ein bisschen Tiefkühlgemüse in die Pfanne, streue Couscous drüber und einen Becher Crème fraîche, Deckel drauf und dann geht's ab unter die Dusche, um wieder fit und wach zu werden. Die Sitzungen bei Jenni erschöpfen mich überraschenderweise jedes Mal etwas und heute habe ich noch was vor.

Während ich dusche, bemerke ich die Anspannung, die in mir hochsteigt, aufgrund der bevorstehenden Jahreshauptversammlung im Theater. Vermutlich würde mich kaum jemand als schüchtern oder introvertiert bezeichnen, außer ich mich selbst. Menschengruppen, private Partys, Familienveranstaltungen oder eben Jahreshauptversammlungen verlangen mir immer einiges ab. Ich weiß gar nicht genau, woran das liegt. Ich glaube, ich bin einfach gut darin, mich extrovertiert zu geben, obwohl ich sehr introvertiert bin, und das kostet eine Menge Kraft.

Wenn ich mit Linda zum Konzert gehe, ist das nicht so, obwohl auch da viele Menschen sind, aber es macht einen Unterschied für mich, ob man als Gruppe auftritt oder sich zu zweit in einer Gruppe bewegt. Vor allem gehe ich unglaublich ungern allein irgendwohin, ich fühle mich dann immer so schutzlos ausgeliefert. Dabei ich weiß gar nicht, was oder wem ich ausgeliefert bin. Ich mag alle Menschen im Theater sehr, ich beneide ihre Beiträge auf Instagram, diese große Clique, mit Urlaubsbildern, Partys in der Lindenbrauerei, Eisessen in der Stadt, zu der ich formal lange dazugehört habe und doch immer das Gefühl hatte, nicht hineinzupassen. Mit Thomas war das anders, durch ihn gehörte ich dazu, als ich ihm das Herz brach – mehrfach – dann nicht mehr. Das war wohl auch ein Grund dafür, warum ich das Ensemble verließ: aus Schutz vor vermeintlicher Ablehnung, auch wenn sie vielleicht nur in meinem Kopf stattfand.

Und vielleicht habe ich bis heute nicht hinterfragt, warum ich diese Kraft überhaupt aufbringe, aber jetzt gerade wird mir bewusst, dass meine »extrovertierte Art« ein Überbleibsel meiner Rache an der kleinen Marina ist. Die kleine Marina, die so unglaublich schüchtern war, die Zähne nicht auseinanderbekommen hat, immer wie ein Außenseiter im Schatten ihrer besten und einzigen Freundin stand und die nur aus diesem Grund ein so leichtes Opfer war, weil sie sich ohnehin nicht trauen würde, etwas zu sagen, geschweige denn, sich zu wehren. Und plötzlich kommt mir dieser Satz in den Sinn, der mich im vergangenen Jahr, in meinem ersten Buch, so oft begleitet hat: »Vergib dir selbst!«

Und dann sehe ich diese kleine pummelige Marina vor mir, die so schüchtern war, sich nicht getraut hat, Bedürfnisse, Ängste oder Sorgen zu benennen, und verspüre tiefes Mitgefühl. Plötzlich wird die kleine Marina ein bisschen älter, nun sehe ich die Siebzehnjährige, die so laut war, so extrovertiert, so selbstverliebt, deren Entwicklung alle so bewundert haben, wie stark, furchtlos und lustig ich doch geworden sei. Ich wurde gar in die coolste Mädelsclique der Schule aufgenommen, gehörte endlich dazu. Und meine schillernde, glückliche Fassade der Frau, die immer lacht, übertönte mein verkümmertes Inneres. Die Anerkennung von außen war der Lohn für den Preis, mich selbst zu vernichten. Ich weine unter der Dusche und umarme mich selbst, wie gut, dass ich gescheitert bin, wie gut, dass ich es nicht geschafft habe, mich selbst und all das, was mich ausmacht, auszulöschen. Statt Schuld und Scham fühle ich Dankbarkeit, Dankbarkeit für die kleine Marina, die bis heute dafür kämpft, dableiben zu dürfen und gesehen zu werden, vor allem von mir selbst, und auch Dankbarkeit für die große Marina, für all die Opfer, die sie gebracht hat und bringen musste, damit ich, wir, an diesem Leben teilhaben konnten. Was hätte ich nur ohne sie und ihren Mut und ihre Anstrengung gemacht?

Ich lächele bei diesem Gedanken und just in diesem Moment fällt mir die Jahreshauptversammlung wieder ein. Auf einmal werde ich ruhig, statt mich zu stressen, freue ich mich auf diese Versammlung und bin gespannt, ob ich es schaffe, so zu sein, wie ich bin. Ich werde nicht aufspringen und alle umarmen und lustige Anekdoten von Lasse erzählen, sondern so schüchtern und introvertiert, wie ich mich eben fühle, auf einem Stuhl Platz nehmen.

Zunächst mache ich mit Stefan die Aufnahmen im Fundus. Dort hängen so viele Klamotten, dass sie für einen optimalen Klang im Raum sorgen. Wir werden erst kurz vor dem offiziellen Beginn fertig.

Bisher ist nur der aktuelle Vorstand da, das beruhigt mich etwas, die Gruppe, auf die ich nun stoße, besteht aus zwei Menschen. Beide freuen sich, mich wiederzusehen, und auch darüber, dass mein Bild bald wieder an der Wand hängt. Ich unterschreibe fix die Liste und suche mir einen Platz, mit

Blick auf die Tür. Jedes Mal, wenn sie sich öffnet, hoffe ich, dass es Thomas ist. Fast ein bisschen albern, und ich verstehe so gar nicht, woher diese Vorfreude, Aufregung und Nervosität kommen. Insbesondere, weil ich doch gerade noch über die Trennung und den Verlust meiner Zukunft mit Sebastian getrauert habe.

Das Theater füllt sich, ich winke allen, die reinkommen, unbeholfen zu, während alle Anderen immer freudig aufspringen und sich in den Arm nehmen. Vermutlich denken die ähnlich wie ich und fragen sich, warum ich sie nicht mag? Wegen meines Verhaltens könnte man mir das durchaus unterstellen. Ach Mann. Ich fühle mich unwohl, die Plätze neben mir sind auch schon besetzt, Thomas ist noch immer nicht da. Nun, fünfzehn Minuten nach der angesetzten Uhrzeit, wollen die Anderen langsam starten.

Die Anwesenheitsliste geht rum, dann wird ein bisschen was erzählt, so zum Vorjahr, erst von Stefan, dem künstlerischen Leiter, und dann vom neuen Vorstand, der mich sehr beeindruckt, weil die zwei echt einiges gewuppt, geändert und strukturiert haben. Bemerkenswert.

Plötzlich geht die Tür auf, Thomas kommt rein. Mein Herz schlägt bis zum Halse, er entschuldigt sich, charmant wie immer, in Richtung des neuen Vorstands. Als er mich erblickt, grinst er. Dann nimmt er einen freien Stuhl und trägt ihn quer durch den Raum, bittet Sarina, kurz etwas zu rücken, und setzt sich neben mich. So was kann auch nur er sich leisten, denke ich und schmunzele.

»Frau Neumann, was für eine wunderschöne Überraschung, also, sowohl optisch, als auch emotional!«, flüstert er vollkommen unbefangen und zwinkert mir zu.

Ich werde rot und fühle mich geschmeichelt. »Ich freue mich wirklich sehr, dich zu sehen«, flüstere ich mit Nachdruck.

»Ja?« Thomas runzelt die Stirn und sagt dann fast in normaler Lautstärke und sehr irritiert: »Ich hatte das Gefühl, dass du gänzlich mit mir abgeschlossen hattest …« Seine selbstbewusste und charmante Fassade ist ihm wohl gerade abhandengekommen.

Stefan räuspert sich laut und schaut in unsere Richtung. Mir ist das furchtbar unangenehm, Thomas hebt entschuldigend seine Hand, bevor er mit den Schultern zuckt und zwischen mir und Stefan hin- und herschaut, als wollte er sagen: »Ey! Was erwartest du gerade von mir?«

Nach fünf Minuten beugt Thomas sich sehr nah an mein Ohr und flüstert: »Du riechst gut.«

Sein Atem kitzelt an meinem Hals, ich bekomme eine Gänsehaut und bin noch immer nicht wirklich weiter mit dem Gedanken gekommen, warum Thomas gerade wieder so einen besonderen Stellenwert für mich hat. Wobei, was heißt »wieder«, den hatte er schon immer.

Während die Schatzmeisterin irgendwelche Zahlen vorträgt, gehe ich in Gedanken die Geschichte von mir und Thomas durch. Er war nie wie all die anderen Männer, die in mein Leben gestolpert sind. Er war der Einzige, der nicht mein Muster bedient hat: »Je größer die Anstrengung, desto größer die Liebe«. Im Gegenteil, bei ihm musste ich mich nie anstrengen, anpassen, verstellen. Er hat sich damals in mich verliebt, nicht in diese lustig-extrovertierte Fassade der coolen und unabhängigen Frau. Bei ihm durfte ich weinen, meine Gedanken, so abstrus sie auch waren, offenbaren, ich konnte meine Abgründe mit ihm teilen. Selbst all die Handlungen, für die ich mich geschämt und abgewertet habe, wollte er immer verstehen, und ich glaube, er hat das lange besser hinbekommen als ich selbst.

Mir wird klar, warum Thomas jetzt eine solche Wirkung auf mich hat: Der Grund, warum ich ihn immer wieder ablehnte, sobald er mir zu nahe kam, war der, dass Liebe für mich so lange nichts »Sicheres« war. Zu viel Nähe war bedrohlich, man könnte abhängig werden und sie dann verlieren.

Liebe musste aufregend sein, unberechenbar. Für mich galt: Man darf sich nie zu hundert Prozent sicher sein, sondern muss sich anstrengen und kämpfen! So ist man wenigstens nicht ausgeliefert, sondern hat irgendwie die Kontrolle.

Doch Thomas wollte all das nicht, nie. Er war einfach da, immer, ich habe ihn als eine der wenigen Konstanten in meinem Leben beschrieben und konnte mir nicht erklären, warum ich nicht »einfach« ihn lieben konnte. Und ich hab es versucht, mehrfach. »Liebe bedeutet Akzeptanz«, geht es mir durch den Kopf.

Während dieser Gedanken schlägt mein Herz immer schneller und höher, es fühlt sich so an, als wollte es nun endlich raus, raus aus der Brust. Als wollte es endlich frei sein, dieses Herz. Doch was passiert, wenn es plötzlich das Denken übernimmt, habe ich ja kürzlich erst erfahren.

Ich lache über den Gedanken. Und auch darüber, wie ich dieses Pochen interpretiere: Mein Herz möchte sich fallen lassen, geliebt werden und lieben – ohne Angst und Furcht, ich höre es fast sagen: »Ey, trau mir doch mal mehr zu, Marina, ich bin voll robust, weißt du das denn noch immer nicht? Du musst mich nicht mehr von allem Bösen fernhalten, ich hab Bock, jetzt richtig zu leben, zu lieben! Und wenn ich hinfalle, was soll's? Guck, brechen kann ich gar nicht, ich bin voll elastisch!«

Thomas lehnt sich an mich und stupst mir in die Seite. »Was?«, fragt er, als wüsste er, dass ich über ihn nachgedacht habe. Ich grinse und schüttele mit dem Kopf.

Endlich machen wir eine Pause, ich konnte mich ohnehin nicht mehr auf das Gesagte konzentrieren und habe auch gänzlich das Zeitgefühl verloren.

»Rauchen?«, fragt Thomas. »Ich habe aber keine Zigaretten!«
Ich freue mich. »Du hast aufgehört?«
Er nickt. »Gehen wir dennoch raus?« Nun wirkt er unsicher.

»Gerne.«

Wir verlassen das Theater, statt auf der Feuertreppe bei den RaucherInnen stehenzubleiben, geht Thomas die Treppe nach unten und zielsicher auf das Parkhaus gegenüber vom Theater zu. Das Parkhaus, wie lang ist es nun her, dass wir dort oben auf dem Dach die meiste Zeit dieses einen Sommers verbracht haben? Fünfzehn Jahre? Ich folge ihm schweigend und er dreht sich nicht um, sondern geht einfach die Treppe bis ganz nach oben hoch. Dort angekommen geht er zielstrebig zur Brüstung mit Blick auf den Westfriedhof. Ich stelle mich neben ihn.

»Danke«, sagt Thomas plötzlich, den Blick in die Ferne gerichtet.

Ich schüttele den Kopf, ich verstehe nicht. »Wofür?«

»Für dein Buch zum Beispiel, es war schön, es zu lesen, Teil davon sein zu dürfen, aber vor allem danke für diesen so intimen Einblick. Es tat weh, es tat so unglaublich weh, und ich dachte, gerade bei der Stelle mit dem Antrag, dass du wohl Freude daran haben musst, mir mein Herz aus dem Körper zu reißen.«

Nun schaut er mich lächelnd an, vermutlich, um mich zu beruhigen, dass dieser Vorwurf nicht mehr aktuell ist. Dennoch kann ich seinem Blick nicht standhalten und schaue in die Ferne.

»Beim ersten Lesen ist mir gar nicht aufgefallen, wie weh deine Wahrheit tut«, sagt er ruhig, aber ernst. »Aber dann ist mir bewusst geworden, warum wir gescheitert sind. Wir waren beide nicht ehrlich, weil wir wohl Angst vor der Wahrheit hatten.«

Seine letzten Worte irritieren mich und ich bin überrascht davon, wie rasch mein Schamgefühl verschwunden ist. Ich schäme mich nicht, im Gegenteil. Der Versuch, das Leben und die eigenen Gefühle, Gedanken und Handlungen schönzureden, hat in mir immer wieder zu unerträglichen

Spannungen, Frust und Selbstabwertung geführt. Es ist, wie es ist – es gibt keinen Grund dafür, abwertende Gedanken mit jemandem als vermeintliche Wahrheit zu teilen. Es ist einfach wichtig, selbst zu wissen, dass wir lediglich von Wahrnehmung sprechen können und diese immer durch diverse Filter der Erfahrung läuft. Dennoch bin ich irritiert von dem, was er sagt, und hake nach.

»Was ist denn deine Wahrheit?«

Thomas atmet tief ein, dann wendet er sich mir zu und wiederholt: »Meine Wahrheit?« Er lächelt, seine Augen werden feucht, sein Blick schweift wieder in die Ferne. »Du warst meine zweite Chance, weißt du? Meine erste Freundin …«

Er bricht ab. Damit habe ich nicht gerechnet, im Gegenteil, ich dachte, er würde mir nun erzählen, dass er bei dem Antrag auch unsicher war, dass ihm die Schwangerschaft damals auch Angst gemacht hat, dass er mir nie wirklich verzeihen konnte, aber dass er nun über Josephine spricht, ergibt keinen Sinn. Josie, seine erste Freundin, verstarb nach drei Jahren Beziehung plötzlich. Das hatte er mir mal erzählt, aber wir thematisierten es nie weiter. Ich weiß nicht mal, warum oder woran sie gestorben ist, und er signalisierte mir recht deutlich, dass es kein Thema war, bei dem er groß Redebedarf hatte. Mehr noch: Dass es kein Thema war, was er mit mir besprechen wollte.

Ich schaue ihn an, eine Träne verlässt seine Augen und bahnt sich ihren Weg in seinen Dreitagebart. Als ich ihn am Arm berühre, zuckt er kurz zusammen und schüttelt mit dem Kopf. Ich ziehe meine Hand zurück und er spricht weiter.

»Sie hat sich das Leben genommen und …«

Wieder bricht er ab. Ich halte die Luft an, Tränen schießen mir in die Augen.

»Sie litt an Depressionen, was weder mir noch ihr damals bewusst war, ich habe sie und ihr Verhalten nie hinterfragt, das tat sie schon genug. Wir, ich, also …«, er atmet ein und

wieder aus, »ich konnte sie nicht retten, ich hab's versucht!«
Thomas' Stimme bricht weg, es klingt so, als würde er sich
selbst überzeugen wollen. »Ich habe es wirklich versucht, sie,
ihr Vater, ich ….«

Er sammelt sich kurz. Dann spricht er recht kontrolliert
weiter, indem er die Ereignisse aneinanderreiht. »Wir sind
relativ rasch zusammengezogen, sie musste da raus, von Zuhause. Und das war auch gut, sie blühte auf. Doch irgendwann holte sie ihre Vergangenheit ein. Sie hatte Panikattacken,
konnte unsere Wohnung nicht mehr verlassen und ich konnte
ihr nicht geben, was sie so sehr gebraucht hätte. Ich habe versagt. Ich habe wirklich versucht, sie zu verstehen, für sie da zu
sein, aber ...«

Mein ganzer Körper ist angespannt, es fühlt sich so an, als
hätte ich die Luft angehalten. Ich würde gerne etwas sagen,
aber mir fehlen die Worte. Ich möchte ihn korrigieren, ihm
sagen, dass es nicht seine Schuld sei ... Aber wer sonst, wenn
nicht ich, weiß, wie frustrierend es ist, wenn einem die eigene
Wahrnehmung, die Gefühle, abgesprochen werden? Also
schweige ich.

Thomas hält sich an der Brüstung fest, sein Körper leicht
zusammengesackt. Dann dreht er sich um und lässt sich an
dem Geländer hinab auf den Parkhausboden gleiten. Ich tue
es ihm gleich und setze mich dicht neben ihm.

»An diesem Abend, ich ... Ich war genervt, fühlte mich
gefangen, konnte nichts tun, wir haben uns gestritten, sie
flehte mich an, nicht zu gehen, aber ich musste raus ... Es war
eine Kleinigkeit, sie fragte mich, wie so oft, warum ich sie
lieben würde, und ich antwortete ihr, weil sie ein so guter
Mensch sei, woraufhin sie anfing, rumzuschreien, ob ein guter
Mensch dieses oder jenes denken oder tun würde ... Ich war
so überfordert. Überfordert mit ihrer Wut, die gegen mich
gerichtet war. Ich verließ unsere Wohnung, und als ich nach
zwei Stunden wiederkam ...«

Thomas bricht ab, sein Kopf sinkt auf seine Arme, die an seinen angewinkelten Knien lehnen. Er schluchzt. Noch nie habe ich ihn so gesehen. Ich lege meinen Arm um ihn und ziehe ihn ein Stück zu mir. Er lässt es geschehen, seinen Kopf an meine Brust gelehnt. Ich spüre seinen warmen Atem, seine Barthaare und die ganze Schwere und Traurigkeit, die aus ihm herausbricht.

»Es war einfach«, sagt er leise und schluchzt, »zu spät. Sie lag in der Badewanne, sie hatte sich selbst verletzt … und ich bin nicht mal sicher, ob es tatsächlich ihre Absicht war …!«

Ich halte ihn, diesen großen schwarzen Panther, der den Dschungel der Menschheit vorzieht, und kann ihn und sein Verhalten endlich verstehen. Während ich seinen Hinterkopf küsse, brechen auch bei mir alle Dämme, mein Gesicht sucht Halt in seinen zerzausten Haaren, und so sitzen wir dort eine ganze Weile und weinen gemeinsam.

Irgendwann richtet er seinen Oberkörper auf und schmiegt sein Gesicht an meins. Er atmet tief ein und beim Ausatmen kitzelt es mich am Hals, ich bekomme eine Gänsehaut.

Plötzlich sagt er: »Jetzt 'ne Kippe, wa?« Ich muss lachen. »Sorry, ich habe nicht damit gerechnet, dass das so abläuft. Dass es überhaupt irgendwann mal zu dieser Situation kommt, aber auch, dass ich so emotional werde.«

Ich schüttele nur mit dem Kopf. »Thomas, danke! Danke, dass du das mit mir geteilt hast. Ich … Ich weiß nicht, was ich sagen kann oder soll …ich …«

Thomas schüttelt seinen Kopf und lächelt mich an, als fände er meine Reaktion unglaublich niedlich. Dann nimmt er meine Hand.

»Unser letztes Treffen war irgendwie der Auslöser, das noch mal zu thematisieren, ich habe mir Hilfe gesucht, habe versucht, das aufzuarbeiten, brauche aber wohl noch Zeit. Mir ist klar geworden, warum und was das mit uns war … Wir beide wollten gerettet werden, du dadurch, dass dich jemand sieht, akzeptiert und so sein lässt, wie du bist. Und ich möchte an dieser Stelle anmerken, dass mir das zu keinem Zeitpunkt schwergefallen ist.« Er grinst, bevor er den Blick wieder senkt. »Und ich … Ich wollte gerettet werden, indem ich es endlich schaffe, jemand Anderen zu retten.«

Direkt schießen mir wieder Tränen in die Augen, diesmal nicht aus Mitgefühl, sondern aus Selbstmitgefühl. Thomas nimmt mein Gesicht in seine Hand, wischt mit seinem Daumen eine Träne fort.

»Dich zu retten. Und ich blicke heute voller schmerzhafter Dankbarkeit auf mein Leben, auf uns, dafür, dass alles genau so gekommen ist, wie es ist. Wir wären nicht hier, wo wir jetzt sind, wenn es nicht diese irrwitzigen Wendungen in unserer Soap gegeben hätte. Wir wären gefangen in einem destruktiven System, das von uns beiden gleichermaßen gefüttert worden wäre. Und das … das ist meine Wahrheit.«

Er zieht mein Gesicht ein Stück zu sich und küsst mich auf die Stirn. Ich schließe die Augen und höre eine neue Melodie, vermutlich endet diese neue Staffel hier, begleitet von Nick Caves Song *Into my Arms*.

»Ich sage dem Menschen nicht,
was der Kopf schon weiß, ich helfe,
damit das Herz begreift.«

Lieblingssternenstaub

Epilog

Ich blicke mittlerweile auf fünf Jahre Selbstständigkeit zurück und erinnere mich an jeden Menschen, den ich ein Stück auf seinem Weg begleiten durfte. Manche sehe ich regelmäßig auf Instagram, dieses Medium ist somit für mich eher ein Fotoalbum voller Menschen, die einen Wert für mich haben, statt eine anonyme Plattform, die der Selbstdarstellung dient. Andere schicken FreundInnen oder gar ihre erwachsenen Kinder zu mir. Manche melden sich nach einer längeren Pause, und mittlerweile reicht ehrlich gesagt nicht der Name, manchmal nicht mal das Gesicht, aber sobald ein Schlagwort fällt, und sei es noch so banal, ist alles wieder da. Noch immer merke ich mir nicht, wie jemand seinen Kaffee trinkt, und manchmal kommt jemand rein und ich begrüße ihn oder sie mit: »Wieder der Pfirsichtee?« Unser Gedächtnis ist schon bemerkenswert.

Ich reflektiere immer mehr und mir fällt es mittlerweile enorm schwer, meine »beraterische Grundhaltung« von der Meinen zu unterscheiden. Damit meine ich nicht, dass ich permanent »beraten« möchte, auch wenn mir das gerne unterstellt wird. Vielmehr meine ich, dass ich deutlich zugewandter bin, danach strebe,

Menschen zu verstehen und Gleiches auch von meinem Gegenüber erwarte, was durchaus anstrengend sein kann.

Früher habe ich gerne gesagt: »Ich hasse Menschen!« Und manchmal tue ich das noch heute, dabei überkommt mich immer direkt die Sorge, ob ich wirklich so humanistisch bin, wie ich es gerne wäre. Doch auch hierfür hat Carl Rogers Worte gefunden: Er redete einmal darüber, wie pessimistisch er sei, wenn er auf **die** Menschen schaue, und wie optimistisch er sei, wenn er auf **den** Menschen schaue. Und ich finde mich da sehr wieder.

Manchmal erreichen mich noch ganz oldschool Karten von Menschen und Paaren, die schon lange nicht mehr kommen, aber die ein Lebensereignis mit mir teilen wollen. Manchmal sind es Urlaubspostkarten, manchmal Schokolade oder kleine Geschenke mit Glitzer als Symbol für Sternenstaub. Durch diese kleinen Aufmerksamkeiten erinnere ich mich an die emotionalen Momente, die Ängste und Sorgen aus den Sitzungen, und staune über die vielen verschiedenen Wege, Strategien und Lebenskonzepte der Menschen. Ich lerne mich in jeder Sitzung ein bisschen besser kennen und lerne etwas dazu, allein von der Beobachtung, wie Menschen sind, wie sie sich entfalten und aufblühen, wenn man sie »sein« lässt. Mich lasse ich auch meist sein, wie ich bin – nicht immer ohne eine gewisse Ehrfurcht, wenn ich mir erlaube, mich für oder gegen etwas zu entscheiden oder etwas (nicht) auszuprobieren. Oft denke ich dann später, dass ich dieses oder jenes hätte besser wissen können und beruhige meine Selbstzweifel damit, dass, wenn ich es besser gewusst hätte, also, nicht nur kognitiv und rational, sondern auch emotional überzeugt davon gewesen wäre, es doch (nicht) ausprobiert hätte.

Carl Rogers hat in einem seiner Fachbücher, die sich allesamt wie Romane lesen, darüber geschrieben, dass wir Menschen alle sehr ähnliche Themen haben und dass es oft die Dinge sind, für die wir uns zutiefst schämen, die in den meisten Resonanz auslösen. Ich glaube, auch diese Angewohnheit, mir unterstellen zu wollen, dass ich es hätte besser wissen müssen, ist etwas, was jeder Mensch kennt.

Und dann denke ich an Marina. Marina, die so viele verschiedene Themen hatte, aber eigentlich war es nur das eine Thema: sich zu akzeptieren und sich selbst zu vertrauen. Diese Liebesgeschichte mit Sebastian zum Beispiel: Ich dachte bereits nach der Sitzung, als sie mir von dem Wiedersehen erzählte, dass sie doch bemerken müsste, dass er ihr nicht guttut. Denn sie spürte ja, dass es ihr nicht guttut, durch diese Begegnungen mit ihm. Sie sprach aus, wie schwer es ihr plötzlich fiele, die Lebensfreude aufrechtzuerhalten. Sie jedoch konnte sich selbst nicht vertrauen, wollte (oder musste?) hoffen und an einer Illusion festhalten.

Einer Illusion, die nicht so wehtut wie die Wahrheit – zumindest wie die Wahrheit, an die sie glaubte. Nämlich die, dass sie Sebastian nicht reichte und allgemein etwas mit ihr nicht stimmte, sie nicht genug war. Manchmal schützen wir uns vor einer vermeintlich schmerzenden Wahrheit, indem wir an einer Illusion festhalten, die uns in eine Warteposition drängt, in eine Opferhaltung, die von uns abverlangt, Verständnis für alles und jeden zu haben – nur nicht für uns selbst, denn wenn wir uns vertrauen würden, so die Logik, dann würde der Gedanke »Ich bin nicht gut genug« wahr werden. Und manchmal halten wir daran so lange fest, bis wir die wirkliche Wahrheit kennen und verstehen.

Marinas Prozess zu beobachten und zu begleiten, war spannend und aufwühlend. Nicht immer sofort nachvollziehbar, aber ich hatte die wunderbare Aufgabe, sie zu verstehen, und sie vertraute mir und traute mir zu, dass ich es tun würde. In ihrem Prozess lernte nicht nur sie so viel mehr als das »Loslassen einer Illusion«.

Wie gut, dass sie es zunächst nicht besser wusste. Und wie gut, dass ich auch heute nicht sofort weiß, was besser ist, denn dann würde ich es ja tun. Das Herz denkt eben nicht, es fühlt. Und wenn das Herz denkt, gibt es meistens noch etwas viel Tieferes zu verstehen als die eigene schmerzende und vermeintliche Wahrheit. Wenn wir die Hoffnung, die nicht per se schlecht ist, sondern uns auch motiviert und antreibt, mal dahingehend hinterfragen, ob das, was uns antreibt, wirklich in unserer Macht steht oder es sich um unkontrollierbare Variablen handelt, dann kann die Enttäuschung und Trauer gegen die Realität gerichtet sein, statt gegen sich selbst. Und wir können mithilfe der Traurigkeit loslassen und dennoch ganz nah bei uns sein, weil nicht wir und unsere Verhaltensweisen es sind und waren, die verändert und losgelassen werden müssen, sondern die Illusion davon, dass **alles** möglich ist. Ist es nämlich nicht.

Und heute ... während ich, versunken in Gedanken, die Post durchschaue, heute bekomme ich zum ersten Mal eine Einladung zur Hochzeit, jedoch nicht von einem Paar, das ich begleiten durfte. Sondern von Marina.

Danksagung

Ich danke vor allem Dir, Michel, sicherlich bist Du nicht mein größter Fan, aber der wichtigste. Danke für Deine Unterstützung beim Schreiben, Deine Ideen und Dein Feedback – insbesondere, weil Du mit den Themen zum Glück so wenig anfangen kannst. Ich freue mich schon jetzt auf den Tag, an dem Du beide Romane zum ersten Mal liest und hoffe, der kommt irgendwann.

Linda, so viele Worte und doch nicht genug. Du bist ein so besonderer Mensch für mich, für Deine Kinder, für Thomas, für diese Welt. Ich hoffe so inständig, dass wir irgendwann das Institut mit Welpenraum, fancy Drinks und Backpapier-Croutons eröffnen oder Du wenigstens in meine Praxis einsteigst. Danke, dass ich einen Teil unserer irrwitzigen Geschäftsideen nutzen darf und Du mir bei fast jeder Seite als Testleserin und Hobbylektorin zur Seite gestanden hast. Danke für Deine Gänsehaut, Deine feuchten Augen, Dein Sein.

Valeska, meine Teilzeitinsel, unsere Teilzeitinsel. Wie gut es ist, hier nicht nur von Linda, sondern auch von Dir willkommen geheißen worden zu sein. Was soll uns denn schon passieren? Ich genieße unsere Träume, die Pläne, die tiefgründigen Gespräche und unseren Austausch sehr – den Kupplungsversuch lasse ich jetzt mal außen vor – und bin so dankbar für unsere kleine Nachbarschaft und die regelmäßigen Gartenfeste, zu denen wir nur einander einladen.

Moni, als eine der Ersten mein Buch gelesen, dann noch mal, als es fertig war. Du bist nicht weg, nur woanders. Ich vermisse Dich so sehr im Alltag, verfluche die Zeitverschiebung und wünschte, ich könnte Dich als junge Mama viel mehr begleiten und Deine wundervolle Art als Mama beobachten. Ich bewundere Dich so sehr. Wie schön, dass es Dich gibt.

Hannah, ich grinse direkt, ich freue mich immer sehr über unsere Begegnungen, unsere Gespräche. Lachen, bis der Bauch wehtut, zusammen weinen, tiefgründig-philosophisch-psychologische Analysen erstellen, während wir im Spatz Astra trinken und versuchen, Mexikaner zu meiden – das Getränk wohlgemerkt. Viel zu selten, wann hast Du Zeit?

Katja, liebste Katja. Danke für Dein Interesse, Dein Lesen, Dein Mitgefühl. Du bist eine bemerkenswerte Frau und ich bin fasziniert von Deiner Art, Deinem Umgang und Deiner Perspektive aufs Leben.

Mia, Michèle Gries, @federrauschen, meine Lieblingslektorin. Ohne Dich wäre meine Leidenschaft zum Schreiben vermutlich nicht so ausgeartet. Ich habe so unglaublich viel von Dir und durch Dich gelernt. Du hast mich motiviert, diesen zweiten Roman zu schreiben und mich befähigt durch Deine großartige Arbeit bei meinem Debüt. Danke dafür, dass Du an mich und meine Geschichten glaubst und mir dabei hilfst, sie zum Leben zu erwecken.

Constanze und Marcus, @Coverboutique, danke, dass ihr Euch auch in diesem Buch um das Design der Kapitel und Texte gekümmert und auch dieses Skript in ein Buch verwandelt habt. Eure Arbeit ist so wichtig, so wertvoll und rundet das Leseerlebnis nicht nur ab, sondern transportiert eben auch die entsprechende Stimmung. Danke.

Thomas, ohne Dich wäre dieser Roman nur halb so witzig, Danke für Deinen Humor, Deine Unterstützung, Dich.

Papa, danke für Deine vielen kritischen Anmerkungen bezogen auf Selbstliebe, auf Hoffnung und auf Akzeptanz. W,ie wertvoll es doch ist, einen Mann wie Dich in seiner Nähe zu wissen und wie großartig, wenn es sich bei diesem gutmütigen und starken Mann um den eigenen Papa handelt, der seine Hilfe und Unterstützung bei mir zu Hause immer so aussehen lässt, als sei es ihm ein ganz persönliches Bedürfnis, meine Couch zu zertrümmern, Bilder und Lampen fachgerecht aufzuhängen oder in meinem Garten rumzuwerkeln. Reinhard Mey singt in seinem Lied *Zeugnistag* davon, dass er allen Kindern dieser Welt Eltern wünscht, die aus »diesem Holze« sind. Wie gut, dass es Dich gibt.

Alex, wo und wer wäre ich nur ohne Dich? Du hast mich zur Personzentrierten Weiterbildung geschleppt, mich ermutigt und bestärkt, meinen Weg zu gehen, der sicher nicht immer der geradlinigste war und ist. Du hast an mich geglaubt und wirst für immer einen besonderen Platz in meinem Herzen haben.

Meike Braun … wie bunt, Du bist so, so großartig, ich bewundere Dich und Deine Arbeit sehr und es ist mir eine Ehre, Deine Kollegin bei unserem Fachverband der Gesellschaft für Personzentrierten Beratung und Psychotherapie sein zu dürfen. Ich freue mich wahnsinnig auf unseren Kurs, bei dem ich Dich als Co-Kursleiterin dabei begleiten darf, Personzentrierte BeraterInnen auszubilden. Ich profitiere und lerne so viel von und durch unseren Austausch und ich bin so froh, Dich zu kennen.

Der GwG selbst möchte ich an dieser Stelle auch ganz besonderen Dank aussprechen. Danke besonders an Michael

Barg, der als einer der Ersten meinen Roman gelesen und direkt weiterverschenkt hat, weil er ihn so gelungen und schön fand. Danke auch an Dich, Elena Winter, Thomas Esher und Lena Staudigl! Ich genieße unsere Meetings immer sehr und hoffe, dass auch bei diesem Roman meine Interpretation der Personzentrierten Haltung konform mit eurer Interpretation läuft.

Tobi Patge alias Paddeltobi, der Guteste. Danke für Deine Musik, Danke für Deine musikalische Unterstützung bei meiner Lesung und Danke für Dein Bestärken und Deine Unterstützung. Ich hoffe sehr, dass Du auch bei der Vorstellung meines neuen Romans mit mir auf der Bühne im Theater Narrenschiff sitzt.

Und beim letzten Mal vollkommen vergessen, zu erwähnen: Natürlich bin ich voller Dankbarkeit für das Theater Narrenschiff. Einen Ort, der mir mit siebzehn ein zweites Zuhause schenkte und mich noch heute auf meinem Weg begleitet, mich inspiriert und unterstützt. Ganz besonderer Dank geht raus an André Decker, Marco Janiel, Judith Binias, Kathrin Bolle und Edith Schneider, aber auch herzlicher Dank an Rebecca Ewe und Sofia Velhino, die allesamt ganz geduldig auf die Veröffentlichung gewartet und so wunderbare Unterstützung bei meiner Lesung geleistet haben!

Christina Fiegler und Christian Thomas – warum werdet ihr zusammen benannt, obwohl ihr Euch gar nicht kennt? Weil ihr beide zwei so besondere Menschen in einer Phase meines Lebens wart, in der ich mich ziemlich alleingelassen fühlte. Auch wenn unser WhatsApp-Verlauf mittlerweile eher an einen Geburtstagsthread erinnert, so werde ich Euch, die Gespräche im Kindergarten, in der Küche und auf dem Balkon niemals vergessen und bin Euch für alles dankbar, was ich dank und mit Euch erleben durfte. Wie konnte ich Euch bloß im ersten Teil vergessen?

Max, keine Ahnung, wie Du es geschafft hast, hier aufzutauchen, Dich wegzulassen, ist jedoch keine Option. Danke für Dein Öffnen, Deine Weltanschauung, Dein Interesse und Deinen Mut. Es überrascht mich nach wie vor, wie sehr Du meinen Horizont in so kurzer Zeit erweitert hast und wie viel größer diese Welt plötzlich wurde.

Und last but not least: Meine Instagram-Community: Ich liebe Euch so sehr, eure Kommentare, die Nachrichten, die Liebe, die Ihr mir immer wieder entgegenbringt. Ich könnte nun anfangen, Euch einzeln hervorzuheben, doch bei dem Versuch kam ich auf über dreißig Namen und mir fielen immer noch neue ein. Ich hoffe einfach, dass Du Dich angesprochen fühlst!

Ein paar Namen möchte ich dann aber doch hervorheben: Sarina, Karina, Lisa, Andrea, Marie, Jan und Anni.

Danke auch an meine drei BuchbloggerInnen, Anni @bookandbonsai, Sarah @sarahs_world_of_books, und Christiane @Chris_will_raus

Zu guter Letzt natürlich noch danke an all die LeserInnen, also Dich, die mich ermutigt haben, weiterzuschreiben, und bereits im Frühjahr 2022, als ich gerade mal den groben Plot für diesen Roman hatte, ungeduldig nach dem Erscheinungstermin meines nächsten Romans gefragt haben, mir öffentlich und privat ganz wundervolles und berührendes Feedback gegeben und sich getraut haben, sich mir zu öffnen. Danke!

… und Sam, wir vermissen Dich.

Der erste Teil der Reihe:

Verstehen, Akzeptieren, Verändern

Marina ist heute dreißig Jahre alt geworden, doch so hatte sie sich ihren Geburtstag nicht vorgestellt. Oder doch? Sie schämt sich für das, was passiert ist. Wie immer eigentlich. Sie wartet auf Zeichen, die ihr eine Richtung zeigen und die Erlaubnis geben, dass sie endlich die Marina sein kann, die sie wirklich ist. Doch zwischen dem Wissen und dem Gefühl, genug zu sein, stolpert sie immer wieder

über den Irrglauben, etwas dafür tun zu müssen. Als sie auf Instagram den Account »Lieblingssternenstaub« entdeckt, fühlt sie sich bei jedem Post des Selbstliebe-Dilemmas ertappt und dennoch verstanden. Plötzlich ist sie entschlossen, endlich erwachsen zu werden! Ein Roman über die Suche nach Liebe und der Sehnsucht danach, endlich anzukommen – am liebsten bei jemand Anderem.

*»Kein Sachbuch, kein Ratgeber, ein Roman,
eine intime Geschichte über Selbstzweifel, vermeintliche
falsche Entscheidungen, der Angst zu viel zu sein,
zu wollen und dennoch nicht gut genug zu sein.
Erfrischend und charmant geschrieben, spannend,
kurzweilig und berührend!«*

Sein Blick wirkte roh, wie eine unberührte Landschaft. Es war jetzt möglich, etwas zu pflanzen, in der Wildnis seiner Seele. An einem Ort, an den er zuvor noch niemanden hingelassen hatte.

Ein Lied verändert alles: Lilahs Leben wird von Erinnerungen aufgewühlt an das, was hätte sein können. Ihr sicheres Nest wirkt plötzlich sinnentleert und beengend. Lilahs Herz will, dass sie endlich ihrer Schreibleidenschaft folgt – und das alles ausgelöst durch die Stimme von Sammy Blue aka WILDFEELz.

Sammy erobert als weltbekannter Rockstar alle Herzen im Sturm, doch hinter dieser Fassade kämpft er gegen seine inneren Dämonen. Als Lilah in sein Leben tritt, fühlt sich endlich alles perfekt und hell an – doch es lasten Schatten der Vergangenheit auf ihm, die er um jeden Preis von ihr fernhalten will. Vor allem seine Zwillingsflamme Zuzannah und ihre faszinierende dunkle Anziehungskraft …

Song of the Wilderness ist eine Liebesgeschichte über Selbstakzeptanz, Mut zur Kreativität und die heilende Kraft unserer (inneren) Wildnis